THE NIGHTS WE SHARED

HIGHLAND LOVE AFFAIRS

ELLA MCQUEEN

1. Auflage Februar 2021

Ella McQueen

c/o JCG-Media

Freiherr-von-Twickel-Str. 11

48329 Havixbeck

An die Adresse können nur Briefe gesandt werden. Für Pakete bitte gesondert via Email anfragen: ellamcqueenwrites@gmail.com

Lektorat & Korrektorat: Martina König, Lektorat Sprachgefühl

Cover: Saskia Renner, Kommunikation und Design

Credits: depositphotos.com: benjaminlion, Oksana1707

shutterstock.com: ID: 2225197355

Herstellung und Druck über tolino media GmbH & Co. KG,
Albrechtstr. 14, 80636 München. Printed in Germany.
Fragen zu Produktsicherheit an: gpsr@tolino.media.

Für alle Mutigen.

1

NIALL

Der erste Schlag kommt unerwartet und mit solch einer Wucht, dass ich gegen den offenen Kamin zurücktorkele, der wie ein Raumteiler den großzügigen Wohn- und Essbereich des Penthouses voneinander abtrennt. Für einen Moment habe ich Angst, dass mein Kopf explodiert.

Scheiße. Hier heute Abend aufzutauchen, war definitiv nicht die beste Idee. Ich merke, dass mein Puls vor Wut rast.

Trotzig halte ich dem herausfordernden Blick des Kerls stand, der es wagt, sich mit mir anzulegen. Ich grinse trotz des einsetzenden Schmerzes und schüttle dann vorsichtig den Kopf, teste, ob mein Gleichgewichtssinn noch funktioniert, und sortiere mich. Gott sei Dank habe ich in meinem Leben schon härtere Zusammenstöße gehabt. Diesen hier stecke ich leicht weg.

Mein Blick wandert musternd an ihm auf und ab. Obwohl er in einem sicherlich sündhaft teuren Anzug steckt, wirkt sein

Auftreten nahezu erbärmlich. Er ist nicht dick, aber sein Körper recht massig und sein Gesicht aufgeschwemmt. Seine Lippen sind schmal, wodurch sein Mund auf eine eigenwillige Weise verkniffen wirkt. Auch seine tief liegenden Augen scheinen eher blass und ausdruckslos. Seine Haut ist übernatürlich braun, was auf zu viel künstliche Sonne tippen lässt. An seinem Handgelenk befindet sich eine dicke Rolex.

Spöttisch schnaube ich und lache ihm höhnisch entgegen. »Ist das alles, was du zu bieten hast?«

Langsam krempele ich meine Hemdsärmel hoch. Wenn ich eins nicht leiden kann, dann eingebildete Neureiche, die glauben, ihr Geld würde sie automatisch männlicher machen und ihren Schwanz um fünf Zentimeter verlängern.

»Noch lachst du, Niall Quinn, aber das Lachen wird dir gleich vergehen.«

Mein Gegenüber nickt süffisant grinsend in Richtung der mattweiß lackierten Tür und plötzlich betreten zwei weitere Männer in schwarzen Anzügen den Raum, der mit seinen fast drei Metern Deckenhöhe durchaus imposant ist. Sie passieren die frei schwebende Designertreppe, die die auf drei Seiten verglaste Galerie erschließt, die optisch in den begrünten Dachgarten übergeht.

So schön der umlaufende Dachgarten auch ist, genießen kann ich den Ausblick in diesem Moment tatsächlich weniger als noch vor ein paar Tagen, als ich die Dame des Hauses auf einem der edlen Teppiche genommen habe, die auf dem prächtigen Steinboden liegen. Ihrem Ehemann hier zu begegnen, war weniger der Plan für heute Abend.

Im Gegensatz zu ebendiesem wirken die Neuankömmlinge trainiert und gehen definitiv als Personenschützer durch. Ihre

Gesichtszüge sind markant und ihr Ausdruck hart und unnachgiebig.

Die zwei Typen kommen auf mich zu und obwohl ich wendig bin, packen sie mich und drücken mich auf einen der gepolsterten Sessel, die vor dem Kamin stehen. Auch dieser Sessel kommt mir verdammt bekannt vor und innerlich muss ich lachen, obwohl mir in dieser Situation das Lachen vergehen sollte.

»Ich habe dich gewarnt und dir gesagt, dass du die Finger von meiner Tochter lassen sollst! Halt dich von ihr fern. Ich will deinen gottverdammten Hintern hier nicht sehen!«

Noch bevor ich antworten kann, dreht mir einer der Typen meinen linken Arm fest auf den Rücken, während der andere zu einem Schlag ausholt. Er ist groß und kräftig und noch bevor mich seine Faust trifft, weiß ich, dass dieser Schlag wehtun wird. Als er mich erwischt, spüre ich, wie meine Unterlippe aufplatzt.

Für einen kurzen Augenblick hält er inne, schaut mich verachtend an, bläst sich in die Hände und holt dann ein erneutes Mal aus. Die Aktion hier scheint ihm Spaß zu machen.

Wieder trifft mich seine harte Faust im Gesicht und dieses Mal erwischt es mein rechtes Auge. Die Schwellung ist mir gewiss. So viel weiß ich über Begegnungen wie diese.

Keuchend blicke ich in die wütenden und zugleich amüsierten Augen meines Gegenübers, der seine Handlanger für sich arbeiten lässt. Scheinbar genießt er den Anblick, wie ich leicht lädiert vor ihm sitze und auf den Sessel gedrückt werde.

»Na? War wohl nichts mit der krassen Coolness, die du vermitteln willst, was?«

Ich kann über seine Worte nur müde lachen. Wenn er wüsste. Schnaufend grinse ich ihn an, während mir das Blut von meiner aufgeplatzten Unterlippe tropft.

Wenn du nicht aufpasst, Freundchen, hinterlasse ich hier noch ganz andere DNA als letzte Woche.

Obwohl ich es besser wissen sollte, die Situation nicht auszureizen, platzt dann doch ein wenig zu übermütig aus mir heraus: »Wer hat eigentlich gesagt, dass ich an deiner Tochter dran war? Vielleicht fragst du besser mal deine Frau, ob sie endlich wieder so richtig befriedigt wurde. Da hast du einen ganz schön heißen Feger in deinem Ehebett.«

Die Augen des gehörnten Ehemanns funkeln und es braucht nur einen Wink, bevor wieder zwei harte Schläge in meinem Gesicht landen. Mein Kopf schnellt zur Seite und sofort ist da der metallische Geschmack von Blut, den ich nur zu gut kenne. Verdammt, in den nächsten Tagen werde ich das Haus wahrscheinlich nicht ohne Sonnenbrille verlassen.

»Stopp!«, ruft er plötzlich, hebt seine rechte Hand und nähert sich mir. Auf seiner Stirn und auf seiner Oberlippe sehe ich feine Schweißperlen glitzern und dementsprechend riecht er auch. Seine beiden Lakaien lassen von mir ab, halten mich aber weiterhin auf dem Sessel in Schach.

»Du brauchst eine Dusche«, grinse ich und spüre, wie mein Auge immer weiter zuschwillt. Wenn ich eins gelernt habe, dann ist es, niemals Schwäche zu zeigen und einem Gegner nicht die Genugtuung zu gönnen.

Als Antwort baut sich sein massiger Körper vor mir auf. Die Beleidigung kann er scheinbar nicht auf sich sitzen lassen und so drückt er seine Hand auf mein Gesicht und gräbt seinen Daumen in die blutende Wunde meiner Unterlippe. Ein sengender Schmerz raubt mir fast den Atem und ich keuche auf. Zwar ist es nicht vergleichbar mit dem, was ich früher schon durchgestanden habe, aber die Aktion hier tut höllisch weh. Diese Erkenntnis entlockt meinem Gegenüber ein triumphierendes Lachen und er reibt seinen Finger an meinem Hemd ab.

»Lasst ihn los, er hat genug«, ruft er fast beiläufig und sofort lockern die beiden Gorillas neben mir ihren Griff.

Instinktiv atme ich tief ein und bin froh, dass sie sich nur mein Gesicht als Ziel ausgesucht haben und ich keine Tritte oder Ähnliches am Körper einstecken musste.

»Ach, und eins noch, Quinn. Versteh das hier als deine letzte Warnung. Wenn du die Finger nicht von meiner Familie lässt, muss ich mir überlegen, ob deine Schwester nichts für mich wäre.«

Ein fieses Grinsen zieht sich über sein Gesicht und sofort tobt eine rasende Wut in mir, die ich nur kaum zu beherrschen weiß. Ich versuche, mich aus dem Griff der beiden Preisboxer loszuwinden, muss aber einsehen, dass ich den Kürzeren ziehe und es dumm wäre, meine Freiheit zu riskieren. Ich will ausrasten und alles in mir lodert, aber ich setze alle Kraft daran, meinen rasenden Atem unter Kontrolle zu bekommen und mich zu entspannen.

Mein Gegenüber nickt seinen Lakaien zu und setzt sich genüsslich in den Sessel neben mir, der näher am Kamin steht. »Ich denke, du findest den Ausgang allein?«

»Aye«, stoße ich gepresst aus und nutze die Gelegenheit, aufzuspringen, als die beiden Kerle mich loslassen. Mein Atem geht immer noch unruhig, aber es gelingt mir, mich im Zaum zu halten.

Sekunden fühlen sich wie Minuten an, doch dann wende ich mich dem scheinbaren Sieger dieser Auseinandersetzung zu, nicke knapp und gehe zügig die wenigen Schritte über den Steinboden zur Tür. Als ich Augenblicke später im Aufzug nach unten stehe, balle ich meine Hände immer noch zu Fäusten und spüre, wie sich meine Nägel in die Haut drücken und jetzt ebenfalls ein leichter Schweißfilm meine Stirn bedeckt.

Scheiße, so war dieser Abend verdammt noch mal nicht geplant.

Als ich an die frische Luft trete, ist es stockfinster und eisige Nachtluft umgibt mich. Die kühle Frische tut meinem geschundenen Gesicht gut und ich ziehe scharf die Luft ein, als mir zum ersten Mal wieder das schmerzende Pochen bewusst wird, das sich in meinem Kopf ausbreitet.

»Du bist ein Idiot, Niall«, sage ich zu mir selbst, kicke den Kies vor meinen Füßen weg und stiefele auf meinen schwarzen Geländewagen zu, der in der Einfahrt geparkt steht. Als ich die Tür öffne und einsteige, dringt mir der Geruch der Ledersitze entgegen und ich lasse meine Hand über das Lenkrad streifen.

»Na, meine Lady? Mit dir habe ich wohl den wenigsten Kummer«, lache ich und drehe den Innenspiegel in meine Richtung. Der Blick verrät mir, dass ich ganz schön lädiert aussehe. Hastig wische ich mir das inzwischen getrocknete Blut so gut es geht von der Lippe und bete zu Gott, dass mein Auge bis Finnegan einigermaßen mitmacht, bevor es so weit zugeschwollen ist, dass ich zu allem Übel nicht mehr fahren kann, weil ich einfach nichts mehr sehe.

Ich starte den Motor und als innerhalb von Sekunden laute Musik aus dem Radio tönt, ziehe ich schmerzerfüllt die Luft ein und drehe die Lautstärke runter. Das ist nun doch zu viel des Guten.

Zügig schlage ich den Weg in Richtung Finnegan ein und als ich die Ortsgrenze von Ashmoore hinter mir lasse, trommle ich mit meinen Fingern auf das Lenkrad. Das wäre definitiv eine Kundin weniger. Schade eigentlich, denn diese Art von Training, die sie eingefordert hat, ist definitiv nach meinem Geschmack.

Ich grinse und ein ziehender Schmerz macht mir klar, dass der Cut an meiner Lippe nicht zu unterschätzen ist. Ich schnaube auf. Eigentlich ist es auch scheißegal. Auf diese Personal-Trainer-Sache habe ich sowieso keinen Bock mehr. Warum ich mich noch einmal von einem der alten Teaminvestoren habe breitschlagen lassen, für die Tochter und die Ehefrau seines Bruders Stunden anzubieten … keine Ahnung. Wahrscheinlich pure Langeweile, denn obwohl das *The Finnegan* inzwischen wieder gut anläuft, fühle ich mich unterfordert. Die paar Touren, die ich bisher geplant und mit unseren Hotelgästen durchgeführt habe, waren zwar cool, aber tatsächlich fehlt mir irgendwas. Ach, was sage ich irgendwas. Mir fehlt die Herausforderung, mir fehlt das Gefühl, abends erschöpft, aber zufrieden ins Bett zu fallen, weil man weiß, dass man etwas geschafft hat. Weil man gefordert wurde. Körperlich. Mental.

Momentan plätschert mein Leben vor sich hin. Manche Menschen mögen mit dieser Routine zufrieden sein, ich brauche mehr. Ich sollte unbedingt noch einmal mit Jamie reden, ob es nicht noch weitere Möglichkeiten für mich gibt, mich selbst zu verwirklichen.

Sie hat wirklich der Himmel geschickt. Nicht nur hat sie durch ihre PR-Arbeit unfassbar viel für unser Hotel getan, sie hat auch meinen Bruder glücklich gemacht, was wahrscheinlich die deutlich schwierigere Aufgabe war. Seit sie da ist, ist sein Leben wieder leichter und der Kampf mit seinen inneren Dämonen legt sich von Tag zu Tag mehr.

Auch wenn es mir nichts ausmacht, nachts zu fahren, liebe ich meine Heimat bei Tageslicht noch viel mehr. Ich bin diese Straßen schon so oft gefahren, doch wirklich müde werde ich vom Anblick der Highlands wohl nie. Schottlands Landschaft ist nicht nur für jeden Besucher atemberaubend. Selbst auf den knapp zwanzig Meilen von Ashmoore bis Finnegan wechseln sich Berge, Heidelandschaften, Seen und Flüsse ab.

Ich biege in die Zufahrt zum *The Finnegan* und mein Blick fällt auf das Hotelschild, das wir im Rahmen der Neustrukturierung erneuert haben. Unser altes, in die Jahre gekommenes Schild zwischen all den braunen Baumstämmen und Tannen ist früher oft übersehen worden und Tarnung war noch nie wirklich der Sinn, wenn es um das Auffinden einer Herberge geht. Inzwischen ragt ein neues Schild am Straßenrand empor. Dadurch, dass es erleuchtet wird, wirkt es einladend und verspricht Qualität.

Ich verlangsame meine Geschwindigkeit und fahre die kleine Allee entlang, die zum Hotel der Familie führt. Obwohl ich diesen Anblick schon unzählige Male genießen durfte, ist unser altes, herrschaftliches Landhaus mit seinen Burgtürmchen und alten Stilelementen einfach atemberaubend. Ich muss immer wieder schmunzeln, wenn unsere weiblichen Hotelgäste aus dem Staunen nicht mehr herauskommen und äußern, dass sie sich bei seinem Anblick wie im 19. Jahrhundert fühlen. Aber da ich mir noch nie etwas aus Literatur und dergleichen gemacht habe, werde ich die Verbindung zu Jane Austen und den Brontës wohl nie verstehen.

Ich parke meinen Wagen neben dem Hotel. Die Nacht ist sternenklar und Loch Finnegan liegt ruhig vor meinen Augen. Hoffentlich sind Jamie und Liam noch wach, denn so wie ich aussehe, auf Kenzie zu treffen, ist nicht mein Plan. Meine kleine Schwester macht sich immer viel zu viele Sorgen und ich habe keine Lust, dass sie nun auch noch denkt, ich würde mich in Schlägereien verwickeln. Das heute Abend war definitiv eine Ausnahme und meine letzte Prügelei liegt bereits ein paar Jahre zurück und fand auf dem Spielfeld statt. Dafür hatte ich zumindest eine Entschuldigung.

Als ich die wenigen Meter vom Hotel runter zum Cottage von Jamie und Liam laufe, sehe ich, dass noch Licht brennt. Auf Jamie ist Verlass. Wahrscheinlich sitzt sie wie immer am Laptop und ist fleißig.

Mein Bruder hatte solche Angst, als sie von London zu ihm hier in die Highlands gezogen ist, dass ihre PR-Karriere den Bach heruntergeht, aber Jamies Arbeit für das *The Finnegan* hat sich rumgesprochen und so hat sie alle Hände voll zu tun, Marketingstrategien für andere Hotels und Gastgewerbe in der Region zu entwickeln. Dabei verliert sie unser Hotel Gott sei Dank nie aus dem Blick und die besten Ideen testet sie immer zuerst bei uns.

Ich laufe die paar Stufen zur Tür des Cottages hinauf und mein Blick auf die Uhr hindert mich für eine Sekunde daran, anzuklopfen. 22.57 Uhr. Definitiv keine Zeit, in der man noch spontane Besuche macht. Meine Furcht vor der Begegnung mit Kenzie gewinnt aber die Oberhand und so klopfe ich nach kurzem Zögern doch an.

Sofort nehme ich im Inneren das Rücken eines Stuhls wahr und keine zehn Sekunden später öffnet sich die Tür und Jamie steht mir gegenüber. Sie hat ihre langen blonden Haare zu einem Pferdeschwanz gebunden und ihr schlanker Körper steckt in bequemen Jeans und einem warmen Kapuzenpullover, der verdächtig nach Liams aussieht. Überrascht über meinen späten Besuch schaut sie mich mit ihren blauen Augen an.

»Hey, London«, begrüße ich sie mit dem Spitznamen, den ich für sie gewählt habe und der sich daraus ergeben hat, dass sie als Londoner Stadtkind zunächst ein bisschen überwältigt von Schottland und seinen Eigenheiten war. Im nächsten Moment verziehe ich den Mund, weil meine Lippe schmerzt.

»Ach du meine Güte, Niall! Was ist passiert?«

Jamie schlägt sich die Hände vor den Mund und starrt mich an. Sofort ist auch Liams Stimme im Hintergrund zu hören, der die Treppe runterruft: »Alles okay da unten? Brauchst du Hilfe, Jamie?«

Sie mustert mich, dreht sich dann aber in die Richtung, aus der Liams Stimme gekommen ist, und antwortet: »Schon gut. Es ist nur Niall.« Dann wendet sie sich wieder mir zu und schaut mich prüfend an. »Ich hoffe für dich, der andere sieht noch beschissener aus als du?«

Mit diesen Worten packt sie mich am Ärmel und zieht mich ins Cottage.

»Ja«, knurre ich. »Aber das sogar ganz ohne Prügel.«

»Prügel?«, höre ich die Stimme meines Bruders und sehe im nächsten Moment, wie er die Treppe runterkommt. »Alter! Nicht dein Ernst. Wie siehst du denn aus?«

Liam baut sich vor mir auf und ich wünschte, ich hätte doch nicht den Weg zu den beiden ins Cottage gesucht. Seine blauen

Augen mustern mich. Ich kann schon verstehen, dass die Ladys auf ihn abfahren, auch wenn er jetzt nur noch Augen für Jamie hat. Sein Gesicht ist markant und sein Kinn noch etwas ausgeprägter als meins. Im Gegensatz zu mir trägt er sein volles braunes Haar länger und wie immer ist sein Bart perfekt gestutzt. Sein Auftreten ist männlich und selbst auf mich würde es einschüchternd wirken, wenn ich nicht sein Bruder wäre und wüsste, dass ich ihm kräftemäßig überlegen bin.

»Immer noch besser als du«, antworte ich, lasse es aber bleiben, meinem Kommentar ein Grinsen hinzuzufügen.

Bevor Liam reagieren kann, ist es Jamie, die sich einmischt. »Ruhig, Jungs. Ich will jetzt keinen Streit. Liam, hol mir bitte Handtücher und einen Waschlappen. Und du, Niall«, sie zeigt mit dem Finger auf mich, »du setzt dich an den Küchentisch und erklärst mir, warum du aussiehst wie nach einem schrecklichen Kampf in einer Bar.«

Liam nickt nur und als er kurze Zeit später mit den gewünschten Dingen zurückkommt, reicht er sie Jamie und setzt sich ebenfalls wortlos an den Küchentisch. Sein Blick ist wachsam und ich kenne meinen Bruder gut genug, um genau zu wissen, was gerade in ihm vorgeht. Meine Erklärung muss überzeugend sein, sonst gehe ich hier mit einem weiteren geschwollenen Auge heraus.

Jamie macht einen Waschlappen nass, wringt ihn aus und wendet sich wieder mir zu. »Das wird wehtun, Niall«, warnt sie mich und als der Waschlappen mein Gesicht berührt, zucke ich schmerzerfüllt ein Stück zurück. Prüfend schaut sie mich an, aber ich nicke nur kurz und so macht sie weiter.

Ohne etwas zu sagen, reinigt sie mein Gesicht von dem verkrusteten Blut, das aus meiner geplatzten Unterlippe getropft ist, und säubert außerdem den Bereich um mein geschwollenes Auge.

»Wie schlimm sehe ich aus?«, frage ich sie und blicke zwischen ihr und Liam hin und her.

»Du wirst auf jeden Fall etwas davon haben«, reagiert sie und vorsichtig taste ich mit meinen Fingerspitzen über das geschwollene Auge.

»Aye«, gebe ich ihr recht, ohne das Ausmaß zu sehen, und lehne mich auf dem Stuhl zurück, als Jamie zur Spüle geht, um den Waschlappen zu reinigen.

»Mit wem hast du dich geprügelt?«, fragt Liam und lässt mich nicht aus den Augen.

»Ich habe mich nicht geprügelt«, gebe ich emotionslos zu und nehme die Tasse Tee entgegen, die Jamie mir anbietet.

»Aber natürlich nicht, Bruderherz«, raunt er und ich sehe ihm an, dass er mir kein Wort von dem glaubt, was ich von mir gebe.

»Ssssch.« Jamie legt ihm beruhigend eine Hand auf die Schulter. »Lass ihn erzählen. Dann können wir immer noch überlegen, wer von uns ihm das andere Auge herrichtet.«

Ich grinse spöttisch und bin mir ziemlich sicher, dass beide es in Erwägung ziehen würden.

Als ich wenige Minuten später mit meinen Ausführungen geendet habe, verdreht Liam die Augen und schüttelt den Kopf. »Du lernst es auch nie, dein bestes Stück in der Hose zu lassen.«

Tadelnd schaut Jamie ihn an. »Na!«

»Ja, ist doch wahr. Man könnte doch hoffen, dass er endlich dazulernt.«

Liam lehnt sich auf seinem Stuhl zurück und verschränkt die Arme vor der Brust.

»Bruderherz, das ist das erste Mal, dass ich wegen einer Frau eins aufs Maul bekommen habe.«

»Ja, aber nur, weil du die Male zuvor schneller warst, oder?«

Schulterzuckend muss ich meinem Bruder recht geben. Die eine oder andere brenzlige Situation war dabei.

»Du brauchst eine Aufgabe«, sagt Jamie und schaut mich eindringlich an. »Das sage ich dir nicht erst seit gestern.«

»Und ich sage dir nicht erst seit gestern, dass ich dir das schon mehr als einmal mitgeteilt habe, London.«

Frustriert reibe ich mir über meinen Kopf.

»Vorsicht, Niall«, warnt Liam mich und wieder hebt Jamie beschwichtigend die Hand.

»Sorry, London«, murmle ich und weiß, dass sie nichts dafür kann, dass ich genervt von dieser gefühlten Inaktivität bin und mich nicht ausreichend gefordert fühle. Wenn ich mich langweile, und das ist in letzter Zeit häufiger der Fall, gewinnt mein männliches Ego die Überhand und ich brauche Bestätigung. Das habe ich mein ganzes Leben schon gebraucht. Früher habe ich sie mir durch den Sport geholt. Und durch Frauen. Jetzt, wo ein Großteil meiner sportlichen Aktivitäten in der Vergangenheit liegt, hole ich sie mir fast ausschließlich durch die Frauenwelt. Sehr zum Leidwesen von Kenzie und den beiden Menschen, die mit mir hier am Tisch sitzen.

»Ich lasse mir was einfallen«, sagt Jamie plötzlich und ich ziehe die Augenbraue meines gesunden Auges hoch. »Aber du musst mir eins versprechen.« Leicht provozierend blickt sie mich an und tatsächlich zuckt ihr Mundwinkel.

»London, ich kenne dich. Was führst du im Schilde?«

Nahezu in Alarmbereitschaft schaue ich sie an.

»Versprich es mir.«

Ich verdrehe die Augen und ein Blick in Jamies und Liams Richtung verrät mir, dass ich eh keine Chance habe. »Aye«, nicke ich daher.

»Du machst alles, was ich dir auftrage!«

Während sie mich angrinst, wird mir unumwunden klar, dass ich gerade einen Pakt mit dem Teufel geschlossen habe.

2

NIALL

Als ich am nächsten Morgen wach werde und den Blick aus dem Fenster werfe, steht der Nebel noch dicht über dem Loch Finnegan, was für Februar nicht untypisch ist. Den See von einer dicken Nebelschicht bedeckt zu sehen, hat immer etwas Geheimnisvolles und Beruhigendes zugleich. Fast ehrfürchtig mag man davorstehen und lauschen, ob man nicht den Gesang der Sirenen vernehmen kann, die einen zu sich locken.

Meine innere Uhr hat mich wie an so vielen anderen Tagen um kurz nach fünf geweckt. Ich brauche nicht viel Schlaf. Selbst nach all den Jahren kann ich nicht anders, als die Beine aus dem Bett zu schwingen und früh in den Tag zu starten.

Auch wenn mich niemand mehr dazu zwingt, vor dem Frühstück bereits die erste Trainingseinheit zu absolvieren, putze ich mir meine Zähne, werfe mich in meine Sportklamotten und ziehe die Laufschuhe an. Ich liebe die Momente des Tages, wenn noch alles schläft und die Welt still ist.

Mein Handy liegt auf dem Nachttisch und für einen Augenblick bin ich gewillt, es einfach liegen zu lassen, aber seit Kenzie mir erzählt hat, dass sie sich furchtbare Sorgen macht, dass mir während des Laufens etwas zustoßen könnte, habe ich es immer bei mir. Ich stecke es in meine dünne Laufjacke und ziehe den Reißverschluss hoch. Obwohl Liam jetzt wieder für uns alle erreichbar und Kenzie um einiges beruhigter ist, seit er zurück in Finnegan ist und sich nicht mehr die Schuld am Tod unserer Eltern gibt, will ich nicht, dass sie sich Sorgen wegen mir machen muss. Ich komme zurecht. Ich bin schon immer zurechtgekommen und auch so eine Episode wie letzte Nacht wirft mich nicht aus der Bahn. Dad hat mich immer als Stehaufmännchen bezeichnet und wahrscheinlich ist da auch etwas dran.

Ich trete in die Frische des Morgens und atme tief ein. Der Kies unter meinen Schuhen knirscht und aus dem Augenwinkel sehe ich, wie zwei Vögel durch mein Erscheinen aufgeschreckt werden. Ich muss mich bewegen und Laufen hilft mir seit jeher, meine Energie rauszulassen.

Kenzies Seite des Hauses liegt noch ruhig da, aber ich weiß, dass auch sie bald den Tag beginnen und in der Küche nach dem Rechten schauen wird. Obwohl unser Hotel groß ist und wir ohne Probleme dort leben könnten, bin ich froh darüber, dass dieser kleine Seitenflügel vom Hotel abgeht, in dem Kenzie und ich unsere Wohnungen haben. Ich brauche nicht viel Platz, da ich die meiste Zeit im Hotel oder draußen bin, aber es ist gut, sein eigenes Reich zu haben und sich auch mal zurückziehen zu können.

Als ich mich in Bewegung setze, weiß ich, dass sich meine Gedanken die ersten Minuten des Laufs um die Vorkommnisse des gestrigen Abends drehen werden, aber ich weiß auch, dass sie mit jedem Schritt, den ich mache, weiter in den Hintergrund treten werden.

Ich laufe die Allee entlang und biege dann in den Wald ein. Der federnde Boden unter meinen Füßen ist um Längen angenehmer als der Lauf auf hartem Asphalt. Der erste kleine Anstieg hat es in sich, aber ich weiß, dass ich später mit einem wunderbaren Blick auf den Loch Finnegan belohnt werde.

Der gleichmäßige Rhythmus meines Laufs wirkt sich auf mein Gemüt aus und nach einer Weile gibt es nur noch mich und den Wald. Der Morgen hat in dieser beinahe unberührten Natur seine eigene Melodie. Gott sei Dank sind die Kopfschmerzen von letzter Nacht verschwunden. Der Blick in den Spiegel heute Morgen hat mir zwar gezeigt, dass ich die Spuren der Auseinandersetzung definitiv nicht verbergen kann, aber es ist nicht so schlimm wie erwartet und die Schwellung am Auge ist bereits zurückgegangen. Inzwischen macht sich mein Veilchen durch eine leicht bläuliche Färbung bemerkbar, die sicherlich in den nächsten Stunden und Tagen an Ausprägung zunehmen wird. Es ist wohl besser, wenn ich mich vorerst nicht unter die Hotelgäste mische, denn das könnte ein schlechtes Bild auf das Hotel werfen und das haben Liam und Kenzie nicht verdient.

Nach einer Weile spüre ich, dass meine Gedanken zur Ruhe kommen. Eigentlich verschieben sie sich nur, aber an die Stelle der Gedanken über die Auseinandersetzung rückt meine Neugierde, was Jamie mit mir vorhat. Fast scheint es so, als hätte sie nur auf den richtigen Moment gewartet, um mich mit etwas Neuem zu konfrontieren. Was auch immer es ist, ich bin mir sicher, es wird gut sein. Zumindest hoffe ich das.

Als ich auf der kleinen Lichtung ankomme, bleibe ich stehen und lasse meinen Blick umherwandern. Unter mir liegt ruhig der Loch Finnegan und langsam verabschiedet sich der morgendliche Nebel. Ich schaue zum Hotel und kann aus der Entfernung erkennen, dass der Tag auch dort begonnen hat. Frische Ware wird angeliefert. Kenzie wird wahrscheinlich bereits alles kontrollieren und ganz in ihrem Element sein.

Unwillkürlich muss ich lächeln, denn tatsächlich ist es für uns drei Geschwister um einiges ruhiger geworden, seit Liam wieder mit an Bord ist. Wir arbeiten Hand in Hand und die Last, die zwischenzeitlich allein auf Kenzies und meinen Schultern lag, ist nun um einiges leichter. Zwar haben wir durch die von Woche zu Woche zunehmenden Buchungen, die wir Jamies Hilfe und ihrem gekonnten Marketing verdanken, mehr zu tun als vorher, aber sich nicht mehr Sorgen ums Geld und um den eigenen Bruder zu machen, beruhigt ungemein.

Ich dehne mich ein bisschen und mache mich dann auf den Weg zurück zum Hotel. Heute ist geplant, dass wir mit der Familie frühstücken, und ich stelle mich bereits mental auf die vorwurfsvollen Blicke von Kenzie ein. So gern ich dieser Situation auch aus dem Weg gehen würde, aber es lässt sich wohl nicht vermeiden. Vielleicht sollte ich noch ein bisschen meditieren, um möglichst ruhig und entspannt in die Konfrontation zu gehen, aber da meine Schwester wie immer unberechenbar ist, kann es passieren, dass sie entweder gar nichts sagt oder mir das nasse Spültuch ins Gesicht wirft. So herzensgut sie auch ist, manchmal ist ihr Temperament einfach nicht kalkulierbar.

Etwa zwanzig Minuten und eine wohltuende Dusche später öffne ich die Seitentür zum Hotel und betrete den Bereich, in dem wir als Familie immer gemeinsam essen. Zwar sind Liam und Jamie, seit sie gemeinsam das Cottage bewohnen und viel Zeit allein verbringen, nicht immer dabei, trotzdem schaffen wir es, mehrmals in der Woche gemeinsam zu frühstücken oder unser Abendessen einzunehmen.

Als hätte sie es gerochen, geht in diesem Moment die Tür zur Küche auf und Kenzie tritt heraus. Sie trägt wie so oft eine Schürze, die darauf schließen lässt, dass sie bereits eifrig mit ihrem Küchenteam dabei ist, den Tag vorzubereiten. Die Frühstückszeit im Hotel hat vor einer Weile begonnen und auch wenn sie diesen Part an ihr Team abgegeben hat, schaut sie unentwegt nach dem Rechten. Ihre rotbraunen Haare sind wie immer zu einem hohen Pferdeschwanz gebunden und die feinen Sommersprossen, die im Sommer immer etwas stärker zu sehen sind, leuchten auf ihrer hellen Haut.

»Guten Morgen, Schwesterherz«, rufe ich ihr entgegen und halte ihr die Tür auf, damit sie die Kaffeekanne und die Tassen in den Raum bringen kann.

»Guten Morgen, Niall«, antwortet sie fröhlich, doch dann bleibt ihr Blick auf den Spuren der letzten Nacht hängen und sie verzieht das Gesicht. Sie entscheidet sich heute Morgen wohl für die Variante Schweigen, denn sie sagt nichts, aber ich erkenne sofort ihren Kummer, der ihr ins Gesicht geschrieben steht. Binnen Sekunden setzt mein schlechtes Gewissen ein und ich bin gewillt, alles mit einem Witz zu überspielen, aber in dem Moment kündigt sich meine Rettung an, denn Liam und Jamie kommen herein.

»Na, Niall, gut geschlafen?«, fragt Liam und fasst mir ans Kinn. »Schönes Veilchen bekommst du da!«

Ich funkle ihn an und bin froh, dass Kenzie seinen Kommentar nicht mitbekommen hat, denn sie ist gerade dabei, mit Jamie den Tisch zu decken.

»Halt die Klappe«, antworte ich genervt. »Hast du zufällig ein paar Aufgaben, die ich irgendwo im Verborgenen erledigen kann? So will ich nicht unter die Gäste treten.«

»Besser ist das«, erwidert er. »Und ich glaube, Jamie hat schon die passende Lösung dafür.«

»Echt? Was hat sie mit mir vor?«

Tatsächlich gefällt mir der Gedanke nicht, dass mein Bruder mehr weiß als ich.

»Das erfährst du schon früh genug«, lacht Liam und schiebt mich vor sich her in den Frühstücksraum. »Ich habe Hunger und Kenzie hat Pancakes gemacht. Die will ich mir nicht entgehen lassen.«

»So wie ich unsere Schwester kenne, kann man mit der Anzahl an Pancakes, die sie gemacht hat, eine halbe Rugbymannschaft satt bekommen«, ergänze ich und lege Jamie, die bereits am Tisch Platz genommen hat, zur Begrüßung eine Hand auf die Schulter. »Guten Morgen, London!«

»Hey, noch Schmerzen?« Prüfend blickt sie mich an.

»Nicht wirklich, ich bin ja Schlimmeres gewohnt. Ich war auch schon wieder laufen«, antworte ich und nehme ihr gegenüber Platz.

»Ich hörte davon«, grinst sie und gießt uns allen eine Tasse Kaffee ein, während Kenzie frisches Obst, Ahornsirup und Puderzucker auf den Tisch stellt. Noch immer hat sie kein Wort zu meinem lädierten Gesicht gesagt und so langsam glaube ich, ich bleibe davon verschont.

Leider habe ich die Wette ohne meine Schwester gemacht, denn in dem Moment, als sie sich hinsetzt und Liam nach dem Tablett mit den Pancakes greifen will, erhebt sie ihre Stimme.

»Untersteht euch, mit dem Frühstück anzufangen, bis ihr mir nicht erzählt habt, warum Niall so aussieht, als wäre er in eine Faust gelaufen. Und das mindestens dreimal. Mit Anlauf!«

Ich habe den Gedanken mit dem Witz noch nicht ganz abgetan, daher antworte ich: »Eigentlich war es viermal und die Faust ist, wenn man es genau nimmt, eher auf mich zugelaufen.«

Zerknirscht blicke ich sie entschuldigend an und versuche, meine Erklärung so harmlos wie möglich vorzutragen. Weit komme ich leider nicht, denn Kenzie greift nach meinem Kinn und im Gegensatz zu Liam ist sie weniger zimperlich und legt ihren Daumen dicht neben die Stelle, wo meine Lippe gestern Abend aufgeplatzt ist.

»Wegen welcher Frau siehst du so aus?«

Ich verdrehe die Augen und Liam beginnt, schallend zu lachen. Ich hasse es, dass meine Familie mich so gut kennt.

»Ich rate dir, die Kurzfassung zu wählen, denn ich will endlich Pancakes«, fügt er mit einer Mischung aus Scherz und Ernsthaftigkeit an und ich sehe mich gezwungen, wie auch schon Liam und Jamie gestern meiner Schwester die Sache zu erklären. Als ich fertig bin, dauert es einen Moment, bis sie reagiert. Dann schaut sie mich eindringlich an und beginnt, uns allen Pancakes aufzufüllen.

»Ich sehe das so«, sagt sie schließlich und schiebt auch mir meinen Teller zu. »Du brauchst endlich eine vernünftige

Aufgabe, die dich fordert und zumindest für eine Weile so beschäftigt, dass du überhaupt keine Zeit hast, irgendwelche Frauen zu daten. Herrje, jetzt, wo du Rugby hinter dir gelassen hast und ich nicht ständig den Anblick meines verletzten Bruders ertragen muss, wäre es doch mal schön, wenn dein wirklich attraktives Gesicht heile bleiben könnte.«

Ich verdrehe die Augen, kenne meine Schwester aber so gut, dass sie nicht mehr sauer ist. Sonst wäre nämlich kein Pancake auf meinem Teller gelandet, sondern Kenzie hätte mir eine Schüssel Porridge vorgesetzt. Alternativ auch eine Grapefruit und einen Naturjoghurt, der so gut schmeckt wie eingeschlafene Füße. Nicht, dass ich auch nur in Ansätzen eine Idee habe, wie die schmecken könnten. Sicherlich aber nicht gut, so viel ist klar.

»Apropos Aufgabe«, beginnt Jamie und alle blicken wir neugierig in ihre Richtung, während Liam seinen Arm auf die Lehne ihres Stuhls legt und sich genüsslich grinsend nach hinten lehnt. »Ich habe eine Idee für dich, die dich in den nächsten Tagen sicherlich ein bisschen auf Trab halten wird. Außerdem kannst du das ohne Probleme vom Büro aus erledigen und so hat dein Gesicht zusätzlich die Chance, in Kenzies Sinne wieder ein bisschen attraktiver zu werden.«

Sie zwinkert meiner Schwester zu und ich bin für einen kurzen Moment gewillt, anzumerken, dass ich auch mit Cuts und Veilchen attraktiv bin. Um die Situation nicht auszureizen, zucke ich stattdessen mit den Schultern und lehne mich ebenfalls auf meinem Stuhl zurück. »Lass hören, London«, grinse ich und während ich in dem Augenblick noch guter Dinge bin, starre ich sie keine fünf Minuten später ungläubig an.

»Das kannst du vergessen!«, rufe ich aus und schüttle heftig mit dem Kopf. »Nie im Leben. Du weißt, dass ich mit Schmarotzern nichts anfangen kann!«

Hilfe suchend blicke ich zwischen Kenzie und meinem Bruder hin und her, aber während meine werte Schwester nur wie zu erwarten über das ganze Gesicht strahlt, grinst Liam mich spöttisch an.

»Ich finde, Jamie hat da eine wunderbare Idee«, lacht er.

»War ja klar, dass ihr zwei zusammenhaltet. Und du, Schwesterherz? Findest du das etwa auch toll?«

»Aber so was von«, ruft sie und trinkt einen großen Schluck aus ihrer Kaffeetasse. »Jamie hat ja schon vor Wochen davon erzählt, aber ich denke, jetzt ist der perfekte Moment, das auch in die Tat umzusetzen. Und sei ehrlich, wenn du eins hast, dann ist es Zeit.«

Frustriert fahre ich mir mit einer Hand über den Kopf und weiß ziemlich genau, dass ich eh keine Chance haben werde, gegen eine geballte Ladung Schottendickkopf anzukommen. »Lass noch mal genau hören, an was du denkst«, stoße ich daher sichtlich genervt aus und verschränke die Arme vor der Brust.

»Ganz einfach«, ruft Jamie und strahlt dabei über das ganze Gesicht. »Du planst einen Pressetrip für Reiseblogger!«

»Du meinst also, ich plane ihnen einen kostenlosen Urlaub, in dem wir sie von vorn bis hinten bedienen müssen? Wo bitte schön ist das gut für uns?«

»Mir scheint, du hast das Konzept von Pressetrips für Reiseblogger noch nicht ganz durchblickt«, fährt Jamie unbekümmert fort und zwinkert mir zu.

»Mag sein, aber ich kann Leute nicht ausstehen, die sich wie Schmarotzer überall durchmogeln.«

»Als Schmarotzer darfst du Reiseblogger nun wirklich nicht bezeichnen. Für Außenstehende mag es vielleicht so aussehen, als würden sie alles umsonst bekommen, aber tatsächlich ist es eine sehr gute Werbemaschinerie für unser Hotel.«

»Aha«, raune ich und bin immer noch nicht überzeugt. »Und wie soll das funktionieren?«

»Nun«, fährt Jamie fort und schmückt in den nächsten Minuten anschaulich aus, warum es sinnvoll ist, für unser Anliegen auf Reiseblogger zu setzen. So darf laut ihren Aussagen die authentische und glaubwürdige PR nicht unterschätzt werden und so mancher Leser von Reiseblogs bucht eine Reise, weil ihm oder ihr die Berichterstattung der Blogger zusagt.

Als sie ihren Vortrag beendet hat, schaue ich sie zerknirscht an.

»Komm, sag es«, lacht sie und blickt mich provozierend an.

»Mmmh, du könntest vielleicht recht haben.«

»Vielleicht?«

»Okay, okay. Es ergibt einen Sinn, was du da von dir gibst. Aber wie denkst du dir das? Sollen wir unser ganzes Hotel mit einer Truppe von Bloggern bevölkern? Dafür haben wir schon zu viele Buchungen und kriegen die nicht alle unter.«

»Tatsächlich würde ich das ganze Projekt in deine Hände geben«, antwortet sie schulterzuckend und drückt Liam einen Kuss auf die Wange, der bis jetzt verdammt ruhig geblieben ist.

»Dann wäre das ja beschlossen«, nickt er und grinst mich an. »Ich erwarte morgen Abend deine Planung. Ach, und Niall?«

Gespannt schaue ich ihn an.

»Such nicht nur weibliche Reiseblogger aus.«

3

AVA

»Jetzt mach schon endlich die Tür auf!«, rufe ich in die Gegensprechanlage und dränge mich dicht unter den kleinen Vorbau, um wenigstens etwas vor dem Platzregen geschützt zu sein, der just in diesem Moment auf mich niederprasselt.

Hat sich denn heute die ganze Welt gegen mich verschworen? Das typisch englische Wetter gibt zumindest wieder alles. Ich beobachte, wie Wasserspritzer auf meinem beigen Plisseerock landen, und ziehe unwillkürlich die Jeansjacke über meinem weißen Rollkragenpullover enger zusammen. Ich war heute Morgen wohl ein bisschen sehr optimistisch bei der Auswahl meiner Klamotten und so blicke ich nahezu panisch auf meine braunen Wildlederstiefel, die Regen nun wirklich nicht abkönnen.

Gott sei Dank ertönt in diesem Moment das Summen des Türöffners und meine Schwester lässt mich herein. Mit meiner schwarzen Handtasche über dem Arm laufe ich zum Aufzug und fahre kurze Zeit später hoch in den fünften Stock des Apartmenthauses in der Nähe des Leicester Square, in dem Danielle seit geraumer Zeit wohnt. Im Gegensatz zu ihrer durchdesignten Wohnung bevorzuge ich mein uriges Zwei-Zimmer-Apartment in der Nähe der Portobello Road im Stadtteil Notting Hill. Ich liebe meinen Holzfußboden, das bunt gemischte Mobiliar und meine Ausbeute von dem einen oder anderen Flohmarkt.

Als ich aus dem Aufzug steige, wartet Danielle bereits in der geöffneten Wohnungstür. Ihr Blick wandert an mir auf und ab und ihre Augen weiten sich. »Du warst aber mutig mit deinem Outfit. Hast du mal rausgeschaut?«

»Nicht witzig«, knurre ich und nehme meine Zwillingsschwester in den Arm. »Als ich aus der Tür bin, war es noch trocken.«

»Na, komm rein«, lacht sie und nimmt mir meine Jeansjacke ab, die sie an der Garderobe aufhängt.

Danielles Wohnung ist sehr clean und minimalistisch eingerichtet. Sowieso sieht es so aus, als würde hier niemand wirklich leben, denn wo in anderen Wohnungen die eine oder andere Kleinigkeit herumliegt, herrscht bei meiner Schwester Ordnung. Und mit Ordnung meine ich absolute Ordnung.

»Ein bisschen überrascht war ich schon, dass du an deinem heiligen Wochenende hier auftauchst«, ruft sie mir zu, als sie in die Küche stiefelt und uns beiden einen Kaffee anstellt. »Ist das nicht immer Ryan-Zeit?«

Statt ihr eine richtige Antwort zu geben, bringe ich lediglich ein Schnauben hervor.

Überrascht dreht sie sich zu mir um und schaut mich eindringlich an. »Ava? Was ist passiert?«

»Nix«, murmle ich, stelle mich neben sie und beobachte, wie sie sich geschickt an der für mich viel zu kompliziert aussehenden Siebträgermaschine zu schaffen macht und Sekunden später köstlich riechender Kaffee in unsere Tassen läuft.

»Was du nicht alles kannst«, nicke ich staunend und nippe vorsichtig an dem heißen Getränk.

Danielle lacht und zieht mich hinter sich her ins Wohnzimmer, bevor sie sich auf ihre helle Sofalandschaft fallen lässt. »Raus mit der Sprache. Was ist passiert?«

»Ich bin genervt«, antworte ich und rutsche neben sie aufs Sofa.

»Das sehe ich dir an, auch ohne dass du es aussprichst«, schmunzelt sie und dreht sich zu mir. »Aber jetzt mal im Ernst, was für eine Laus ist dir über die Leber gelaufen?«

»Ryan.«

»Das ist tatsächlich eine große Laus«, kommentiert sie amüsiert und ich verdrehe die Augen. »Was hat er jetzt schon wieder ausgefressen?«

»Du erinnerst dich daran, dass wir in ein paar Tagen gemeinsam wegfahren und den Valentinstag in Paris verbringen wollten? Du weißt schon, Stadt der Liebe und so?«

Danielle nickt und schaut mich weiter gespannt an.

»Ich wollte noch mal alles mit ihm besprechen, welches Hotel wir jetzt nehmen und welchen Flug, aber der werte Herr hat wohl andere Pläne.«

»Wie muss ich das verstehen?«, fragt sie und zieht die Beine dichter an ihren Körper.

»Nun, er will lieber arbeiten.«

»Wie jetzt?«

»Du hast mich schon richtig verstanden. Er meint, zu der Zeit im Jahr sei Verreisen viel zu teuer und er wolle lieber im Sommer in die Sonne fliegen, statt im Februar im nasskalten Paris rumzurennen.«

»Wie unromantisch von ihm!«

»Du sagst es«, fahre ich frustriert fort. »Aber das Highlight kommt ja noch!«

»Wie? Er kann das noch toppen?«

Genervt verdrehe ich die Augen. »Großzügig wie er ist, meinte er, ich könne ja allein fliegen. Das musst du dir mal vorstellen. Allein. Nach Paris. An Valentinstag. Ich.«

Danielle reagiert nicht, sondern sieht mich nur verständnisvoll an. Dann stellt sie die Tasse auf einen Untersetzer auf dem Tisch und legt ihre Hand auf meinen Arm, den ich über die Sofalehne gelegt habe. »Eure Beziehung geht mich nichts an und du musst mit ihm klarkommen und nicht ich, aber jeder, der dich kennt, weiß, dass du auf romantische Trips stehst. Warum lässt du das mit dir machen?«

»Ach, das ist ja noch nicht alles.«

Überrascht blickt sie mich an. »Ach ja?«

»Er weiß ganz genau, dass ich nicht gern allein verreise. Das ist für mich Angsthase der reinste Graus. Die Tatsache, dass er einfach so salopp sagt, ich solle doch allein nach Paris fliegen, zeigt, dass er mich überhaupt nicht ernst nimmt, was diese Sache betrifft.«

»Mmh«, murmelt sie und während sie ihren Mund verzieht, stelle ich wieder einmal fest, dass wir uns wirklich unfassbar ähnlich sehen. Das Schicksal von eineiigen Zwillingen.

Danielle ist genau zwei Minuten älter als ich. Eine Tatsache, die sie immer mal wieder gern raushängen lässt. Das Einzige, woran der Profi uns unterscheiden kann, ist in dem Punkt, dass Danielle ihre blonden Haare seit Kurzem in einem dieser angesagten Longbobs trägt, während ich meine Haare lieber lang wachsen lasse. Beide haben wir blaue Augen und einen wohlgeformten Mund. Während ihr Gesicht schmal ist, wirkt meins minimal rundlicher, was aber kaum auffällt.

Früher als Kinder haben wir uns einen Scherz daraus gemacht, die Menschen in unserem Umfeld zu verwirren. Im Erwachsenenalter haben wir nun völlig andere Freundeskreise und treten nur noch selten zusammen auf, aber während man uns inzwischen recht gut auseinanderhalten kann, war das im Kindesalter um einiges schwieriger. Da hat tatsächlich oft nur der prüfende Blick geholfen, wer von uns beiden das kleine, fast unscheinbare Muttermal auf der Wange hat. Nur so konnte Danielle erkannt werden.

Tatsächlich unterscheiden wir uns aber auch im Wesen. Während Danielle der extrovertierte, abenteuerliebende Zwilling ist, bin ich eher introvertiert und mag es, mich stundenlang zurückzuziehen, zu lesen, durch Museen zu wandern oder einfach nur zu beobachten. Danielle liebt alles, was mit Sport und Reisen zu tun hat, und das alles kombiniert hat wohl dazu geführt, dass sie als Reisebloggerin tätig ist und mindestens die Hälfte des Jahres irgendwo auf der Welt unterwegs ist. Dass sie das häufig völlig allein macht, ist für mich kaum denkbar.

»Eine kleine Schissbuxe bist du in dem Aspekt wirklich. Und wenn du doch allein fliegst?«, fragt sie mich plötzlich und entgeistert reiße ich die Augen auf.

»Wie bitte? Du hast schon zugehört bei dem, was ich eben gesagt habe, oder?«

»Habe ich«, nickt sie und lässt sich von meinem kleinen emotionalen Ausbruch überhaupt nicht beirren.

»Und? Was sagst du zu deiner Verteidigung?«

»Ich wüsste nicht, dass ich mich verteidigen muss. Es würde dir bestimmt guttun!«

»Nur weil du so gern durch die Gegend reist, müssen andere das ja nicht tun«, murre ich genervt und verschränke demonstrativ meine Arme vor der Brust.

»Das stimmt, aber schon mal darüber nachgedacht, was es dir bringen könnte?«

»Panikattacken? Herzrasen? Totale Verzweiflung?«

Meine Schwester blickt mich kopfschüttelnd an und fährt unbeirrt fort: »Erfahrungen, Stärkung des Selbstbewusstseins und Selbstwertgefühls, neue Sichtweisen? Was soll denn schon passieren?«

»Mal überlegt, dass ich überhaupt kein Französisch spreche?«

Allein der Gedanke, dass ich völlig gehemmt und hilflos am Flughafen Charles de Gaulle stehe, lässt meinen Puls rasen.

»Du bist doch nicht auf den Kopf gefallen, Ava«, widerspricht sie mir und verdreht die Augen, als ich vehement mit den Armen umherfuchtle. »Na komm schon, was soll passieren?«

Noch gibt sie nicht auf und wiederholt ihre Frage erneut.

»Ich buchstabiere es dir gern, wenn du möchtest. Ich. Fahre. Nicht. Allein. Nach. Paris. Du kannst ja mitkommen!«

»Würde ich gern, aber ich habe zu dieser Zeit eine berufliche Verpflichtung«, gibt sie mir als Antwort. »Ich kann dich leider …«

Sie bricht mitten im Satz ab und binnen Sekunden verändert sich ihr Blick. Dann springt sie vom Sofa auf. »Beweg dich nicht vom Fleck. Ich bin gleich wieder da!«, ruft sie und ist innerhalb von Sekunden in ihrem Arbeitszimmer verschwunden.

Was auch immer sie jetzt wieder im Schilde führt, ich werde es bestimmt verfluchen.

Ich stehe vom Sofa auf, nehme unsere beiden Tassen und schlage den Weg in die Küche ein. Für einen Moment bin ich geneigt, mich an der Höllenmaschine zu bedienen und uns einen neuen Kaffee zu machen, doch ich entscheide mich dagegen, öffne stattdessen den Vorratsschrank und entscheide mich für Tee als sicherere Alternative.

»Wo bist du?«, höre ich Danielle in dem Augenblick rufen, als ich gerade heißes Wasser aus dem Wasserkocher in unsere zwei Tassen gieße.

»Küche«, rufe ich. »Ich bin sofort wieder da. Ich habe uns Tee gekocht.«

Als ich kurze Zeit später ins Wohnzimmer trete, sitzt meine Schwester grinsend mit dem Laptop auf dem Schoß auf dem Sofa.

»Was auch immer es ist … nein«, rufe ich, noch bevor ich mich neben sie setze.

»Aber du weißt noch nicht einmal, was ich hier habe.«

Fast könnte man meinen, sie wirkt ein bisschen frustriert.

»Im Zweifel bin ich einfach mal dagegen«, lache ich und rutsche zurück in meine bequeme Sitzposition.

»Jetzt aber mal Scherz beiseite.« Danielle wird ernst und

klappt ihren Laptop zu. »Willst du dir wirklich von Ryan vorschreiben lassen, was du zu tun und zu lassen hast?«

»Er schreibt mir ja nichts vor«, versuche ich, mich zu verteidigen.

»Vielleicht nicht, aber er bestimmt auf eine gewisse Weise über deine Zeit. Oder eure gemeinsame Zeit vielmehr. Ihr seid jetzt wie lange zusammen? Zwei Jahre? Da schafft er es nicht, mit dir ein paar Tage in den Urlaub zu fahren, sondern arbeitet lieber? Und schickt dich allein los? Da ist doch was faul!«

Statt zu antworten, beiße ich mir auf die Unterlippe und lasse die Schultern hängen.

»Ava, es geht mir nicht darum, dich loszuwerden und dich auf einen Trip zu schicken, auf den du keine Lust hast. Aber …«, sie öffnet ihren Laptop erneut, »vielleicht habe ich eine Alternative für dich, die dir guttun wird. Außerdem hast du deinen Urlaub ja schon eingereicht.«

Mit großen Augen schaue ich sie an, als sie mir ihren Laptop auf den Schoß drückt.

»Lies«, fordert sie mich auf und meine Augen richten sich auf den Bildschirm, auf dem eine E-Mail erscheint, die logischerweise an meine Schwester gerichtet ist.

Hi Danielle,

mein Name ist Niall Quinn. Zusammen mit meiner Familie leite ich ein Hotel in den schottischen Highlands direkt am Loch Finnegan. Vor Kurzem bin ich über Instagram auf deinen Reiseblog gestoßen. Mir hat deine Berichterstattung über deine Reise nach Cornwall an die englische Küste sehr gut gefallen. Ich finde, du hast für deine Leser ein wunderbares Bild der Gegend geschaffen und tolle Empfehlungen zu Unterkünften in der Region gegeben.

Ich habe mich gefragt, ob du Interesse daran hast, eine Kritik zu unserem Hotel zu verfassen. Wie ich feststellen konnte, lebst du im Herzen von London und die schottischen Highlands sind einfach toll, um mal eine Woche dem Großstadttrubel zu entkommen und abzuschalten. Sehr zu empfehlen sind unsere Kletter-, Mountainbike- und Kanu-Touren. Außerdem verfügt unser Hotel über eine wunderbare Küche und ein erlesenes Whiskysortiment.

Sehr gern würde ich dich auf einen einwöchigen Aufenthalt in unser Hotel einladen, im Austausch für deine Zeit, natürlich zu einem Zeitraum deiner Wahl. Es wäre toll, wenn wir etwas Aufmerksamkeit für unser Hotel und die Region gewinnen könnten, und ich glaube, deine Leser könnten auch davon profitieren.

Schau dir gern für mehr Informationen unsere Internetseite an. Natürlich stehe ich dir auch bei weiteren Fragen zur Verfügung. Du erreichst unser Hotel zu jeder Zeit unter 0040 1334 2789 00.

Vielen Dank für deine Zeit. Ich freue mich, von dir zu hören.

- Niall

»Du hast sie nicht alle«, ist das Erste, was mir entfährt, als ich meinen Blick von der E-Mail nehme und meine Schwester völlig entgeistert ansehe.

»Wieso?«, lacht sie und grinst mich mit ihrem strahlenden Lächeln an. »Das ist doch eine super Alternative! Dein Urlaub ist eingereicht, alles wird bezahlt und du musst auch nicht nach Frankreich. Ich glaube, den schottischen Akzent wirst du zur Not verstehen.«

»Aber ich kann mich doch nicht als dich ausgeben!«

»Warum nicht? Wer soll das merken?«

»Dieser Niall?«

»Ach, und wie?«, fragt sie und ich bin völlig verdattert, dass meine Schwester ernsthaft an ihrer Idee festhält. »Schwachsinn. Mein Bild auf dem Blog und auf Instagram ist einen Monat alt, da hatte ich noch lange Haare, genauso wie du! Das merkt kein Mensch.«

»Ich habe doch überhaupt keine Ahnung, was ein Reiseblogger so macht. Und du bist doch da an einen Vertrag gebunden und musst Bericht erstatten, an den Aktivitäten teilnehmen und so weiter.«

»Und? Das machst du dann eben für mich!«

»Ich kann kein Kanu fahren!«

Ich stemme meine Hände in die Hüften, denn so langsam finde ich diese Idee wirklich nicht mehr lustig.

»Wenn es dich beruhigt, ich auch nicht. Aber so etwas kann man lernen. Ich will jetzt keine Widerrede mehr hören, Ava, sonst buche ich dir eigenständig den Flug nach Paris. Wir reden hier von einer Woche. In Schottland. Das schaffst selbst du!«

»Mmh«, versuche ich erneut, zu schmollen, aber so langsam merke ich, dass mir die Munition ausgeht.

»Ava.« Meine Schwester gibt nicht auf. Sie kennt mich doch zu gut und merkt, wann meine Mauern zu bröckeln beginnen. »Du kannst so tough sein, aber in manchen Situationen bist du wirklich unfassbar unsicher und ängstlich. Das verstehe ich überhaupt nicht.«

»Ja, keine Ahnung«, gebe ich kleinlaut zu. »Ich mag eben keine Situationen, die ich nicht einschätzen oder planen kann. Ich kann nicht gut mit Ungewissheit.«

»Was bitte schön ist denn an der Reise ungewiss?«

Überrascht schaut sie mich an.

»Ernsthaft? Wo soll ich anfangen?«

»Es wird Zeit, dass du dich so einer Sache stellst. Ich bin mir sicher, hinterher wirst du zugeben, dass es überhaupt nicht schlimm war.«

»Das mag sein. Aber mir graut davor, allein zu verreisen. Was, wenn ich nicht klarkomme?«

»Schwesterherz, du würdest nach Schottland fahren, nicht in ein völlig entlegenes Dörfchen am anderen Ende der Welt, wo niemand deine Sprache spricht und du die einzige Ausländerin wärst. Glaube mir einfach, wenn ich sage, dass allein zu reisen auch seine Vorteile mit sich bringt. Man lernt, sich auf sich selbst zu verlassen, Entscheidungen zu treffen und mit den Konsequenzen umzugehen.«

Irritiert blicke ich sie an. »Was davon soll mich jetzt beruhigen?«

»Lass mich ausreden«, kontert sie und fährt einfach fort: »Man lernt sich selbst und seine eigenen Grenzen unfassbar gut kennen. Außerdem hat man endlich mal Zeit für sich allein und kann seinen Gedanken freien Lauf lassen. Es fördert die Kreativität und tatsächlich wächst man unheimlich. Pass auf, früher als du denkst, gehst du auf fremde Menschen zu und springst über deinen Schatten. Und wahrscheinlich wirst du Ryan nicht eine Minute vermissen. Diese Pappnase.«

»Dein Wort in Gottes Gehörgang«, murmle ich und ziehe mir noch mal ihren Laptop heran, um die Internetseite des Hotels zu öffnen. Danielle beobachtet mich stumm von der Seite, aber ich kann sehr wohl erkennen, dass sich ihr Mund zu einem breiten Grinsen verzieht.

»Du fährst also?«, fragt sie ohne weitere Umschweife und ich verdrehe die Augen.

»Habe ich eine andere Wahl?«

»Frankreich zum Beispiel«, grinst sie.

»Buch mir den Flug nach Inverness«, knurre ich und kann gerade noch den Laptop retten, bevor Danielle mir um den Hals fällt.

4

AVA

Fünfundachtzig Minuten. So lange dauert der Flug von London nach Inverness. Mein Blick auf die Anzeige an Bord verrät mir, dass wir bereits im Landeanflug auf die Hauptstadt der schottischen Highlands sind. Bisher habe ich es noch nie nach Schottland geschafft, und das obwohl ich die *Outlander*-Bücher von Diana Gabaldon nur so verschlungen habe und auch die Highlander-Saga von Karen Marie Morning einfach atemberaubend fand.

Dass mein Herz für Schotten schlägt, scheint unmissverständlich. Nicht so sehr schlägt mein Herz aber für diese Situation, in der ich mich befinde. Meinen Koffer aufzugeben, wohlgemerkt im Beisein von Danielle, war das eine, allein an Bord zu steigen, schon eine ganz andere Nummer. Was mir gleich aber bevorsteht, ist diese große Unbekannte, vor der ich mich nur allzu sehr fürchte.

Hoffentlich ist mein Koffer mitgeflogen. Und was, wenn man mich vergessen hat und ich nicht vom Flughafen abgeholt werde? Fahren Züge bis ins schottische Hochland? Und wenn nicht, wie teuer ist ein Taxi von Inverness nach Finnegan? Bei meinen Recherchen sah es nicht danach aus, als würde es in Finnegan einen Bahnhof geben, was mein mulmiges Gefühl nicht sonderlich verbessert. Irgendwie ankommen, das ist für heute der große Plan. Im Optimalfall inklusive Gepäck.

Da ich von Natur aus vorsichtig bin und vorausschauend plane, befindet sich in meinem Handgepäck alles Wichtige, um im Notfall zwei Tage ohne Koffer in Inverness zu überleben. Natürlich auch der Zettel, auf dem ich mir im Beisein von Danielle notiert habe, was ich für meine Arbeit als Reisebloggerin im Hotel brauche. Vorbereitung ist alles. Während Danielle mich für meine Pack-Eskapaden müde belächelt hat, fühle ich mich tatsächlich besser damit, alles Essenzielle bei mir zu tragen.

Gedankenverloren schüttle ich den Kopf und finde mich selbst unfassbar lächerlich. *Werde endlich erwachsen, Ava.*

Das Zeichen, dass wir uns anschnallen sollen, leuchtet auf und ich lächle dem Mann zu, der neben mir in der Reihe sitzt. Gott sei Dank ist der Flieger nicht voll und wir haben einen Platz zwischen uns frei gelassen. Mein Sitznachbar ist ein ruhiger, angenehmer Geselle, der gleich nach dem Start in seine Zeitung versunken ist und auch gerade erst wieder daraus auftaucht. Ich habe während des Flugs meine Nase in ein Buch gesteckt und tatsächlich ist es mir für eine Weile gelungen, meine immer mal wieder aufkommende Nervosität zu besänftigen. Vielleicht liegt das aber auch an dem Gläschen Sekt, das ich gleich zu Anfang des Fluges bei der Stewardess bestellt habe. Sehr zum Amüsement meines Sitznachbarn.

Die nächsten Minuten vergehen sprichwörtlich wie im Flug

und als ich aus dem Flieger steige und mich auf den Weg zu den Gepäckbändern mache, fühle ich mich nahezu abenteuerlich, was für Außenstehende wohl kaum nachvollziehbar ist.

Ava Miller, die sich mit ihren siebenundzwanzig Jahren förmlich in die Hose macht, wenn sie allein reisen muss. Na ja, das Absurde an der Sache ist, dass ich in meinem Privatleben so unfassbar introvertiert und zurückhaltend bin, in meinem Job aber nie wirklich ein Blatt vor den Mund nehme und für gewöhnlich diejenige bin, die für Ordnung, klare Strukturen und die Organisation sorgt. Fähigkeiten, die man haben muss, wenn man wie ich als Assistentin des Künstlerischen Direktors des British Museums in London arbeitet. Die Erledigung von Korrespondenz, Pflege der Außenkontakte, Vor- und Nachbereitung von Sitzungen und die Terminverwaltung gehört genauso zu meinem operativen Tagesgeschäft wie das Verfassen, Zusammenstellen und redaktionelle Bearbeiten von Vorlagen, die Unterstützung bei Recherchen sowie die Planung und Koordination von Veranstaltungen. Warum ich ausgerechnet jetzt am liebsten jemanden an meiner Seite hätte, der mich an die Hand nimmt, weiß ich auch nicht.

Aufgeregt stehe ich am Gepäckband und als mein großer roter Koffer in meinem Blickfeld erscheint, mache ich tatsächlich einen kleinen Luftsprung.

»Immer wieder aufregend, ob das Gepäck es auch mit an Bord geschafft hat, oder?«, höre ich auf einmal den Mann sagen, der im Flugzeug neben mir gesessen hat.

»Sie sagen es«, lache ich erleichtert und bereite mich vor, den Koffer vom Band zu hieven.

»Lassen Sie mal, ich mache das für Sie«, sagt mein Gegenüber und ich nicke ihm zu.

»Danke. Wirklich nett von Ihnen. Sind Sie geschäftlich hier oben oder zu Besuch?«, frage ich ihn und wundere mich über mich selbst, dass ich einem wildfremden Menschen ein Gespräch aufzwinge.

»Ich lebe in der Gegend«, antwortet er und stellt meinen Koffer neben mir ab. »In Ashmoore, um genau zu sein. Sie sind hier zu Besuch?«

»Ich bin hier zum Urlaub. Ach nein, geschäftlich«, korrigiere ich mich umgehend und ernte dafür einen prüfenden Blick meines Gegenübers.

»Ja, was denn jetzt?«, schmunzelt er und scheint sich über meinen Versprecher zu wundern.

»Na, so eine Mischung aus beiden«, versuche ich, die Situation zu retten. »Ich arbeite als Reisebloggerin und bin auf einen Pressetrip eingeladen.«

Beinahe mühelos geht mir die kleine Lüge über die Lippen. Früh übt sich, wer später im Hotel nicht auf die Nase fliegen will.

»Klingt spannend«, sagt er und hebt seinen eigenen Koffer vom Band. »Wo geht es für Sie hin?«

»Nach Finnegan.«

»Tolle Gegend«, erwidert er. »Dann wünsche ich Ihnen eine wunderbare Zeit und erholen Sie sich trotz der Arbeit ein bisschen. Und keine Angst vor uns Schotten. Nur einige von uns sind wirklich solche Dickköpfe, wie sie im Buche stehen.«

Mit diesen Worten nickt er mir zu, wendet sich ab und geht in Richtung Ausgang. Ich verfolge ihn mit meinem Blick, während er langsam aus meinem Sichtfeld verschwindet, und stelle fest, dass er tatsächlich richtig gut in seinem perfekt sitzenden Designeranzug aussieht und ich während des Fluges ruhig das eine oder andere Mal zu ihm rüber hätte starren können. Wie heißt es so schön? Appetit darf man sich holen, gegessen wird zu Hause. Auf jeden Fall erfüllt er optisch schon mal das Bild eines waschechten Schotten. Seine Haut ist hell und sein markantes Gesicht zieren vereinzelt Sommersprossen. Sein blondes Haar enthält Spuren von Rot und natürlich trägt er einen dieser tierisch gut aussehenden Vollbärte, die ich an Ryan so vermisse. Ich kann ihn noch so sehr darum bitten, einen Vollbart lässt er sich einfach nicht wachsen, denn laut ihm *sieht man damit ungepflegt aus*. Der Schotte, der sich gerade von mir entfernt, sieht alles andere als ungepflegt aus und wenn der Rest der Männer, die mir auf diesem Trip begegnen werden, auch nur halb so gut aussieht, habe ich zumindest etwas zum Angucken.

Als ich mein Handy einschalte, sehe ich, dass ich einen Anruf von Ryan verpasst habe. Komisch. Ich habe ihm doch erzählt, wann mein Flieger geht und dass ich dann eine Weile nicht zu erreichen bin. Ich kontrolliere die Zeit des Anrufs. Er fällt genau in meinen Flug. Hat er die Flugzeit vergessen oder wollte er mir vielleicht doch noch einen guten Flug wünschen, nachdem er im Büro nicht für mich zu erreichen war? Obwohl ich es auf dem Weg zum Flughafen dreimal versucht habe, ging immer wieder seine Mailbox dran und so habe ich mich dazu entschieden, ihn anzurufen, wenn ich gelandet bin. Jetzt ist er mir zuvorgekommen und hat mir eine Voicemail hinterlassen. Schnell tippe ich auf *Abspielen*, während ich langsam ebenfalls den Weg in Richtung Ausgang einschlage.

»Ava, hi. Ich habe gesehen, dass du angerufen hast. Entschuldige, war in einem wichtigen Meeting. Der Deal mit Braxton und Partner scheint zu klappen. Ist richtig cool, dass wir deren Internetauftritt machen können. Die wollen für die Kanzlei noch so ein paar andere Dinge, die wir mit anbieten werden. Läuft. Was geht bei dir so? Wann geht dein Flug morgen? Können dann später gern noch quatschen. Ich werde heute wohl lange in der Agentur sein müssen und es nicht mehr schaffen, vorbeizukommen, aber wir können ja facetimen. Ich muss jetzt auch wieder ins nächste Meeting. Melde dich!«

Fassungslos starre ich mein Handy an und glaube, mich verhört zu haben. *Wann geht dein Flug morgen?*

Ungläubig lasse ich die letzten Konversationen mit Ryan Revue passieren, aber ich bin mir hundertprozentig sicher, dass ich ihm genau erzählt habe, wann mein Flug geht. Inklusive Gate und Ankunftszeit.

Während ich den Koffer hinter mir herziehe und meine Handtasche geschultert habe, tippe ich erneut auf mein Handy, um mir die Nachricht ein weiteres Mal anzuhören. Ob ich etwas überhört oder falsch verstanden habe?

Rums! Ich kann gar nicht so schnell gucken, wie ich auf dem Weg nach draußen gegen etwas Hartes laufe und unsanft auf dem Po lande. Erschrocken blicke ich an mir runter und stelle erleichtert fest, dass mir nichts wehtut und ich dank meiner warmen Jacke einigermaßen weich gelandet bin.

»Hoppla«, vernehme ich da eine Stimme und eine Hand schiebt sich in mein Blickfeld. Peinlich berührt schaue ich hastig um mich und hoffe, dass nicht der halbe Flughafen meinen unsanften Fall mitbekommen hat.

»Hoppla?«, rufe ich erzürnt, weil ich es einfach nicht mag, aufzufallen, und blicke an der Hand hoch, die sich immer noch vor meiner Nase befindet. »Können Sie nicht aufpassen?«

Ich schlage abwehrend nach der helfenden Hand und

mache meinem Ärger weiter Luft, der eigentlich nur unfassbare Unsicherheit ist, über die ich mir leidlich bewusst bin. »Was stehen Sie hier einfach im Weg rum?«

Völlig unbeeindruckt scheint mein Gegenüber sein Helfersyndrom nicht abschalten zu können, denn wieder streckt er mir die Hand entgegen, um mir aufzuhelfen. Erst jetzt lasse ich meinen Blick an dem Menschen hochwandern, der sich mir so unsanft in den Weg gestellt hat. Seine Hand ist groß und so anders als Ryans, die eher fein und zart für eine Männerhand ist. Ich lasse den Blick weiter hochwandern und dann überlege ich, ob nicht doch irgendwo ein großes Loch ist, in dem ich versinken kann. Die stahlblauen Augen, die mich mustern, gehören zu einem unfassbar markanten und maskulinen Männergesicht, das die richtige Mischung aus Härte und Sinnlichkeit hat. Mein Gegenüber trägt seine tiefrotbraunen Haare in einem dieser angesagten Buzz Cuts, die Männer gleich noch verwegener erscheinen lassen. Der raspelkurze, häufig nur wenige Millimeter lange Haarschnitt passt perfekt zu seiner Gesichtsform. Mein menschlicher Prellbock trägt seinen Bart etwas länger und ich erkenne rote, braune und vereinzelt blonde Strähnen darin. Ein wirklich interessantes Farbspiel. Sein sinnlich geschwungener Mund ist zu einem Grinsen verzogen und ihn scheint die Situation mehr als zu amüsieren.

Ohne eine weitere Reaktion von mir abzuwarten, ergreift er meine Hand und zieht mich vom Boden hoch. Etwas überrumpelt strauchle ich und knalle höchst unsanft gegen seine Brust. Ich ziehe scharf die Luft ein, als mir bewusst wird, dass ich auf reine Muskelmasse treffe. Mein Gegenüber ist breit, trainiert und fast zwei Meter groß. Für einen Moment bin ich sprachlos und versuche, mich zu sammeln.

»Gern geschehen«, kommt er mir wieder zuvor und hält meine Hand immer noch fest. Ich mag mit meinen eins zweiundsiebzig vielleicht nicht die kleinste Frau auf Erden sein, aber im Vergleich zu diesem Schotten komme ich mir winzig vor. Meine Hand scheint in seiner zu verschwinden.

»Gern geschehen?«, kommt es mir im nächsten Moment endlich über die Lippen und ich merke, dass ich schon wieder viel zu schnippisch für meine Verhältnisse bin. »Wenn Sie hier nicht so breit rumgestanden hätten, wäre Ihre Hilfe überhaupt nicht nötig gewesen.«

Ich funkle ihn an und versuche, dabei nicht in seinen Augen zu versinken, die sich innerhalb von Sekunden verdunkeln. Tatsächlich kann ich mir nicht erklären, warum ich ihn so anpflaume, aber die Begegnung mit ihm hat mich aus dem Konzept gebracht und das mag ich nicht. Vielleicht liegt es auch daran, dass mich Ryans Nachricht irritiert hat. Was auch immer es ist, ich habe mir meine Ankunft in Schottland anders vorgestellt. Geordneter. Kontrollierter. Jetzt gerade ist alles ganz anders als geplant.

Mein Gegenüber zieht seine Hand weg, tritt einen Schritt zurück und mustert mich von oben bis unten. Irgendetwas scheint ihn zu irritieren, doch dann sagt er in ruhiger, aber fester Stimme: »Hören Sie, junge Dame, wenn Sie nicht ununterbrochen auf Ihr Handy gestarrt hätten, als wäre es das Wichtigste auf dieser Welt, hätten Sie gesehen, wohin Sie laufen. Ein bisschen Aufmerksamkeit kann man schon verlangen.«

Ich lege den Kopf schief und ziehe eine Augenbraue hoch. »Wie bitte?«

»Ich bin mir sicher, Sie haben mich verstanden«, sagt er weiter völlig ruhig und nickt mir zu, bevor er sich bückt und meine Handtasche vom Boden aufnimmt. »Schauen Sie demnächst einfach dahin, wohin Sie laufen, und nehmen Sie sich nicht wichtiger, als Sie sind. Andere Leute stehen hier nämlich auch.«

»Pfff«, entfährt es mir und ich reiße ihm meine Handtasche aus der Hand. »Vielen Dank auch.«

»Geht doch«, grinst er und tritt einen Schritt zur Seite, sodass ich an ihm vorbeigehen kann. »Ich wünsche Ihnen noch einen schönen Tag, Sassenach!«

Mein Blick schnellt zu ihm hoch und auch wenn ich mir wünschen würde, der Begriff hätte den Liebreiz, den James Fraser hinein legt, wenn er seine Claire anspricht, weiß ich, dass dieser Schotte eher Spott als sonst etwas in dieses Wort gelegt hat, mit dem er mich als Engländerin bezeichnet hat.

Ich schüttle den Kopf, greife nach meinem Koffer und stiefle eiligen Schrittes an ihm vorbei Richtung Ausgang des Flughafens. Beim Durchqueren der Empfangshalle blicke ich mich suchend um, aber leider kann ich nirgendwo jemanden entdecken, der auf mich zu warten scheint. Nirgendwo ist ein Schild mit meinem, oder dem Namen meiner Schwester, zu sehen. Frustriert blicke ich auf die Uhr und entscheide mich, noch fünf Minuten zu warten, bevor ich etwas unternehme.

War ja klar, dass mir das passiert. Wie war das noch mit dem *Hauptsache, ankommen?*

Natürlich ist nach fünf Minuten immer noch nichts passiert und so langsam werde ich ungeduldig. Um nicht zu sagen, nervös. *Wenn man nicht alles selbst macht*, denke ich und greife nach dem Handy, das ich wieder in meine Handtasche verfrachtet habe. Ich wähle die Nummer vom Hotel, die ich sicherheitshalber zu Hause eingespeichert habe.

Es klingelt dreimal und dann vernehme ich eine freundliche männliche Stimme: »*The Finnegan*, guten Tag. Sie sprechen mit Iain. Wie kann ich Ihnen helfen?«

»Hi, hier ist Danielle Miller. Ich bin zu einem Pressetrip eingeladen worden und sollte am Flughafen in Inverness abgeholt werden. Könnten Sie vielleicht nachforschen, ob sich der Fahrer verspätet?«

»Natürlich«, antwortet die freundliche Stimme am anderen Ende. »Ich kümmere mich umgehend darum. Darf ich Ihre Telefonnummer weitergeben? Sie werden direkt von Niall Quinn abgeholt. Er leitet mit seinen Geschwistern das Hotel. Wir freuen uns auf Sie.«

»Sehr gern. Danke für Ihre Hilfe«, sage ich und bin froh, sofort Auskunft bekommen zu haben. Noch froher bin ich aber darüber, dass man mich nicht vergessen hat und ich abgeholt werde.

Ich atme tief durch und spüre, wie sich mein Puls etwas beruhigt. Jetzt also nur noch einen Augenblick warten.

Wie dieser Niall Quinn wohl aussehen mag? Der Name klingt recht jung und ich erinnere mich daran, dass er es war, der Danielle die E-Mail geschickt hat. Aber irgendwie stelle ich mir einen Hotelbesitzer mindestens in den Mittvierzigern vor. Na, lassen wir uns überraschen.

Keine drei Minuten später klingelt mein Handy und ich sehe eine mir fremde Nummer auf dem Display. Das muss dieser Niall sein.

»Hallo?«, sage ich, als ich den Anruf entgegennehme.

»Hi, Danielle«, tönt mir eine freundliche Stimme entgegen und ich merke, dass ich mich definitiv schnell an den Namen meiner Schwester gewöhnen sollte, wird er mir in den nächsten sieben Tagen sicher so manches Mal begegnen. »Wir müssen uns verpasst haben. Ich habe in der Eingangshalle auf Sie gewartet. Wo stehen Sie? Dann komme ich zu Ihnen.«

Die warme Stimme gefällt mir und in meinem Kopf male ich mir gerade den Schotten aus, der mich gleich in seinem Wagen in die Highlands entführen wird.

»Kein Problem, Mr Quinn«, lache ich. »Das passiert. Hauptsache, Sie sind da und ich muss mir kein Taxi nehmen!«

»Niall reicht völlig«, höre ich ihn sagen. »Und natürlich müssen Sie sich kein Taxi nehmen. Also? Wo stehen Sie?«

»Ich stehe direkt am Ausgang. Quasi einmal durch die Drehtür raus, und wenn Sie dann nach rechts schauen, sehen Sie mich«, lasse ich ihn meinen Standort wissen und freue mich, gleich endlich wieder im Warmen sitzen zu können, denn Schottland im Februar ist noch ziemlich kalt. Zwar scheint heute die Sonne, aber die Temperaturen erinnern noch nicht an den bald einsetzenden Frühling. Ich ziehe mir meine Jacke enger zusammen.

»Bewegen Sie sich nicht vom Fleck, ich bin in einer Minute bei Ihnen«, lacht er und hat im nächsten Moment aufgelegt.

Auch wenn ich es nicht wahrhaben will, wächst in mir die Neugierde und fast halte ich es nicht für möglich, aber ich freue mich auf meine Begegnung mit dem Hotelbesitzer, der wirklich unfassbar nett geklungen hat.

Guter Laune lasse ich mein Handy wieder in der Tasche verschwinden, nachdem ich kurz überlegt habe, Ryan zu schreiben. Tatsächlich bin ich aber immer noch verärgert über seine Nachricht und weiß noch nicht genau, wie ich reagieren soll. *Damit kann ich mich auch später beschäftigen*, denke ich und drehe mich aufgeregt in Richtung Drehtür.

Jeden Moment müsste Niall seinen Weg zu mir gefunden haben.

Obwohl es an einem Flughafen immer geschäftig zugeht, steht die Drehtür überraschend lange still und als sie sich endlich nach einer gefühlten Ewigkeit wieder in Bewegung setzt und ich sehe, dass jemand nach draußen tritt, wechsle ich nervös von einem Bein aufs andere. Keine fünf Sekunden später starre ich in das Gesicht, das mir vor wenigen Minuten schon einmal verdammt nah war, und mein Herz rutscht mir in die Hose. Ausgerechnet er. Das darf nicht wahr sein.

Aus der Drehtür kommt mein Prellbock und dass er definitiv derjenige ist, der mich abholen soll, erkenne ich an dem Schild, das er in der Hand hält, auf dem in epischer Breite der Name meiner Schwester steht.

Herrje.

5

NIALL

Ausgerechnet sie. Wieso hat mein verdammtes Bauchgefühl immer recht? Wieso habe ich geahnt, dass sie es gewesen sein muss, die eben auf ihrem Weg nach draußen in mich gelaufen ist und die ich eigentlich abholen soll? Ich hätte mir ihr Bild auf dem Instagram-Account definitiv noch einmal anschauen müssen, bevor ich zum Flughafen gefahren bin. Vielleicht sollte ich wirklich langsam anfangen, diese Sache hier ernst zu nehmen, auch wenn ich immer noch der Meinung bin, dass Reiseblogger kleine Schmarotzer sind und sich überall umsonst durchmogeln.

Auf mein Bauchgefühl ist Verlass. Immer. Genauso wie auf meinen Orientierungssinn. Ich verliere selten den Überblick und deswegen bin ich mir eben bei Iains Anruf ziemlich sicher gewesen, niemanden in der Ankunftshalle übersehen zu haben. Der Flughafen in Inverness hat nicht die Größe von Heathrow und da nur ein Flieger zu dieser Zeit gelandet ist, war es mir eigentlich schon klar, dass diese Frau, die kopflos mit dem

Handy in der Hand gegen mich gerannt ist, Danielle Miller gewesen sein muss.

Als ich ihr jetzt gegenübertrete, gebe ich mir die größte Mühe, mein süffisantestes Lächeln aufzusetzen, das ich im Repertoire habe. Wollen wir doch mal sehen, wie biestig sie bleibt, jetzt, wo sie weiß, mit wem sie es zu tun hat.

»Danielle«, sage ich und nicke ihr zu, denn ich glaube, mit *Sassenach* hätte ich gleich wieder Öl ins Feuer gegossen. Ich kann hier nicht nur einen auf Krawall machen, schließlich will ich etwas von ihr und unser Hotel kann keine schlechte Presse vertragen. Dass Schreiberlinge eine ganz schöne Macht haben können, weiß ich aus meiner Vergangenheit nur zu gut. So manche Karriere meiner Teamkollegen hat einen Knick bekommen, wenn sie einmal in die Ungunst der Journalisten gefallen sind.

»Na bravo«, rutscht es ihr raus und ich muss zu meiner Überraschung lachen.

»Du kannst gern Niall sagen, auch wenn ich es gewohnt bin, dass man mir häufig Beifall klatscht«, antworte ich und sehe, wie es in ihren Augen aufblitzt.

»Und du meinst, du hast bereits etwas getan, wofür ich Beifall klatschen sollte?«, gibt sie distanziert zurück und schiebt mir ihren Koffer entgegen, den ich ihr kommentarlos abnehme.

»Ich dachte, ich hätte meine Fähigkeiten als Prellbock schon unter Beweis gestellt?«, grinse ich und deute ihr den Weg zu meinem Wagen an.

»Ich hoffe, das ist nicht das Einzige, zu dem du in der Lage bist«, grummelt sie etwas leiser hinter mir, als sie versucht, mit meinem Tempo Schritt zu halten.

Ich entscheide mich, meinen Stechschritt in ein normales

Gehtempo zu reduzieren, sodass sie aufholen kann. Irgendwie habe ich im Gefühl, dass sie sonst wieder angefangen hätte, zu meckern. Dann blicke ich zu meiner Rechten und schüttle kaum merklich den Kopf, denn diese Situation ist wirklich ... ja, was eigentlich? Ein Zufall? Eine Katastrophe? Irgendwie weiß ich jetzt schon, dass Danielle Miller ein Haufen Arbeit sein wird. So gut sie vielleicht auch aussehen mag, ich finde Jamies Idee von Sekunde zu Sekunde blöder. Pressetrip für Reiseblogger. Dieses Persönchen hier zu meiner Rechten scheint auf jeden Fall ein besonders harter Fall zu sein, denn dass sie sich etwas auf sich einbildet, ist zehn Meilen gegen den Wind zu riechen.

»Hattest du einen angenehmen Flug?«, versuche ich daher, die leicht unterkühlte Situation zu überspielen, während wir die letzten Meter bis zu meinem Wagen überbrücken.

»Danke, ja. Der Flieger war nicht voll und auch sonst hat alles gut geklappt«, antwortet sie überraschend freundlich und schaut zum wiederholten Mal auf ihr Handy, das sie sofort wieder aus der Handtasche gezogen hat, als ich ihr den Koffer abgenommen habe. Wie wichtig kann das kleine Ding sein?

»Erwartest du einen Anruf?«, frage ich neugierig und Danielle schaut mich sichtlich ertappt an.

»Ähm, nein«, stottert sie und lässt ihr Handy wieder in der Tasche verschwinden. »Ich musste nur noch einmal eine Voicemail abhören. Du musst wissen, ich wurde eben am Flughafen unsanft dabei unterbrochen.«

Ich schaue zu ihr und versuche, aus ihrem Blick schlau zu werden. Entweder nimmt sie mich gerade aufs Korn oder sie ist wirklich die größte Zicke, die mir seit Langem begegnet ist.

Meine Antwort erhalte ich keine fünf Minuten später,

nachdem wir ihr Gepäck in meinen Wagen verfrachtet haben und sie sich anschickt, auf dem Rücksitz einzusteigen. Ich bin weder ihr Chauffeur noch ist mein Auto ein Taxi. Aber Madame scheint davon auszugehen, dass das hier so läuft.

Nicht mit mir, Fräulein.

»Du darfst gern vorn neben mir sitzen, oder hast du Angst?«

Provozierend baue ich mich in voller Größe neben ihr auf, mir vollkommen darüber bewusst, dass ich selbst neben einer gar nicht mal so kleinen Frau wie ihr ein Brecher sein kann.

Überrascht blickt sie mich an, hält in der Bewegung inne, aber scheint von meiner Nähe völlig unbeeindruckt. »Wenn dich das nicht stört?«

»Wieso sollte es mich stören?«, frage ich irritiert und halte ihr die Beifahrertür auf.

»Ich weiß nicht. Dachte, du willst deine Ruhe?«

Sie schaut mich aus großen Augen an und tatsächlich nehme ich ihr diese Vermutung sogar ab.

»Du kannst auch gern hinten sitzen, wenn du lieber arbeiten möchtest?«, frage ich und deute mit meiner Hand auf den hinteren Teil des Wagens.

»Nein, nein. Schon gut. Ich habe ja keine Angst vor großen Männern«, sagt sie zwinkernd und ergänzt: »Vorn ist prima. Da sehe ich auch ein bisschen mehr von der Landschaft«.

Ohne noch einmal mit der Wimper zu zucken, rutscht sie auf den Beifahrersitz und zieht die Tür hinter sich zu.

Sichtlich perplex laufe ich um den Wagen herum, steige ein und schnalle mich an. Sie tut es mir gleich und beginnt Sekunden später, erneut in ihrer Handtasche zu wühlen, während ich den Motor starte. Ich schaue neben mich und mustere sie von der Seite. Wie eine Furie sieht sie nun doch nicht aus. Eigentlich ist sie sogar verdammt attraktiv. Nahezu niedlich, wenn man es recht betrachtet.

Normalerweise gelingt es mir immer recht schnell, Menschen zu lesen, aber bei ihr weiß ich tatsächlich noch nicht, ob hinter ihrem Auftreten ein Hilfe suchendes Wesen steckt, das seine Unsicherheit zu vertuschen versucht, oder die größte Zicke unter der schottischen Sonne, die gerade nur nett ist, weil sie ein Taxi zum Hotel braucht. Wie eine professionelle Reisebloggerin sieht sie auf jeden Fall nicht aus, denke ich mir und lenke den Wagen auf die Autobahn in Richtung Finnegan. Vor uns liegen in etwa neunzig Minuten Autofahrt und ich hoffe inständig, dass sie eine angenehme Beifahrerin ist.

»Hast du langsam gefunden, wonach du suchst?«, frage ich amüsiert, als sie immer noch nicht damit aufgehört hat, in ihrer Tasche zu kramen.

»Jetzt ja«, ruft sie triumphierend und zieht einen Zettel aus der Handtasche, die definitiv nach Designer aussieht. Irgendwie überrascht mich das nicht. Danielles Outfit erinnert eher an High-Society-Lady statt an Reisebloggerin, wobei ich mich frage, wie die richtige Reisebloggerin eigentlich aussieht. Tatsächlich habe ich mir eine Frau in Jeans, T-Shirt, Turnschuhen und Rucksack vorgestellt und nicht eine Frau, die ihre langen blonden Haare in perfekten Wellen gestylt hat, Make-up trägt und deren Outfit farblich zu ihrem Reisegepäck passt. Ich mag vielleicht nicht viel Ahnung von Fashion haben, aber dass Danielle ein Gespür für den perfekten Look hat, ist unübersehbar. Ich hoffe nur, dass sie in ihrem Koffer auch die richtige Ausrüstung für die Highlands hat. Ein bisschen erinnert sie mich von ihrem Look her an Jamie, als sie hier aufgetaucht ist. Ich muss unbedingt bei ihr nachforschen, ob alle Ladys in

London so aussehen. Zumindest hat sie sich im Gegensatz zu Jamie gegen High Heels entschieden, denn ihre Füße stecken in weißen Turnschuhen, die sie zu engen schwarzen Jeans trägt. Jetzt, wo sie ihre Jacke ausgezogen hat, kann ich sehen, dass sie dazu einen weißen Rollkragenpullover kombiniert hat, der aus Kaschmir zu sein scheint. Sie trägt zarten Goldschmuck, was mir gefällt, und obwohl sie Make-up aufgelegt hat, ist es dezent und unterstreicht die natürliche Schönheit ihrer blauen Augen. Ich ertappe mich dabei, wie ich mich ein Stück zu ihr lehne und ihren Duft in mir aufnehme. Himmel, wie bezaubernd sie riecht. Sie riecht sexy. Kühl. Floral. Nach einer Mischung aus Lavendel, Orangenblüte und Vanille.

»Alles okay bei dir?«, fragt sie plötzlich und ich werde aus meinen Gedanken gerissen.

»Ähm ja, wieso?«, versuche ich, mich zu retten, und konzentriere mich wieder auf die Fahrbahn.

»Na, ich habe dich gefragt, ob du mir etwas über das *The Finnegan* und die Umgebung erzählen kannst. Musst du so lange überlegen, bis dir was zu deinem eigenen Hotel einfällt?«

Touché. Ich sollte mich wirklich nicht von betörenden Frauendüften ablenken lassen. Sowieso scheint mir, dass ich bei dieser Frau neben mir wachsam sein sollte, denn ihr Blick ist aufmerksam und scharf. Auch wenn sie gleichzeitig eine gewisse Unruhe auszustrahlen scheint.

»Natürlich nicht. Ich war nur für einen Moment abgelenkt«, sage ich grinsend und zwinkere in ihre Richtung, was sie aber nicht sieht, weil ihr Blick just in diesem Moment aus dem Fenster streift. »Viel möchte ich zum Hotel nicht vorwegnehmen, denn du sollst deinen eigenen ersten Eindruck vom *The Finnegan* bekommen. Was deine andere Frage betrifft, kann ich dir sagen, dass wir fern des wuseligen Stadtlebens liegen. Manche mögen sogar behaupten, wir wären fern der Zivilisation. Keine Angst, du musst nicht auf dein WLAN verzichten«, ergänze ich schnell, als ich den panischen Ausdruck in ihren Augen sehe. »Der Februar gehört hier in den Highlands noch zu den kältesten Monaten und niedrige Temperaturen und Schneefälle sind in den Bergregionen keine Seltenheit. Jedoch profitiert unser Klima vom wärmeren Golfstrom, daher haben wir insgesamt gemäßigtere Temperaturen als auf der Ostseite. Ich hoffe trotzdem, du hast ein paar warme Klamotten dabei?«

Sie nickt und schaut zu mir. »Was ich auf eurer Internetseite gesehen habe, sah auf jeden Fall sehr vielversprechend aus. Welche Aufgabe hast du bei euch im Hotel? Bist du der General Manager?«

»Nein«, antworte ich. »Das ist mein Bruder, Liam. Meine Schwester Kenzie ist bei uns die Küchenchefin.«

»Und du machst also was?«

Sie lässt nicht locker und schaut mich weiterhin eindringend von der Seite an. Obwohl mein Blick fest auf die Fahrbahn gerichtet ist, kann ich ihren prüfenden Blick sehr gut spüren.

»Ich kümmere mich um das Sportprogramm, die Aktivitäten und so was.«

»Und so was«, wiederholt sie. »Verstehe.«

Obwohl ich es nicht zugeben will, trifft mich ihre Reaktion und ich ärgere mich über mich selbst, dass ich nicht mit irgendeinem fancy Titel um mich geworfen habe. So muss sie denken, dass meine Geschwister die wichtigen Aufgaben erledigen und ich Brecher nur gut für Sport und Taxifahrten bin.

»Zumindest habe ich auch deinen Pressetrip geplant«, fahre

ich möglichst schnell fort, um die missliche Situation zu überbrücken. »Machst du so was oft?«

»Du meinst, ob ich von meinem Job als Reisebloggerin leben kann?«

»Aye.«

»Das kann ich sehr gut«, nickt sie und faltet den Zettel auseinander, den sie immer noch in den Händen hält. »Es gibt ein paar Dinge, die ich mit dir absprechen möchte. Ich bin ja nicht zum Vergnügen hier, sondern zum Arbeiten, daher braucht es einiger Dinge, damit ich meine Aufgaben erfüllen kann. Die ihr mir als Hotel gewährleisten müsst. Bist du während der Fahrt aufnahmefähig oder wollen wir das später klären?«

Etwas überrascht darüber, dass sie bereits auf der Fahrt über Geschäftliches sprechen und scheinbar Dinge checken will, die wir im Vorfeld schon schriftlich fixiert haben, nicke ich nur kurz und lasse meinen Blick über den Zettel in ihrer Hand gleiten, auf dem ich fein säuberlich notiert einige Punkte sehen kann. Ich hatte wohl doch recht: Diese Frau wird Arbeit.

Sie setzt sich aufrecht hin und holt Luft. »Dir muss klar sein, dass ich nicht für eine Zeitung oder ein Magazin schreibe«, beginnt sie und scheint im Businessmodus angekommen zu sein. »Das heißt«, fährt sie fort, »mein Job ist es, online zu sein. Dementsprechend brauche ich eine Internetverbindung, auf die Verlass ist. Ihr möchtet, dass ich über meinen Aufenthalt bei euch auf Twitter, Instagram und Facebook poste, und tatsächlich ist es so, dass das größte Interesse bei Followern gewonnen werden kann, wenn man Social-Media-Updates während der Pressetour absetzt. Ich kann also davon ausgehen, dass Internet für mich kostenlos zur Verfügung steht?«

»Aye«, antworte ich und ziehe eine Augenbraue hoch. »Das haben wir aber auch in den E-Mails und im Vertrag stehen«, versuche ich, die Sache abzukürzen, aber sie geht nicht darauf ein und fährt fort.

»Vertraglich haben wir ja geklärt, dass ich sowohl während als auch nach dem Trip Posts absetze. Wahrscheinlich hast du auch schon gesehen, dass ich vom Flughafen in London gepostet habe und eben bei der Ankunft. Den nächsten Post werde ich machen, wenn wir am Hotel angekommen sind. Ich denke, das ist zu deiner Zufriedenheit?«

Herrje, ein bisschen fühle ich mich wie in Vertragsverhandlungen und versuche, mich auf die Straße zu konzentrieren und ihr nicht an den Kopf zu werfen, dass wir das Kleingedruckte nicht noch einmal durchgehen müssen. Aber wenn sie sich dann besser fühlt, bitte.

Sie lässt den Zettel sinken und schaut mich aus großen Augen an. »Ist irgendwas?«

Ich sehe kurz zu ihr, richte meinen Blick dann aber wieder auf die Fahrbahn. »Nein, was soll sein?«

»Du wirkst genervt.«

»Ich bin nicht genervt«, erwidere ich. »Aber du kennst den Vertrag, den wir abgeschlossen haben?«

Fast unsicher lässt sie den Zettel in ihrer Hand sinken und schaut mich an. »Ähm, ja. Natürlich. Aber ich gehe die Dinge gern noch einmal durch. Quasi als Absicherung, dass ich mich auf alles verlassen kann und keine bösen Überraschungen erlebe.«

Wieder blicke ich musternd zu ihr. »Ich dachte, ich wäre böse Überraschung genug und würde dir für heute reichen.«

Tatsächlich kann ich mir ein Grinsen nicht verkneifen, als

ich sehe, dass sie leicht errötet. Es funktioniert also doch noch, dass Frauen auf mich reagieren.

Sie räuspert sich, scheint sich zu sammeln und macht dann weiter, als hätte ich gerade nicht den Flirtspruch schlechthin rausgehauen.

»Es ist übrigens kein Problem, wenn ihr meinen Blogbeitrag auch bei euch auf dem Blog postet. Es müssten nur die entsprechenden Verlinkungen gesetzt werden, damit eure Besucher und Gäste meinen Blog finden können, wenn es sie interessiert. Wie klingt das für dich?«

»Gut«, antworte ich knapp und überlege, ob ich das Radio anstellen soll. Irgendwie wirkt es so, als hielte Danielle sich an dieser Liste fest. Als gäbe sie ihr Sicherheit. Herrje, dafür, dass sie sonst so viel allein verreist und unterwegs ist, wirkt sie schrecklich angespannt. Fast als hätte sie die Situation hier auswendig gelernt und würde jetzt ihren Part spielen.

»Du bist doch genervt«, sagt sie auf einmal neben mir und ich werde aus meinen Gedanken gerissen.

»Nein, wirklich nicht, Danielle. Es ist nur ... Du sollst hier eine gute Zeit haben und dich entspannen.«

»Natürlich«, nickt sie, »aber du darfst nicht vergessen, dass das hier nicht reiner Urlaub für mich ist, sondern Arbeit. Während ich hier in Schottland für euch arbeite, kann ich selbst nicht netzwerken, für Interviews zur Verfügung stehen oder meinen eigenen Blog anderweitig promoten. Deswegen ist meine Zeit wertvoll und mein Tagesrhythmus wird durchstrukturiert sein. Es wäre also gut, wenn ich zeitnah die Infos darüber bekommen könnte, was für Dinge ihr innerhalb des Pressetrips geplant habt, damit ich das an meinen eigenen Zeitplan anpassen kann. Vor allem ist wichtig, dass ich sehen kann, dass die Ausflüge auch zu mir und zu meinen Lesern passen. Es bringt weder euch noch mir etwas, wenn Ausflüge geplant werden, für die ich stundenlang im Bus sitzen muss.«

»Aye«, sage ich und bin für einen Moment wirklich geplättet, wie geschäftlich sie wirkt.

»Als Letztes steht ja wohl außer Frage, dass ich meine persönliche Sichtweise auf euer Hotel wiedergeben werde. Das heißt, ich werde die Wahrheit über meinen Aufenthalt hier berichten.«

Triumphierend blickt sie mich an und faltet ihren Zettel zusammen.

»Bist du durch?«

»Durch womit?«

Ich nicke in Richtung ihres Zettels. »Kannst du jetzt entspannen?«

»Ich bin entspannt«, kontert sie, verschränkt die Arme, und ich bin mir sicher, wenn sie könnte, würde sie auch noch die Beine übereinanderschlagen. Ich glaube, meine Aufgabe in den kommenden Tagen wird es sein, dieser Frau den Stock aus dem Allerwertesten zu ziehen.

Nur mit Mühe kann ich mir ein Grinsen verkneifen.

»Was ist jetzt wieder?«, knurrt sie scheinbar unzufrieden neben mir.

»Nichts, nichts«, schmunzle ich, während ich das Ortsschild von Finnegan passiere.

»Sag nicht nichts, wenn irgendwas in deinem persönlichen Kopfkino abgeht.«

»Möchtest du wirklich wissen, was gerade in meinem persönlichen Kopfkino abgeht?«, wiederhole ich und blicke sie provozierend an, in der Hoffnung, dass sie wieder auf mich reagiert.

»Ach weißt du«, kontert sie zu meiner Überraschung, »ich konnte noch nie etwas mit Trash-TV anfangen. Verrate mir lieber, wann wir endlich da sind.«

Trash-TV? Hat sie mich gerade mit Trash-TV verglichen?

Ich atme tief durch und versuche, die kleine Provokation zu übergehen. Stattdessen bremse ich leicht ab und fahre in Schrittgeschwindigkeit weiter.

»Wieso bremst du ab?«, will Danielle wissen und dreht sich zu mir.

»Weil wir gleich da sind und ich möchte, dass du den ersten Blick auf unser Hotel genießen kannst. Die Leute sagen immer, dass er etwas Beson…«

»Ooooh«, unterbricht sie mich und plötzlich spüre ich ihre rechte Hand auf meinem Unterarm. »Das ist ja … einfach …«

Danielle bricht mitten im Satz ab und ein Blick zu ihr verrät mir, dass sie genauso fasziniert von dem Anblick ist, der sich vor ihr auftut, wie schon viele andere Gäste vor ihr. Sie ist ein Stück auf dem Sitz nach vorn gerutscht und schaut gespannt aus dem Fenster. Als hätte die Sonne nur auf uns gewartet, lässt sie sich gerade zwischen den kleinen Türmchen unseres Hotelgebäudes blicken und hüllt die Umgebung in wunderbares Licht.

»Halt an«, ruft Danielle und ist bereits dabei, sich abzuschnallen.

»Was hast du vor?«, entgegne ich überrascht, tue aber wie mir befohlen.

Statt zu antworten, öffnet sie die Beifahrertür und springt aus dem Auto. Dann läuft sie zur Front des Wagens. In ihrer Aufregung hat sie vergessen, dass es kalt ist, und so steige ich ebenfalls aus und lege ihr ihre Jacke über die Schultern, als ich mich neben sie stelle.

Verstohlen beobachte ich sie und versuche, aus ihr schlau zu werden. Sicherlich wird sie als Reisebloggerin schon das eine oder andere Hotel und sicherlich auch die eine oder andere tolle Landschaft gesehen haben. Eine Region wie unsere hier, die geprägt ist von Bergen, Heidelandschaften, Seen und Tälern, muss man mögen. Aber ich kann verstehen, dass Danielle gerade ein bisschen sprachlos ist, denn selbst nach all den Jahren umgibt unser Hotel in seiner Lage ein unfassbarer Bann. Jetzt, wo die Sonne hinter den Türmen durchscheint, wirkt es majestätisch neben dem Loch Finnegan, an dessen Ufer gigantisch der gleichnamige Berg knapp dreitausend Fuß aus dem Wasser in die Höhe wächst.

Danielle zieht ihr Handy hervor und auch ohne dass ich es kontrolliere, weiß ich, dass sie den Anblick, der sich ihr bietet, für ihre Follower festhält. Gott sei Dank lässt sie Bilder für sich sprechen und untermalt das Ganze nicht mit ihrer Stimme, denn tatsächlich können Worte nicht ausdrücken, was dieser Anblick vermittelt. Ich verhalte mich ruhig neben ihr und blicke nur hin und wieder verstohlen zu ihr, die voll und ganz in ihrer eigenen Welt versunken zu sein scheint.

Irgendwann stoppt sie die Aufnahme und als sie zu mir schaut, glitzern Tränen in ihren Augen.

»Wer braucht schon Paris«, ist das Einzige, was sie sagt, bevor sie wieder am Auto entlangläuft und in den Wagen steigt.

6

AVA

Oh Mann, fast hätte Niall mich ertappt, dass ich keine Ahnung habe, was in diesem gottverdammten Vertrag steht, den er mit Danielle abgeschlossen hat. So viel zum Thema *immer vorbereitet sein*.

Während ich die letzten Meter auf dem Weg zum Hotel neben ihm sitze, klatsche ich mir in Gedanken mit der Hand vor die Stirn. Mehrmals hintereinander. Ich hoffe, er hat mir meine Ausrede, alles noch einmal genau überprüfen zu wollen, abgenommen. Auch wenn er es nicht zugegeben hat, er wirkte sichtlich genervt, dass ich all die Punkte wie eine Litanei runtergebetet habe.

»Warum eigentlich Paris?«, will er plötzlich aus dem Nichts heraus wissen.

Überrascht blicke ich zu ihm hinüber und falte meine Hände in meinem Schoß. »Paris?«

»Ja, du hast eben von Paris gesprochen, bevor du wieder eingestiegen bist.«

Niall lenkt den Wagen auf den Parkplatz vor dem Hotel und stellt den Motor ab, nachdem er geparkt hat.

»Ähm«, beginne ich. Scheinbar gehört er zu den Männern, die gut zuhören. Bemerkenswert. Und im Gegensatz zu Ryan eine angenehme Abwechslung. »Also, eigentlich hatte ich für diesen Zeitraum eine Reise nach Paris im Kalender«, antworte ich und das ist ja nicht mal gelogen. »Letztendlich hat terminlich etwas nicht geklappt«, schummle ich und schnalle mich ab. »Da kam deine E-Mail total passend. Und auch wenn ich bisher nur einen kleinen Blick auf euer Hotel werfen konnte, scheint das *The Finnegan* genau wie Paris seinen eigenen Charme zu haben.«

Ich bin mir nicht ganz sicher, ob er mir diesen Vergleich abnimmt, aber er nickt, steigt aus dem Auto und öffnet den Kofferraum, um mein Gepäck auszuladen.

Als ich eben auf der Zufahrt zum Hotel aus dem Auto gehüpft bin, lag meine komplette Aufmerksamkeit auf dem Anblick, der sich mir eröffnete. Jetzt sauge ich zum ersten Mal den Geruch der Highlands ein und habe das Gefühl, seit Langem endlich wieder richtig atmen zu können. Die Luft ist klar und so anders als in London. Wer sein ganzes Leben in der Großstadt gelebt hat, der ist an die Gerüche und den Lärm der Menschenmassen gewöhnt. Hier scheint die Welt nahezu stillzustehen. Es riecht nach Tannenwald und Heidekraut. Fast ist es so, als könnte ich das Meersalz von der rauen Küste in der Luft wahrnehmen.

Mein Blick wandert in Richtung des großen Sees, der direkt neben dem Hotel liegt. Ich kann mir gut vorstellen, wie unbarmherzig kalt der Wind in dieser Region sein kann, aber heute präsentiert sich die Gegend in ihrem besten Licht und für einen Tag im Februar ist es anders als am Flughafen überraschend angenehm.

»Da seid ihr ja endlich«, nehme ich eine Frauenstimme hinter mir wahr und als ich mich umdrehe, steht mir eine junge Frau gegenüber, die Nialls Schwester Kenzie sein muss. Die Ähnlichkeit der beiden ist nicht von der Hand zu weisen.

»Hallo, ich bin Kenzie«, begrüßt sie mich und streckt mir ihre Hand entgegen. »Schön, dass du da bist. Hattest du eine gute Anreise?«

»Die hatte ich«, erwidere ich freundlich und betrachte die junge Frau mit den langen rostbraunen Haaren, den Sommersprossen und dem strahlenden Lächeln genauer. Sie muss ungefähr in meinem Alter sein und während sich die Gesichtszüge der beiden Geschwister sehr ähneln, wirkt Nialls Blick bisweilen hart und unnahbar. Kenzies Ausdruck ist dagegen offen und warmherzig.

»Ich hoffe, mein Bruder hat die Fahrt vom Flughafen hierher nicht zur reinen Qual gemacht«, lacht sie und zwinkert ihm zu. Bevor er reagieren kann, komme ich ihm zuvor.

»Gott sei Dank war die Fahrt nicht ganz so kurz, so konnte ich wenigstens meine Wunden lecken.«

Nialls Augen schnellen in meine Richtung.

»Deine Wunden lecken?«, fragt Kenzie überrascht und blickt zwischen ihrem Bruder und mir hin und her.

»Sagen wir so«, lache ich, als ich den entsetzten Ausdruck in Nialls Augen sehe, »dein Bruder hat sich mir bei meiner Ankunft förmlich in den Weg geschmissen und mich unsanft zu Fall gebracht.«

Nialls Husten ist mir eine Genugtuung und bevor er auch nur eine Anspielung in meine Richtung folgen lassen kann, lege ich ihm kurz eine Hand auf den Arm. Sofort verdunkeln sich seine Augen und starren Sekunden später auf die Stelle, wo vor Kurzem noch die Berührung stattgefunden hat.

»Zu seiner Ehrenrettung möchte ich aber sagen, dass ich nicht hingeschaut habe, wo ich hinlaufe, und er hat mir ganz wie ein Gentleman wieder hochgeholfen.«

»Ich verstehe. Seine Vergangenheit holt ihn einfach immer wieder ein«, grinst Kenzie und deutet in Richtung Hotel. »Ich hoffe, dir bleibt ein blauer Fleck erspart. Wollen wir?«

Ich nicke eifrig, frage mich jedoch, was Kenzie mit seiner Vergangenheit gemeint hat, und wende mich kurz in Nialls Richtung. »Soll ich den Koffer nehmen oder machst du das?«

Als Antwort bekomme ich nur ein kleines Knurren und ein Nicken, dem ich aber gar keine Beachtung schenke. Tatsächlich bereitet es mir ein bisschen Spaß, diesem fast zwei Meter großen Hünen die Stirn zu bieten. Allerdings bin ich mir auch sicher, dass ich auf die Retourkutsche jederzeit gefasst sein muss. Obwohl wir uns erst kurz kennen, spüre ich eine Energie, die zwischen uns herrscht, die ich so bisher noch nie empfunden habe.

Als Kenzie und ich die Hotelhalle betreten, komme ich aus dem Staunen nicht mehr heraus. Fasziniert blicke ich mich in der hellen und weitläufigen Eingangshalle um und entdecke zu jeder Seite etwas Neues, was mich anspricht. Verwinkelte Treppen und Erker mischen sich zwischen die modernen Elemente und begeistert muss ich feststellen, dass das Hotel eine wahre Schönheit in dieser rauen Natur ist.

Auch Niall ist inzwischen mit meinem Gepäck im Hotel angekommen und stellt es an der Rezeption ab.

»Gefällt dir, was du siehst?«, fragt Kenzie mich und ich hoffe inständig, dass sie nicht beobachtet hat, wie ich Niall für einen kurzen Augenblick auf den Hintern gestarrt habe. Jetzt, wo er seine warme Winterjacke ausgezogen hat, kann ich sehen, dass er durchaus auch Geschmack für Mode hat. Zu einer olivgrünen Chinohose und braunen Lederfreizeitstiefeln trägt er einen dunkelblauen Pullover mit Rundhalsausschnitt, unter dem ein blaues Langarmhemd hervorblickt. Er hat es unten nicht zugeknöpft, was mir bereits am Flughafen die Möglichkeit geboten hat, einen Blick auf ein Tattoo zu werfen, das auf seinem Unterarm platziert zu sein scheint.

»Es sieht bezaubernd aus«, versuche ich schnell, über die Situation hinwegzugehen, und aus dem Augenwinkel kann ich erkennen, dass sich Kenzies Mund zu einem Grinsen verzieht, als sie neben Niall vorbei hinter die Rezeption tritt.

»Das hier ist übrigens Iain«, sagt sie und deutet auf den Mann, der neben ihr steht und gerade etwas im Computer einzugeben scheint. Er blickt von seiner Arbeit auf und lächelt mich an. »Iain ist die gute Seele des Hotels und gehört seit Jahren zum Inventar. Er unterstützt uns, wo es nur geht. Eigentlich ist er Rezeptionsleiter und hat somit einen festen Aufgabenbereich, aber Gott sei Dank ist er sich nicht zu schade, dort anzupacken, wo eine weitere Hand gebraucht wird.«

»Wir hatten bereits das Vergnügen«, nickt er freundlich und wird unter Kenzies Worten ein bisschen rot. »Wir haben telefoniert.«

»Stimmt«, lächle ich ihn an. »Danke für Ihre Hilfe. Der Herr des Hauses hat mich gefunden.«

»Der Herr des Hauses?«, höre ich da auf einmal eine andere Männerstimme hinter mir und fahre herum. Herrje, sehen denn hier alle Männer so gut aus? Perplex lasse ich meinen

Blick langsam an dem Mann mir gegenüber entlangwandern und muss zugeben, dass Schottland mir bisher sehr gut gefällt.

»Das ist mein anderer Bruder, Liam«, erklärt Kenzie mir und besagter Liam streckt mir seine große Hand zur Begrüßung entgegen.

»Hi«, lacht er. »Ich bin mindestens genauso Herr des Hauses wie mein Bruder. Aber lass dich durch uns Alphatiere nicht irritieren, die wahre Chefin hier ist Kenzie.«

Unwillkürlich muss ich lachen und merke sofort, dass die Verbindung der drei Geschwister eine besondere sein muss.

»Ich bin leider auf dem Sprung«, erklärt Liam, »aber Niall wird sich um alles kümmern, dir dein Zimmer zeigen und dir alles Weitere erklären. Richtig, Bruderherz?«

»Aye«, höre ich ihn nur knurren und wenn ich es nicht besser wüsste, könnte man meinen, Liam müsse sich ein Grinsen verkneifen. Was auch immer es ist, Niall scheint nicht sonderlich begeistert von seiner Aufgabe zu sein, doch davon lasse ich mich nicht einschüchtern. Für den Moment bin ich froh, dass bisher alles so gut geklappt hat und ich heil im *The Finnegan* angekommen bin. Vielleicht bin ich doch nicht zu dumm fürs Reisen allein.

Tatsächlich verspüre ich den Drang danach, meine Schwester anzurufen, aber das kann ich auch gleich noch tun, wenn ich auf dem Zimmer bin. Tja, und ob Ryan meinen Anruf heute verdient hat, muss ich mir noch ganz schwer überlegen, denn die Tatsache, dass er mein Reisedatum vergessen hat, wurmt mich immens.

Zimmer … das ist übrigens das Stichwort.

»Zimmer klingt wunderbar«, sage ich zögerlich zu Niall, der immer noch neben der Rezeption steht und scheinbar darauf wartet, dass Iain alles im Computer notiert. »Ich würde mich gern ein bisschen frisch machen und kurz durchschnaufen.«

»Das kann ich mir vorstellen«, ertönt es von Kenzie, die mir meine Hotelkarte auf den Tresen legt. »Zwar ist der Flug von London nach Inverness nicht unfassbar lang, aber ich brauche nach so einer Reiseroute auch immer ein paar Minuten Entspannung. Hier ist deine Zimmerkarte«, erklärt sie. »Niall wird dich hochbringen und dir alles erklären. Wenn du magst, komm doch in einer Stunde zum Kaffee runter, ich habe eine Kleinigkeit vorbereitet.«

Bei dem Gedanken, gleich einen warmen Kaffee und ein Stück Kuchen zu bekommen, erwachen meine Lebensgeister beinahe von selbst wieder. »Das klingt wunderbar, Kenzie. Das mache ich gern. Würdest du mich begleiten, Niall? Ich finde den Weg sonst aber auch allein.«

»Natürlich begleitet er dich«, kommt Kenzie ihm zuvor und nickt ihm zu. »Wir sehen uns später«, ergänzt sie und verabschiedet sich in Richtung Küche.

Keine fünf Minuten später laufe ich neben Niall über den Hotelflur auf mein Zimmer zu. Ich weiß nicht, ob es daran liegt, dass er so groß ist, aber in seiner Nähe fühlt sich alles etwas enger und kleiner an. Vor allem bin ich gerade schrecklich hin- und hergerissen, ob ich mich näher zu ihm lehnen soll, um seinen unfassbar männlichen Duft in mir aufzunehmen, oder mich an der Wand entlangpressen sollte, um den Abstand zwischen ihm und mir aufs Möglichste zu vergrößern. Dieser Mann übt eine Anziehung auf mich aus, die ich nicht fassen kann. Alles in mir schreit danach, mich mit ihm zu duellieren. Wörtlich, versteht sich. Es ist, als könnte ich mich in seiner Nähe nicht beherrschen und müsste ihn auf die Probe stellen.

Herrje, wie weit ist es noch bis zum Zimmer?

»Gib mir deine Hotelkarte«, sagt er plötzlich und bleibt vor einer Tür mit der Nummer Zwölf stehen. Schnell greife ich in meine Hosentasche, in die ich die Karte gesteckt habe, und reiche sie ihm. Für eine Sekunde berühren sich unsere Finger und ich kann gar nicht so schnell meine Hand zurückziehen, wie mich ein Blitz durchfährt.

Niall sieht mich mit seinen großen stahlblauen Augen an. Hat er es auch gespürt? Ohne ein weiteres Wort löst er den Blick von mir, dreht sich zur Tür und öffnet sie.

»Et voila«, sagt er und gibt den Blick auf den Raum frei.

Es dauert keine fünf Sekunden und ich bekomme zum wiederholten Mal den Mund vor lauter Staunen nicht zu. Ich stehe in einem großen und komfortabel eingerichteten Zimmer, in dessen angrenzendem Badezimmer sich eine frei stehende Badewanne befindet. Die Tür zum Badezimmer ist geöffnet und ich kann einen Blick auf die außergewöhnliche Einrichtung erhaschen. Auch wenn manche die Badewanne als das Besondere des Zimmers hervorheben würden, ist es der Ausblick, der sich mir bietet, der einfach atemberaubend ist. Das große Fenster gestattet einen sagenhaften Blick auf die Landschaft der Highlands, das Bergrelief und den Loch Finnegan. Als ich ans Fenster trete, kann ich einen Vogel sehen, der über dem See seine Kreise zieht.

»Das ist ein Steinadler«, erklärt Niall und ich spüre, wie er dicht hinter mich tritt. Die Wärme, die von ihm ausgeht, ist elektrisierend und für einen Moment verharre ich in meiner Position und traue mich nicht, zu atmen.

Ich räuspere mich und drehe mich um, in der Hoffnung, dass Niall ebenfalls einen Schritt zurück macht. Gott sei Dank tut er es und die Distanz zwischen uns lässt mich aufatmen.

»Das Zimmer ist toll. Sehen alle Zimmer so aus?«

»Kleine Unterschiede gibt es«, erklärt er und scheint mich und meine Bewegungen genau zu beobachten. »Natürlich haben nicht alle Zimmer diesen Ausblick. Einige gehen zur vorderen Seite heraus, aber von dort kann man ebenfalls Teile des Sees sehen oder den Garten und das Parkgelände. Die größeren Zimmer, so wie deins, haben die Badezimmer mit der frei stehenden Badewanne. Was aber alle Zimmer haben, ist diese Mischung aus modern und gemütlich. Sprich, 21. Jahrhundert meets Königin Viktoria.«

Unwillkürlich muss ich grinsen. »Das hast du jetzt aber schön gesagt. Und wie lebst du?«

Überrascht blickt Niall mich an und seine Augen verdunkeln sich für einen Augenblick. »Wieso? Gefällt dir das Zimmer doch nicht genug und du möchtest daher bei mir schlafen?«

»Ähm«, antworte ich verlegen und merke, wie ich unter meinem Make-up leicht erröte. »So meine ich das nicht. Ich kann auch anders fragen.«

»Dann versuch es«, ist seine einzige Reaktion.

»Schläfst du auch hier im Hotel?«

Sein Mund verzieht sich zu einem spöttischen Grinsen und ich bin mir nicht sicher, ob meine Frage die sinnvollste in dieser Situation war, denn er verringert seinen Abstand zu mir erneut, vermeidet aber jegliche Berührung.

»Wenn du nachts Angst oder Lust bekommst, ruf mich an.

Meine Nummer hast du inzwischen. Ich schlafe im Seitenflügel des Hotels und kann dein Stöhnen von dort nicht hören.«

Ich reiße die Augen auf und weiß für einen Moment nicht, wie ich reagieren soll. Niall selbst nickt mir zu, dreht sich dann um und steht im nächsten Augenblick bereits an der Tür.

»Wir sehen uns in einer Stunde beim Kaffee.«

Dann geht er aus dem Raum, zieht die Tür hinter sich ins Schloss und lässt mich völlig überrumpelt zurück.

7

NIALL

»Lass das, Kenzie«, knurre ich und lecke den letzten Rest Kuchenteig vom Löffel, den sie mir gereicht hat.

»Ich mache doch gar nichts«, antwortet sie unschuldig und klopft die Kuchenform auf die Arbeitsfläche, damit sich die Teigmasse gleichmäßig verteilt, und schiebt sie anschließend in den Ofen.

»Du bist schon wieder im Verkupplungsmodus.«

»Was heißt denn hier *schon wieder*?« Sie dreht sich zu mir um, legt den Kopf ein bisschen schief und zwinkert mir zu.

»Na hör mal! Liam und Jamie?«

»Aaaaaach«, winkt sie ab. »Das ist doch schon über ein halbes Jahr her.«

Ihr herzhaftes Lachen, das danach folgt, erwärmt mir das Herz und erinnert mich wie so oft an unsere Mutter, mit der Kenzie so viel Ähnlichkeit hat.

»Außerdem«, ergänzt sie, »hat das bei den beiden wunderbar funktioniert.«

Ich schüttle den Kopf, wische mit der Hand über die Arbeitsfläche und lehne mich an. »Ich bin aber nicht mein Bruder.«

»Stimmt«, nickt sie. »Du bist ein ganz anderes Kaliber.«

Gespielt entrüstet blicke ich sie an. »Was heißt das denn?«

»Das, was ich gesagt habe. Ihr zwei habt zwar den gleichen schottischen Dickkopf, aber wenn Liam schon von sich überzeugt ist, bist du quasi der Anführer des Überzeugten-Clubs.«

»Hallo?«, versuche ich, Einspruch zu erheben, stoße aber bei meinem Schwesterherz, die mich leider viel zu gut kennt, auf taube Ohren.

»Du brauchst Frauen wie die Luft zum Atmen, Niall. Und dass dir unser neuer Gast sehr gut gefällt, rieche ich drei Meilen gegen den Wind.«

»Stimmt ja gar nicht.«

»Stimmt ja wohl. Oder willst du behaupten, es würde dich nicht reizen, dass sie immer nur in Ansätzen auf dich reagiert und dich nicht anschmachtet, so wie all die anderen Mädels, die hier sonst regelmäßig ein und aus gehen?«

»So viele sind es jetzt auch nicht«, antworte ich entrüstet und kann nicht glauben, diese Worte aus dem Mund meiner Schwester zu hören.

Sie boxt mir spielerisch in den Bauch und schiebt sich an mir vorbei. »Nicht mehr«, lacht sie, »das stimmt. Es waren mal eindeutig mehr.«

»Aber so was von! Meine Aufreißertage sind vorbei, jetzt, wo ich nicht mehr spiele.«

»Echt? Sind sie das?« Sie blickt prüfend zu mir herüber. »Soll ich dich an das Veilchen von neulich erinnern?«

»Das hatte nichts mit Aufreißen zu tun«, meckere ich, weiß aber, dass ich diesen Kampf gegen Kenzie bereits jetzt verloren habe.

»Nein? Womit dann?«

»Unglücklichen Umständen«, antworte ich und kann mir ein Schmunzeln dann doch nicht verkneifen.

»Unglücklichen Umständen also«, wiederholt sie und zwinkert mir zu. »Gibst du mir trotzdem recht?«

»Womit?«, frage ich erstaunt.

»Dass dir unser neuer Gast sehr gut gefällt?«

Sie bindet sich die Schürze ab und gießt uns beiden noch einen Schluck Kaffee nach.

»Hör auf!«, stöhne ich und greife nach meiner Tasse.

»Also ja«, lacht sie triumphierend und knufft mir in die Seite. »Tu mir nur einen Gefallen. Sosehr sie dich auch herausfordert und reizt – reiß dich zusammen. Dieser positive Bericht über unser Hotel ist wichtig und andere Blogger werden sicherlich schauen, was sie über das Hotel sagt. Schließlich ist sie die Erste, die für den Pressetrip hier ist. Auch wenn das *The Finnegan* so langsam wieder richtig läuft ... Ich will, dass es so bleibt und wir keine schlechte Kritik bekommen, nur weil du dein bestes Stück nicht unter Kontrolle hast.«

»Hallo?«, rufe ich entsetzt aus. »Die schlechte Kritik liegt dann definitiv nicht an meinen persönlichen Fähigkeiten!«

Kenzies Reaktion ist eindeutig. Sie hält sich die Ohren zu, schüttelt vehement den Kopf und mein herzhaftes Lachen übertönt nur knapp ihr lautstarkes »La, la, la, das will ich gar nicht hören!«.

Als sie sich wieder beruhigt hat und wir gemeinsam Richtung Rezeption gehen, fällt mir ein, was ich eben schon meinen Bruder fragen wollte.

»Was hat Liam eigentlich so Dringendes zu tun, dass er sich nicht um Danielle kümmern konnte? Ich bin doch sonst nie dafür zuständig, die Gäste in Empfang zu nehmen und sie auf die Zimmer zu bringen.«

Kenzies Antwort ist ein kräftiges Schmunzeln, das von einem Schulterzucken begleitet wird.

»Kenzie?«

Irgendwas ist an der Sache gewaltig faul.

»Nichts.«

»Wie, nichts?« Überrascht blicke ich sie an.

»Er hat nichts vor und ist wahrscheinlich bei Jamie am Cottage.«

»Dein Ernst?«

»Mein voller Ernst«, antwortet sie wie selbstverständlich und winkt einem älteren Paar zu, das gerade das Hotel in Richtung Ausgang verlässt und sich zu einer Wanderung aufmacht.

»Ihr beiden steckt auch immer unter einer Decke«, rufe ich frustriert.

»Komischerweise sagt Liam das auch immer, wenn wir beide zusammenhängen.«

»Haltet euch einfach aus meinem Liebesleben raus«, flehe ich, als Kenzie mich erneut in die Seite knufft. Ich will schon *Was?* rufen, aber dann sehe ich, dass Danielle von oben die Treppe heruntergelaufen kommt. Sie hat sich umgezogen und scheint sich ein bisschen mehr der Gegend anpassen zu wollen. Sie trägt stylishe Gummistiefel und einen Tweed-Blazer über einer Bluse mit Stehkragen. In ihrer Hand hält sie eine Steppweste und braune Lederhandschuhe. Britischer Chic par excellence.

Unwillkürlich muss ich grinsen. Hoffentlich nicht wie ein Honigkuchenpferd. Und hoffentlich sieht es keiner.

Der Stoß von Kenzie in meine Rippen ertappt mich auf frischer Tat.

»Hi«, sagt Danielle, als sie am Treppenende angekommen ist, und sie wirkt nahezu unsicher, wie sie so vor uns steht. »Gilt das Angebot mit dem Kaffee noch?«

»Aber na klar«, ruft Kenzie, löst sich von meiner Seite und tritt neben Danielle. »Hast du auch Hunger auf Kuchen? Ich habe eben gebacken.«

Danielle nickt, und als wüsste ich nicht so ganz, wie ich mich verhalten soll, trotte ich hinter den beiden her in Richtung Kaminecke, die am gegenüberliegenden Ende der Eingangshalle liegt.

»Oder möchtest du den Kaffee lieber im Restaurant einnehmen?«, fragt Kenzie und schaut Danielle freundlich an.

»Nein«, erwidert diese. »Hier ist es ganz wunderbar. Trinkst du einen Schluck mit, Niall?«, fährt sie fort und richtet ihre Frage an mich.

Während ich noch nicke und Danielle andeute, in einem der gemütlichen Sessel Platz zu nehmen, entfernt Kenzie sich und läuft in Richtung Küche, nur um einige Sekunden später mit warmem Kaffee und süßen Leckereien zurückzukommen.

»Du hattest mich gefragt, ob ich ein Stück Kuchen möchte«, lacht Danielle, »nicht eine komplette Konditoreiauslage.«

Kenzie strahlt über das ganze Gesicht, denn sie wird wohl nie die Freude daran verlieren, andere Menschen mit ihren Koch- und Backkünsten zu beeindrucken.

»Versuch es erst gar nicht«, mische ich mich ein. »So eine Auswahl fährt sie fast täglich auf.«

Ich lasse mich neben Danielle in einen der gemütlichen Sessel aus braunem Leder fallen und nehme Kenzie das Tablett ab, auf dem sie Tassen, Teller, Kaffee und Kuchen jongliert.

»Ich hoffe, es ist etwas für dich dabei?«, fragt sie und schaut aufgeregt in Danielles Gesicht.

Diese strahlt nur und nickt eifrig. »Ganz bestimmt.«

»Wunderbar«, erwidert Kenzie und wendet sich im nächsten Moment zu mir. »Ich werde in der Küche gebraucht. Wenn etwas ist oder ihr noch etwas wollt, sagt bitte einfach Bescheid.«

»Aye«, nicke ich und weiß ganz genau, dass es nichts in der Küche zu tun gibt, aber meine Schwester wäre nicht meine Schwester, wenn sie nicht jede Chance nutzen würde, um Kuppeleien zu begünstigen.

Als wir Augenblicke später allein sind und ich Danielle einen Schluck Kaffee eingegossen habe, schaut sie neugierig auf den Teller mit den süßen Naschereien.

»Kannst du irgendwas empfehlen?«

Ich grinse. »Tatsächlich alles. Wirklich. Meine Schwester ist eine Göttin in der Küche. Gott sei Dank setze ich nicht ganz so schnell etwas an, sonst würde ich inzwischen wie eine wandelnde Tonne rumlaufen.«

Danielle wirft mir einen musternden Blick zu und nur zu gern wüsste ich, was in ihrem hübschen Köpfchen vorgeht.

»Da hast du wirklich Glück«, sagt sie schließlich nahezu teilnahmslos und greift beherzt nach einem Stück schottischen Früchtekuchen, der auch als Dundee-Cake bekannt ist, weil er zum ersten Mal im frühen 19. Jahrhundert in Dundee, im Nordosten von Schottland, etwa sechzig Meilen von Edinburgh entfernt, in Erscheinung getreten ist.

»Wusstest du, dass Königin Elisabeth II. scheinbar ein großer Fan dieses Kuchens ist?«, wende ich mich an Danielle, während ich mir ebenfalls ein Stück vom Tablett nehme. »Und es heißt, dass Königin Mary von Schottland Kirschen nicht mochte und der Kuchen daher extra für sie mit Mandeln verziert wurde.«

»Was du nicht alles weißt«, grinst Danielle und nippt an ihrem Kaffee.

»Ich bin ein Fan von unnützem Wissen«, lache ich und stelle zum wiederholten Male fest, wie faszinierend Danielles Augen sind.

»Manchmal kann unnützes Wissen ja auch total spannend sein«, lacht sie, stellt ihren Teller auf den kleinen Tisch zwischen uns und lehnt sich in ihrem Sessel zurück. »Mindestens genauso gespannt bin ich jetzt übrigens auf deine Planungen für die Woche«, fährt sie fort und binnen Sekunden habe ich das Gefühl, sie ist wieder im Businessmodus angekommen, denn sie schlägt ihre Beine übereinander und zieht ihr iPad aus der Tasche hervor.

Ich verkneife mir ein gefrustetes Stöhnen, stelle meinen Teller ebenfalls ab, entscheide mich aber dafür, mich ihr offen und zugewandt gegenüberzusetzen. Bei jeder meiner Bewegungen ist mir bewusst, dass sie mich genau beobachtet, und daher bin ich mir auch sicher, dass sie meine Körperreaktionen liest. Eine Tatsache, die ich sonst immer für mich beanspruche und zu meinen Stärken zähle. Dass Danielle mich scheinbar auf eine gewisse Art spiegelt, gefällt mir gar nicht. Tatsächlich erwische ich mich dabei, wie ich mir beinahe unsicher durch den Bart streife. Aber was sie kann, kann ich schon lange, denke ich und räuspere mich, bevor ich ebenfalls den Businessmodus einschalte.

»Nun«, beginne ich und sehe, wie Danielle leicht eine Augenbraue hebt und mir zuhört. »Ich habe mir überlegt, dass es gut wäre, dir ein möglichst breit gefächertes Angebot zu präsentieren, von dem du deinen Lesern berichten kannst. Damit sie einen Eindruck davon bekommen, welch unterschiedliche Dinge, oder nennen wir es besser gleich Pakete, sie hier buchen können.«

Danielle nickt kaum merklich und hört mir gespannt weiter zu.

»Du hast gesagt, dass es sinnfrei wäre, stundenlang im Bus zu sitzen, um zu irgendwelchen Aktivitäten zu kommen, daher habe ich alles so zusammengestellt, dass es schnell zu erreichen ist beziehungsweise immer in direkter Verbindung mit dem Hotel steht. Du kannst mir soweit folgen?«

Wieder nickt sie.

»Okay«, fahre ich fort. »Ich habe mich für fünf große Aktionen entschieden. Wie sehr vertraust du mir?«

Ihre Augen weiten sich und sie rutscht unruhig auf ihrem Sessel hin und her. »Ähm, wieso?«

Ich entdecke Unsicherheit in ihren Augen und obwohl es mich auf der einen Seite amüsiert, dass sie ihre Coolness durch meine Fragen zu verlieren scheint, will ich nicht, dass sie sich unwohl fühlt. »Nun, wir könnten es so machen, dass ich dir nicht verrate, was auf dich zukommt, und du vertraust mir einfach, dass ich dich schon nicht in Gefahr bringen werde.«

»Wir könnten es auch einfach lassen«, reagiert sie prompt und trinkt hastig einen Schluck aus ihrer Kaffeetasse, was dazu führt, dass sie kräftig husten muss. »Entschuldige«, sagt sie, nachdem sie sich wieder gefangen hat. »Ich wollte nicht zickig klingen, aber tatsächlich habe ich es lieber, wenn ich weiß, auf was ich mich einstellen muss. Außerdem«, ergänzt sie, »muss ich ja meinen Tagesablauf hier auch planen.«

Warum fühlt sich der letzte Teil ihrer Aussage wie eine Ausrede an? Ich mustere sie, entscheide mich dann aber dazu, noch nicht aufzugeben.

»Was hältst du davon, wenn wir halbe, halbe machen?«

»Halbe, halbe?«

»Ja«, nicke ich. »Ich gebe dir kleine Hinweise und damit gibst du dich für den Moment zufrieden. Komm! Sei ein bisschen abenteuerlustig. Es soll doch auch Spaß machen.«

Danielle antwortet nicht sofort und ich sehe, dass es in ihrem hübschen Köpfchen arbeitet. Sie scheint mit sich zu ringen. Warum auch immer es so schwer für sie ist, über ihren Schatten zu springen.

Ich atme tief durch und lege noch einmal nach: »Du hast nichts zu verlieren. Schließlich bin ich immer dabei und passe auf dich auf!«

Ihre Augen blitzen und nach einer gefühlten Ewigkeit und stetigem Herumgerutsche in ihrem Sessel bekomme ich eine Antwort: »Okay.«

Ihr Okay kommt vorsichtig und alles andere als selbstsicher, aber immerhin scheint sie gerade einen gewaltigen Schatten übersprungen zu haben. Ich lächle sie an und würde sie nicht in sicherer Entfernung von mir sitzen, hätte ich tatsächlich meine Hand auf ihre gelegt und ihr mit einem leichten Druck signalisiert, dass alles gut wird.

»Prima«, sage ich schnell, bevor sie es sich anders überlegen kann. »Dann schreibe dir bitte Folgendes auf. Wir starten morgen mit der *Bag a Munro Experience*.«

»Bag a was?«, ruft Danielle und scheint nicht zu wissen, was genau sie aufschreiben soll.

»Munro. Wie man's spricht. Schreib.«

Irritiert blickt sie mich an, notiert sich aber das Gehörte.

»Mittwoch geht es weiter mit der *The Taste of Finnegan Experience*. Der Donnerstag steht ganz im Zeichen von *A Walk on the wild side*.«

Obwohl Danielle sich fleißig alles notiert, sehe ich ihr an, dass sie alle Kraft daransetzt, nicht in Panik zu verfallen. Also mache ich schnell weiter, damit sie keine Zeit für weitere Überlegungen hat.

»Freitag machen wir die *Back to the roots Experience* und der Samstag steht unter dem Motto *The dark skies over Finnegan*. Der Sonntag ist bisher nicht verplant. Der kann dir zur freien Verfügung stehen oder wir schauen spontan, was du unternehmen möchtest. Montag ist bereits dein Abreisetag und somit ist die Woche gut gefüllt. Wie hört sich das für dich an?«

»Mysteriös«, ist alles, was sie für den Moment von sich gibt.

Amüsiert beobachte ich, wie sie zu überlegen scheint, wie und ob sie der Situation noch entfliehen kann, und fast rechne ich damit, mit weiteren Fragen gelöchert zu werden, aber sie nickt nur, schaltet ihr iPad aus und packt es wieder in ihre Tasche.

»In Ordnung. Dann hätten wir einen Plan. Wann starten wir morgen früh?«

»Frühstück gibt es ab halb sieben, aber wir müssen vor acht nicht los. Du brauchst wetterfeste Kleidung und vor allem sichere Schuhe. Hast du so was dabei?«

Sie nickt. »Niall?«, beginnt sie und gespannt blicke ich sie an. »Ich würde mir gern ein wenig das Gelände anschauen, um später eine kleine Story posten zu können. Würdest du mir zeigen, wo ich entlanggehen kann?«

»Gern«, antworte ich. »Ich könnte dich aber auch begleiten.«

»Warum nicht«, sagt sie zu meiner Überraschung und während ich beobachte, wie sie das letzte Stück ihres Dundee-Cakes zu sich nimmt, wird mir bewusst, dass ich nun entweder eine Woche voller wunderbarer Abenteuer vor mir habe oder eine Woche eines nicht enden wollenden Desasters.

8

AVA

Während meine Schwester sich vor Lachen nicht mehr einkriegt, presse ich das Kopfkissen auf mein Gesicht, um meine verzweifelten Schreie zu ersticken, die ich gefühlt seit fünf Minuten im Sekundentakt abgebe. Ich habe Danielle am Handy auf Lautsprecher gestellt und versuche, ihren Lachkrampf so gut es geht zu ignorieren.

»Ich finde das überhaupt nicht witzig«, brumme ich und wünschte, ich könnte das Kopfkissen auf meine Zwillingsschwester werfen, die in London gemütlich in ihrer Wohnung sitzt und sich an meinem Elend ergötzt.

»Jetzt übertreib nicht, Schwesterherz. Ich bin total stolz auf dich!«

»Noch habe ich nichts von den Sachen gemacht«, ermahne ich sie, lasse mich zurück in die Kissen fallen und nehme das Handy in die Hand.

»Aber absagen wirst du auch nicht, denn dafür habe ich eben gesorgt.«

»Hast du?«, frage ich erstaunt und habe nicht die leiseste Ahnung, auf was Danielle andeuten könnte.

Statt einer Antwort fängt sie wieder an, zu lachen.

»Danielle? Was hast du getan?«

Leicht panisch halte ich die Luft an.

»Ach, nur noch ein Bild in die Story bei Instagram gepackt.«

»Was für ein Bild?«, rufe ich und bin bereits dabei, die App zu öffnen, um zu schauen, was Danielle Schlimmes veranstaltet hat.

»Nicht dein Ernst«, sage ich Sekunden später und starre auf den Bildschirm. Danielle hat tatsächlich das Bild von meinen Notizen gepostet, die ich während des Gesprächs mit Niall gemacht habe, das ich ihr natürlich sofort geschickt habe. Demonstrativ hat sie in dicken, fetten Buchstaben *Der Plan für die nächsten Tage* darübergeschrieben.

»Ich kann auch immer noch behaupten, dem Guide wäre etwas zugestoßen oder es würde unentwegt regnen und wir könnten die Sachen nicht machen.«

Auch wenn sie mich gerade nicht sehen kann, schmolle ich und verschränke die Arme vor der Brust, nachdem ich das Handy vor mich gelegt habe.

»Natürlich wirst du das nicht tun, weil du viel zu neugierig bist, wie die Tage mit diesem Niall wohl werden«, kommentiert sie meinen Einspruch und scheint mich überhaupt nicht ernst zu nehmen.

»Du weißt aber schon, dass ich so was nicht mag?«

»Was, Zeit mit einem heißen Kerl zu verbringen?«

»Ich habe einen Freund!«

»Der meilenweit weg ist und dich sowieso nicht verdient hat«, wirft sie ein und ich höre, wie sie sich eine Weinflasche öffnet. »Mal im Ernst, Ava. Bist du nicht auch ein bisschen stolz auf dich?«

»Weil?«

»Weil du dich einfach mal auf etwas einlässt, obwohl du überhaupt keine Ahnung hast, was auf dich zukommt.«

»Hör mir auf«, stöhne ich und drehe mich zum wiederholten Male auf meinem Bett. »Ich grüble schon die ganze Zeit, was er mit mir vorhat.«

»Na, er hat dir das doch erklärt.«

»Nichts hat er«, versuche ich, mich zu verteidigen. »Ich habe nur die Namen von irgendwelchen Aktivitäten und weiß überhaupt nicht, was die beinhalten. Ich weiß nur, wann ich morgen wo sein muss und was ich anziehen soll.«

»Na, das ist doch schon einmal etwas«, ruft Danielle und im Gegensatz zu mir scheint sie Feuer und Flamme zu sein, dass ich hier oben in den schottischen Highlands meinen persönlichen Albtraum erlebe. »Wir können ja noch einmal gemeinsam überlegen, was es sein könnte, was er vorhat. Wenn es dich beruhigt?«

»Vielleicht ein bisschen«, gebe ich zerknirscht zu, bin mir aber nicht sicher, ob das wirklich die beste Idee ist.

»Also, wie heißt die Sache für morgen noch mal?«, fragt Danielle und ich ziehe meine Notizen hervor, die ich auf meinem iPad abgespeichert habe.

»*Bag a Munro.*«

»Was ist ein Munro?«, hakt sie nach und ich bin froh, dass sie genauso wenig Ahnung hat wie ich.

»Keine Ahnung«, gebe ich zu und höre im nächsten Moment auch schon ein Quietschen meiner Schwester. »Was?«, frage ich neugierig.

»Ihr geht Bergsteigen!«

»Wir gehen bitte schön was?« Entsetzt starre ich auf mein Handy.

»Bergsteigen. Munros heißen in Schottland alle Berge, die höher als 3000 Fuß sind.«

»Ach herrje. Danach bin ich tot!«, stöhne ich und mache mir eine gedankliche Notiz, Blasenpflaster einzupacken.

»Und *The Taste of Finnegan Experience* könnte doch irgendwas mit Essen zu tun haben, oder?«, fragt Danielle Momente später.

»Mmh, das könnte sein. Vielleicht erkunden wir aber auch die Gegend?«

»Auch möglich«, antwortet sie. »Aber weißt du was, Ava? Lass uns einfach nicht überlegen. Ich habe mir gerade gedacht, dass zu viel Rumgrübeln auch nicht hilft, und hinterher liegen wir völlig falsch und du stellst dich auf etwas anderes ein. Lass die Dinge einfach auf dich zukommen. Du schaffst das. Ich glaube fest an dich. Lass uns lieber über eine Sache sprechen, die viel wichtiger ist.«

»Welche?«, frage ich überrascht. »Wie ich die Posts oder generell die Berichte schreiben soll?«

»Ach Quatsch«, lacht sie. »Das bekommen wir schon gemeinsam mit den Notizen hin. Ich meine eher, wie heiß dieser Niall wirklich ist.«

Ich verdrehe die Augen und bin im selben Moment froh, dass Danielle nicht sehen kann, wie ich leicht erröte.

»Also?«, hakt sie nach.

»Heiß«, gebe ich unumwunden zu und muss mir dann doch ein Grinsen verkneifen. »Und tierisch von sich überzeugt.«

»Das muss ja nicht schlecht sein. Also ein gesundes Selbstbewusstsein. Könnte dir auch nicht schaden.«

»Ey!«

»Nichts ey, liebste Ava. Vielleicht kitzelt er ja ein bisschen Selbstbewusstsein aus dir heraus.«

»Muss ich dich noch einmal daran erinnern, dass ich einen Freund habe?«

»Ach Ava«, lacht Danielle. »Ein bisschen flirten hat noch niemandem geschadet. Und beschwer dich nicht. Dein Guide ist ein heißer, fast zwei Meter großer Schotte, der laut deinen Beschreibungen unfassbar gut gebaut ist, und kein buckliger Hochlandgeselle, der seine besten Tage hinter sich hat.«

»Du hast ja recht«, muss dann selbst ich zugeben und wie aus dem Nichts habe ich wieder den Anblick seiner breiten Brust vor mir, die ich heute in der Hotellobby mindestens genauso lange angestarrt habe wie seinen Allerwertesten.

»Na also«, erwidert Danielle und ich höre, wie sie aufsteht. »Schwesterherz, ich muss jetzt leider auflegen. Ich bin noch verabredet. Ich wünsche dir morgen einen tollen Tag. Und denk immer daran: Wenn gar nichts mehr geht, täuschst du einen Schwächeanfall vor und lässt dich einfach in die Arme dieses heißen Kerls fallen.«

Lachend schüttle ich den Kopf und verabschiede mich von meiner Schwester. Als ich aufgelegt habe, starre ich für ein paar Augenblicke vor mich hin und ziehe dann mein iPad zu mir. Kurze Zeit später weiß ich, dass Munros noch kleinere Geschwister haben. Corbetts, Grahams und Donalds nämlich.

Mein Blick fällt auf mein Handy.

Wenn du nachts Angst oder Lust bekommst, ruf mich an. Meine

Nummer hast du inzwischen. Ich schlafe im Seitenflügel des Hotels und kann dein Stöhnen von dort nicht hören.

Nialls Worte klingen mir immer noch im Kopf und ich ertappe mich bei dem Gedanken, was er gerade wohl macht. Schneller als ich weiß, was ich tue, öffne ich die Liste der angenommenen Anrufe und speichere die Nummer ab, die als einzige nicht in meinem Telefonbuch ist. Dann öffne ich WhatsApp.

Können wir einen Deal machen? Tausche Munro gegen Corbett, Graham oder Donald?

Es dauert keine Minute, bevor mein Handy piept.

Ich mache keine halben Sachen und ich denke, auch du kannst mit dem Größten umgehen.

9

NIALL

Es ist 5.23 Uhr. Ich starre seit einer geschlagenen Viertelstunde an die Zimmerdecke und frage mich zum wiederholten Male, ob meine Antwort auf Danielles Nachricht gestern Abend zu viel war. Zugegeben, sie war doppeldeutig und vielleicht etwas drüber, aber vielleicht war sie ja auch genau ausreichend, um sie langsam hinter dem Ofen hervorzulocken.

Wie kann eine Frau in einem Moment nur so unsicher erscheinen und dann im nächsten kein Blatt vor den Mund nehmen? Danielle Miller ist mir ein Rätsel. Ein Rätsel, das ich liebend gern zu knacken gedenke. So wie es mir bisher bei jeder Frau gelungen ist, die ich haben wollte.

Sie hat meine Nummer gespeichert. Wusste ich es doch. Definitiv ein Anfang. Das hätte sie nicht tun müssen, wenn sie nicht darüber nachdenken würde, meine Nummer auch zu nutzen.

Nutz sie gern, liebe Danielle. Jede Nacht, wenn dir danach ist.

Ich grinse und als ich mich im Bett aufsetze und Richtung Fenster blicke, muss ich mir eingestehen, dass ich mich auf den heutigen Tag freue. Mehrere Stunden mit Danielle allein zu sein, reizt ungemein.

Irgendwie habe ich das Gefühl, dass sie auch schon wach ist. Nicht unbedingt, weil sie zur Sorte Frühaufsteher gehört, so viel kann ich nicht wissen, aber meine Intuition sagt mir, dass sie vor Nervosität bereits durch ihr Zimmer tigert und sich überlegt, was auf sie zukommt.

Ich greife nach meinem Handy und ehe ich es mich versehe, tippe ich eine Nachricht an sie.

Hab keine Angst vor den Munros. Ich habe uns einen leichten ausgesucht. Nur weil die anderen nicht so hoch sind, bedeutet das nicht, dass die Strecke harmloser ist. Vertrau mir einfach.

Binnen einer Minute blinkt mein Handy auf und mein Display zeigt eine Nachricht von Danielle an.

Dir vertrauen? Vielleicht habe ich ja gar keine Angst vor der Größe der Munros, sondern eher vor dir.

. . .

Ich grinse und mir gefällt der Gedanke, dass sie morgens bereits zu Flirtereien aufgelegt ist.

Vor mir muss man keine Angst haben. Du kannst im Notfall immer meine Schwester auf mich hetzen und mir mit ihr drohen. Lass dir das Frühstück gleich schmecken, du brauchst Energie.

Ihre Antwort folgt prompt.

Gut zu wissen, dass deine Schwester dich wenigstens im Griff hat. Wird gemacht! Bis später.

Es ist kurz vor acht Uhr und während ich bereits in voller Wandermontur in der Hotellobby stehe, blicke ich Richtung Hotelausgang und kann erkennen, dass das Wetter es gut mit uns meint. Unter normalen Bedingungen würde ich einer Anfängerin wie Danielle nicht raten, in den Wintermonaten einen Munro zu erklimmen, denn zu dieser Zeit braucht es definitiv Erfahrung, um sicher wandern zu können. Wenn man sich nicht auskennt, können manche Passagen mehr mit Bergsteigen als mit Bergwandern zu tun haben. Ich kenne Finnegan und die Umgebung wie meine Westentasche und Kompass und auch Kartenlesen sind keine Fremdwörter für mich. Tatsächlich kenne ich den Munro, den ich für heute ausgewählt habe, am allerbesten und obwohl er mit seinen knapp neunhundert Höhenmetern nicht ohne ist, gehört er definitiv zu den Anfängermunros und ist mit einem guten Führer sicher zu meistern.

Ich blicke hoch, als ich Danielle die Treppe herunterkommen höre. Ihr Anblick zaubert mir ein Lächeln ins Gesicht und das liegt nicht nur daran, dass sie sich an meine Vorgaben gehalten und die passende Kleidung für unsere gemeinsame Wanderung ausgewählt hat. Sie trägt ein Paar robuste Wanderstiefel und, soweit ich es sehe, Kleidung aus schnell trocknendem Material. Ebenfalls hat sie sich für einen bequemen Wanderrucksack entschieden, der Taille und Brust stützt.

»Na? Bereit?«, rufe ich ihr freudig entgegen, als sie die letzte Treppenstufe hinter sich bringt.

»Jawohl, Sir«, antwortet sie und belustigt muss ich feststellen, dass ihre Antwort eher gequält als begeistert klingt.

»Wie ich sehe, bist du passend angezogen?«

Sie nickt. »Ich hoffe. Ich habe aber auf deine Empfehlung hin auch noch Ersatzkleidung eingepackt. Und Blasenpflaster«, ergänzt sie und verzieht ihren Mund zu einem Grinsen. »Ich laufe zwei Meilen in High Heels, aber diesen Stiefeln traue ich nicht.«

Sie blickt an sich hinab und streckt mir ihren rechten Fuß entgegen.

»Ach, das wird schon«, lache ich. »Wir bauen ausreichend Pausen ein und wenn du nach sechs Meilen nicht mehr kannst, brechen wir ab.«

»Sechs Meilen?«, ruft Danielle und blickt mich entgeistert an. »Hast du gerade sechs Meilen gesagt?«

Ich nicke. »Aye. Wenn ich ehrlich bin, sind es insgesamt siebeneinhalb Meilen«, korrigiere ich mich.

»Dir ist schon klar, dass ich so etwas noch nie gemacht habe?« Danielle schüttelt den Kopf und schaut mich aus großen Augen an. »Wie lange ist man da unterwegs?«

»Zwischen viereinhalb und fünfeinhalb Stunden. Aber uns treibt ja keiner. Wir lassen uns Zeit. Ich habe die Strecke in mehrere Phasen eingeteilt und wenn du irgendwann nicht mehr kannst, machen wir eine Pause oder kehren um. Es soll ja auch Spaß machen.«

Bei dem Wort *Spaß* verzieht Danielle gequält den Mund, was ich absichtlich ignoriere.

»Hast du deine Kamera oder zumindest dein Handy dabei? Du willst doch sicherlich von unterwegs berichten oder Fotos machen?«

Sie nickt und alles an ihrem Ausdruck schreit danach, diese Aktion sofort abzubrechen, aber zu meiner Überraschung strafft sie die Schultern, schaut mich herausfordernd an und stemmt die Hände in die Hüften. »Ich hoffe, in deinem Rucksack ist ausreichend Verpflegung für uns? Eins kann ich dir nämlich garantieren: Bei der Aktion werde ich einen Bärenhunger entwickeln. Wie heißt der Munro eigentlich, den ich bezwingen muss?«

»Ben Connery«, erwidere ich und kann mir eine kleine Anspielung nicht verkneifen. »Auch wenn du einen Bärenhunger hast, hoffe ich, dass wir von denen verschont bleiben.«

Wie erwartet reißt Danielle ihre Augen auf. »Bären? Da gibt es Bären?«

Ich lache, gehe einen Schritt auf sie zu und ziehe am Riemen ihres Rucksacks. »Nein. Keine Angst. Du solltest nur beim Anblick von Schafen oder Schneehasen nicht in Panik geraten. Das wäre schon ganz gut.«

Sie verdreht die Augen und schlägt spielerisch meine Hand weg. »Haha. Nicht witzig.«

»Ein bisschen schon«, lächle ich sie an und stelle zum wiederholten Male fest, wie schön ihre Augen sind.

Bevor ich es mich versehe, ist Danielle an mir vorbeigestiefelt und bleibt in der Tür stehen. »Kommst du? Auf Nachtwanderung habe ich keine Lust.«

Lachend schüttle ich den Kopf, winke Iain und Kenzie zu, die hinter der Rezeption stehen und unsere Unterhaltung aus sicherer Entfernung beobachtet haben, und gehe auf Danielle zu. »Ja dann«, nicke ich ihr aufmunternd zu, »los geht's.«

Kurze Zeit später parke ich meinen Geländewagen auf dem kleinen Schotterparkplatz, an den ein kleines Häuschen angeschlossen ist, bei dem man drei Pfund pro Person für den Aufstieg zahlen muss. Einige Informationstafeln weisen auf Besonderheiten während der Wanderung hin, denen ich aber keine Beachtung schenke.

»Wenn du noch einmal zur Toilette möchtest«, sage ich zu Danielle, als wir aussteigen, »solltest du das jetzt tun. Das hier sind nämlich die letzten Toiletten auf dem Weg nach oben.«

Ich deute auf den kleinen Flügel, der sich am Häuschen anschließt, und während Danielle kurz verschwindet, zahle ich den anfallenden Betrag.

»Niall«, ruft der alte Sean, der hier wie so oft die Stellung hält. »Heute das gute Wetter ausnutzen und mit ein paar Gästen hoch zum Gipfel?«

»Aye«, erwidere ich lachend und schüttle ihm die knochige

Hand, die er mir entgegenstreckt. »Wir sind heute aber nur zu zweit«, ergänze ich und deute auf Danielle, die just in diesem Moment zurückkommt.

»Hui«, lacht Sean und kann sich ein leises Pfeifen nicht verkneifen. »Sicher, dass du bei dem Anblick überhaupt noch hoch hinausmusst?«

Ich schüttle amüsiert den Kopf und winke ab. »Du weißt doch, wie das mit dem Ausblick auf den Munros ab und an ist. Der Weg dahin kann ganz schön beschwerlich sein.«

Sean kommentiert meine Aussage mit einem herzhaften Lachen und nickt Danielle freundlich zu, als sie sich neben mich stellt. »Viel Spaß euch beiden auf dem Weg. Wie es aussieht, spielt das Wetter heute mit. Genießt den Ausblick.«

Bevor er sich wieder zurückzieht, zwinkert er mir zu und ich bin froh, dass Danielle seinen letzten Kommentar nicht gehört hat und mir so eine Erklärung erspart bleibt.

Ich bin gespannt, wie sie die erste Stufe der Wanderung meistern wird, denn der Weg geht direkt und für eine gute Stunde steil bergauf. Hin und wieder müssen wir durch kleine Metalltore gehen, die die Schafe, die auf dieser Höhe auf dem Berg grasen, innerhalb des Berggebiets halten. Tatsächlich passiert es ein paar Mal, dass wir auf die scheuen Wolltiere treffen oder sie zumindest in einiger Entfernung blöken hören.

»Haben die Menschen nicht Angst, dass die Schafe von den Wanderern aufgeschreckt werden?«, fragt Danielle, als wir durch ein weiteres Metalltor gehen. Zu meiner Überraschung hat sie bisher noch nicht ein Mal über den steilen Anstieg gemeckert und kämpft sich tapfer voran.

»Die Wanderer selbst sind meist recht ruhig«, erkläre ich und deute auf eins der Schilder, die hier vereinzelt vorzufinden sind. »Die Hunde müssen an der Leine gehalten werden und dürfen nicht frei herumlaufen, damit die Schafe nicht unnötig aufgescheucht werden.«

Danielle nickt und bleibt für einen kurzen Moment stehen. Ihr Gesicht hat ein wenig an roter Farbe zugenommen, aber sie schlägt sich tapfer.

»Sollen wir eine Pause machen?«, frage ich und streife mir meinen Rucksack vom Rücken. »Ich brauche dringend einen Schluck Wasser«, flunkere ich und hoffe, ihr dadurch ein besseres Gefühl zu geben, wenn sie kurz zu Luft kommen möchte.

Dankend schaut sie mich an und nickt. »Sehr gern. Ist wirklich anstrengender, als ich dachte.«

Ihre Ehrlichkeit überrascht mich, hätte ich doch damit gerechnet, dass sie sich verstellt und so tut, als wäre das alles ein Kinderspiel für sie. Tatsächlich gefällt es mir, dass sie mir nichts vormacht und durchaus auch bereit ist, mir eine mögliche Schwäche zu zeigen.

Ich lächle sie an und reiche ihr eine der großen Wasserflaschen, die ich in meinem Rucksack habe. »Möchtest du auch etwas essen?«

»Nein danke«, sagt sie, nimmt die Flasche entgegen und trinkt einen kräftigen Schluck. »Ich habe Angst, dass mir übel wird, wenn ich hier mit vollem Bauch hochmuss. Außerdem habe ich auf deinen Hinweis hin gut gefrühstückt.«

Eifrig streift sie ihren Rucksack ab und schickt sich an, die Flasche Wasser zu verstauen.

»Gib her!«, fordere ich sie auf und greife ohne Umschweife nach der Flasche.

Irritiert schaut sie mich an. »Das ist doch unfair, wenn du zwei schwere Flaschen tragen musst.«

»Papperlapapp«, erwidere ich und bin bereits dabei, ihre Flasche wieder in meinem Rucksack zu verstauen. »So schwer ist das nun wirklich nicht und außerdem bin ich größer, stärker und auch ein bisschen trainierter als du.«

Ohne etwas zu sagen, lässt sie ihren Blick langsam an mir auf und ab wandern. Dabei verzieht sie keine Miene.

»Wenn ich es nicht besser wüsste, würde ich behaupten, du entkleidest mich gerade in Gedanken.«

Danielles Augenbraue zuckt ein Stück hoch, sie verzieht den Mund zu einem Grinsen und geht, als wenn nichts gewesen wäre, einfach an mir vorbei. Nach einigen Metern bleibt sie stehen, dreht sich um und stemmt ihre Hände in die Hüften. »Kommst du? Wie ich zu Nachtwanderungen stehe, habe ich ja bereits gesagt.«

Mir bleibt nichts anderes übrig, als zu lachen, und als ich schnellen Schrittes mit ihr aufschließe und mich wieder an die Spitze setze, höre ich leise hinter mir: »Und wer weiß, vielleicht habe ich das sogar getan.«

Mein Blick schnellt zu ihr herum und ohne weiter darauf einzugehen, drückt Danielle mir ihre Hände in den Rücken und schiebt mich vor sich her. »Nach vorn schauen, sonst fällst du noch«, ist das Einzige, was sie sagt.

Langsam machen wir Höhenmeter und ein See tut sich vor uns auf. Mit jedem Schritt, den wir vorangehen, wird der Ausblick auf den See atemberaubender. Das Wetter meint es gut mit uns. Wir haben freie Sicht und der Himmel ist nicht wolkenverhangen. Nach gut einer weiteren Stunde taucht der

Gipfel des Ben Connery in der Ferne auf und als ich in Danielles Gesicht blicke, glaube ich, ihre Gedanken lesen zu können.

»Na sag schon«, grinse ich.

»Das ist noch ein weiter und anstrengender Weg bis ganz nach oben.«

Eine Mischung aus Panik und dem nötigen Respekt ist in ihrem Blick zu erkennen und ich entscheide mich, wieder eine kurze Pause einzulegen, bevor es an die nächste Etappe geht.

»Wie ist dein erster Eindruck von Schottland?«, frage ich sie, während ich neben ihr im Gras auf einer Decke Platz nehme, die ich eingepackt habe.

»Mmh«, lässt sie verlauten und sagt vorerst nichts weiter. Gespannt blicke ich sie an. »Es ist voller Überraschungen.«

Neugierig hake ich nach. »Voller Überraschungen?«

»So ist es. Von starrköpfigen Schotten bis hin zu atemberaubenden Ausblicken ist alles dabei.«

»Hast du die Ausblicke jetzt auf die Natur oder auf die Kehrseite der starrköpfigen Schotten bezogen?«, grinse ich und kann es einfach nicht lassen, mit ihr zu flirten. Sobald Frauen um mich herum sind, kommt das Alphamännchen in mir durch. Jedoch muss ich zugeben, dass mich Danielles Gegenwart unruhig macht und ich immer gespannt darauf bin, wie sie auf meine Neckereien reagiert.

»Findest du, dass starrköpfige Schotten nur hübsche Kehrseiten haben?«, fragt sie völlig teilnahmslos und blickt sich um. Aus dem Augenwinkel kann ich erkennen, dass sie sich das Lachen verkneifen muss.

»Für alle Schotten kann ich nicht sprechen«, erwidere ich und warte ab, ob sie darauf reagiert.

»Sagen wir so«, fährt sie fort. »Mein Aufenthalt ist noch zu kurz, um zu ausgiebigen Ergebnissen bei der Feldforschung zu gelangen.«

»Feldforschung? Das klingt, als hättest du etwas vor?«

Erstaunt blicke ich zu ihr.

»Jetzt«, sagt sie und steht zu meiner Überraschung ruckartig auf, »plane ich erst mal, diesen starrköpfigen Munro zu besteigen. Danach sehen wir weiter.«

Ich grinse.

»Ach, und Niall?«

Sie blickt mich an und ich bin gespannt, was als Nächstes kommt.

»Untersteh dich, mir Hilfe bei dem Thema *Besteigen* zu geben.«

Bäm. Treffer. Versenkt. Diese Frau schafft es, mich mit einem Satz sprachlos zu machen, und das passiert wirklich selten. Ich schüttle den Kopf, stehe ebenfalls auf und lege die Decke zusammen, damit sie in meinen Rucksack passt.

»Bereit für die nächste Etappe?«, will ich fragen, aber Danielle hat sich schon wieder auf den Weg gemacht und läuft vor mir her. Ganz kann ich es mir nicht verkneifen, ihr auf den Hintern zu starren, auch wenn der in großen Teilen leider von ihrem Rucksack verdeckt wird.

Na warte, Fräulein. Noch gebe ich nicht auf.

Die Steigung, die wir in der letzten Stunde gemeistert haben, nimmt ab und wird flacher. Für einige Zeit geht es über Grashügel vom See in Richtung Gipfel. Diese Phase ist quasi die Ruhe vor dem Sturm, denn auf dem letzten Drittel der Wanderung geht es noch einmal steil bergauf. Pfade, die an Zickzackmuster erinnern, schlängeln sich die erste Etappe des letzten Bergstücks hinauf. Immer wieder ist der Weg hier mit großen, massiven Steinblöcken übersät, die von uns umwandert und bezwungen werden müssen. Ein Hoch auf festes Schuhwerk.

Ich höre, wie Danielle neben mir schnauft, mir aber bei einem prüfenden Blick signalisiert, dass sie noch kann.

Nach einer Weile gibt ein weiteres Plateau den Blick auf die südlich liegenden Grashügel-Landschaften frei, deren sattes Grün einfach magisch ist.

Ich deute auf den letzten steilen, lang gezogenen Weg zur Spitze des Berges. »Nicht mehr weit«, sage ich aufmunternd und lege Danielle eine Hand auf die Schulter. Obwohl man ihr die Anstrengung deutlich ansieht, grinst sie und in ihrem Blick ist so etwas wie Stolz zu erkennen. »Packen wir's?«

»Aber so was von!«, sagt sie und gibt nicht auf.

Nach etwa dreißig weiteren Minuten, die es noch bis zum Gipfel sind, ist es geschafft. Auch wenn es nicht mein erstes Mal hier oben ist, ist der Lohn der schweißtreibenden Wanderung jedes Mal besonders. Nichts geht über den Dreihundertsechzig-Grad-Rundblick über den See, den Bergkessel und die umliegenden Berge.

Wie so oft ist man hier oben selten allein, da der Ben Connery in dieser Region ein beliebter Berg ist, der von Touristen und Einheimischen regelmäßig frequentiert wird. Gerade bei klarer Sicht wie heute ist er ein willkommenes Ziel.

Ich blicke zu Danielle, die, seitdem wir hier oben angekommen sind, still geworden ist und seit ein paar Minuten wortlos ein paar Eindrücke mit ihrem Handy festhält, um später von unserer Wanderung zu berichten. Ich weiß, was in ihr vorgeht, denn mir ging es beim ersten Mal genauso und daher gönne ich ihr diesen besonderen Moment. Statt sie anzusprechen, hole ich die Decke erneut aus meinem Rucksack und breite für uns ein kleines Picknick aus. Kenzie hat uns dankenswerterweise Sandwiches und andere Leckereien eingepackt, damit wir sie unterwegs verzehren können.

Auf einmal vernehme ich, wie Danielle neben mir die Nase hochzieht. Tränen sind auf ihren Wangen zu sehen. Ich richte mich auf, gehe zwei Schritte auf sie zu und öffne wortlos meine Arme. Ich hoffe, dass sie mein Angebot annimmt. Und tatsächlich. Als wäre es das Natürlichste der Welt, lässt sie sich in meine Arme fallen und ich drücke sie an mich. So verharren wir einen Moment, bevor sie sich etwas von mir wegdrückt.

»Ist das schön.«

Ich lächle sie an und streiche ihr mit dem Daumen eine Träne von der Wange. »Ja, das ist es. Es ist auch für mich immer noch etwas Besonderes, hier oben zu sein und das zu sehen. Hier kann man die hektische Welt einfach mal vergessen und eins mit der Natur sein.«

Danielle nickt und blickt an mir vorbei. »Du hast ja ein Picknick gemacht.«

»Aye«, lächle ich und signalisiere ihr, sich neben mich auf die Decke zu setzen. Weil es hier oben auf dem Gipfel kalt ist, habe ich zwei weitere Decken dabei, die ich über uns ausbreite. »Lange können wir hier nicht so sitzen, dafür ist es zu kalt, aber für einen kurzen Moment geht es«, erkläre ich und reiche ihr eins der Sandwiches.

»Sag mal«, murmelt sie zwischen zwei Bissen, »es mag ja sein, dass du um einiges fitter bist als ich, aber wie kann es sein, dass ich hier Nahtoderfahrungen habe, während du noch nicht mal sonderlich schwitzt? Verrat mir dein Geheimnis.«

Amüsiert blicke ich sie an und zucke mit den Achseln. »Das liegt wahrscheinlich an meiner Vergangenheit.«

»Warst du in deinem früheren Leben ein Hochlandrind? Ein Schneehase oder eine Bergziege?«

»Mit welch schönen Tieren du mich vergleichst«, lache ich. »Nein. Aber Leistungssportler.«

Danielle zieht eine Augenbraue hoch, wie sie es so oft macht, wenn sie mich prüfend anblickt. »Und das heißt?«

»Ich habe recht erfolgreich Rugby gespielt und Sport gehört seit jeher zu meinem Leben. Zwar habe ich die Profikarriere vor geraumer Zeit an den Nagel gehängt, aber ich halte mich trotzdem weiter fit.«

Sie nickt anerkennend. »Ich habe keine Ahnung, wie lange man erfolgreich auf hohem Niveau spielen kann«, sagt sie, »aber hattest du keine Lust mehr? Blieb der Erfolg aus?«

Fast bin ich von ihrer direkten Fragerei überrascht und rutsche unruhig auf der Decke umher. »Verletzung«, antworte ich knapp.

Danielle schaut mich prüfend an, nickt dann und bohrt nicht weiter nach. »Das tut mir leid«, sagt sie lediglich.

»Danke.«

»So passt das für mich aber.«

»Wie?« Irritiert blicke ich sie an.

»Dass du für das Hotel die sportlichen Aktivitäten koordinierst. Bietet sich ja an. Und das darf man auch nicht unterschätzen. Ich meine, du musst dich da gut auskennen, um die Gäste adäquat betreuen zu können. Schau mich an. Ich habe null Erfahrung im Bergwandern und dank dir bin ich heil hier oben angekommen.«

Triumphierend blickt sie mich an und wie auch immer sie es schafft, meine Reaktion ist ein stolzes Nicken.

»Aye. Du hast das gut gemacht.«

»Wir.«

»In Ordnung«, antworte ich und freue mich insgeheim darüber, dass sie meine Arbeit doch mehr zu schätzen weiß, als ich es vorerst angenommen habe. »Wir. Ich hoffe nur, du verfluchst mich morgen nicht.«

»Warum?« Überrascht blickt sie mich an.

»Weil du morgen wahrscheinlich den Muskelkater des Todes haben wirst.«

Während sie mich sichtlich gequält anstarrt, kann ich mir ein Grinsen nicht verkneifen. Wenn es etwas gibt, worüber ich mir heute ziemlich sicher bin, dann ist es die Tatsache, dass eine Anfängerin wie sie diese Bergroute nicht problemlos wegstecken wird.

»Keine Angst, aufgrund meiner Sportlerkarriere kenne ich mich mit Massagen aus.«

»Wieso war mir das jetzt klar?«, stöhnt sie, kann sich aber ein Lachen nicht verkneifen. »Ich denke, ich versuche es nachher mal mit einer heißen Badewanne.«

»Gute Idee«, erwidere ich. »Und im Notfall …«

Danielle legt ihre Hand auf meinen Oberarm und ich unterbreche meinen Satz.

»Was?«

Sie legt den Kopf leicht schief und schüttelt ihn dann langsam. »Werde ich deine Nummer trotzdem nicht wählen.«

10

AVA

Dem Menschen, der die Badewanne erfunden hat, gehört ein Orden verliehen. Während warmes Wasser in die große, frei stehende Badewanne im Nebenraum läuft, schäle ich mich aus meinen Wanderklamotten und kann noch gar nicht glauben, dass ich diese Tour hinter mich gebracht habe. Ach, was sage ich hinter mich gebracht. Gemeistert.

Tatsächlich bin ich stolz. Nicht nur habe ich eine Sache getan, die ich noch nie gemacht habe, nein, ich habe mich in der Planung und Durchführung völlig auf jemand anderen verlassen. Und wer hätte das gedacht, es war gar nicht so schlimm. Gut, dass Niall mir nicht wirklich eine andere Wahl gelassen hat, ist zweitrangig.

Mein Blick fällt auf die Wanderschuhe, die inzwischen neben der Heizung stehen und trocknen. Wie gut, dass Danielle mir befohlen hat, welche einzupacken, denn mit Turnschuhen hätte ich den Weg wohl nie bewerkstelligt. Wahrscheinlich hätte Niall mich so auch nicht losgehen lassen.

Ich hänge meine Wandersachen sauber über den Bügel und lasse sie noch ein wenig ausdünsten. Auch wenn ich noch so sehr versucht habe, es zu verheimlichen, ich habe geschwitzt. Wahrscheinlich klang ich phasenweise wie eine alte Dampflok, die kurz davor war, auseinanderzubrechen. Dass Niall darüber keinen Ton verloren hat, ist ihm hoch anzurechnen.

Ich fühle, dass ich meine Erfolge jemandem mitteilen muss, und so greife ich nach dem Handy, das auf dem Bett liegt. Ich wähle Ryans Nummer, doch wie zu erwarten geht nach einer Weile die Mailbox an und Ryan lässt mich mit mechanischer Stimme wissen, dass er gerade nicht ans Telefon gehen kann, ich ihm aber gern meine Nummer hinterlassen könne und er sich umgehend melden würde. Pfff, wahrscheinlich ist ihm bis jetzt nicht aufgefallen, dass wir gestern Abend nicht mehr gesprochen haben, wie er selbst vorgeschlagen hat. So wie ich ihn kenne, wird er mir später sagen, dass er so viel zu tun hatte und ich mich sicherlich gemeldet hätte, wenn es mir selbst gepasst hätte.

Von Tag zu Tag regt mich seine Ignoranz mehr auf und auch wenn ich ihm gern stolz von meinem Erlebnis heute erzählen würde, hat er meine gute Laune gerade nicht verdient. Nicht, wenn er sich nicht mal erkundigt, wie mein Flug war, denn in Ryans Universum ist ja heute mein Reisetag.

Ich schüttle den Kopf und wähle die Nummer meiner Schwester. Es dauert einen kurzen Augenblick, dann höre ich Danielles Stimme durchs Telefon.

»Na? Lebst du noch?«

Welch wunderbare Begrüßung.

»Heute noch«, lache ich. »Aber ob meine Muskeln oder generell mein ganzer Körper morgen auch noch schmerzfrei existieren werden, wage ich zu bezweifeln. Morgen früh werde ich sterben.«

»Erzähl. Wie war's?«

»Atemberaubend. Toll. Und echt nicht ohne.«

Wieder höre ich Danielles Lachen und frage mich, was an meiner Aussage so witzig gewesen sein könnte. Eine Antwort auf meine Frage bekomme ich umgehend.

»Redest du von der Wanderung oder von deinem Bergführer?«

Ich schüttle den Kopf, mir durchaus bewusst darüber, dass meine Schwester das nicht sehen kann. »Tatsächlich meine ich die Wanderung. Aber«, ich halte inne und überlege, ob ich Danielle mehr verraten sollte, und entscheide mich dann dafür, »überraschenderweise war die Tour mit Niall auch prima.«

»Prima?«, hakt sie umgehend nach und ich kann erkennen, dass ich nun ihre volle Aufmerksamkeit habe.

»Okay, okay. Atemberaubend. Toll. Und echt nicht ohne«, witzle ich.

»So klingt das schon viel besser. Habt ihr es bis nach oben geschafft?«

»Ja. Ich habe zwar damit gerechnet, dass es heftig anstrengend wird, aber wenn Niall nicht gewesen wäre, hätte ich die Tour mehr als einmal abgebrochen.«

»Er hat dich also gut angefeuert?«, fragt Danielle.

»Jein«, antworte ich wahrheitsgemäß. »Das hätte er sicherlich auch getan, aber tatsächlich war das mein innerer Schweinehund, der ihm ja nicht zeigen konnte, wie schlapp ich wirklich bin.«

»Na komm«, höre ich meine Schwester sagen. »Es ist ja nicht so, als würde ich dich nicht regelmäßig fragen, ob wir zusammen zum Sport wollen.«

»Jaja«, knurre ich. »Ich bin halt mehr Team High Heels statt Team Sneakers.«

Mit dem Handy in der Hand gehe ich ins Badezimmer und drehe den Wasserhahn zu. Das Wasser ist herrlich warm und mein ganzer Körper schreit danach, endlich in das wohlige Nass einzutauchen.

»Bist du stolz auf dich?«, fragt Danielle. Sie kennt mich zu gut und weiß, was diese Aktion heute für mich bedeutet hat.

»Tatsächlich ja«, gebe ich wahrheitsgemäß zu. Mag sein, dass es keine große Sache für andere Menschen ist, die Zügel so aus der Hand zu geben, aber für mich war das eine Mammutaufgabe. Wahrscheinlich sogar noch schwieriger als der Gewaltmarsch an sich.

»Dann bin ich es auch«, ruft sie durch den Hörer.

»Ich hoffe, du wirst auch stolz auf mich sein, wenn du die Fotos siehst, die ich während der Wanderung und oben auf dem Berg gemacht habe. Ein bisschen gefilmt habe ich auch. Ich habe mir wirklich Mühe gegeben, dass alles so rüberkommt, wie es auch wirklich war.«

»Sicher werde ich das sein. Ist deine Angst jetzt etwas kleiner, was die nächsten Tage angeht?«

»Irgendwie ja«, murmle ich.

»Wie? Nur irgendwie?«

Ich höre Überraschung in Danielles Stimme.

»Ich weiß jetzt, dass ich mit den Situationen wahrscheinlich umgehen kann und Niall vorausschauend plant, aber …« Ich halte inne.

»Aber was?«

»Aber ihn kann ich nicht vorausschauend einplanen!«

Durch das Handy ertönt das herzhafte Lachen meiner Schwester. »Wusste ich es doch! Du bist scharf auf diesen Schotten!«

»Bin ich gar nicht«, lüge ich und kann mir ein Grinsen kaum verkneifen. »Aber sagen wir so, es gibt wahrlich schlechtere Ausflugspartner. Ich hoffe nur, er hält sich im Zaum. Dass ich die Kondome nutzen werde, die du mir heimlich in meinen Kulturbeutel gesteckt hast, kannst du übrigens vergessen.«

»Im Zaum? Was macht er denn?«

War klar, dass Danielle nicht auf die Packung Kondome eingeht, die ich zu meinem völligen Entsetzen gestern Abend entdeckt habe.

»Lauter sexy Anspielungen«, stöhne ich frustriert.

»Und?«

Gerade als ich ihr antworten will, klopft es an der Zimmertür und ich schaue hektisch an mir herunter. Zwar stehe ich hier noch nicht splitterfasernackt, aber mehr als Panties und Top mit einem BH darunter trage ich auch nicht mehr.

»Es hat geklopft, Danielle. Ich rufe dich später noch mal an, okay?«

»Versuch es«, antwortet sie. »Ich bin verabredet, aber ansonsten quatschen wir morgen. Wenn es dein heißer Ausflugspartner ist, biete ihm den Platz neben dir in der Wanne an.«

Sie legt schneller auf, als ich reagieren kann, und so lege ich mein Handy auf den Waschtisch und laufe zur Tür, die ich vorsichtig öffne, wohl darauf bedacht, mich erst mal ein bisschen dahinter zu verstecken. Zu meiner Überraschung kann ich niemanden vor meinem Zimmer entdecken und auch mein schneller Blick auf den Flur gibt nicht preis, wer an meiner Tür geklopft haben könnte. Irritiert lasse ich den Blick nach links und rechts schweifen, bevor ich einen kleinen Bastkorb entdecke, der auf dem Boden vor meiner Tür steht. Vorsichtig hebe ich ihn hoch. Ein Zettel steckt drin und neugierig falte ich ihn auseinander, während ich die Zimmertür mit dem Hintern zudrücke.

Hey, vielleicht helfen ein paar Dinge hiervon. Gönn dir ein bisschen Ruhe, und wenn du magst, sehen wir uns später auf einen Drink in der Bar. Niall

Ich ziehe überrascht eine Augenbraue hoch und gehe zusammen mit dem Körbchen zurück ins Badezimmer, aus dem der herrliche Duft des Badewassers strömt, in das ich ein paar Tropfen Lavendelöl gegeben habe. Bei näherer Untersuchung entdecke ich zuerst einen Energieriegel, ein kleines Päckchen Nüsse und zwei Bananen. Da hat wohl jemand an meinen Energiespeicher gedacht. Neben einer Flasche Mineralwasser befindet sich eine Flasche Apfelschorle im Korb. Für etwas gegen den Flüssigkeits- und Mineralstoffverlust ist also auch gesorgt. Weiter unten entdecke ich eine Tube Fußcreme. Als ich sie öffne, steigt mir ein feiner Duft nach Rosmarin in die Nase. Herrlich. Und wie aufmerksam von Niall.

Ich streife meine restliche Kleidung ab und steige genüsslich seufzend in die warme Badewanne. Innerhalb von Sekunden spüre ich, wie meine Muskeln sich entspannen und meine Beine sich wieder leichter anfühlen. Ich lehne mich zurück und schließe die Augen. Ich konzentriere mich auf meine Atmung und spüre mit jedem Atemzug, wie sich mehr und mehr das Gefühl in mir ausbreitet, hier in Schottland angekommen zu sein und mir die Entspannung zu erlauben. Die Anspannung der letzten Stunden fällt von mir ab und vielleicht ist es gar nicht so schlecht, mal nicht alles unter Kontrolle haben zu wollen. Oder zu müssen.

Ich greife neben mich und fische nach dem Handy auf dem Waschtisch. Schnell schicke ich das kleine Video und meine Fotos der Wanderung an Danielle. Dann öffne ich die Kamera und schieße ein Foto von meinen Beinen, die nur in Ansätzen aus der riesigen Schaumwolke blitzen. Statt es zu posten, öffne ich WhatsApp, tippe eine Nachricht an Niall und hänge das Foto an.

Göttlich.

Ich kann es aber auch einfach nicht lassen. Und dass Niall auf solche Nachrichten reagiert, wird mir mehr und mehr bewusst, als sich binnen Sekunden eine Antwort ankündigt.

Da ich nicht weiß, ob du mich oder das Bad meinst, sage ich einfach mal DANKE!

. . .

Dieser Mann. Ich verdrehe die Augen, kann mir aber ein Grinsen nicht verkneifen. Ich setze alles daran, dieses wohlige Gefühl in meiner Bauchregion zu unterdrücken, das sich immer mal wieder ausbreitet, wenn ich in seiner Nähe bin. Oder an ihn denke. Oder überhaupt. Dieses Gefühl, das eigentlich nicht da sein dürfte, weil mein leider viel zu ignoranter Freund in London sitzt.

Herrje, wie macht dieser Mann das bloß? Niall verkörpert alles, was ich an Männern nicht ausstehen kann. Er ist arrogant und tierisch von sich überzeugt. Dass er attraktiv aussieht, weiß er nur zu gut, und ich bin mir sicher, die Frauen geben sich bei ihm die Klinke in die Hand. Im Gegensatz zu seinem Bruder Liam scheint er nicht gebunden zu sein, so viel konnte ich bisher raushören, und wenn ich ehrlich bin, überrascht mich das nicht wirklich.

Ich entscheide mich, nicht auf seine letzte Nachricht einzugehen, lege stattdessen das Handy wieder an die Seite und genieße die wohlige Wärme des Wassers, die Balsam für meine schmerzenden Beine und Muskeln ist. Wenn ich eins weiß, dann, dass ich fit und hellwach sein muss, wenn ich Niall die Stirn bieten will. Wie lange mir das gelingt, ist jetzt noch die Frage.

11

NIALL

Inzwischen ist es früher Abend geworden und das Restaurant des *The Finnegan* füllt sich langsam mit Hotelgästen, die ihr Dinner einnehmen möchten oder für einen Drink an der Bar einkehren. Ich lehne am Rezeptionstresen und tippe mich durch mein Handy, checke Termine und lese Nachrichten.

»Und? Hat sie bereits einen Namen?«

Erstaunt blicke ich von meinem Handybildschirm hoch und starre Iain an, der hinter der Rezeption steht und gerade dabei ist, die neuen Buchungsanfragen zu koordinieren, die heute reingekommen sind. »Wie, bereits einen Namen?«

Ich schließe das Foto von Danielles Beinen in der Wanne und fühle mich auf seltsame Weise ertappt.

»Na komm, Niall«, lacht Iain und wirft mir einen prüfenden Blick zu. »Deine Frauen haben immer einen Namen.«

»Haben Frauen das nicht generell immer?«, antworte ich unschuldig.

»Na klar, aber im Niall-Universum heißen die gern mal *Die Dauerquatschende*, *Die, die viel zu laut stöhnt* und so weiter. Also? Hat unser Gast aus London sich auch schon ihren Namen verdient?«

»Unser Gast aus London heißt Danielle«, reagiere ich auf Iains Anspielungen und muss zerknirscht zugeben, dass Frauen mir wirklich nicht immer mit tatsächlichem Namen im Gedächtnis bleiben. Vor allem nicht, wenn ich mit ihnen im Bett gelandet bin und es für mich keine Bedeutung hat.

»Hört, hört«, lacht er und konzentriert sich im nächsten Moment wieder auf die Buchungsanfragen, als Kenzie aus Richtung Küche zu uns kommt.

»Hey, Bruderherz«, ruft sie herzlich und tritt neben mich. »Wie war die Wanderung?«

»Klasse«, gebe ich ohne Umschweife zu und stecke mein Handy in die Hosentasche.

»Und Danielle?«

»Lebt noch«, sage ich lachend und versuche, den Gedanken an ihren nackten Körper zu verdrängen, der sich in diesem Moment oben in der warmen Wanne rekelt. Im Gegensatz zu ihr reicht mir eine heiße Dusche, denn dass meine Muskeln die Wanderung problemlos wegstecken werden, weiß ich.

»Sehr schön«, kommentiert sie und schaut mich prüfend an.

»Was?«, frage ich unruhig, denn dass mein wertes Schwesterherz schon wieder Hintergedanken hat, ist mehr als offensichtlich.

»Ich hoffe, du kannst dich beherrschen?«, hakt sie nahezu tadelnd nach und ich verdrehe die Augen.

»Du musst nicht denken, dass ich mich nie unter Kontrolle habe.«

»Ich habe ja auch nicht gesagt, dass du dich nie unter Kontrolle hast. Habe es nur bitte dieses Mal. Danielle scheint echt nett zu sein und ich möchte nicht in irgendeinem Blogartikel lesen, dass das Hotel zwar seine Vorzüge, der Besitzer aber seinen Hosenstall nicht unter Kontrolle hat.«

»Ich habe ja verstanden«, antworte ich mürrisch. Der Gedanke, meine Flirtereien mit Danielle einstellen zu müssen, gefällt mir gar nicht, aber ich kann Kenzies Sorgen nachvollziehen. Diese Frau könnte mir wirklich zum Verhängnis werden, denn ich bin es nicht gewohnt, dass mir eine Frau über längere Zeit nicht aus dem Kopf geht. Und dieses Wesen dort oben in ihrem Zimmer scheint ein Dauerabo abgeschlossen zu haben.

»Gut«, nickt Kenzie und deutet hinter mich. »Dann sollte dich das da auch nicht aus der Bahn werfen.«

Überrascht blicke ich sie an und drehe mich zügig in die Richtung, in die sie unauffällig mit dem Kopf gedeutet hat. Für einen Augenblick verschlägt es mir den Atem, denn Danielle kommt die Treppe herunter, aber im Gegensatz zu heute Morgen, als sie Stiefel und Wandersachen anhatte, hat sie für dieses Outfit hoffentlich einen Waffenschein dabei. Eigentlich ist es weniger, was sie trägt, als viel mehr, wie sie es trägt und was sie ausstrahlt.

Ihr schlanker Körper steckt in einer eng anliegenden schwarzen Lederhose, die ein ganzes Stück über ihren Knöcheln abschließt und in der Taille durch einen ebenfalls schwarzen Ledergürtel akzentuiert wird. Dazu trägt sie einen hellbeigen Rollkragenpullover. Ihre Füße stecken in verdammt sexy aussehenden schwarzen High Heels, als hätte sie heute nicht einige Meilen auf dem Berg hinter sich gebracht. Über der Schulter trägt sie eine schwarze Handtasche.

Für einen Moment frage ich mich, wie viele heiße Outfits sie noch in ihrem Koffer versteckt hat, denn wenn das hier so weitergeht, glaube ich nicht, dass ich Kenzies Bitte erfüllen kann.

»Hi«, sagt sie nahezu schüchtern, als sie die letzten Meter durch die Halle schreitet und dann vor mir steht. »Ich habe gehört, man bekommt hier etwas Leckeres zu trinken?«

Ich grinse und kann gar nicht so schnell antworten, wie Kenzie sich einmischt. »Nicht nur etwas zu trinken, meine Liebe. Nach deinem anstrengenden Marsch heute hast du dir ein leckeres Essen verdient. Niall«, fährt sie fort und wendet sich zu mir, »warum begleitest du Danielle nicht ins Restaurant und leistest ihr Gesellschaft? Dann muss sie nicht alleine essen?«

Ich schlucke, denn sosehr ich Danielles Gesellschaft sicherlich genießen werde, desto schwerer wird es mir fallen, nicht ständig auf ihren grazilen Körper zu starren, den sie in dieses scharfe Outfit gehüllt hat.

»Welch wunderbare Idee«, sagt Danielle zu meiner Überraschung und so finde ich mich einige Momente später im hauseigenen Restaurant wieder, wie ich ihr den Stuhl zurechtrücke und ihr gegenüber Platz nehme.

Der offene und großzügige Gastraum des Restaurants erstreckt sich auf fast achtzig Quadratmetern und wirkt einladend. Der helle Boden harmoniert perfekt mit den warmen Wandfarben und den geschmackvollen Möbeln, die ebenfalls mit hellen Polstern bezogen sind. Pflanzen in verschiedenen Größen sowie gemütliche Hängelampen mit Goldakzenten ergänzen den harmonischen Stil des Restaurants.

»Wie war das Bad?«, beginne ich leicht unsicher die Unterhaltung, während Danielle ihren Blick über die Getränkekarte schweifen lässt.

Sie verzieht ihren Mund zu einem Grinsen, senkt die Karte ein Stück und schaut mich aus unfassbar blauen Augen an, in denen ich mich zu verlieren drohe. »Ich glaube, ich hatte bereits das passende Adjektiv gefunden«, schmunzelt sie und benetzt sich mit ihrer Zunge die Lippen, was den Effekt hat, dass meine Hose im Schritt auf einmal deutlich enger sitzt. Gott sei Dank sitzen wir hier am Tisch und die Tischdecke verdeckt meine Körperregungen.

Herrje, Niall. Dies ist nicht dein erstes Rodeo. Beherrsch dich.

»Stimmt«, erwidere ich und könnte mich im nächsten Moment für meine Einfältigkeit ohrfeigen. »Bist du sicher, dass diese Schuhe nach unserer Wanderung die richtige Wahl sind?«

»Bestimmt nicht«, lacht Danielle und fast erscheint es mir, als könnte ihr Strahlen den Raum erleuchten. »Aber Schlappen hätten nicht zum Outfit gepasst. Da musste ich einfach pragmatisch sein.«

»Ich liebe deine Pragmatik«, grinse ich und für einen Augenblick sieht es so aus, als würden Danielles Wangen leicht erröten. Dann werden wir aber von Kenzie gestört, die an unseren Tisch tritt, und tatsächlich bin ich meiner Schwester im Stillen dankbar dafür, denn ob ich es glauben will oder nicht, Danielle macht mich mit ihrer Art nervös.

»Möchtest du die Karte, Danielle, oder darf ich dir ein Menü zusammenstellen?«, fragt Kenzie, während sie uns die Getränkekarten abnimmt.

»Danielle liebt es, überrascht zu werden«, mische ich mich ein, ohne groß nachzudenken, und kassiere einen scharfen Blick von dieser atemberaubenden Frau mir gegenüber, die sich aber zu beherrschen scheint und einige Sekunden später nickt.

»Auch wenn ich Niall nicht in allem recht geben kann, würde ich mich sehr darüber freuen, wenn du mich mit dem Essen überraschst. Nach dem leckeren Kuchen gestern kann es nur sagenhaft schmecken.«

Kenzies Augen leuchten auf. Meine Schwester ist so einfach glücklich zu machen. Tatsächlich muss man nur ihr Essen loben und es sich schmecken lassen, damit sie gefühlt zwanzig Zentimeter größer durch die Küche schwebt.

»Wunderbar«, höre ich sie sagen, bevor sie den Weg zurück in die Küche einschlägt und uns allein lässt.

»Du machst meine Schwester sehr glücklich«, sage ich zu meiner Tischpartnerin, die gerade gespannt beobachtet, wie der Kellner ihr ein Glas Weißwein hinstellt.

»Ich hatte ja keine andere Wahl, oder? Schließlich hast du die Entscheidung für mich getroffen.«

In ihrem Blick sehe ich eine Mischung aus Belustigung und ... ja, was eigentlich? Irritation?

»Ich habe mir gedacht, da du dich heute bereits mehrmals auf mich verlassen konntest, können wir den Abend auch so abrunden.« Ich nehme mein eigenes Glas Weißwein in die Hand und proste ihr zu. »Oder etwa nicht?«

Sie nickt, stößt mit mir an und nippt dann vorsichtig an ihrem Glas. »Deine Entscheidungen heute waren auf jeden Fall nicht kontraproduktiv«, antwortet sie nach einer Weile und ich beobachte, wie sie einen zweiten Schluck Wein genießt und ihn über ihre Zunge perlen lässt.

»Das freut mich, zu hören«, erwidere ich und versuche, herauszufinden, was es ist, was mich an Danielle so fasziniert. Sie ist anders als die Frauen, mit denen ich es sonst zu tun habe. Zwar ist sie in einem Moment unfassbar unsicher und gibt nicht gern die Kontrolle ab, lässt sich dann aber doch auf meine Flirtereien ein und weiß genau, wie sie Dinge so formulieren muss, dass sie mich aus dem Konzept bringt. Sie hat Stil und wirkt nicht so plump wie all die anderen Frauen, die immer wieder versuchen, ein letztes bisschen vom einst erfolgreichen Rugbyspieler abzubekommen. Fast gleichgültig hat sie darauf reagiert, als ich ihr erzählte, dass ich einmal recht erfolgreich gespielt habe. Entweder kann sie mit Rugby und der Bedeutung, die dieser Sport hier in Schottland hat, nichts anfangen oder es ist ihr schlichtweg egal, was für eine Vergangenheit ich habe. Zugegeben, eine recht erfrischende Abwechslung.

»Magst du mir etwas von dir erzählen?«, frage ich, während ich immer noch völlig fasziniert beobachte, mit welchem Genuss Danielle sich durch Kenzies Menü probiert. Während sie bei der Lammschulter mit Zucchini und Pfifferlingen noch süffisant geseufzt hat, scheint sie für die eingelegten Erdbeeren mit Eiscreme aus Ziegenmilch fast zu zergehen.

»Ist das göttlich«, haucht sie, während sie sich eine der roten Früchte in den Mund schiebt und mich dabei reichlich nervös macht.

»Ist das dein Lieblingswort?«

»Was? Göttlich?«

Ich nicke.

Sie zuckt die Schultern und kratzt das letzte bisschen Eiscreme vom Teller. »Wenn deine Schwester so gut kochen kann?«

»Das kann sie wirklich. Das hat sie von unserer Mutter geerbt. Die beiden haben früher stundenlang gemeinsam in der Küche gestanden. Allerdings hat Kenzie viele Dinge verfeinert, während unsere Mum eher etwas bodenständiger gekocht hat.«

»Stehen sie heute nicht mehr gemeinsam in der Küche? Du sprichst in der Vergangenheit«, hakt Danielle nach und blickt mich aus großen Augen an.

»Unsere Eltern sind vor einigen Jahren gestorben. Sie haben zusammen im Auto gesessen und mein Vater hatte während der Fahrt einen Herzinfarkt. Er ist von der Fahrbahn abgekommen. Meine Mutter ist kurze Zeit später ebenfalls ihren Verletzungen erlegen«, antworte ich leise und noch immer muss ich mich bemühen, dass meine Stimme nicht bricht, wenn ich von meinen Eltern spreche.

Danielle schaut mich mitfühlend an. »Das tut mir sehr leid. Kenzie hat definitiv ein Talent. Allein für das Essen lohnt es sich, nach Finnegan zu kommen«, lächelt sie und ich nehme ihr jedes Wort ab.

»Bereit für den letzten Gang?«, frage ich im nächsten Augenblick, denn ich sehe, dass sich die Tür zur Küche erneut öffnet und Kenzie mit zwei kleinen Desserttellern auf unseren Tisch zukommt.

»Noch mehr?«

Erstaunt reißt Danielle ihre Augen auf, schiebt aber umgehend den leeren Teller zur Seite, um Platz für die letzte Köstlichkeit des Tages zu machen. Unwillkürlich muss ich lachen.

»Was?«, ruft sie und schaut mich irritiert an.

»Na, du hast einen gesunden Appetit. Das finde ich gut«, grinse ich und signalisiere dem Kellner, dass er uns noch einmal vom Weißwein nachschenken kann.

Als Kenzie uns das Himbeersoufflé serviert, das mit einem Hauch von Bitterschokolade garniert ist, lässt Danielle sich auf ihrem Stuhl nach hinten fallen und legt ihr eine Hand auf den Unterarm. »Kenzie, du bist eine Zauberin. Es ist so unfassbar lecker. Ich kann mich nicht erinnern, wann ich jemals so gut gegessen habe.«

Dieser Kommentar zaubert meiner Schwester ein Lächeln ins Gesicht und ihre Wangen erröten. »Schön, zu wissen, dass es dir schmeckt. Morgen hilfst du mir.«

Danielle blickt erstaunt zwischen Kenzie und mir hin und her. »Wie, morgen helfe ich dir?«

Ich nicke und Kenzie kommt mir zuvor, den Programmpunkt für morgen zu erklären. »Morgen bist du Teil der *The Taste of Finnegan Experience*. Das heißt, du lernst unseren hoteleigenen Garten und unsere Stallungen kennen. Im Anschluss gibt es einen kleinen Kochkurs bei mir. Ich hoffe, darüber freust du dich?«

Begeistert klatscht Danielle in die Hände und rutscht unruhig auf ihrem Stuhl hin und her. »Aber so was von bin ich dabei. Ich bin zwar nicht annähernd so eine Künstlerin wie du in der Küche, aber hin und wieder koche ich wirklich sehr gern. Ich bin gespannt. Wirst du auch dabei sein, Niall?«

Sie wendet sich zu mir und schaut mich erwartungsvoll an.

»Das kann ich mir doch nicht entgehen lassen«, nicke ich zustimmend und ernte dafür einen erstaunten Blick meiner Schwester, die ganz genau weiß, wie ungern ich in der Küche stehe. Dankenswerterweise sagt sie nichts, sondern signalisiert uns, dass wir das Soufflé nicht vergessen dürfen.

Nachdem sie sich vom Tisch entfernt hat, wiederhole ich meine Frage. »Magst du mir etwas von dir erzählen, Danielle?«

Sie verschluckt sich und es dauert einen Moment, bis ihr kleiner Hustenanfall verklungen ist. »Ähm«, beginnt sie und ist sichtlich unsicher. »Was möchtest du denn wissen? So spannend ist mein Leben jetzt auch nicht.«

»Nun, du bist es doch, die wochenlang unterwegs ist und durch die Gegend jettet. Wie ist das so als Reisebloggerin? Was war deine Lieblingsstadt? Was dein größtes Abenteuer?«

»Du meinst, abgesehen von einer nicht kontrollierbaren Bergwanderung mit einem noch weniger kontrollierbaren Schotten?«

Sie legt den Kopf schief, zieht für einen winzigen Moment ihre Augenbraue hoch und ich schmunzle über ihren kleinen Flirtversuch. Danielle Miller flirtet. Mit mir. Und das ganz ungeniert. Schade nur, dass ich nur bedingt darauf eingehen darf.

»Aye«, sage ich daher und lehne mich auf meinem Stuhl zurück. Meine Augen ruhen auf ihr und für einen Moment sieht es so aus, als würde sie sich sammeln müssen. Und leider Gottes tut sie das, indem sie sich auf die Unterlippe beißt, was meinen Blick wieder auf ihren unfassbar sinnlichen Mund lenkt. Mist, auch das noch.

Gerade als sie beginnen will, zu erzählen, klingelt mein Handy und für einen Augenblick ärgere ich mich, dass ich es nicht auf lautlos gestellt habe. Mein Blick fällt auf den Namen im Display und vielleicht kommt dieser Anruf doch passender, als ich denke, denn ob ich es mir eingestehen will oder nicht, diese Situation hier mit Danielle könnte verdammt brenzlig für mich werden. Ich halte Frauen auf gesundem Abstand und hänge ihnen nicht an den Lippen, so wie ich es gerade beinahe bei Danielle tue.

»Chloe«, flöte ich ins Telefon, nachdem ich den Anruf angenommen habe. Aus dem Augenwinkel kann ich sehen, dass Danielle überraschend die Augen aufreißt, und ihrer Reaktion entnehme ich, dass sie irritiert ist, dass ich unser Gespräch auf diese unschöne Art unterbreche. Sie setzt sich gerade auf, sagt jedoch nichts und scheint mich genau zu beobachten.

»Aber natürlich können wir uns sehen. Wann passt es dir?«

Ich könnte mich für diese Aktion ohrfeigen, habe aber das Gefühl, dass sie das Einzige ist, was mich davon abhält, Danielle nicht binnen der nächsten Stunde anzufallen.

Als ich aufgelegt habe, dauert es keine fünf Sekunden, bis Danielle die Frage stellt, mit der ich bereits gerechnet habe.

»War das deine Freundin?«

»Ich habe keine Freundinnen«, versuche ich, möglichst nüchtern zu sagen, falte die Serviette zusammen und lege sie neben meinen Teller.

»Wie muss ich das verstehen?« Danielles Blick ist auf mich gerichtet.

»Nun, es wäre doch schade, wenn ich all den attraktiven Frauen nicht die Chance geben würde, Zeit mit mir zu verbringen. Ich setze andere Prioritäten und möchte mich nicht binden. Emotionale Abhängigkeit ist nichts für mich. Da habe ich lieber Sex und parallel genügend Freiheiten, um mich auf Arbeit, Freunde und den Sport zu konzentrieren.«

Gott sei Dank weiß Danielle nicht, wie schwer mir diese Worte gerade fallen. Herrje, allein die Tatsache, dass sie mir schwerfallen, bereitet mir eine höllische Angst. Auch wenn ich es liebe, mit dem Feuer zu spielen, spiele ich nach meinen Regeln, und die besagen, dass ich distanziert bleibe, kühl und auf Abstand. Ich darf es dieser Frau mir gegenüber nicht erlauben, ihr nicht auch nur im Entferntesten die Chance zu geben, mich zu verletzen. Dafür habe ich zu viel durchgemacht, als dass ich das noch einmal riskiere.

»Ich verstehe«, sagt Danielle nahezu nüchtern und mustert mich. »Und diese Chloe weiß von ihrem Glück?«

»Sie weiß zumindest, dass ich keine Beziehung will. Was sie daraus macht, ist nicht mein Problem.«

Zugegeben, ich klinge wie ein Arschloch, auch wenn es wirklich so ist, dass ich mich auf keine feste Bindung einlassen will. So hart ausgesprochen lässt es mich tatsächlich wie einen gefühlskalten Kotzbrocken dastehen.

»Nun«, antwortet Danielle zu meiner Überraschung, »wenn du mit offenen Karten spielst, weiß ja jeder, woran er ist.«

Ich nicke und weiß für einen Moment nicht, ob ich ihr ihre Nüchternheit abnehmen soll. Als sie ihren Stuhl zurückrückt, schaue ich perplex zu ihr. »Willst du gehen? Ich dachte, wir trinken noch einen Absacker?«

Sie mustert mich, hält für einen kurzen Augenblick inne, greift dann aber nach ihrer Handtasche, die über der Stuhllehne hängt. »Vielleicht ein anderes Mal. Ich merke, dass ich müde werde, und außerdem muss ich noch ein paar Zeilen zu unserem Ausflug heute schreiben. Ich denke, mein Körper wird es mir danken, wenn ich ihm zeitig Bettruhe gönne. Du kannst deine Energie ja anders zum Einsatz bringen. An Angeboten fehlt es dir scheinbar nicht. Gute Nacht, Niall. Und danke für diesen ersten aufregenden Tag.«

Mit diesen Worten zwinkert sie mir zu, legt mir für eine

Sekunde ihre zarte Hand auf die Schulter und verlässt dann sicheren Schrittes das Restaurant. Völlig baff blicke ich ihr nach und kann mich nicht erinnern, wann ich das letzte Mal von einer Frau sitzen gelassen wurde. Und das in meinen eigenen vier Wänden.

12

AVA

Der menschliche Körper verfügt über sechshundertfünfzig unterschiedliche Muskeln. Davon sind die einen glatt, die anderen quer gestreift. Im Gegensatz dazu hat der Elefant lediglich dreihundertvierundneunzig Skelettmuskeln, die den Elefantenkörper bewegen. Ich glaube, jeder nimmt mir heute Morgen ab, dass ich jetzt gerade gern ein Elefant wäre. Die knapp vierzigtausend Muskeln, die der Elefantenrüssel allein hat, ignoriere ich gekonnt.

Ich kann mit Stolz behaupten, dass ich noch nie in meinem Leben so einen Muskelkater hatte. Jeder Muskel zu viel im Körper ist dabei eine ganz bescheidene Idee.

Heute Morgen gewinne ich garantiert nicht den Preis für die eleganteste und dynamischste Art, in seine Klamotten zu steigen. Alles an mir schmerzt und für einen Augenblick verfluche ich Niall und seine bescheuerte Idee, gleich am ersten Tag meines Aufenthalts einen Munro zu besteigen. Spazieren gehen, okay. Vielleicht auch noch Fahrrad fahren. Aber was hat mich geritten, knapp siebeneinhalb Meilen mit einem leider viel zu gut aussehenden Schotten durch die Berge zu wandern?

Nachdem ich mich dagegen entschieden habe, noch einmal ein kurzes Bad zu nehmen, und mich lediglich mit der Salbe eingecremt habe, die gegen Muskelschmerzen hilft und die ich neben der Fußsalbe gestern Abend in Nialls Bastkorb gefunden habe, mache ich mich kurze Zeit später auf den Weg in Richtung Frühstücksbereich und freue mich zu meiner Überraschung auf den Tag mit Niall und Kenzie. Unser Gespräch gestern Abend hat mich noch eine ganze Weile vom Schlafen abgehalten und neuerdings habe ich eine Abneigung gegen den an sich schönen Namen Chloe. Letzteres würde ich Niall gegenüber natürlich niemals zugeben.

Tatsächlich überlege ich, ob man wirklich radikal gegen eine Partnerschaft sein kann. Vielleicht ist es aber auch der Begriff *emotionale Abhängigkeit*, den ich so befremdlich finde. Macht man sich von einem Partner emotional abhängig, wenn man liebt? Ist Unverbindlichkeit wirklich das Ziel aller Dinge?

Als ich am oberen Treppenabsatz stehe und in die Halle runterblicke, kann ich sehen, dass im Hotel bereits reges Treiben herrscht. Ein Großteil der Gäste sitzt beim Frühstück und zu mir dringt der leckere Geruch von Kaffee und frischen Croissants. Iain steht hinter der Rezeption und ist in ein Gespräch mit einem Mann mittleren Alters vertieft, der neben seiner in etwa gleichaltrigen Ehefrau wie ein Riese wirkt.

Mir gefällt total gut, dass die Gäste im *The Finnegan* so unterschiedlich sind. Natürlich ist ein Aufenthalt hier nicht günstig, aber der Gast bekommt auch etwas geboten. Die Lage des Hotels ist einfach unschlagbar und gepaart mit Kenzies wunderbarer Küche, den Aktivitäten, die hier gebucht werden können, und dem gesamten Ambiente scheint mir der Preis mehr als gerecht.

Schnell ziehe ich die kleine Kamera aus der Tasche und nehme verstohlen ein Bild des regen Treibens auf, auch wenn ich weiß, dass ein Bild nur in Ansätzen den Charme des Augenblicks wiedergeben kann.

Während ich langsam die Treppe hinuntergehe, versuche ich, Niall oder Kenzie zu entdecken, aber von beiden fehlt jede Spur. Ich winke Iain zu und entscheide mich, zunächst ausgiebig zu frühstücken, denn was auch immer der Tag für mich in petto hat, eine solide Grundlage kann nie schaden. Gerade nicht, wenn Niall Quinn seine Finger im Spiel hat. Ich hoffe nur, dass er mich heute nach der Kochaktion mit sportlichen Aktivitäten verschont.

Als ich kurze Zeit später an meinem kleinen Frühstückstisch direkt am Fenster sitze, kommt Kenzie aus der Küche und blickt sich im Frühstücksbereich um. Sie sieht mich und sofort breitet sich ein strahlendes Lächeln auf ihrem Gesicht aus. Wie herzensgut ein Mensch doch wirken kann. Kenzie winkt mir zu und kommt keine Minute später mit zwei Milchkaffee an meinen Tisch.

»Guten Morgen«, ruft sie mir fröhlich entgegen, stellt den Kaffee auf dem Tisch ab und beugt sich zu mir runter, um mich an sich zu drücken. »Hast du gut geschlafen?«

»Ganz wunderbar«, gebe ich ehrlich zurück und signalisiere ihr, dass sie sich zu mir setzen soll, was scheinbar eh ihr Plan war, denn sie lässt sich mir gegenüber auf den bequemen Stuhl fallen.

»Ich hatte ein bisschen Angst um dich, dass du nicht aus

dem Bett hochkommst. Bergwanderungen sind für Anfänger gar nicht so ohne. Aber Niall hat gesagt, du hast dich gut geschlagen. Glaube mir, das ist wie eine Art Ritterschlag aus seinem Mund.«

Sie lacht und ihre Augen strahlen.

»Na, wenn Niall das sagt, will ich mal keinen Einspruch erheben. Wo ist er überhaupt? Schläft er noch?«

»Nein«, antwortet Kenzie umgehend. »Niall ist ein absoluter Frühaufsteher. Aber er ist gestern Abend noch los und bisher habe ich ihn nicht gesehen. Kann sein, dass er noch gar nicht wieder da ist. Ich habe aber auch noch nicht nach seinem Auto Ausschau gehalten. Zuzutrauen ist es ihm, dass er heute kneift.«

»Wieso?«, frage ich vielleicht eine Spur zu interessiert wirkend und versuche, den kleinen Stich in meiner Brust zu ignorieren, der den Gedanken so gar nicht mag, dass Niall nicht hier ist.

»Ehrlich gesagt habe ich mich gestern schon gewundert, als er meinte, er wäre heute beim Kochkurs dabei. Du musst wissen, Niall hasst alles, was mit Küche und Kochen zu tun hat. Dafür ist er ein umso besserer Esser.«

Sie lacht und ich versuche, mir nicht anmerken zu lassen, dass ich mich frage, ob er bei dieser Chloe ist.

»Aber«, fährt Kenzie unbeirrt fort, »wir werden uns schon einen tollen Tag machen, da bin ich mir sicher. Und so wie ich meinen Bruder kenne, taucht er spätestens auf, wenn wir das Essen fertig haben. Wie andere eine innere Uhr haben, hat er scheinbar ein Gespür dafür, wann Essen auf den Tisch kommt.«

Ihr herzliches Lachen ist ansteckend und ich muss mir eingestehen, dass, obwohl ich Niall gern in meiner Nähe weiß, ich dem Tag mit Kenzie entgegenfiebere, weil ich mir dann nicht ständig Gedanken darüber machen muss, worauf Niall wieder anspielen könnte oder dass ich mir mit einem meiner Sprüche die Zunge verbrennen könnte. Ganz abgesehen davon sitzt da auch noch mein Exemplar von Boyfriend in London, den ich bisher immer noch nicht ans Telefon bekommen habe und der mich mit Nachrichten vertröstet.

»Ich bin schon ganz gespannt, was du mir nachher alles zeigen wirst«, sage ich zu Kenzie, als sie den letzten Schluck Milchkaffee aus ihrer Tasse trinkt und sich anschickt, aufzustehen. »Muss ich irgendwas mitbringen?«

»Nur gute Laune«, lacht sie und legt mir eine Hand auf die Schulter. »Ich muss noch knapp eine Stunde etwas in der Küche vorbereiten. Was hältst du davon, wenn wir uns später gegen zehn Uhr treffen? Dann musst du dich auch nicht so hetzen und kannst noch für ein halbes Stündchen die Beine hochlegen.«

Sie grinst mich an, als würde sie ahnen, dass ich gerade nichts lieber als das täte. Leicht zerknirscht grinse ich zurück. »Ich hatte noch nie im Leben so einen Muskelkater«, gebe ich unumwunden zu und ernte ein aufmunterndes Lächeln von Kenzie.

»Das kann ich mir vorstellen. Mich hat es tatsächlich gewundert, dass Niall dich den ganzen Berg hochgejagt hat. Normalerweise geht er mit Anfängern immer eine etwas kürzere Route.«

Ich reiße die Augen auf und starre Kenzie ungläubig an. »Willst du mir sagen, er hat mich extra gequält?«

»Das hast du jetzt gesagt«, grinst sie. »Aber wenn er solche Aktionen macht, will er entweder viel Zeit mit jemandem verbringen oder diesen Jemand besonders leiden sehen.«

Im nächsten Moment ist Kenzie bereits Richtung Küche verschwunden und ich starre ihr mit offenem Mund hinterher. Wie bitte? Jemanden besonders leiden sehen? Viel Zeit mit jemandem verbringen wollen? Herrje. Wie soll ich jetzt bitte schön erfahren, in welche Kategorie ich falle?

»Du liebst das Kochen, oder?«, frage ich Kenzie eine Weile später, als wir nebeneinander auf den Hof treten und uns in Richtung des hoteleigenen Gartens wenden.

Sie nickt eifrig. »Schon immer. Dabei ist es mir aber sehr wichtig, mich in meiner Art, zu kochen, und in meiner Sicht auf gutes Essen nicht zu verbiegen.«

Verstohlen blicke ich zu ihr und kann erkennen, wie ihre Augen auf einmal strahlen und ein Lächeln über ihr Gesicht huscht.

»Mein Ethos zum Essen und Kochen ist seit vielen Jahren gleich. Mir ist es wichtig, intensiven Geschmack in jeden Bissen zu bekommen und dabei darauf zu achten, so wenig wie möglich die ursprüngliche Zutat zu manipulieren oder zu verfremden. Ich arbeite seit geraumer Zeit mit Farmern, Züchtern, Jägern und Fischern zusammen und versuche, mich stets von Mutter Natur und von dem, was sie uns schenkt, inspirieren zu lassen. Die Berge und Lochs, die uns umgeben, genauso wie unser zwei Acre großer Garten und die angrenzende Farm, wo wir Highland-Rinder und Tamworth-Schweine halten, verleihen uns eine tiefe Verbundenheit mit den Jahreszeiten, dem Klima, den Tieren und dem Gemüse. Um mich in der Gastronomie weiterzuentwickeln, schaue ich tatsächlich ein

Stück in die Vergangenheit. Statt den neusten Trends und Gadgets zu folgen, kochen wir hier noch so oft es geht über offenem Feuer, erhalten den natürlichen Geschmack der Zutaten und verfolgen einen Nose-to-Tail-Ansatz.«

»Was bedeutet denn Nose-to-Tail-Ansatz?«, frage ich und hänge begeistert an Kenzies Lippen, die voller Leidenschaft von ihrer Kunst spricht, während ich hin und wieder ein paar Aufnahmen vom Gelände mache.

»Nose-to-Tail bedeutet, dass wir den Tieren, die wir hier essen, mit so viel Respekt begegnen, dass wir nicht nur bestimmte Teile von ihnen verwenden, die quasi in Mode sind. Wir verwenden somit mehr als nur die üblichen Fleischstücke und servieren unseren Gästen auch andere Dinge als das Filet des Kalbs oder eine einfach Hähnchenbrust. Im Prinzip setzen wir alles daran, dass wir dem folgen, was die Natur uns vorgibt.«

Während Kenzie ganz in ihren Ausführungen versunken ist und ich eifrig ein paar Dinge mitschreibe, wandern wir über einen kleinen Kiesweg in Richtung der Gärten.

»Was baut ihr alles an?«, frage ich sie neugierig und wage es kaum, sie zu unterbrechen.

»Das, was du dort vorn sofort sehen kannst, sind unsere Apfelbäume. Wir haben tatsächlich drei erntereiche Saisons hinter uns. Neben den Apfelbäumen stehen Schwarzdornbüsche. Weißt du, was man daraus macht?«

Unwissend schüttle ich den Kopf.

»Wir stellen hier unseren eigenen Gin her und dafür wird der Schwarzdorn gebraucht. Wir haben im letzten Jahr viel Arbeit in den Garten gesteckt. Dort drüben siehst du das Gewächshaus. Wir mussten Teile davon ersetzen, nachdem es dem Sturm zum Opfer gefallen ist. Es stand ganz schön schief und krumm. Inzwischen wird dort aber wieder das unterschiedlichste Gemüse wie zum Beispiel Tomaten und Kräuter aller Art angebaut. Im Mai werden wir noch einmal versuchen, unseren eigenen Bienenstock hierher zu holen. Ansonsten findest du bei uns Rote Johannisbeeren und unfassbar viele Stachelbeeren. Dort drüben im Folientunnel wachsen Trauben.«

Begeistert lasse ich meinen Blick über dieses wunderschöne Fleckchen Erde gleiten, das sich leicht versteckt hinter dem Hotel befindet, für die Gäste jedoch zugänglich ist.

»Weißt du«, fährt Kenzie fort, »wir haben hier im *The Finnegan* schon immer Tiere großgezogen. Heute liegt unser Fokus auf dem Hochlandrind, Hühnern und den Tamworth-Schweinen. Einer Sache kannst du dir hier sicher sein. Wenn du bei uns im Restaurant einen leckeren Highland Beef Burger bestellst oder ein Sirloin-Steak, können die Zutaten dafür nicht lokaler produziert sein.«

»Wahnsinn, Kenzie, was ihr euch hier alles aufgebaut habt. Und das managt ihr ganz allein?«

»Na, wir sind ja zu dritt, wobei ich schon den Großteil der Bereiche übernehme, die etwas mit der Küche zu tun haben. Aber tatsächlich bereitet mir das unfassbar viel Freude und ich habe ein tolles Team hinter mir.«

»Das sieht man dir auch an«, nicke ich und lasse meinen Blick ein weiteres Mal über den kleinen Gin-Garten gleiten, der, wie ich von Kenzie erfahre, recht neu dazugekommen ist.

»Wenn du magst, mach noch ein paar Fotos für deinen Blog, bevor wir in die Küche gehen«, sagt Kenzie.

»Wunderbare Idee. Darf ich auch zu den Rindern, Hühnern und Schweinen?«, frage ich aufgeregt und ernte dafür ihr herzhaftes Lachen. »Du musst wissen, als Stadtkind habe ich schon lange keine Tiere in freier Wildbahn gesehen. Und glaub mir, die Tauben in London zähle ich nicht dazu.«

»Und wie geht es jetzt weiter?«, frage ich Kenzie einige Zeit später, als wir schon eine ganze Weile zusammen in der Küche wuseln. Nicht nur ist es faszinierend, ihr beim Kochen über die Schulter zu schauen, sondern viel mehr Spaß macht es tatsächlich, unter ihrer Anweisung selbst am Herd zu stehen. Kenzie kann super erklären und so schaue ich fasziniert auf einen köstlichen Rindereintopf mit frischem Ale, der gerade von ihr in den Ofen geschoben wird.

»Da wir die Senfknödel schon vorbereitet haben, heißt es jetzt warten, denn der Eintopf muss etwas über zwei Stunden in den Ofen. In der Zwischenzeit könnten wir etwas backen. Hast du Lust? Oder möchtest du eine Pause machen?«

»Vielleicht brauchst du eher eine kurze Verschnaufpause, weil ich ein kleines Chaos in deiner Küche veranstalte?«

Kenzie lacht. »Wenn du glaubst, dass du die Erste bist, die Knoblauch verbrannt hat, irrst du dich. Und dass dir ein paar Perlzwiebeln durch die Küche geflogen sind, passiert auch dem besten Koch.«

Sie zwinkert mir zu und ich erröte erneut, wenn ich daran denke, wie ich für einen kurzen Moment unaufmerksam war und dann auf den Knien lag, um umherrollende Perlzwiebeln einzufangen. Sehr zur Belustigung der anderen Köche. Inzwischen haben wir die Küche für uns allein, denn der Service für abends beginnt erst in einer Weile.

Kenzie geht zur großen Kaffeemaschine und schenkt uns beiden eine Tasse Kaffee ein. »Ich brauche keine Pause«, sagt sie, »aber eine Tasse Kaffee können wir gern zwischendurch trinken.«

»Das klingt ganz wunderbar«, antworte ich, nehme ihr die volle Tasse ab und lehne mich an die Arbeitsfläche. »Hast du inzwischen mitbekommen, ob Niall wieder da ist?«

Die Frage ist schneller formuliert, als mein Gehirn hinterhergekommen ist. Mist. Ich wollte das Thema doch nicht ansprechen und seinen Namen nicht ins Spiel bringen. In Gedanken haue ich mir mit der flachen Hand gegen die Stirn.

Kenzie mustert mich und scheint zu überlegen, wie sie reagieren soll. Dann grinst sie. »Möchtest du nicht viel eher wissen, wo er war?«

»Ähm …« Verlegen blicke ich nach unten und fixiere einen imaginären Fleck auf meinen Schuhen. Ertappt. »Ich könnte lügen …«, beginne ich und grinse schief in ihre Richtung.

Kenzie zuckt mit den Achseln und zwinkert mir zu. »Danielle, du bist nicht die erste Frau, die dem Charme meines Bruders erliegt. Ich habe schon so ein Gefühl gehabt, dass ihr euch gut versteht.«

»Ach ja? Wieso?« Überrascht blicke ich sie an und ignoriere zunächst ihre Aussage, dass ich Nialls Charme erlegen bin.

»Weil ich meinen Bruder ziemlich gut kenne. Du bist sein Typ.«

»Ich dachte, sein Typ sei Sexbombe mit Anschmachtabsichten.«

Statt zu antworten, hält Kenzie für einen Moment inne und beginnt dann, schallend zu lachen. »Was sind denn Anschmachtabsichten?«

»Na, Frauen, die dem Mann zu Füßen liegen, an seinen Lippen hängen und ihm jeden Moment zeigen, dass er der Größte für sie ist.«

Kenzie schüttelt den Kopf. »Da kennst du meinen Bruder schlecht. Niall braucht eine Frau, die ihm die Stirn bieten kann und ihm seine Grenzen ganz deutlich aufzeigt.«

»Das hätte ich nicht gedacht.« Überrascht ziehe ich die Augenbrauen hoch und nehme ihr einen Korb mit Äpfeln ab, den sie unter der Arbeitsplatte hervorzieht.

»Na, was meinst du, warum er so viel Zeit mit dir verbringt?«

»Weil es sein Job ist und er sich um die Bloggerreise kümmert?«

»Ich lasse dich mal in dem Glauben«, zwinkert Kenzie mir zu und schiebt mir ein Schälmesser hin.

»Das ist aber nicht fair«, schmolle ich und greife nach dem Messer. »Wofür brauche ich das?«

»Wir kümmern uns jetzt um den Nachtisch. Was hältst du davon?«

»Klingt super. An was hast du gedacht?«

Kenzie stellt ein paar Zutaten bereit und beginnt dann, die Äpfel zu schälen. »Ich zeige dir jetzt die leckerste Apfelfüllung, die es gibt und die du für allerlei Nachtischgerichte einsetzen kannst. Vom Apple Crumble zu Apfelmuffins.«

»Backen wir Apfelmuffins?« Begeistert blicke ich sie an und beginne ebenfalls damit, einen Apfel zu schälen.

»Nein. Ich zeige dir heute, wie man frittierte Apfeltaschen macht. Die werden hier nämlich heiß und innig geliebt und ich kann die gar nicht oft genug zubereiten.«

Meine Augen leuchten und gespannt beobachte ich, wie

Kenzie nach und nach die benötigten Zutaten abmisst und neben den Herd stellt, auf dem schon ein großer Kochtopf steht.

»Wofür brauchen wir den?«

»Wir kochen die Apfelfüllung auf dem Herd vor. Nicht nur schmeckt dann alles viel intensiver, die Füllung ist danach auch nicht so flüssig. Die Apfelstücke werden weich, aber nicht zu matschig.«

»Wie groß soll ich sie schneiden?«

Kenzie zeigt mir, wie sie die Äpfel in etwa würfelgroße Stücke schneidet. Einige lässt sie dabei etwas größer. Ich schaue ihr gebannt zu und präsentiere ihr nach einer Weile stolz meine überraschend gleichmäßig geschnittenen Stücke.

»Wunderbar«, ruft sie und schmilzt im nächsten Moment ein Stück Butter im Topf. Dann gibt sie die fein gewürfelten Apfelstücke hinzu. »So, und jetzt bist du dran«, fährt sie fort und deutet auf die kleinen Schälchen neben dem Herd, in die sie bereits die benötigten Zutaten abgewogen hat.

»Muss ich auf eine bestimmte Reihenfolge achten?« Leicht unsicher blicke ich sie an, denn Backen gehört definitiv nicht zu meinen Stärken.

»Erst den brauen Zucker, dann den Zitronensaft, Salz, Muskatnuss, Zimt und Ingwer. Dann lassen wir das Ganze fünf bis sechs Minuten einkochen und rühren regelmäßig um.«

Ich nicke und tue wie mir befohlen. »Sind sich deine Brüder eigentlich sehr ähnlich?«, frage ich, während ich fasziniert in den Topf schaue und beobachte, wie die Apfelmasse einkocht.

»Es geht«, antwortet Kenzie. »Sie sind beide Alphamännchen, die ihren eigenen Kopf haben. Glaub mir, das ist nicht immer einfach. Aber beide haben ein gutes Herz und manchmal kann eine harte Schale ja auch schützen.«

»Hat Niall so einen Schutz nötig?«

Wieder einmal sind die Worte schneller gesagt, als ich nachdenken kann.

Kenzie antwortet nicht sofort, rührt stattdessen die Apfelmasse mehrmals durch, bevor sie den Löffel an die Seite legt. »Weißt du, ich rede nicht gern über meine Brüder, wenn sie nicht dabei sind. Das habe ich Jamie damals auch gesagt. Also dass es Liams Aufgabe ist, ihr seine Geschichte zu erzählen, wenn er so weit ist. Und so handhabe ich das auch mit Niall. Wenn er Menschen vertraut, öffnet er sich. Manchmal braucht es etwas Zeit, aber hey, die harte Schale muss ja auch geknackt werden. Und bei seiner Rugbyvergangenheit ist es gar nicht so schlecht, dass diese harte Schale da war. Stell dir mal vor, sein hübsches Gesicht hätte bleibenden Schaden davongetragen.«

Kenzie lacht und mir bleibt nichts anderes übrig, als zustimmend zu nicken. Auch wenn ich furchtbar neugierig bin, ob Niall auch seine eigene Geschichte hat.

Kurze Zeit später beobachte ich, wie Kenzie Mehl und Kristallzucker miteinander vermengt. »Warum gibst du das nicht nacheinander in den Topf?«, frage ich interessiert.

»Wenn das Mehl und der Zucker zusammenkommen, verdickt sich die Masse ein wenig, und wenn du es so in etwas Heißes gibst, gibt es anschließend keine Klümpchen. Was jetzt wichtig ist«, fährt sie fort und zieht den Topf vom Herd, »ist, dass die Masse richtig auskühlt. Das geht sehr gut zum Beispiel auf einem Backblech.«

»Wie lange muss sie auskühlen?«

»Bis auf Zimmertemperatur. Das Tolle an dieser Apfelmasse ist, dass sie überall eingesetzt werden kann. Du wirst sie lieben.«

»Und jetzt machen wir den Teig für die frittierten Apfeltaschen?«

»Müssen wir nicht mehr«, antwortet Kenzie, geht zum Kühlschrank und holt ein großes Stück Teig heraus, das in Klarsichtfolie gewickelt ist. »Den habe ich heute Morgen vorbereitet. Genauso wie eine zweite Portion der Apfelmasse. Diese hier verwerte ich dann weiter und mache kleine Apfeltartes.«

Meine Augen leuchten, denn Geduld gehört wirklich nicht zu meinen Stärken. Gott sei Dank sind wir mit Backen beschäftigt, denn tatsächlich bin ich mehr als gespannt, ob der Eintopf, bei dem ich tatkräftig geholfen habe, auch schmeckt.

Minuten später hat Kenzie den Teig gleichmäßig ausgerollt und drückt mir eine Ausstechform in die Hand. Vorsichtig steche ich gleichmäßige Ringe aus, die wir im Anschluss nach und nach mit der abgekühlten Apfelmasse füllen.

»Jetzt ist es wichtig, dass wir auf die eine Hälfte des Randes ein bisschen Wasser verstreichen, damit die zugeklappten Teigtaschen gut versiegelt sind.«

Fasziniert beobachte ich, mit welcher Leichtigkeit Kenzie gleichmäßig große Taschen auf einem Blech verteilt.

»Bis wir sie gleich ausbacken, gehen sie in den Kühlschrank.«

Plötzlich ist vor dem geöffneten Küchenfenster das Geräusch eines heranfahrenden Wagens zu hören. Fragend schaue ich Kenzie an, die sofort auch einen Blick aus dem Fenster wirft.

»Ah, Niall ist zurück. Ich habe doch gesagt, dass er es riechen kann, wenn es was zu essen gibt«, lacht sie, während ich unruhig werde. Sosehr ich den Tag mit Kenzie auch genieße, kann ich es nicht von mir weisen, dass meine Gedanken wieder und wieder zu diesem verdammt gut aussehenden Schotten gewandert sind. Und zu der Frage, was er wohl gerade macht und ob diese Chloe immer noch in seinem Dunstkreis ist. Ein schneller Blick nach draußen zeigt mir, dass er allein aus dem Auto steigt. Als sein Blick in Richtung des geöffneten Küchenfensters schweift, drehe ich schnell den Kopf zurück und starre leicht verloren auf meine Füße.

»Keine Angst, er hat sicherlich nicht gesehen, dass du ihn beobachtet hast«, höre ich Kenzie neben mir sagen und bin zum wiederholten Mal froh, dass mein Make-up die Röte meiner Wangen überdeckt. »Geh davon aus, dass er nachher mit uns essen wird.«

Kenzie holt einen weiteren Kochtopf hervor, stellt ihn auf den Herd und füllt Öl hinein.

»Mit uns?«

»Ja. Oder möchtest du dein selbst gekochtes Essen nicht probieren?«

»Doch, schon«, sage ich immer noch leicht irritiert, »aber ich dachte, ich mache das im Restaurant?«

»Papperlapapp«, unterbricht Kenzie mich und winkt ab. »Liam und Jamie kommen gleich auch und der Eintopf, den wir gekocht haben, reicht für uns alle. Du isst mit uns!«

»Gern«, lächle ich und schaue an mir hinunter. Dank der großen Schürze sehe ich nicht aus wie ein Eintopf persönlich und ich hoffe, dass ich auch kein Mehl oder Ähnliches im Haar habe. Niall so zu begegnen, nachdem er bei der wahrscheinlich verdammt heißen Chloe war, steht mir nicht im Sinn.

Lange habe ich jedoch keine Zeit, mir über mein Äußeres Gedanken zu machen, denn keine Minute später steht Niall bereits in der Küche, was eigentlich nicht so schlimm gewesen wäre, wenn Kenzie nicht just in diesem Augenblick die Küche in Richtung Vorratskammer verlassen hätte, um noch etwas Öl für den Topf zu holen.

»Hi, Danielle«, sagt er und plötzlich kommt es mir vor, als wäre die Küche auf magische Weise um einige Quadratmeter geschrumpft. Gut, Niall ist nicht gerade klein, aber der Grund für dieses plötzliche Gefühl von Enge ist eher der, dass er den Abstand zwischen uns Schritt für Schritt verringert, bis er genau vor mir steht.

»Hi«, sage ich wahnsinnig eloquent, um nicht zu sagen, einfallslos.

»Na«, grinst er, »versuchst du dich beim Backen?«

Ein Lächeln huscht über sein Gesicht und mir scheint, als würde er meine Reaktion genau beobachten.

»Und wenn es so wäre?«, gebe ich prompt zurück und nehme wahr, wie ich mich mit dem Rücken gegen die Arbeitsfläche lehne und mit beiden Händen abstütze.

»Nun, leugnen würde eh nicht funktionieren«, grinst er und tritt noch einen Schritt auf mich zu, sodass ich die Wärme seines Körpers sehr wohl spüren kann. Die Luft ist auf einmal wie elektrisch geladen.

»Wie kommst du darauf?«, frage ich irritiert. »Davon abgesehen wusstest du, dass ich den Tag kochend mit Kenzie verbringen werde.«

»Ich weiß«, schmunzelt er und seine Stimme wird leise.

Dann kann ich auf einmal gar nicht so schnell gucken, wie sich seine Hand an meine Wange legt und sanft darüber streicht. Ich halte den Atem an und schaue zu Niall hoch. Nein, falsch. Ich starre ihn an, sehr darauf bedacht, meine Schnappatmung zu unterdrücken. Seine Berührung entfacht ein Lodern in mir, mit dem ich nicht gerechnet habe. Meine Augen suchen eine Antwort in seinen, doch alles, was ich entdecken kann, ist das gleiche Feuer, das auch in meinen Augen zu sehen sein muss.

»Du hast da etwas Mehl«, sagt er heiser und räuspert sich.

Verlegen fasse ich mit meiner Hand an die Stelle, die Niall gerade noch berührt hat. Meine Wange brennt und als meine Finger die seinen berühren, verharren sie für einen Augenblick nahezu verschlungen in der Luft.

»Stell schon mal das Öl an, Danielle«, tönt es da von draußen und während die Küchentür aufgeschoben wird und Kenzie zurückkommt, ziehen Niall und ich gleichzeitig unsere Hände zurück und starren uns für einen kurzen Augenblick an, bevor er sich zu seiner Schwester dreht.

»Ich hoffe, du machst genug Apfeltaschen«, ruft er ihr zu, als wäre nichts gewesen, und legt ihr im nächsten Moment den Arm freundschaftlich um die Taille. Dann deutet er mit einem Finger auf mich. »Und Danielle?«

Immer noch leicht verdattert blicke ich zu ihm.

»Spar ja nicht mit dem Zimt und dem Puderzucker. Ich bin ein Süßer!«

13

AVA

Wie lange funktioniert eigentlich das Gedächtnis eines gesunden, voll funktionsfähigen Menschen? Obwohl ich von mir behaupten kann, eine sehr gute Auffassungsgabe zu haben und mir Dinge gut merken zu können, darf man mich in diesem Moment nicht fragen, wie diese wunderbaren Teigtaschen letztendlich auf den Tisch gekommen sind. Ich kann mich an irgendwas mit reichlich Zimt und Puderzucker erinnern. Tatsächlich aber nur gepaart mit der Aussage *Ich bin ein Süßer!*

Himmel! Wie kann es sein, dass ein Mann wie Niall mich so aus dem Konzept bringt? Noch dazu, wenn in London mein Freund sitzt, der mit Abwesenheit glänzt?

Während ich in meinem Hotelzimmer stehe und die Gunst der Stunde nutze, um mich zwischen Kochen und Dinner kurz frisch zu machen, habe ich ihn endlich ans Telefon bekommen.

»Wie läuft's?«, will Ryan wissen, als ich gerade dabei bin,

mein Make-up zu überprüfen und meine Haare noch einmal zu bürsten.

»Gut. Und bei dir?«

Ich hätte die Frage nicht stellen dürfen, denn statt sich ausführlicher bei mir zu erkundigen, was ich so alles erlebe und ob es mir gut geht, schafft Ryan es wie so oft, das Gespräch auf sich zu lenken und von seinem anstrengenden und scheinbar doch erfolgreichen Arbeitspensum zu berichten.

»Ich bin froh, dass wir nicht in Paris sind, Ava. Ich konnte hier ein tolles Projekt für die Agentur gewinnen und damit haben wir jetzt erst mal ein paar Wochen zu tun.«

Wie wunderbar es doch klingt, dass ein Projekt wichtiger ist als ein gemeinsamer Urlaub.

»Das klingt prima«, sage ich nüchtern und hoffe, dass ihm mein reservierter Ton in der Stimme auffällt, aber Ryan scheint gegen sämtliche Regungen immun.

»Ja, das ist es wirklich. So langsam wird mein Standing bei der Geschäftsleitung der Agentur immer besser. Man schätzt mein Engagement.«

Ob er wohl ahnt, dass ein nicht weniger intensives Engagement auch in unserer Beziehung angebracht wäre? Mir fehlt die Lust dazu, mit ihm eine Grundsatzdiskussion zu führen, daher höre ich noch einen kurzen Moment mehr oder weniger aufmerksam zu, in dem Ryan von einem weiteren Pitch berichtet, der vor ihm liegt. Dass ich allerdings keine Nachfragen stelle und lediglich zuhöre, scheint ihm dabei nicht aufzufallen.

»Ich muss jetzt auflegen«, sagt er kurze Zeit später, während ich gerade dabei bin, in eine frische Jeans zu schlüpfen. »Ist wie immer sehr busy hier. Mach dir noch eine schöne Zeit und berichte dann mal ausführlicher, wenn du in ein paar Tagen wieder daheim bist.«

Ungläubig schüttle ich mit dem Kopf, während er das Telefonat nach einer knappen Verabschiedung beendet. Wann hat es eigentlich angefangen, dass Ryan so wenig Interesse an meinem Leben und an den Dingen, die mir passieren, zeigt? Wenn man meiner Schwester Glauben schenkt, ist er seit jeher ein egozentrischer Typ, der sich immer an erste Stelle setzt. So langsam beginne ich, zu verstehen, wovon Danielle immer gesprochen hat.

Ich drehe mich in Richtung Bett und lege das Handy auf den Nachttisch. Heute Abend während des Dinners werde ich es wohl nicht brauchen. Dann stelle ich mich vor den großen Spiegel, der gegenüber von meinem Bett an der Wand angebracht ist. Zur schwarzen Jeans habe ich ein weißes T-Shirt und einen langen beigen Cardigan kombiniert und fühle mich damit wirklich wohl. Vorsichtshalber wickle ich mir einen leichten Schal um den Hals, schlüpfe statt der High Heels in meine Sneaker und lege einen letzten Tropfen Parfum auf.

Im nächsten Moment bin ich auch schon aus der Tür und als ich den Weg in Richtung Esszimmer einschlage, wo ich heute mit Kenzie und den anderen essen werde, höre ich bereits Stimmen. Vorsichtig klopfe ich an und betrete den Raum. Tatsächlich sind schon alle da und leicht verlegen grüße ich in die Runde.

»Ich hoffe, ihr habt nicht auf mich gewartet? Das tut mir leid. Ich musste noch kurz telefonieren.«

»Ach Quatsch, alles gut«, sagt die Frau, die ich bisher noch nicht gesehen habe und die Jamie sein muss. »Hi, ich bin

Jamie«, stellt sie sich auch schon vor und kommt auf mich zu, um mich zu begrüßen.

»Siehst du jetzt, was ich meine?«, ist plötzlich Nialls Stimme zu hören und Sekunden später Liams Lachen.

»Jetzt ja.«

Irritiert blicke ich zwischen Jamie und den beiden Männern hin und her. »Ähm, worum geht es?«

Jamie zieht mich in eine herzliche Umarmung, so als würden wir uns schon ewig kennen. »Ach, Niall ist der Meinung, dass du ihn stark an mich erinnerst, als ich hier angekommen bin.«

»Ja, London. Im Gegensatz zu dir ist Danielle allerdings in Turnschuhen hier eingetrudelt und ist nicht auf High Heels durch den Kies gestapft.«

»Das wirst du mir ewig vorhalten, oder?«

»Bestimmt.«

Sofort fällt mir auf, wie gut sich Niall und Jamie verstehen, und für einen kurzen Moment überlege ich, ob Liam nicht eifersüchtig ist. Aber er bleibt ruhig auf seinem Stuhl sitzen und schüttelt lachend den Kopf. Hier scheinen die Fronten also definitiv geklärt.

Tatsächlich haben Jamie und ich einen sehr ähnlichen Style, denn genauso wie ich trägt sie eine enge Jeans, Shirt und eine lange Strickjacke. Amüsiert blicke ich an ihr hinab.

»Ich bin mir sicher, wir haben in London dieselben Geschäfte, in denen wir shoppen gehen«, lacht sie und zieht mich im nächsten Moment mit sich in Richtung des Tisches, wo inzwischen auch Niall gegenüber von seinem Bruder Platz genommen hat. Ohne ein weiteres Wort zieht er den Stuhl neben sich ein Stück zurück und deutet mir an, mich hinzusetzen. Sein Arm bleibt dabei für einen kurzen Augenblick auf der Stuhllehne liegen.

»Du riechst gut«, höre ich ihn viel zu dicht an meinem Ohr sagen, als ich Platz genommen habe, und sofort bildet sich eine verräterische Gänsehaut auf meinem Körper.

»Danke«, sage ich leise und verbiete mir die Aussage, dass sein unfassbar anziehender, männlicher Duft mir seit meinem Eintreten in den Raum in der Nase liegt und ich mich konzentrieren muss, nicht einfach an ihm zu schnüffeln.

»Vorsicht! Heiß!«, ruft Kenzie im nächsten Moment und stellt den großen Rindereintopf auf den Tisch, den wir gemeinsam zubereitet haben. Im Bann von Niall gefangen, ist mir gar nicht aufgefallen, dass sie in die Küche verschwunden war.

»Brauchst du noch Hilfe?«, frage ich sie und bin kurz davor, aufzuspringen, aber sie winkt ab und signalisiert Liam mit einem Wink, dass er uns allen etwas zu trinken eingießen soll.

»Alles im Griff«, sagt sie und als sie den Deckel des Topfes abhebt, dringt mir ein köstlicher Geruch in die Nase. »Ihr könnt euch bei Danielle für das Essen bedanken. Sie hat tatkräftig mit angepackt. Niall, füllst du uns ein paar Klöße auf?«

»Merkst du, wie sie die Männer im Griff hat?«, lacht Jamie auf der anderen Seite des Tisches und hat sich ein Stück auf ihrem Stuhl zurückgelehnt. »So muss das sein!«

Ich grinse und halte Niall meinen Teller hin. »Man könnte sich förmlich daran gewöhnen, so bedient zu werden.«

Nialls Blick trifft mich mit einer Wucht, mit der ich nicht gerechnet habe. Die Wandlung in seinen Augen ist nur minimal und ich bin mir sicher, nur ich kann sie sehen, aber für eine Sekunde verschlägt mir das verräterische Funkeln den Atem. Er beugt sich ein minimales Stück in meine Richtung und während es für die anderen so scheint, als würde er mir lediglich einen Knödel auf den Teller legen, höre ich seine leisen Worte klar und deutlich: »Wenn du damit umgehen kannst, dass ich eine Gegenleistung einfordere?«

Gott sei Dank tönt Kenzies Stimme in dieser Sekunde durch den Raum und ich kann mich wieder ein bisschen fangen. Dass Niall neben mir sitzt, macht es nicht gerade leichter, denn seine Nähe ist berauschend.

Gegenleistung? Er meint doch wohl nicht etwa …

Kaum merklich schüttle ich den Kopf und greife nach meinem Glas Wasser, um mich von innen abzukühlen. Herrje! Ich muss mich irgendwie ablenken. Können wir uns bitte endlich dem Eintopf widmen?

Zu meiner Erleichterung nimmt nun auch Kenzie Platz und man wünscht sich Guten Appetit.

»Sehr lecker«, äußert Jamie Sekunden später, als der erste Löffel des leckeren Eintopfs in ihrem Mund verschwindet.

»Stimmt«, fügt Liam hinzu. »Das Fleisch zerfällt förmlich auf der Zunge.«

»Göttlich«, stimmt auch Niall ihm zu und erntet dafür ein Augenrollen von mir und einen kleinen Tritt unter dem Tisch, den er mit einem breiten Grinsen quittiert. So langsam beginne ich, mich nahezu wie zu Hause zu fühlen, und das, obwohl ich erst den dritten Tag hier bin. Aber tatsächlich strahlen diese Menschen hier so eine wahnsinnige Gastfreundschaft aus, dass man sich einfach nicht fremd fühlen kann.

Während wir essen, lausche ich angeregt den Gesprächen von Liam und Niall darüber, dass ab jetzt alle Cottages zur Vermietung fertig sind, Jamies Ausführungen über ihr Vorhaben, in der anstehenden Saison ein Bonusprogramm für Geschäftsreisende zu installieren, und Kenzies Überlegungen, wie man noch intensiver mit lokalen Unternehmen arbeiten kann. Ich mache mir eine mentale Notiz, mir in dieser Woche unbedingt die Cottages näher anzusehen und auch mit Kenzie und Jamie noch einmal das Gespräch zu suchen, um mehr von ihrem Unternehmergeist mit in meine Berichterstattung bringen zu können. Na ja, eigentlich Danielles Berichterstattung, aber wer schaut da schon genau hin …

»Können wir uns jetzt endlich auf die frittierten Apfeltaschen stürzen?«, fragt Niall nach einer Weile, nachdem wir alle unsere Teller geleert haben und ich nah an einem Foodkoma bin.

»Gern«, erwidert Kenzie und schickt sich an, das große Tablett mit dem Nachtisch in die Mitte des Tisches zu ziehen, aber sie wird von Liam unterbrochen, der ihr liebevoll eine Hand auf den Unterarm legt.

»Ich würde gern noch etwas sagen, bevor wir mit unseren Schlemmereien weitermachen.«

Neugierige Augenpaare schauen ihn an.

»Eigentlich wollen Jamie und ich noch etwas sagen«, korrigiert er sich und ich sehe, wie Kenzie unruhig auf ihrem Stuhl hin und her rutscht, und spüre, wie Niall neben mir die Luft anhält.

»Also, ihr wisst ja, dass Jamie, seit sie bei uns in Finnegan ist, ein zentraler Teil unseres Unternehmens geworden ist und für mich auch ein wichtiger Teil meiner Familie, den ich nicht mehr missen möchte. Na ja«, fährt er fort und hält für einen Moment inne. Jamie rutscht mit ihrem Stuhl nah an ihn heran und legt ihre Hand in seine. »Nun, ich möchte das gern offiziell machen und daher habe ich Jamie gestern Abend gefragt, ob sie meine Frau werden möchte. Und zu meiner großen Verwunderung hat sie Ja gesagt und kann sich tatsächlich ein Leben mit mir Dickkopf vorstellen.«

Das Erste, was ich wahrnehme, ist Kenzies ohrenbetäubender Jubel, als sie von ihrem Stuhl aufspringt und zuerst Jamie und dann Liam um den Hals fällt. Tränen laufen über ihre Wangen und selten habe ich einen Menschen gesehen, der sich so ehrlich und intensiv für andere freuen kann. Neben mir steht Niall von seinem Stuhl auf und drückt seinen Bruder an sich. Diese herzliche Geste zwischen den beiden erwärmt mir das Herz und für einen Moment glaube ich, das gleiche Gefühl in Kenzies Augen zu sehen, als sie ihre beiden großen Brüder beobachtet. Ich schließe mich den Gratulationen an und drücke das Ehepaar in spe fest.

»Wie wunderschön«, sage ich zu Jamie, die nun voller Stolz ihren bezaubernden Ring präsentiert, den sie bis eben vor uns allen versteckt gehalten hat. »Ich wünsche euch alles erdenklich Gute.«

»Das schreit nach Sekt«, ruft Kenzie im nächsten Moment und während sie sich anschickt, in Richtung Küche zu verschwinden, folge ich ihr.

»Ich helfe dir mit den Gläsern«, sage ich, als ich nach ihr durch die Tür gehe.

»Ist das nicht toll?«, sagt Kenzie unter Schniefen, öffnet die große Kühlschranktür und zieht zwei Flaschen Sekt hervor. »Eine Hochzeit im *The Finnegan*. Hach, mein Bruder und Jamie haben ihr Glück einfach verdient.«

»Sie sehen in der Tat sehr glücklich aus«, antworte ich und öffne die Tür des Schrankes, in dem sich die Gläser befinden, wie Kenzie mir verraten hat. Zu meiner Überraschung bekomme ich keine Antwort. Ich drehe mich also um, um zu sehen, ob es Kenzie vor lauter Rührung die Sprache verschlagen hat, aber außer mir befindet sich niemand mehr im Raum. Sie muss in ihrer Aufregung bereits mit dem Sekt die Küche verlassen haben. Unwillkürlich muss ich lächeln und drehe mich wieder um, um die Sektgläser aus dem Schrank zu holen. In dem Moment höre ich, wie sich hinter mir die Tür öffnet.

»Na? Wolltest du mich mit den Gläsern allein lassen? Keine Sorge, das hätte ich schon geschafft«, rufe ich und greife nach den Gläsern, die sich auf dem Regalbrett etwas oberhalb meines Kopfes befinden.

»Ich bin mir sicher, dass du das auch allein geschafft hättest«, vernehme ich auf einmal eine tiefe, warme Männerstimme und weiß, auch wenn ich mich nicht umdrehe, dass es Nialls Körper ist, der auf einmal hinter mir steht. Sein Arm schiebt sich an meinem Kopf vorbei und er greift nach den Gläsern. »Trotzdem wollte ich dir meine Hilfe anbieten.«

Erschrocken von seiner plötzlichen Nähe fahre ich herum und pralle gegen Nialls breite Brust.

»Hoppla«, sagt er lachend und stellt rettend die Gläser neben uns auf der Arbeitsfläche ab. »Nicht so stürmisch.«

Sofort ist da wieder diese Spannung zwischen uns, der sich wohl keiner von uns beiden so wirklich entziehen kann.

»Ich wollte dir vorhin nicht so nah kommen«, sagt er leise dicht an meinem Ohr und als sein Atem meinen Hals streift, halte ich die Luft an.

»Vorhin?«, frage ich unsicher.

»Ja. Als sich etwas Mehl auf deine Wange verirrt hat«,

lächelt er und legt den Kopf ein wenig schief, ohne den Abstand zu mir zu verringern. Sein Duft steigt mir wieder verräterisch in die Nase und ich wünschte, es gäbe etwas, das diese betörende Wirkung auf mich verringern würde.

Ich räuspere mich, hebe meinen Kopf ein Stückchen, sodass ich ihm in die Augen schauen kann. Dann sage ich mit heiserer Stimme: »Du kannst froh sein, dass ich nicht so schreckhaft bin, dass ich sofort aushole und dir einen Kinnhaken gebe.«

Nialls Antwort ist ein amüsiertes Schnauben. »Meinst du nicht, dass ich einen Schlag von dir überstehen würde? Ich habe tatsächlich schon härtere Schläge abbekommen.«

Ein Grinsen zieht sich über sein Gesicht, das aber genau in dem Moment einfriert, als ich meine Hand an sein Kinn lege. Tatsächlich weiß ich nicht, was mich hierzu geritten hat, aber schneller, als ich denken kann, sage ich: »Die hat dein Gesicht aber gut weggesteckt. Es hat nicht an Attraktivität verloren.«

Für einen Moment ist es still zwischen uns und ich weiß nicht, ob ich nicht zügig meine Hand von seinem Kinn nehmen sollte, aber jetzt ist es Niall, der seine linke Hand auf meine Taille legt und mich ein Stückchen an sich heranzieht. So nah wie jetzt waren wir uns noch nie. Sein Atem geht schnell und ich habe das Gefühl, mein Herz schlägt mir in voller Lautstärke bis zum Hals heraus.

»Schafft ihr das mit den Gläsern?«, ertönt plötzlich Kenzies Stimme, bevor sie die Tür zur Küche aufstößt und erreicht, dass Niall und ich erschrocken auseinanderspringen. Sie blickt zwischen uns hin und her, zieht prüfend eine Augenbraue hoch, sagt aber nichts. Stattdessen deutet sie auf die Gläser, die immer noch neben uns auf der Arbeitsfläche stehen. »Ohne die wird das nichts mit dem Anstoßen. Kommt ihr?«

14

NIALL

Es ist bereits spät, aber ich liege immer noch wach in meinem Bett und finde keinen Schlaf. Danielle liegt nicht weit von mir entfernt im Hotel in ihrem eigenen Bett und mein ganzer Körper schreit danach, sie jetzt in meine Arme zu schließen, sie zu begehren und ihr nah zu sein. Hätte Kenzie uns vorhin nicht unterbrochen, ich bin mir sicher, wir hätten uns geküsst.

Oh Mann, wie sehr will ich ihre Lippen auf meinen spüren. Meine Hände in ihrem Haar vergraben und ihren schlanken Körper an mich pressen. Was auch immer es ist, das diese Frau an sich hat, bei ihr vergesse ich, dass ich mir sonst immer nehme, was ich will. Diese Frau macht mich unsicher und das mag ich gar nicht. Oder vielleicht doch?

Immer wenn ich glaube, sie lesen zu können, tut sie etwas, mit dem ich nicht rechne. Genau wie vorhin. Ich dachte, ich bringe sie durch meine Nähe in Verlegenheit. Kann so vielleicht wieder etwas Distanz zwischen uns aufbauen, die ich dringend nötig habe. Aber was macht sie? Sie ist es gewesen, die mein Gesicht berührt und mir einen Teil ihrer Wärme abgegeben hat.

Unverbindlich, Niall! Du willst verdammt noch mal oberflächlich und nicht mehr.

Frustriert drehe ich mich im Bett um und greife nach meinem Handy. Ob sie wohl noch wach ist?

Hey … Schläfst du schon?

Ich will mein Handy gerade wieder zur Seite legen, da leuchtet mein Display plötzlich auf. Danielle scheint nebenan im Hotel noch wach zu sein.

Hat diese Frage jemals ein Mensch wahrheitsgemäß mit *Ja* beantwortet?

Touché, denke ich mir und muss mir mühsam ein Grinsen verkneifen.

Du hast mir gar nicht verraten, ob dich heute ein furchtbarer Muskelkater geplagt hat.

Umgehend kommt ihre Antwort.

. . .

Du hast mich auch nicht danach gefragt. Aber zu deiner Beruhigung: Es war auszuhalten.

Das heißt, du bist wieder belastbar? Körperlich?

WAS HAST DU MIT MIR VOR????

Fast kann ich die leichte Panik hören, die in dieser Textnachricht durchschlägt. Sie kann es wirklich nicht leiden, nicht zu wissen, was auf sie zukommt. Nahezu genießerisch tippe ich meine Antwort.

Viel, aber morgen tatsächlich erst mal wieder einen kleinen Ausflug. Sei morgen früh um halb sieben bereit.

So früh?

Ja. Und jetzt schlaf gut. Ich freu mich auf unseren Walk on the wild side.

~

Es ist kurz vor sechs Uhr morgens, als ich den langen Hotelflur entlanglaufe und mit zwei großen Bechern Kaffee vor Danielles Zimmertür stehen bleibe. Tatsächlich überlege ich, ob mir nicht langsam ein Orden dafür verliehen werden sollte, dass ich mich so wunderbar und aufopferungsvoll selbst quäle, anstatt einfach das Weite zu suchen und Liam die Betreuung zu überlassen.

Ob sie bereits auf ist? In meiner Textnachricht gestern Abend habe ich ihr gesagt, dass sie sich für halb sieben bereithalten soll. So wie ich sie einschätze, wird sie bereits wach sein und nervös durch ihr Zimmer laufen, weil sie nicht weiß, was heute auf sie zukommt. Wenn ich Glück habe, trägt sie noch ihren Schlafanzug.

Tatsächlich ertappe ich mich bei dem Gedanken, was sie wohl nachts im Schlaf trägt, ob sie sich nackt oder nur in einem Höschen in die Laken kuschelt.

Ich schüttle den Kopf, versuche hastig, diese sehr kontraproduktiven Gedanken zu verscheuchen, und klopfe im nächsten Moment leise an die Zimmertür.

Betrachte das hier einfach als deinen Job, Niall, und bleib flirty ohne Tiefgang.

Es dauert einen Augenblick, bis ich im Inneren des Zimmers ein Geräusch vernehme, und fast dachte ich, Danielle würde noch schlafen, als sich vorsichtig die Tür öffnet. Sie muss schon wach gewesen sein, denn ihre noch nassen Haare sind in ein Handtuch gewickelt und eine Zahnbürste steckt in ihrem Mund.

»Guten Morgen, du Schlafmütze«, sage ich gut gelaunt und reiche ihr einen der großen Kaffeebecher.

Da es ihr sichtlich schwerfällt, mit der Zahnbürste im Mund

zu reden, verdreht sie nur die Augen, nimmt mir jedoch den Becher ab und geht zurück ins Zimmer. Die Tür lässt sie offen, was ich als Einladung verstehe, einzutreten.

Während Danielle im Badezimmer verschwindet, um sich den Mund auszuspülen, lasse ich den Blick durch das Zimmer schweifen. Ich habe während meiner Karriere schon in so einigen Hotelzimmern übernachtet und gehöre definitiv zur Kategorie *aus dem Koffer lebend*. Danielles Koffer steht fein säuberlich in der Ecke des Zimmers und es scheint, als hätte sie all ihre Sachen ausgeräumt und in den dafür vorgesehenen Schränken verstaut. Auf dem Nachttisch liegen ihr Handy und ein Buch. Bei genauerem Hinsehen erkenne ich, dass es eine dieser Liebesschnulzen sein muss, die Frauen nur allzu gern lesen. Leider ist nirgendwo eine Spur von ihrem Nachtdress zu sehen, muss ich zu meiner Enttäuschung feststellen. Nur die Strickjacke, die sie gestern während des Essens getragen hat, hängt über dem Stuhl vor dem kleinen Schreibtisch.

»Hattest du nicht halb sieben gesagt?«, höre ich auf einmal Danielles Stimme und als ich mich zu ihr umdrehe, sehe ich sie im Türrahmen stehen.

»Ich wollte nur sichergehen, dass du nicht verschläfst«, antworte ich und proste ihr mit meinem Becher Kaffee zu.

»Sicher, dass du mich nicht einfach vermisst hast und die Zeit nicht mehr abwarten konntest?«

Danielles Nachfrage hat zur Folge, dass ich husten muss und mich fast an dem heißen Kaffee verschlucke. »Sei nicht so überzeugt von dir«, kontere ich grinsend, als ich mich wieder gefangen habe, muss mir aber leider eingestehen, dass mir diese kleine Fopperei wieder einmal viel zu gut gefällt. »Um ehrlich zu sein, habe ich gedacht, du freust dich, den Tag in guter Gesellschaft zu starten.«

»Hört, hört«, erwidert sie und rutscht mit dem Kaffee in der Hand zurück aufs Bett. Ich nehme ihr gegenüber auf dem Sessel in der Ecke Platz.

»Und? Was hast du heute mit mir vor?«, fragt sie und ich weiß genau, dass sie hofft, mir ein paar Kleinigkeiten zu entlocken.

»Du magst es wirklich nicht, wenn du so gar nicht weißt, was auf dich zukommt, oder?« Ich nippe an meinem Kaffee und bin gespannt, wie sie reagieren wird.

»Nicht sonderlich«, ist das Einzige, was sie sagt, bevor sie selbst einen großen Schluck des heißen Getränks zu sich nimmt.

»Na, ich will mal nicht so sein«, antworte ich schmunzelnd. »Kannst du dich noch an das Motto vom heutigen Tag erinnern?«

»*Walk on the wild side* hast du es genannt«.

Ihre Augen sind aufmerksam auf mich gerichtet und sie scheint genau zu beobachten, wie ich mich verhalte.

»Aye. Aber tatsächlich laufen wir nur einen Teil des Abenteuers.«

Ihre Augen vergrößern sich und neugierig funkelt sie mich an. »Was bedeutet das?«

»Nun, wir starten mit einer Kanutour.«

»Einer Kanutour? Jetzt gleich? Im Dunkeln?«

Ich nicke. »Keine Angst, bis wir alles fertig haben, graut der Morgen. Es ist toll, in den frühen Stunden des Tages auf den Loch Finnegan hinauszupaddeln.«

»Ich bin in meinem ganzen Leben noch nicht einmal gepaddelt. Ich werde mit tödlicher Sicherheit kentern.«

»Wirst du nicht«, sage ich aufmunternd. »Ich bin ja da und passe auf. Und ich habe mich für eine Kanutour entschieden, bei der wir gemeinsam im Kanu sitzen, und nicht für die Kajaks, wo du allein wärst. So wirst du dich vielleicht etwas sicherer fühlen und kannst ein paar Aufnahmen für deinen Blog machen, ohne dass ich Angst haben muss, dass du beim Fotografieren kenterst.«

Zu meiner Überraschung sagt sie nichts dazu, steht stattdessen auf und öffnet den Kleiderschrank. »Was muss ich anziehen?«

Scheinbar akzeptiert sie meinen Vorschlag, oder zumindest die Tatsache, dass sie eh nicht aus der Nummer rauskäme.

»Etwas Warmes und Schuhe, in denen du nicht sofort nasse Füße bekommst. Ich gebe dir nachher eine Kajakjacke, die wir hier verleihen. Die hat einen doppellagigen Latex- und Neoprenhals und durch spezielle Manschetten wird gewährleistet, dass deine Arme gegen Spritzer abgedichtet sind. Außerdem ist sie an der Taille passend zuzuziehen und trocken.«

Danielle nickt und ich sehe ihr an, dass es in ihrem schönen Köpfchen arbeitet.

»Na was?«

»Ich nehme an, du wirst mir nachher verraten, was das Besondere an dieser Tour ist, dass wir in aller Herrgottsfrühe aufbrechen müssen und ich mein Leben riskiere?«

Statt einer Antwort nicke ich nur und muss mir eingestehen, dass tatsächlich ich es bin, der sich langsam fragt, ob ich nicht alles riskiere, wenn ich weiterhin ihre Nähe so genieße.

»Niall«, höre ich Danielles Stimme vor mir, als wir gemeinsam im Kanu sitzen und auf den ruhig vor uns liegenden Loch Finnegan paddeln. »Du hast mir ja gar nicht verraten, dass es so schön ist.«

Sie dreht sich zu mir um und ich sehe, dass sie über ihr ganzes Gesicht strahlt.

»Habe ich zu viel versprochen?«, rufe ich ihr zu, während ich beobachte, wie ihre Wangen gerötet sind und sie scheinbar versucht, alles um sich herum wahrzunehmen und mit der Kamera einzufangen.

»Du wohnst einfach in einer sagenhaften Landschaft.«

Begeistert blickt sie um sich und zeigt auf einen Otter, der sich nicht weit von uns entfernt am Ufer aufhält.

»Wenn dir Herr Otter schon so gut gefällt, dann drück mal die Daumen, dass wir gleich noch andere Tiere sehen«.

»Was denn für andere Tiere?« Neugierig schaut sie wieder in meine Richtung.

»Die Chance ist gar nicht so klein, dass wir einen Weißschwanzadler oder sogar ein paar Robben sehen.«

Danielle klatscht in die Hände und ich sehe ihr ihre Begeisterung förmlich an.

»Pass auf, dass wir nicht doch noch umkippen, weil du so rumhampelst«, lache ich und amüsiere mich Sekunden später über ihren verschreckten Ausdruck.

»Gott bewahre!«, ruft sie aus und scheint im nächsten Moment auf ihrem Platz festzuwachsen.

»Es soll sogar Menschen geben, die im Loch Finnegan wild schwimmen.«

»Wie, wild schwimmen?«

»Ja«, nicke ich. »Wildschwimmen macht nicht nur Spaß und ist aufregend, es kann sich sogar gut auf deine Gesundheit und dein Wohlbefinden auswirken.«

»Ich bezweifle, dass sich arschkaltes Wasser angenehm auf mein Wohlbefinden auswirken kann«, zweifelt Danielle umgehend meine Aussage an.

»Nun, ich habe mir sagen lassen, dass man dabei mentale Klarheit erlangen kann und durch das Gleiten im Salzwasser sollen Endorphine ausgeschüttet werden, die einem scheinbar ein Gefühl von Zen ermöglichen.«

Danielle dreht sich zu mir um und legt weiter zweifelnd den Kopf schief. »Zen?«

»Zumindest soll das kalte Wasser gut für dein Immunsystem sein, die Zirkulation des Blutes anregen und sich gut auf Körper und Geist auswirken. Scheinbar können Stresshormone abgebaut werden und ich habe mir sogar sagen lassen, dass das einen positiven Effekt auf den Blutdruck, chronische Schmerzen und Arthritis haben soll.«

»Es klingt zumindest interessant«, sagt sie und ich sehe ihr an, dass sie alles daransetzen wird, nicht in dieses kalte Wasser zu müssen. »Aber wahrscheinlich ist auch was Wahres dran. Immerhin kann man sich ganz mit der schottischen Wildnis umgeben und so dem Alltag entfliehen. Ich kann mir schon vorstellen, dass das entspannt.«

»Klappt das bei dir?«, frage ich sie neugierig.

»Ich bin ja erst ein paar Tage da. Aber tatsächlich fühle ich mich hier unfassbar wohl. Das hätte ich Großstadtmensch nicht für möglich gehalten. Wenn ich daran denke, dass ich jetzt eigentlich in Paris sitzen würde, wahrscheinlich umgeben von lauter Touristen, Verkehr und Großstadtlärm, da ist dieses Fleckchen Erde schon ein bisschen wie das Paradies.«

»Du wirst auf deinen Reisen doch bestimmt schon das eine oder andere ruhige Örtchen erlebt haben, oder?«

Überrascht blickt sie mich an und scheint für einen Moment zu überlegen. »Ja«, sagt sie wenig später, dreht sich um und konzentriert sich wieder auf die Umgebung. »Hier ist es aber bisher irgendwie am schönsten.«

15

AVA

»Und all das hier war vor Kurzem noch gar nicht fertig?«

Fasziniert laufe ich nach unserer Kanutour neben Niall am Ufer des Loch Finnegan entlang und betrachte die Cottages, die fußläufig vom Hotel dicht am See liegen und unfassbar einladend wirken.

»Die Cottages gab es schon«, antwortet er und weicht einem Maulwurfshügel aus, der sich auf den kleinen Pfad verirrt hat, der vom Hotel runter zu den einzelnen Häusern führt. »Aber bis Jamie uns die Idee vorgeschlagen hat, sie auch an unsere Gäste zu vermieten, hat nur Liam eine der Hütten bewohnt. Die anderen standen weitestgehend leer. Hin und wieder hat Familienbesuch dort übernachtet oder der eine oder andere Bergwanderer. Für längere Aufenthalte für Familien waren sie aber nicht vorgesehen.«

Niall zeigt mit ausgestrecktem Arm auf die größte der Hütten. »Liam hat sich sein Cottage wunderbar hergerichtet und es ist wirklich toll geworden. Vor allem der gläserne Erker mit dem Ausblick auf den See und das Bergrelief ist einfach atemberaubend. Darum kann man ihn schon beneiden.«

»Warum wohnst du nicht in einem der Cottages?«, frage ich Niall und bin gespannt auf seine Antwort.

»Gute Frage. Ich habe mich nie wirklich mit dem Gedanken befasst. Ich mag mein kleines Reich beim Hotel und tatsächlich bin ich auch ein bisschen bequem.«

»Bequem?« Überrascht blicke ich ihn an und frage mich, auf was er anspielt.

»Na ja, ich bin nun wirklich kein Supertalent in der Küche. Klar hat es seinen Reiz, völlig unabhängig und in Ruhe am See zu leben, aber mein Wunsch, von Kenzies Kochkünsten zu profitieren, war definitiv größer.«

Ich lache und schüttle amüsiert mit dem Kopf. »Aber du könntest doch jederzeit zum Essen hoch zum Hotel kommen?«

»Das stimmt«, erwidert Niall, während wir an Liams und Jamies Cottage vorbeigehen, »aber um ehrlich zu sein, bin ich nach meinem Ausstieg aus der aktiven Rugby-Zeit froh gewesen, in Gesellschaft zu sein und abends nicht allein in meiner Hütte zu sitzen. Außerdem konnte ich so ein Auge auf Kenzie werfen. Vor allem nach dem Tod unserer Eltern war es für mich beruhigend, zu wissen, dass ich jederzeit da sein konnte, wenn sie mich gebraucht hätte. Gerade weil Liam das eine ganze Weile nicht war.«

Während wir nebeneinander herlaufen, erzählt er mir die Kurzfassung, wie Liam und Jamie sich kennengelernt haben und wie sie ihm geholfen hat, die Schuldgedanken zu verarbeiten, die er wegen des Todes seiner Eltern hatte.

»Glaubst du, die zwei bleiben auch nach der Hochzeit dort wohnen?«

»Wieso? Willst du einziehen?« Ein spitzbübisches Lächeln huscht über sein Gesicht und er scheint mich zu mustern.

»Wieso? Willst du mich nachts besuchen?«

»Gegenfragen sind doof«, knurrt er und knufft mich in die Seite. »Aber um auf deine Frage einzugehen: Ich gehe davon aus. Liam hat schon mal darüber gesprochen, wie und ob man das Cottage erweitern kann, und tatsächlich gibt es aktuell für die beiden keinen Grund, hier wegzugehen.«

»Und für dich?«

»Wieso sollte ich Finnegan verlassen?« Überrascht blickt er mich an.

»Na, ich weiß ja nicht, ob du nicht vielleicht sportlich noch etwas vorhast. Schließlich scheinen Sport und Bewegung dein Leben zu sein.« Ich zucke die Achseln und bin auf seine Antwort gespannt. »Vielleicht so etwas wie Trainer?«

Er geht ein paar Schritte neben mir her, ohne etwas zu sagen. Dann wendet er sich mir wieder zu. »Tatsächlich nein. Ich habe mit Rugby abgeschlossen. Es war eine tolle Zeit, aber ich bin gern hier und arbeite für unser Hotel. Und jetzt mit der neuen Aufgabe, die Aktivitäten noch weiter nach vorn zu treiben, fühle ich mich wieder gebraucht.«

»War das mal anders?«

Er zieht eine Augenbraue hoch und wieder dauert es einen Moment, bis er antwortet. »Sagen wir so, wenn die sportliche Karriere nicht mehr auf dem Zenit ist, merkt man schnell, dass man ersetzbar ist.«

Für einen Augenblick mustere ich ihn und sehe, wie seine

Augen ihren Glanz verlieren und er in Gedanken verloren scheint. Irgendetwas beschäftigt ihn.

»Ich finde, du machst deine Sache sehr gut.«

Mein Satz scheint Niall aus seinen Gedanken zu reißen und er blickt mich an. »Findest du?«

»Tatsächlich ja. Ich habe zwar nur wenig davon mitbekommen, aber die zwei, drei Aktionen, die ich bisher miterleben durfte, waren sehr ansprechend geplant. Auch wenn ich am ersten Tag mit der XXL-Fassung konfrontiert wurde.«

Nialls Grinsen verrät mir, dass er genau weiß, dass ich auf den langen Weg bis zur Bergspitze anspiele. Er zwinkert mir zu. »Danke. Das höre ich gern. Ist ja aber auch Sinn der Sache, dass du einen Eindruck von den Möglichkeiten hier bekommst, um davon berichten zu können.«

Wir sind an einem Steg angekommen, der von einem der kleineren Cottages abgeht und ein ganzes Stück weit ins Wasser ragt. Der Ausblick, den man hier hat, ist wirklich atemberaubend, und fast ist es, als wäre dieses Fleckchen Erde surreal.

»Diese Ausflüge und Aktionen, die du geplant hast, stehen die in einem größeren Zusammenhang? Also sind das irgendwelche Pakete?«

Er mustert mich und nickt. »Ja. Man kann bei uns neben einem regulären Aufenthalt auch unterschiedliche Pakete buchen. So haben wir zum Beispiel Pakete für die Sportenthusiasten, für Tierliebhaber oder auch ein Paket, das sich Romantic Getaway schimpft.«

»Schimpft?« Amüsiert blicke ich ihn. »Hast du es nicht so mit der Liebe?«

Neben mir auf dem Steg prustet Niall nahezu. »Ach, alles entspannt. Kenzie hat den Namen gewählt. Ist eben was für

Verliebte, Neuverheiratete oder die, die ihre Liebe wieder befeuern wollen.«

»Klingt ja verheißungsvoll«, lache ich und werde im nächsten Moment ernst. »Hast du für mich auch eine Aktion aus dem Romantikpaket vorbereitet?«

Das Einzige, was ich Niall daraufhin entlocken kann, ist ein herzhaftes Lachen, das scheinbar nicht enden will.

»Das wüsstest du wohl gern, oder?«

»Tatsächlich ja«, grinse ich und schiebe meine Hände tief in meine Jackentaschen, denn es ist trotz der Sonne heute ein bisschen frisch, was nicht untypisch für diese Jahreszeit ist.

Niall schaut mich prüfend an. »Sagen wir so«, antwortet er, »natürlich kann man die Walks so gestalten, dass die Paare viel Zeit miteinander verbringen. Wenn man zum Beispiel im Vorfeld weiß, dass auf so einer Wanderung sogar ein Heiratsantrag geschehen soll, gibt es die eine oder andere Route, die durch wunderbar idyllische Landstriche oder auch durch eine Schlucht führt. Und schließlich können auch Kanutouren im Morgengrauen romantisch sein, oder?«

Statt einer Antwort erröte ich zu seiner Belustigung. »Das kommt dann aber tatsächlich auf die Begleitung an«, versuche ich, möglichst nüchtern zu klingen und die Situation runterzuspielen.

»Aye«, nickt Niall und schickt sich an, den Steg zu verlassen und weiterzulaufen.

Ich folge ihm und für einen Moment laufen wir still nebeneinanderher. Der Himmel über dem Loch Finnegan ist wolkenklar und die Sonnenstrahlen kleiden die Umgebung in wunderbares Licht.

»Warum eigentlich Rugby?«

»Huh?« Niall scheint überrascht über meine Frage.

»Wie bist du zum Rugby gekommen?«, hake ich erneut nach.

»Durch meinen Dad.«

Ich warte ab, ob er weitererzählt, aber tatsächlich kommt erst mal nichts.

»Und wie war das?«, frage ich nach einer gefühlten Ewigkeit ungeduldig weiter. So gern Niall sonst auch mit Worten um sich wirft, umso schweigsamer wirkt er in diesem Moment. »Hat dein Dad dich eines Tages angeschaut und gemeint *Niall, du siehst aus wie der perfekte Rugbyspieler*? Oder war er der Meinung, ein Trikot würde dir hervorragend stehen?«

Niall lacht und das Funkeln kehrt in seine Augen zurück. »Ganz so war es nicht. Sagen wir so, ich habe mich in der Schule hin und wieder in kleine Schwierigkeiten gebracht. Hatte zu viel Energie und hin und wieder flogen auch mal die Fäuste. Eines Tages hat mein Dad mich zur Seite genommen und gemeint *Niall, dein Verhalten ist unterste Schublade. Du benimmst dich wie ein dahergelaufener Rowdy und so sind meine Söhne nicht. Ich will, dass meine Söhne sich anständig benehmen. Und wenn du dich schon messen musst, dann miss dich wie ein Gentleman.* Und so bin ich beim Rugby gelandet.«

»Ich verstehe den Zusammenhang noch nicht. Ich meine, da wird sich doch auch nur geprügelt.«

Nialls Antwort ist erneut ein herzliches Lachen. »Ja, aber es gibt diesen Spruch: *Rugby ist ein Spiel für Hooligans, das von Gentlemen gespielt wird.* Mein Dad hat es mal als *Schlacht der Giganten* beschrieben und die Vorstellung hat mich damals fasziniert. Ihm war wichtig, dass wir Jungs Werte wie Fairness, Respekt,

Loyalität und Selbstbeherrschung mit auf den Weg bekommen, und all das findet man im Rugby.«

Immer noch wenig überzeugt schaue ich ihn an.

»Ich weiß, für den Außenstehenden sieht der Sport unfassbar brutal aus. Aber die Brutalität und auch die harte Disziplin, die während des Spiels hervortreten, sind kein Selbstzweck. Natürlich habe ich die Unbeugsamkeit und die Fairness gleichwertig geliebt. Aber tatsächlich war ich, glaube ich, so erfolgreich, weil ich clever gespielt und viel taktisches Vermögen mit aufs Spielfeld gebracht habe.«

»Und jetzt? Vermisst du nichts? Klingt, als wäre Rugby dein Leben gewesen.«

»Die Verletzungen? Nein. Den Adrenalinkick? Jede Sekunde.«

»Warum hast du dann mit allem aufgehört und dem Rugby komplett den Rücken zugewandt?«

Niall steckt die Hände in die Hosentaschen, lässt seinen Blick über den Loch Finnegan wandern, bevor er sich wieder in meine Richtung wendet und mir in die Augen sieht. »Manchmal«, sagt er leise, »verlieren auch Giganten eine Schlacht.«

16

NIALL

Glasgow, vor vier Jahren

Gott, wie ich diese Kerle liebe. Adam und Kenny sitzen mindestens genauso aufgepeitscht wie ich neben mir in der Kabine, und auch wenn ich weiß, dass es eigentlich Mord ist, mehr als ein Spiel pro Woche zu bestreiten, und mein Körper nach Regeneration schreit, kann ich es nicht abwarten, mit den Jungs zurück aufs Spielfeld zu stürmen und den Kampf auf dem Feld auszutragen.

»Alter, mein Körper schmerzt an Stellen, von denen ich gar nicht wusste, dass ich sie habe«, stöhnt Adam und reibt sich die Oberschenkel.

Kenny, dessen Ohrmuscheln kaum noch zu erkennen sind, da die vielen Blutergüsse der Zeit das Gewebe haben anschwellen und hart werden lassen, grinst über das ganze Gesicht. »Ich bin mir sicher, dass eine Stelle besonders schmerzt. Ich habe gesehen, dass Hannah dich heute Morgen zum Stadion gefahren hat.«

»Schnauze«, fährt Adam ihn an, wirft das Handtuch nach Kenny und ich muss schmunzeln. Keine Ahnung, wie dieser Kerl es schafft, aber während wir anderen die Blutergüsse, Quetschungen und Brüche nur so sammeln, kommt er oftmals mit leichten Stauchungen und Blessuren davon.

»Er ist nur eifersüchtig«, grinse ich und klopfe meinem Freund auf die Schulter. Seit ich hier in Glasgow in der Union spiele und fern der Heimat bin, sind mir die Jungs zu engen Vertrauten geworden. Allerdings bin ich froh, meine eigenen vier Wände zu haben, denn bei Adam und auch bei Kenny gehen die Mädels ein und aus, und auch wenn ein nackter Frauenkörper so seinen Reiz hat, will ich ungestört in die Küche gehen können und nicht über verstreute Kleidungsstücke steigen oder gar auf nackte Frauenhaut starren müssen, weil die beiden mal wieder ihre Lust in der ganzen Wohnung ausleben. Frauen scheinen auf harte Jungs zu stehen.

Ich kann mich nicht beschweren. Die Frauen geben sich auch bei mir die Klinke in die Hand. Das heißt, sie würden es tun, wenn ich sie ließe. Frauen sind etwas Feines. Sie sind aber auch Ablenkung. Und die kann ich gerade nicht gebrauchen, denn dem Spiel gehört meine volle Aufmerksamkeit. Die Frau, die mit mir verkehrt, weiß das. Kendra weiß das. Sie weiß, dass Rugby oberste Priorität hat. Vor allem an Spieltagen und während der Trainingszeit. Gefühlt also immer.

Dieser Sport ist nichts für Weicheier. Er ist hart. Er ist unberechenbar. Und er ist wunderschön. Er ist ein Sport für Männer, die keine Angst vor dem brutalen Spiel mit Blut, Dreck und Schlamm haben. Für Männer, die ihre Verletzungen wie Trophäen tragen.

Der Sport hinterlässt seine Spuren. Auch auf mir. Ich trage viele Narben am ganzen Körper und meine Liste an Eingriffen wird von Saison zu Saison länger. Fast könnte man meinen, ich sammle Narben wie andere Leute Briefmarken oder Telefonnummern von hübschen Frauen.

Die Narbe an der Schläfe verdanke ich einem besonders harten Angriff. Die kleine oberhalb meiner Augenbraue den langen Stollen eines kräftigen Forwards. Die Chirurgen durften sich so manches Mal an mir austoben. Wer zählt schon die zahlreichen Cuts im Gesicht, die genäht werden mussten, wenn Frakturen in der Schulter am Start sind? Es ist ein Wunder, dass ich noch alle Zähne habe. Dafür hat es meine Finger schon so manches Mal erwischt. Eine gerissene Sehne im Mittelfinger ist alles andere als geil. Von Brüchen will ich gar nicht anfangen. Mein Meniskus und meine Bänder im Knie werden mir im Alter sicherlich nicht zujubeln.

Ich stehe nicht auf Schmerzen und ich hasse Verletzungspausen. Aber noch viel mehr hasse ich es, bei diesem gottverdammten Wetter in die Schlacht zu ziehen. Es schüttet wie aus Eimern und bereits als ich mit Kenny, Adam und den anderen aufs Spielfeld renne, gleicht das Feld einer Schlammgrube. Fuck. Heute wird eins dieser Spiele, wo man am Abend in der Wanne liegt und sich den Matsch von sämtlichen Körperregionen wäscht.

Der Schiedsrichter pfeift zum Spielbeginn und es dauert keine fünf Minuten, da klebt das Trikot an mir. Bloß nicht ständig hinfallen, denn auch wenn man noch so vorsichtig rennt, jedes Aufeinanderknallen mit den gegnerischen Spielern bedeutet auch eine Rutschpartie, die womöglich im Schlamm endet.

Dieses Wetter macht es mir schwer, mein Spiel zu spielen. Jeder taktisch noch so ausgeklügelte Spielzug wird vom Schlamm ausgebremst, der wild um uns herumspritzt. Ständig verliere ich die Kontrolle auf dem rutschigen Untergrund und werde in meiner Schnelligkeit und Wendigkeit gehindert. Als Fly-half bin ich einer der wichtigsten Spieler auf dem Feld und als Dreh- und Angelpunkt treffe ich die meisten taktischen Entscheidungen. Es ist scheiße, wenn das Wetter mich daran hindert, volle Kontrolle über Angriff, Verteidigung, Kick- und Passspiel zu haben.

»Heute Abend Sauna«, brüllt Kenny mir zu, während er über das Feld stürmt und einem Tackle des Gegners gerade noch ausweichen kann. Auch wenn ich harte und unnachgiebige Spiele liebe, ich hasse es, wenn Blut fließt.

Wieder presche ich los, doch dann ändert sich der Spielzug und ruckartig stoppe ich im Lauf ab und drehe mich in die andere Richtung.

Plötzlich durchfährt ein Geräusch wie das eines Peitschenschlags die Luft und jemand tritt mir in die Ferse. Ich atme schmerzerfüllt ein und drehe den Kopf wutentbrannt nach hinten, um den Idioten niederzumachen, der seine Stollen in meine Ferse gerammt hat, doch niemand ist hinter mir. Panik steigt in mir auf und als ich versuche, aufzutreten, schießt ein stechender Schmerz mein Bein hinauf. Ich muss mich setzen, denn an Auftreten ist nicht zu denken.

Sofort sind meine Teamkameraden neben mir und während sie sich im Halbkreis um mich herumstellen, kniet Adam neben mir und schaut mich geschockt an. »Scheiße, Mann, der Knall war bis zur Auswechselbank zu hören«.

Knall. Peitschenschlag. Ich reiße die Augen auf und starre ihn mit einer Mischung aus Panik und stechendem Schmerz an.

Bitte lass es nicht die Achillessehne sein.

»Kannst du aufstehen und auftreten?«

Chris und Kenny greifen mir unter die Arme, doch der dumpfe Schmerz, der durch mein Bein schießt, ist kaum auszuhalten.

Wie benebelt bekomme ich mit, wie ich auf eine Trage gelegt und vom Spielfeld gebracht werde. Premiere.

Ich lege meinen Arm über meine Augen und versuche, ruhig zu atmen und mich zusammenzureißen, doch ich weiß, dass sich das hier nicht gut anfühlt.

»Sag mir, dass es nicht die Achillessehne ist«, stöhne ich Scott, dem Mannschaftsarzt, zu, während ich in der Kabine auf der Liege Platz nehme und leise Stoßgebete gen Himmel schicke.

Scott schaut mich mitfühlend an und ich weiß, dass er kein Mann ist, der beruhigende Worte ausspricht, wenn sie nicht der Wahrheit entsprechen. »Dreh dich auf den Bauch, Niall«, sagt er und während ich mich wie auf einer Untersuchungsliege auf den Bauch drehe, die Füße über die Liegefläche hinausragen und ich den betroffenen Fuß hängen lasse, drückt Scott mir die Wadenmuskulatur zusammen. Ich ziehe die Luft ein und versuche, die Tränen wegzublinzeln, die mir in die Augen treten.

»Ich bin ehrlich, Niall«, höre ich Scott sagen und weiß eigentlich schon, was als Nächstes kommt. »Durch die Spannung der Achillessehne müsste es eigentlich zu einer Plantarflexion des Fußes kommen, müssten sich die Zehen Richtung

Fußsohle bewegen. Das tun sie nicht. Es sieht verdammt noch mal nach einer Achillessehnenruptur aus. Die finale Diagnose wird aber nur ein Ultraschall zeigen können. Scheiße, Mann, tut mir leid.«

Wütend und von Schmerz geprägt balle ich meine Hände zu Fäusten und setze alles daran, nicht aufzuschreien. Ich bin verdammt noch mal keine fünfundzwanzig Jahre alt. Das darf nicht das Ende meiner Karriere sein.

17

NIALL

»Bereitet dir die Verletzung noch hin und wieder Schmerzen?«

Mitfühlend schaut Danielle mich von der Seite an, während wir das Hotelgelände inzwischen verlassen haben und in Richtung des Ortes wandern.

»Eigentlich nicht«, antworte ich wahrheitsgemäß. »Ich habe damals fast acht Monate pausieren müssen. Meine Sehne ist leider nicht so sauber auseinandergerissen, wie es schön gewesen wäre, um einfach genäht werden zu können. Bei mir musste eine Ersatzplastik gemacht werden, daher hat die Heilung länger gedauert als die üblichen vier bis sechs Monate.«

»Eine Plastik?«

Ich sehe Danielle an, dass sie keine Ahnung hat, wovon ich spreche.

»Bei einer Plastik wird aus dem oberen oder unteren Teil der Achillessehne oder aus einer anderen Sehne im Fuß ein

Teil entnommen, der an der Achillesferse als Ersatz dient. Ist halt komplizierter.«

»Aber es ist alles wieder verheilt?«

»Ja«, nicke ich und gemeinsam schlagen wir den Weg ein, der in Richtung Wildgehege führt.

»Hast du dann auch wieder begonnen, professionell zu spielen?«

»Nein«, antworte ich knapp und in der Hoffnung, dass sie nicht weiter nachhakt. Den Gefallen tut Danielle mir nicht.

»Warum nicht? Du standest doch unter Vertrag, so wie ich das verstanden habe.«

»Das stimmt. Nach knapp acht Monaten Rehabilitation bin ich zurück nach Glasgow ins Trainingslager, aber das Laufen fiel mir schwer. Ich musste wiederholt das Training abbrechen, weil die Sehne nicht hielt. Ich bin dann noch einmal operiert worden. Glaub mir, die Reha mit täglichem Muskelaufbautraining war verdammt anstrengend. Aber am schlimmsten und unangenehmsten fand ich den Verlust meiner Teamkameraden und des Sports. Ich habe das Spiel geliebt. Aber irgendwann merkt man, dass man ersetzbar ist, und das Gefühl habe ich gehasst. Für mich hat sich dann alles nicht mehr richtig angefühlt.«

Ich hoffe, Danielle nimmt mir diese stark verkürzte Version ab. Auch nach all der Zeit fühlt es sich noch wie ein Faustschlag in den Magen an, wenn ich an die Vergangenheit denke.

Fast als könnte sie es spüren, legt Danielle für einen kurzen Augenblick ihre Hand in meine und drückt zaghaft zu. Dann zieht sie die Hand wieder weg und lächelt mich an.

»Tut mir leid, dass dich so eine Verletzung in die Knie gezwungen hat.«

Wenn sie wüsste, dass es nicht die Verletzung war. Dass es gerade ihr Lächeln ist, das mich völlig aus der Bahn wirft.

Ich lächle zurück und für einen Moment laufen wir schweigend nebeneinanderher. Was wohl in ihr vorgeht? Ob sie genauso wie ich die Hand des anderen noch spürt?

»Wohin laufen wir eigentlich?«, fragt sie plötzlich und ich werde aus meinen Gedanken gerissen.

»Ich habe mir gedacht, ich zeige dir unseren Wildpark und das Wildmuseum.«

»Klingt aufregend«, antwortet Danielle und ein Lächeln huscht über ihr Gesicht. Irgendwie wirkt sie heute besonders entspannt und sie scheint nicht mehr krampfhaft darauf bedacht, alles im Vorfeld minutiös durchplanen zu müssen. Diese Seite an ihr gefällt mir besonders gut.

Nicht, dass ich die andere nicht auch äußerst reizvoll gefunden habe …

Als wir wenig später am Wildpark ankommen, strahlt die Sonne vom Himmel und fast ist man geneigt, seine warme Jacke abzustreifen und nur im Pullover durch die Gegend zu laufen.

»Schade, dass wir gerade keine Führung buchen können«.

Danielle betrachtet das Schild am Eingang des Museums.

»Ja, um diese Jahreszeit fangen sie damit noch nicht an, sondern erst im Frühling. Ich kann dir trotzdem etwas zu allem erzählen, wenn du magst?«

»Kennst du dich damit denn etwa auch aus?« Fasziniert schaut sie mich mit großen Augen an.

»Natürlich«, lache ich. »Ich war in meinem letzten Leben entweder ein Ranger oder eine Rotwildkuh.«

»Sicher, dass du kein Hirsch warst? Irgendwo muss dieses Röhren ja herkommen.«

»Wie meinst du das denn jetzt bitte?«, frage ich perplex und kann genau erkennen, dass sich Danielle ein Grinsen verkneifen muss.

»Also ich weiß ja nicht sonderlich viel über das Rotwild, aber was ich weiß, ist, dass die Hirsche mit lautem Röhren ihre Besitzansprüche an ihrem Rudel bekunden. Und ich weiß, dass ein Hirsch in der Brunft nahezu in einem hormonellen Ausnahmezustand ist. Dazu kommt das Imponiergehabe, um zu beweisen, wer der Chef im Revier ist.«

»Und hormoneller Ausnahmezustand erinnert dich an mich?«, frage ich gespielt entrüstet und kann nicht glauben, so eine Aussage aus Danielles Mund zu hören. Diese Frau macht mich fertig.

»Das hast du jetzt gesagt«, lacht sie und zwinkert mir zu.

Ich schüttle den Kopf und schaue ihr hinterher, wie sie um das Museumsgebäude herumläuft und in die Fensterscheiben schaut.

»Wollen wir noch runter zum Wildgehege laufen?«, frage ich sie und deute auf den kleinen Pfad, der neben dem verschlossenen Museumsgebäude entlangführt.

»Meinst du denn, wir sehen ein paar Tiere?«

»Wenn wir Glück haben, ja«, erwidere ich. »Wir können Futter kaufen, vielleicht ist die Chance dann größer.«

Danielle nickt und hat bereits in ihre Tasche gegriffen, um Kleingeld für den Futterautomaten aus ihrer Jacke zu ziehen.

»Pro Quadratkilometer leben hier in der Gegend etwa vier Tiere«, beginne ich, zu erzählen. »Daher ist es gar nicht so einfach, sie zu entdecken. Aus diesem Grund werden einige Tiere hier im weitläufigen Gehege gehalten, damit Besucher diese besonderen Tiere auch einmal aus der Nähe sehen können. Vor allem kann man die Tiere dabei beobachten, wie sie das Jahr über leben. So kann man zum Beispiel im Frühling verfolgen, wie sie ihr Geweih abwerfen, wie im Juni die Jungtiere auf die Welt kommen oder eben auch die Brunftzeit.«

Aus dem Augenwinkel sehe ich, dass Danielle sich ein Lachen verkneifen muss.

»Bestimmt interessant«, sagt sie leise, aber doch laut genug, dass ich es höre.

»Jetzt haben wir so viel über mich geredet«, sage ich eine Weile später, als wir uns wieder auf den Weg zurück zum Hotel machen, »und ich weiß immer noch nicht viel über dich.«

Neben mir zuckt Danielle mit den Schultern. »Ach, so viel gibt es da auch gar nicht zu wissen.«

»Na hör mal!« Erstaunt blicke ich sie an. »Du hast doch einen der interessantesten Jobs, die man sich vorstellen kann. Du bist ständig auf Reisen, entdeckst ferne Orte, triffst interessante Menschen.«

»Ja, so etwas erlebt man als Reiseblogger wohl«, stimmt sie mir zu. Für jemanden, der abenteuerlustig die Welt erkundet, scheint sie erstaunlich nüchtern über ihren Job zu sprechen.

»Du hast mir noch gar nicht auf meine Frage geantwortet, welches deine Lieblingsstadt ist. Holst du das noch nach?«

Statt einer Antwort schaut Danielle mich mit großen Augen an. »Ähm …«, beginnt sie. »Ach, es waren so viele.«

Fast macht es den Eindruck, Danielle wäre es unangenehm, über ihren Job zu sprechen.

»Magst du mir vielleicht erzählen, was ein Leben als Reisebloggerin so mit sich bringt?«, versuche ich es erneut und hoffe, sie so hinter dem Ofen hervorzulocken.

Sie scheint für einen Moment zu überlegen, bevor sie antwortet: »Viel Recherche, Schreiben, Vorbereitungen und Nachbereitungen. Deswegen werde ich mich wohl gleich auch in mein Zimmer zurückziehen.«

»Das kannst du doch später machen, oder morgen?«

Überrascht darüber, dass sie scheinbar nicht darüber nachgedacht hat, den Tag weiter mit mir zu verbringen, hake ich nach und muss zu meiner Überraschung feststellen, dass ich fast ein bisschen enttäuscht bin.

»Ich bin jemand, der Dinge schnell und effizient erledigt«, erwidert sie. »Tatsächlich notiere ich mir immer möglichst zeitnah meine Eindrücke vom Tag und von den Dingen, die ich hier erlebe. Ihr möchtet doch eine saubere und vor allem tiefgründige Berichterstattung.«

Da ist er wieder, dieser Geschäftsmodus.

»Sicher?«, versuche ich es ein weiteres Mal. »Wir könnten später schauen, was Kenzie gekocht hat, und gemeinsam im Restaurant essen?«

»Bist du nicht anderweitig verabredet? Ich meine, dein Engagement in allen Ehren, was die Betreuung deiner Gäste oder Kooperationspartner angeht, aber du wirst doch etwas Spannenderes zu tun haben, als abends bei einem Essen über Geschäftliches zu reden, oder?«

Ich bin selten sprachlos, aber Danielles nüchterne Art erwischt mich eiskalt. »Ich hatte nicht vor, über Geschäftliches mit dir zu reden.«

»Ach nein?«

»Nein. Ich unterhalte mich durchaus gern privat mit dir.«

»Sicher, dass Chloe oder eine andere Frau damit kein Problem hat? Wie ist das überhaupt? Die Frauen haben sich bei dir doch sicherlich die Klinke in die Hand gegeben, oder? Ist das immer noch so? Ich meine, dass du dich nicht binden willst, hast du ja bereits erwähnt.«

Völlig überrumpelt von diesem plötzlichen Themenwechsel und Danielles unterkühlter Art ziehe ich die Augenbrauen hoch. Ich hasse es, mich angegriffen zu fühlen, und weiß tatsächlich gerade nicht, warum Danielles Worte mich so treffen.

Während wir die letzten Meter bis zum Hoteleingang hinter uns bringen, straffe ich die Schultern, blicke zu ihr und formuliere vielleicht eine Spur zu nüchtern: »Weißt du, Frauen mögen auf eine seltsame Art und Weise Kerle wie mich. Der Sport ist da sicherlich ein netter Antrieb. Aber wie gesagt, ich mag es nicht, wenn Frauen lästig werden und einem Mann hinterherrennen. Manche scheinen ja nahezu abhängig von einem Mann zu sein. Ich brauche so was nicht. Ich bevorzuge lockere Dinge ohne Verantwortung, wo jeder sein Ding macht. Ich brauche keine Frau, um glücklich zu sein. Dafür sind meine Prioritäten einfach andere. Mein Job hier zum Beispiel.«

Danielle bleibt im Hoteleingang stehen und lässt ihren Blick an mir auf und ab wandern. »Weißt du, was unfassbar witzig ist? Du sagst, du willst dich nicht binden, weil Frauen dir lästig sind. Trotzdem brauchst du uns zur Bestätigung deines männlichen Egos. Und erzähl mir jetzt nicht, dass es anders ist. Wie passt das also zusammen? Ist dir eigentlich mal aufgefallen, dass du dich so unterbewusst von Frauen abhängig machst und nicht andersrum? Hoffst du wirklich, dass wir dich immer wieder daran erinnern und dir bestätigen, welch unfassbare

Männlichkeit du doch besitzt? Welchen männlichen Selbstwert? Ich bitte dich. Frauen, die sich weigern, sind dann automatisch was? Verbittert? Frigide? Bieder? Hör mit deinen unrealistischen Erwartungen auf, dass alle Frauen dir zu Füßen liegen. Klar, deine Sportlerkarriere wird manche bestimmt beeindrucken, aber richtige Frauen kennen ihren Wert und haben ein Problem damit, wenn man über ihre Zeit verfügt und ihre Absichten nicht ernst nimmt.«

Ich kann gar nicht so schnell gucken, wie Danielle an mir vorbeirauscht und im Hotel verschwindet. Wie kann es sein, dass ich nach ihrem Job frage und dabei förmlich in ein Wespennest steche und auf einmal ich derjenige bin, der sich mit Vorwürfen konfrontiert sieht? Halleluja, was war denn das bitte schön? Frauen haben mir in meiner Karriere schon so einiges an den Kopf geworfen, auch dass ich sie für meine Befriedigung benutze. Aber dass ich sie nicht ernst nehme, das ist eine Premiere.

Ich kann mir viel vorwerfen, was meinen Verschleiß an Frauen angeht, aber wenn ich eins immer war und bin, dann ist es ehrlich mit ihnen. Sie wussten und wissen immer, woran sie sind. Es ist meine Entscheidung, mich nicht binden zu wollen. Aber das bedeutet nicht, dass ich die Frau, die zwischen meinen Laken liegt, nicht in dem Moment zur absoluten Königin mache.

Wenn Danielle nur wüsste, wie gern ich ihr diese Krone verleihen würde. Gerade jetzt, wo sie mir gezeigt hat, welch Feuer in ihr steckt. Eins darf sie nämlich nicht unterschätzen. Frauen, die mir die Stirn bieten, sind mein größtes Aphrodisiakum. Vor allem dann, wenn ich ahne, dass sie ein Rätsel umgibt.

18

AVA

Doof. So doof. Richtig beschissen doof. Um nicht zu sagen, der Superlativ des Superlativs von doof.

Frustriert schließe ich die Zimmertür hinter mir, werfe mich der Länge nach aufs Bett und schreie ins Kopfkissen. Wäre ich besonders theatralisch, würde ich jetzt mit den Fäusten auf die Bettdecke schlagen, aber ich finde, mein Auftritt hat genug Drama in sich, dass das übertrieben wäre.

Wie bescheuert kann eine Person sein? Wenn man es sich mit Menschen versauen will, sollte man es definitiv so machen wie ich. Bloß keine Nuance weglassen. Einfach genau so durchziehen.

Niall muss denken, dass ich sie nicht mehr alle habe. Wie von einer Tarantel gestochen abzudampfen, nachdem man ihm ein paar Dinge an den Kopf geknallt hat, die er wirklich nicht verdient hat. Und wer ist schuld an der ganzen Misere? Danielle. Nein, Ryan. Nein, ich.

Frustriert stöhne ich auf. Hätte ich mich nicht von Danielle belabern lassen, mich als sie auszugeben, hätte ich nicht so rumdrucksen müssen, als Niall mich nach meinem Job gefragt hat. Und wenn ich verdammt noch mal ein bisschen mehr Arsch in der Hose hätte, hätte ich Ryan schon längst gesagt, was ich davon halte, dass er seinen Job unserer Beziehung voranstellt und mich mit diesem Urlaub einfach hat hängen lassen.

Wie heißt es so schön? Einsicht ist der erste Schritt zur Besserung? Dass ich mich aber auch immer in so eine dämliche Situation bringen muss.

Ich ärgere mich über mich selbst. Allem voran deswegen, weil ich an dieser Lügengeschichte so schnell nichts ändern kann.

Genervt setze ich mich im Bett auf und ziehe meine Beine in einen Schneidersitz. Das Handy stört in meiner Hosentasche und so lege ich es vor mich auf die Bettdecke.

Eine Erleuchtung, wie ich das jetzt wieder geradebiegen kann, wäre gut. Lieber Gott, kannst du mir mal ein paar Ideen runterschicken?

Eigentlich könnte es mir egal sein, was Niall von mir denkt. Schließlich reise ich in ein paar Tagen ab und dann sehen wir uns eh nicht wieder. Dann ist der Businessdeal durch und wenn ich meine Berichterstattung abgeschlossen habe, sind auch alle vertraglich geregelten Dinge erledigt. Durchhalten wäre also wohl die leichteste und pragmatischste Lösung. Leider Gottes spielt da nur eine Sache nicht mit – mein Herz. Und der Gedanke gefällt mir überhaupt nicht. Ich muss nämlich zugeben, dass ich Nialls Gegenwart genieße. Ja, verdammt, dass ich sogar seine Anspielungen und kleinen Flirtereien inzwischen nahezu sehnsüchtig erwarte, nur um dann darauf zu reagieren. Diese kleinen Neckereien, die zwischen uns hin und her wandern und die ich auch nicht von mir weisen kann, machen diesen Mann höllisch interessant für mich. Macht mich das zu einem schlechten Menschen? Schließlich habe ich einen Freund in London und sollte keine Augen für andere Männer haben. Aber wie kann ich Nialls Charme nicht verfallen, wenn der Mann, der mir eigentlich seine Aufmerksamkeit schenken sollte, ignorant und völlig auf sich fokussiert ist?

Wenn ich mir diese Spielerei mit Niall doch bloß nicht selbst versaut hätte.

Ich greife nach meinem Handy und hoffe, dass Niall ein Mann ist, der sich von so einem kleinen Windhauch in Form einer Furie nicht irritieren lässt und ihn nur müde belächelt.

London.

In dem Moment, als ich die Nachricht verschicke, schließe ich meine Augen und schicke kleine Stoßgebete gen Himmel, dass mein Plan aufgeht. Fast zucke ich erschrocken zusammen, als mein Handy eine neue Nachricht ankündigt.

Wie, London?

Angebissen. Ich versuche, mein Herz zu ignorieren, das gerade verräterisch schneller schlägt.

. . .

Du hast mich gefragt, ob ich eine Lieblingsstadt habe.

Gebannt starre ich auf mein Handy und warte auf Nialls Antwort. Sein WhatsApp-Status zeigt mir an, dass er online ist, und die zwei blauen Häkchen verraten mir, dass er die Nachricht gelesen hat.

Schreib endlich, denke ich mir ungeduldig und blicke unentwegt auf seinen Onlinestatus. Es passiert nichts. Wobei, das stimmt nicht. Das Einzige, was passiert, ist, dass er nicht mehr reagiert. Frustriert hypnotisiere ich förmlich seinen Namen, der oben in meinem Chatverlauf steht, aber bis auf die Erkenntnis, dass er offline ist, tut sich nichts.

Genervt atme ich lautstark aus, werfe das Handy neben mich auf die Bettdecke und lasse mich zurück in die Kissen fallen. Hat wohl doch nicht so gut funktioniert, wie ich gehofft habe.

Ich starre an die Zimmerdecke und muss mich anscheinend mit dem Gedanken anfreunden, es versaut zu haben. Wunderbar. Was mir nicht alles mit ein paar wenigen Sätzen gelingt.

Plötzlich fahre ich zusammen, als es an meiner Zimmertür klopft. Sofort beginnt mein Herz, nervös zu schlagen. Wer kann das sein? Ich blicke um mich, aber da das Bett gemacht ist und auch neue Handtücher da sind, kann es nicht der Roomservice sein.

Ich stehe vom Bett auf, tapse barfuß zur Tür und öffne. Vor mir lehnt Niall im Türrahmen und schaut mich nahezu belustigt an. Unwillkürlich muss ich schlucken, denn als mein Blick über seine starken Arme gleitet, muss ich zum wiederholten Mal feststellen, wie sexy er ist.

»Du wohnst in London. Das musst du mir erklären.«

»Huh?« Irritiert blicke ich ihn an und weiß nicht, wovon er redet.

»Na«, grinst er, »du bereist die schönsten Ecken dieser Welt und willst mir weismachen, dass ausgerechnet London, die Stadt, in der du lebst, deine Lieblingsstadt ist? Ich finde, das bedarf einer Erklärung.«

Ich schlucke und versuche, die sehr kontraproduktiven Gedanken zu verscheuchen, die ich gerade darüber habe, wie Niall seine starken Arme um mich schlingt und mich in eine feste Umarmung zieht.

»Hat es dir die Sprache verschlagen?«, hakt er belustigt nach und ich kann nicht anders, als rot zu werden.

»Ähm, nein«, antworte ich mal wieder wenig eloquent.

»Also? Bekomme ich eine Antwort?«

Hat diesem Mann schon mal jemand gesagt, dass er für sein Grinsen einen Waffenschein braucht?

Ich räuspere mich und verschränke die Arme vor der Brust. »Möchtest du das hier zwischen Tür und Angel machen?«

Niall zieht eine Augenbraue hoch und mustert mich. Dann lässt er seinen Blick an mir auf und ab wandern. »Wenn du willst, dass ich in dein Zimmer komme, musst du es nur sagen. Ich werde mich nicht selbst einladen.«

Wie auch immer er das schafft, ich muss grinsen. »Hättest du wohl gern.«

»Möchtest du darauf eine Antwort?«, raunt er viel zu sexy und das Timbre seiner Stimme verursacht mir eine Gänsehaut.

Ich schlucke und reiße meinen Blick von seinen Lippen los. »Ich hatte dich nicht für einen Typen gehalten, der nicht zu dem steht, was er sagt.«

»Wie meinst du das denn jetzt?«, fragt er sichtlich irritiert und drückt sich so vom Türrahmen ab, dass er nun breitschultrig mir gegenübersteht.

»Nun, du hattest mir eigentlich gesagt, dass du gern mit mir im Restaurant essen würdest. Möchtest du mich etwa um diese Gaumenfreuden bringen?«

Für einen Augenblick mustert Niall mich, dann kann ich ein Flackern in seinen Augen erkennen und stelle fest, dass sein rechter Mundwinkel zuckt. »Niemand hat behauptet, dass meine Anwesenheit in deinem Zimmer dir nicht auch Freuden bringen kann, aber nun gut. Ich weiß, dass ich schlecht gegen Kenzies Kochkünste ankomme.«

Ich ziehe scharf die Luft ein, schlage meine Augen nieder und beiße mir auf die Unterlippe.

»Lass das«, raunt er mir zu und fasst mir ans Kinn.

Mein Blick schnellt zu ihm hoch. »Was mache ich denn?«

»Mein Blut in Wallung bringen«, knurrt er und fährt mir sanft mit seinem Daumen über die Unterlippe.

»Entschuldige«, hauche ich und bin mir der knisternden Stimmung zwischen uns sehr wohl bewusst. »Ich wusste nicht, dass dich das so triggert.«

Statt seine Hand zurückzuziehen, verringert er die Distanz zwischen uns. »Mich triggert die Kampfansage einer heißen Frau. Vor allem, wenn sie nicht weiß, dass sie mit dem Feuer spielt.«

Ich schlucke, bleibe aber genau an der Stelle stehen, wo ich mich befinde, und versuche, meinen Atem so ruhig wie möglich klingen zu lassen. »Feuer zu dieser Jahreszeit ist vielleicht genau das Richtige, das eine Frau braucht. Im Winter ist es schließlich kalt. Und zu deiner Frage ... Auch wenn ich schon an vielen Orten war, liebe ich meine Heimat am meisten.«

Nialls Augen weiten sich für einen kurzen Augenblick, dann verzieht sich sein Mund zu einem Grinsen. »Dann haben wir wohl etwas gemeinsam«, nickt er, löst seine Hand von meinem Gesicht und geht einen Schritt zurück. »Erzählst du mir trotzdem beim Essen mehr davon?«

»Und? Habe ich zu viel versprochen?«

Nialls wachsame Augen ruhen auf mir und neugierig scheint er eine Antwort abzuwarten, während ich genüsslich die Gabel in den Mund schiebe und den ersten Gang probiere. Ich schließe die Augen und habe das Gefühl, meine Geschmacksknospen würden einen wilden Tanz voller Ekstase starten.

»Komm, sag es«, grinst er und als ich meine Augen wieder öffne, sehe ich, dass er mich noch immer genau beobachtet.

Ich verziehe den Mund zu einem breiten Lächeln und weiß genau, welches Wort er von mir zu hören hofft, doch leicht schüttle ich den Kopf und zwinkere ihm zu. »Deine Schwester ist der Wahnsinn. Sie darf nie aufhören, zu kochen«, säusle ich und fahre mir mit meiner Zunge über die Lippen, mir durchaus bewusst, dass Niall jede Regung meines Körpers beobachtet.

Noch nie in meinem Leben habe ich Ravioli gegessen, die mit Fasanenbrust gefüllt sind und in einer geschmackvollen Brühe liegen, die mit frischem Rosmarin aus dem Garten versehen ist.

»Glaub mir, das Fischmenü wäre auch gut gewesen, mit frischen Jakobsmuscheln und Heilbutt, aber ich habe mir gedacht, diese Auswahl könnte deinem Geschmack entsprechen.«

»Ganz wunderbar«, nicke ich, lege meine Gabel ab, tupfe mit der Serviette über meine Lippen und nippe an dem leckeren Wein, den Niall uns passend zum Essen ausgesucht hat.

»Ich habe zumindest selten eine Frau kennengelernt, die so genießen kann wie du«, lacht er und prostet mir zu.

»Genießen ist doch etwas Wunderbares«, antworte ich nüchtern, mir sehr wohl bewusst, dass mein Satz wieder eine Einladung für ihn ist.

»Hört, hört«, schmunzelt er und legt seine Hand um den schmalen Teil des Weinglases.

»Genießt du etwa nicht gern?«

»Ich habe nie das Gegenteil behauptet«, erwidert er und schaut mich eindringlich an. »Bereit für den nächsten Gang?«

Ich nicke. »Ich kann immer noch nicht glauben, dass ich nicht aussuchen durfte.«

»So schlimm?« Niall lehnt sich auf seinem Stuhl zurück und scheint mich genau zu beobachten.

»Nein, irgendwie nicht. Ungewöhnlich vielleicht.«

»Wieso?« Er lehnt sich wieder vor, stützt seine Ellenbogen auf den Tisch auf und verschränkt seine Finger ineinander.

»Nun, für gewöhnlich treffe ich meine Entscheidungen immer selbst.«

»Das ist ja auch gut so«, hakt Niall ein. »Aber manchmal ist es doch auch ganz schön, sich überraschen zu lassen, oder?«

Ich überlege für einen kurzen Augenblick und neige dann den Kopf ein wenig zur Seite. »Ich denke, es kommt auf die

Situation an. Hier beim Essen habe ich auf deine Erfahrung vertraut und auf deine Kenntnis von Kenzies Küche.«

»Und in einer anderen Situation hättest du mich nicht entscheiden lassen?«

»Wenn ich recht überlege, entscheidest du so ziemlich in jeder Situation, seitdem ich bei euch bin, Herr Quinn. Oder habe ich da unrecht?«

»Nein«, lacht er und schüttelt amüsiert den Kopf. »Das liegt aber auch daran, dass ich dir keine andere Wahl lasse.«

»Wenn dir das zu viel Arbeit ist, kann ich auch selbst unsere Aktivitäten planen.«

»Jetzt sind es also schon unsere Aktivitäten«, schmunzelt er und mir bleibt nichts anderes übrig, als verlegen auf den Teller zu blicken. »Aber keine Angst«, fährt er fort. »Ich plane unsere Tage schon sehr gern. Außerdem bereitet es mir großes Vergnügen, zu beobachten, wie du jedes Mal leicht in Panik verfällst, weil du nicht weißt, was auf dich zukommt.«

»Panik?« Beinahe entrüstet blicke ich ihn an.

»Na, vielleicht leicht hysterisch«, korrigiert er sich und erntet dafür einen kleinen Tritt unter dem Tisch.

»Ich muss doch sehr bitten«, lache ich. »Ich finde, ich habe mich ganz wunderbar unter Kontrolle.«

»Natürlich hast du das«, nickt er. »Vor allem heute Nachmittag.«

Ich reiße den Mund auf und will gerade Einspruch erheben, als er hinter mich deutet und mir signalisiert, dass der nächste Gang aufgetischt wird.

Fasziniert blicke ich auf den wunderbar angerichteten Teller. Sofort steigt mir ein Duft in die Nase, der mir das Wasser im Mund zusammenlaufen lässt.

»Et voilà«, sagt der Kellner zu meiner Rechten. »Wild vom Brahan Estate mit frischen Schwarzwurzeln und Trüffelknödeln.«

Meine Augen leuchten und Niall bestellt uns passend dazu ein Glas Rotwein.

»Weißt du, wie lange es her ist, dass ich Schwarzwurzeln gegessen habe?«

Niall schmunzelt. »Manche mögen sie nicht, aber ich liebe sie. Schwarzwurzeln verbinde ich mit meiner Kindheit und ich bin so froh, dass Kenzie sie hin und wieder ins Menü aufnimmt. Ich bin gespannt, was du zum Wild sagen wirst.«

Mein Urteil folgt sogleich, denn als ich den ersten Bissen vom zweiten Gang nehme, stöhne ich genüsslich auf. »Okay, ich muss es jetzt einfach sagen. Göttlich!«

Niall lacht und während ich ihn beobachte, wie auch er das leckere Essen genießt, bin ich sehr dankbar dafür, dass er mir meinen mittelschweren Ausbruch von heute Nachmittag wohl nicht allzu krummnimmt und unter Frauenhysterie abgestempelt hat.

»Entschuldige übrigens für vorhin«, sage ich und schaue ihn aufrichtig an. »Keine Ahnung, wo das auf einmal herkam.«

Nialls Blick ist musternd und eindringlich und ich bin mir nicht sicher, ob er mir meine Erklärung abnimmt, aber er nickt und lächelt mich an. »Schwamm drüber. Ich weiß ja, dass ich mit meiner Einstellung oftmals anecke. Mir ist jedoch wichtig, dass du weißt, dass ich immer ehrlich bin und mit offenen Karten spiele. Ich belüge Frauen nicht.«

Ich schlucke und versuche, das schlechte Gewissen zu verdrängen, das sich wieder mal in mir auszubreiten versucht.

»Also«, sagt er einen kurzen Augenblick später, »warum liebst du London so?«

Es ist schön, zu beobachten, dass sich jemand nach mir erkundigt, und die Tatsache, dass er nicht lockerlässt, zeigt mir, dass Nialls Interesse an meiner Antwort ernst gemeint ist und er nicht nur aus geschäftlichen Gründen das Gespräch aufrechterhält.

»Das ist eine gute Frage«, antworte ich und nippe erneut an meinem Weinglas. »Es ist wahrscheinlich wirklich etwas unerwartet, wenn man bedenkt, dass ich ständig unterwegs bin. Aber London ist für mich die Stadt mit den unbegrenzten Möglichkeiten. Schon immer gewesen, und ich bezweifle auch, dass sich das jemals ändern wird. London ist modern, pulsierend, schnelllebig und gleichzeitig so wahnsinnig traditionell. Und wie ich die Kultur liebe. Museen, Theater, Pubs ... London ist einfach Heimat. Hast du eine Lieblingsstadt?«

Niall schaut mich an und zuckt dann mit den Schultern. »In mir steckt einhundert Prozent Schotte. Ich mache mir nicht viel aus Großstädten, sondern liebe meine Heimat hier in den Highlands. Ich brauche die Ruhe und Abgeschiedenheit. Früher bin ich viel rumgekommen, als ich sportlich noch sehr aktiv war. Aber tatsächlich brauche ich die Luft der Highlands, um mich wieder zu erden.«

»Vermisst du nicht manchmal das pulsierende Leben? Einen Kinobesuch? Menschen?«

»Es ist ja nicht so, als gäbe es das alles hier nicht. Aber es ist eben alles etwas beschaulicher. Und wenn ich mal das große Verlangen nach Menschenansammlungen habe, fahre ich nach Edinburgh. Mir fehlt hier oben nichts. Und außerdem ...«, Niall deutet erneut hinter mich, »gibt es hier das weltbeste Essen.«

Dem kann ich nur zustimmen, als der Kellner uns den Nachtisch serviert. Whisky-Parfait mit Brombeeren.

»Stöhn nicht so laut«, raunt Niall mir zu, als ich den ersten Bissen im Mund verschwinden lasse. »Sonst denken die Leute noch, ich würde hier am Tisch weiß Gott was mit dir anstellen.«

Meine Wangen erröten und ich schüttle genüsslich den Kopf. »Egaaaaaal«, hauche ich und lecke mir die Lippen ab.

Sofort verdunkeln sich Nialls Augen, was ich amüsiert beobachte, aber unkommentiert lasse. Genauso wie die Tatsache, dass er unruhig auf seinem Stuhl hin und her rutscht.

»Hat Kenzie dir eigentlich unseren Gin-Garten gezeigt?«

»Hat sie«, nicke ich. »Der ganze Garten ist einfach toll. Sowieso finde ich es unfassbar faszinierend, wie ihr das alles hier integriert habt.«

»Das war alles Kenzies Idee. Zumindest in dieser Ausprägung. Magst du Gin?«

»Ich muss zugeben, dass ich noch nie Gin getrunken habe.«

Niall reißt die Augen auf. »Dann wird es Zeit. Was hältst du davon, wenn wir einen letzten Drink draußen nehmen?«

»Draußen? Es ist heftig kalt um diese Uhrzeit.« Erschrocken blicke ich ihn an.

»Das stimmt, aber ich finde, unseren eigenen Gin musst du im hoteleigenen Garten probieren, inmitten der schottischen Highlands. Das hat er verdient.«

Ich muss unwillkürlich lächeln und sehe Niall an, dass er seinen Vorschlag absolut ernst meint. »Okay«, nicke ich. »Dann gib mir bitte einen Moment und ich gehe mir etwas Wärmeres anziehen. Ich will mir definitiv nicht den Tod holen.«

»So soll es sein«, stimmt Niall mir zu und gemeinsam stehen wir auf. »Ich warte auf dich in der Halle. Ach, und Danielle?«

»Ja?«

»Lass die High Heels auf dem Zimmer.«

Fast fühlt es sich surreal an, als ich dick eingewickelt in eine Decke mit Niall auf der kleinen Bank vor dem Hotel sitze und eine Einführung in Gin-Kunde bekomme. Zwar hat er keine Minibar mit rausgebracht, aber zwischen uns stehen zwei Gläser, die Flasche Gin und Tonic Water. Aufmerksam lausche ich, wie er mir alles erklärt.

»Das Besondere an unserem Gin ist, dass wir selbstverständlich Botanicals aus den Highlands nutzen und diese mit dem frischen Wasser aus dem Loch Finnegan vermischt werden. Dabei kombinieren wir Botanicals vom Land, den Bergen und dem Meer. Was wir verwenden, ist schottischer Liebstöckel, den man mit Petersilie vergleichen kann. Die Blaubeeren gibt es in den Bergen in rauen Mengen und das Seegras kommt von der Küste. Wenn du die Flasche öffnest, riecht es, als würdest du mitten in einem großen Kiefernwald stehen. Schau.«

Niall öffnet die Flasche und hält sie mir unter die Nase. »Wie riecht es für dich?«

Ich atme ein und nehme sofort den reichen, berauschenden und leckeren Duft wahr.

»Im Glas selbst verirrt sich eine Mentholnote. Wie, erwartest du, dass der Gin schmeckt?«

»Nach Kräutern?«

»Könnte man meinen«, nickt Niall, »aber tatsächlich kitzelt einen eine Spur von Gewürz auf der Zunge und eine nahezu blumige Leichtigkeit begleitet den ersten Schluck, die dann aber schnell verschwindet.«

Niall gießt uns den Gin ein und schüttet das Tonic Water dazu. »Slàinte mhath«, prostet er mir zu.

»Mmh«, sage ich einige Sekunden später und genieße den unbekannten Geschmack in meinem Mund.

»Beschreib mir, was du schmeckst«, will Niall wissen und mir ist bewusst, dass seine Augen auf mich gerichtet sind.

»Irgendwie kommt eine gewisse Süße durch. Fast schmeckt es ein bisschen nach Honig. Weiter hinten auf der Zunge schmecke ich aber diese Schärfe, von der du gesprochen hast, und tatsächlich habe ich das Gefühl, sie wird beinahe von einer gewissen Säure abgelöst.«

»Sehr gut«, lobt Niall mich. »Schmeckt er dir?«

»Sehr«, antworte ich wahrheitsgemäß und trinke einen weiteren Schluck. Wieder spüre ich das individuelle Aroma des Gins mit seiner sich abwechselnden trockenen, würzigen, süßen Note.

»Ist dir kalt?«, höre ich Niall auf einmal neben mir sagen. Nur wenig Licht dringt vom Hotel zu uns rüber, aber ich kann auch im Halbdunkeln das Funkeln in seinen Augen erkennen, aus denen er mich aufmerksam anschaut.

»Ein bisschen, aber der Gin wirkt Wunder«, lächle ich, und ohne weiter nachzudenken, lehne ich mich ein bisschen an Niall, denn inzwischen hat er die beiden Flaschen neben sich auf den Boden gestellt, sodass nichts mehr zwischen uns steht.

Wie selbstverständlich legt er seinen Arm um mich und sofort spüre ich eine Wärme von seinem Körper ausgehen, die meinen blitzartig erhitzt. Vielleicht, ganz vielleicht, ist es aber auch die Tatsache, ihn so nah an mir zu spüren, dass mich eine

Hitzewelle erwischt, die mich selbst in der Arktis aufheizen würde.

»Ich kann verstehen, dass du gern hier in den Highlands bist«, sage ich und konzentriere mich darauf, meinen Atem möglichst ruhig wirken zu lassen. Wie unpassend es doch wäre, jetzt in Schnappatmung auszubrechen.

»Ja? Warum?« Seine Stimme ist warm und unfassbar beruhigend.

»Weil es wirklich schön ist. Und so ruhig und friedlich. Danke, dass ich das hier heute Abend erleben darf.«

»Ist doch besser als ein Abend auf dem Zimmer am Laptop, oder?«, scherzt er und sofort bekommt seine Seite meinen Ellenbogen zu spüren. »Aua«, stöhnt er spielerisch und hält meinen Arm fest, den ich ihm neckisch in die Seite gerammt habe.

»Den Spruch habe ich wohl verdient«, schmunzle ich und ziehe meinen Arm zu meiner eigenen Verwunderung nicht wieder weg, sondern lasse ihn für einen Moment in Nialls Hand liegen.

»Ich finde es auch schön, dass du hier bist«, sagt er neben mir.

Ich schlucke, denn auf einmal fühlt sich alles unfassbar unwirklich an. Unwirklich? Nein, schrecklich romantisch. Alles in mir sollte aufspringen und das Weite suchen, aber mein Hintern scheint neben Niall in seiner Umarmung mit der Bank verschmolzen.

»Niall«, tönt es auf einmal durch die Nacht und schreckhaft springe ich auf. Dabei lasse ich fast mein Glas fallen, das ich die ganze Zeit in meiner linken Hand gehalten habe.

»Herrje, was für ein Timing«, stöhnt Niall, steht auf und dreht sich in Richtung Hotel. »Was, Kenzie?«

»Könntest du reinkommen und mir helfen?«

Wieder stöhnt Niall auf und ich kann mir ein Lachen nicht verkneifen. »Warum fühlt sich das hier gerade so an, als wären wir wie Teenager von deiner Mutter erwischt worden?«

»Glaub mir«, knurrt er, sammelt die Flaschen vom Boden auf und schaut mich mit einer Mischung aus Belustigung und Frustration an, »die Standpauke meiner Mutter wäre nur halb so schlimm wie die, die ich gleich von Kenzie bekomme.«

19

NIALL

Ich sollte für meine Schwester einen neuen Spitznamen wählen. Hurrikan Kenzie wäre definitiv in der engeren Auswahl. Der Gedanke an die gestrige Moralpredigt, die ich über mich ergehen lassen musste, lässt mich immer noch die Augen verdrehen.

Ich liebe meine Schwester. Wirklich. Ich würde für sie durchs Feuer gehen. Mich teeren und federn lassen. Meinetwegen auch mehrmals. Aber dem Ärger einer waschechten Highlandschottin ausgesetzt zu sein, ist definitiv kein Zuckerschlecken. Sie mag zwar um einiges kleiner sein als ich, aber Kenzie hat keine Angst vor Liam und mir. Nicht im Geringsten.

»Ich habe dir gesagt, du sollst uns die Sache nicht versauen«, hat sie geflucht, als Danielle hoch in ihr Zimmer verschwunden war und ich vor ihr in der Küche stand.

»Ich versaue uns gar nichts.«

»Das sieht aber ganz anders aus. Hör zu, ich weiß, dass sie dir gefällt und ihr euch sympathisch seid, aber kannst du in dieser Sache bitte einmal Dinge nicht verkomplizieren? Es geht um unser Hotel. Du hast so viele andere Mädels an der Angel, bitte fokussiere dich einfach auf jemand anderen, wenn es so unbedingt nötig ist. Bitte, Niall.«

Nahezu flehend hat Kenzie mich angeschaut, aber dass das Ganze leichter gesagt als getan ist, habe ich sie lieber nicht wissen lassen. Dass ich sogar liebend gern mit anderen Frauen ausgehen würde, aber mein Verstand gerade aussetzt, macht mir nämlich mehr als nur ein bisschen Angst.

Als ich jetzt am Nachmittag des nächsten Tages mit Danielle und ein paar anderen Hotelgästen auf der großen Wiese stehe, nicht weit von den fünf Holzkonstruktionen mit Zielscheiben entfernt, ist mein Gespräch mit Kenzie in meinem Kopf verdammt weit nach hinten gerutscht. Vielleicht liegt das auch daran, dass die Frau, die gerade neben mir steht und sich unbedingt im Bogenschießen versuchen will, zu präsent in meinem Hirn ist. Sosehr ich mich auch bemühe, all meine Gedanken an Danielle auszublenden und mich ganz auf meinen Job und eine gute Gästebetreuung zu konzentrieren, es gelingt mir nur so semi-gut.

»Ich habe übrigens ein bisschen recherchiert«, sagt Danielle und wendet sich mir zu, während sie trotzdem aufmerksam verfolgt, wie der Instrukteur ihr und den anderen Gästen erklärt, wie man einen Bogen richtig hält und abschießt.

»Du hast recherchiert, wie man Bogen schießt? Meinst du, mit der theoretischen Anleitung wirst du die Praxis meistern?« Mal wieder kann ich mir einen spitzen Kommentar nicht verkneifen.

»Nein«, lacht sie und verdreht die Augen. »Aber wusstest du, dass es in dem kleinen Örtchen York in England heute noch erlaubt ist, einen Schotten, der Pfeil und Bogen mit sich trägt, zu erschießen? Außer jedoch an einem Sonntag, dann machst du dich strafbar.«

Statt einer unmittelbaren Antwort muss ich lauthals lachen. »Und das ist natürlich eine Information, die für dich in den nächsten Minuten unfassbar zentral sein wird.«

»Ich wollte dir nur sagen, dass du mich besser nur an einem Sonntag ärgerst, wenn ich bewaffnet bin.«

»Und wir beide gleichzeitig in York sind, versteht sich«, füge ich grinsend hinzu und signalisiere ihr, dass sie wieder dem Instrukteur zuhören soll.

Dann beobachte ich, wie sie den Bogen an ihre schmale Schulter hebt, den Pfeil anlegt und die Sehne spannt. Genau so, wie sie es erklärt bekommen hat. Ich kann sehen, wie ihre Arme vor Anstrengung heftig zittern, aber nahezu verbissen ist sie auf die Zielscheibe in einigen Metern Abstand fixiert. Als sie die Sehne schließlich loslässt, flattert der Pfeil durch die Luft und sinkt ein deutliches Stück vor der Holzkonstruktion lautlos ins Gras.

»Mmh, das war wohl nichts«, grinst sie und hebt die Schultern.

»Es ist noch kein Meister vom Himmel gefallen«, versuche ich, sie aufzumuntern, ohne lange zu überlegen.

Dann sagt sie etwas, mit dem ich nicht gerechnet habe.

»Kannst du mir helfen?«

Ihre blauen Augen sind auf mich gerichtet und schauen mich erwartungsvoll an. Herrje, wie soll man denn da noch als Mann funktionieren und den Wünschen seiner Schwester nachkommen?

»Bitte«, ergänzt sie ihre Frage und ich weiß, dass es um mich geschehen ist.

»Du musst die Sehne weit zu dir ziehen. So weit, bis die Finger unter deinem Kinn ankommen«, versuche ich, ihr die Technik noch einmal mit genügend Sicherheitsabstand zu erklären, aber als ich sehe, dass Danielle sich schwer damit tut, trete ich näher an sie heran.

Dann stehe ich plötzlich so dicht hinter ihr, dass ihr Po meine Hüfte berührt, und ich muss schwer schlucken und all meine Kraft daransetzen, jetzt nicht sämtliches Blut in die falschen Körperregionen zu pumpen. Ich räuspere mich, schüttle möglichst unauffällig den Kopf und greife dann mit meinen Armen um sie herum. Danielle scheint die plötzliche Nähe nichts auszumachen, denn sie rückt nicht von mir ab, sondern lehnt sich tatsächlich in meine Umarmung. Ihr Duft, der mir sofort in die Nase steigt, ist berauschend.

»Bring ein bisschen mehr Spannung in den Rücken«, sage ich leise zu ihr und streiche ihr dabei vorsichtig mit der Hand über die Wirbelsäule. Danielles Kopf dreht sich zu mir um und über die Schulter hinweg wirft sie mir einen Blick zu, den ich nicht deuten kann. Genießt sie diese Nähe gerade etwa genauso sehr wie ich?

Als sie den Pfeil loslässt, fliegt er in Richtung der Zielscheibe, landet aber wieder kurz davor im Gras.

»Du schaffst das«, sage ich aufmunternd. »Durchhalten.«

»Gar nicht so einfach«, antwortet Danielle leise.

»Ich weiß. Bogenschießen sieht einfacher aus, als es ist.«

Sie nickt, beißt sich auf die Unterlippe und bereitet sich für einen nächsten Versuch vor. »Vor allem ist es nicht so einfach, wenn hinter dir jemand steht, der dich leicht ablenkt.«

»Soll ich weggehen?«, frage ich überrascht, hebe die Arme und schaue sie an.

»Untersteh dich«, ist das Einzige, was sie sagt, bevor sie ihren Rücken gegen mich drückt und ihren Körper anspannt. Dass ihr Hinterteil dabei viel zu dicht an mir ist, ist wirklich eine Höllenqual.

Sie dreht sich zu mir, hebt eine Augenbraue, und als ich ihr erneut beim Spannen der Sehne helfe, hält sie die Luft an und schießt den Pfeil ab. Er segelt nahezu gerade durch die Luft und landet in der Zielscheibe.

»Yeah«, entfährt es ihr, sie wirbelt herum und reißt die Arme hoch. Dass sie in der einen Hand noch den Bogen hält und mich bei der Aktion beinahe umhaut, scheint ihr erst im nächsten Moment aufzufallen. »Entschuldige«, sagt sie erschrocken und ihre Hand landet auf meiner Brust.

»Wir sind nicht in York«, lache ich und nehme ihr den Bogen ab. »Hier musst du besser auf mich aufpassen und darfst mich nicht töten.«

»Das hatte ich nicht vor«, sagt sie schmunzelnd und mir fällt auf, dass ihre Hand immer noch auf meinem Oberkörper liegt.

»Dann ist ja gut. Willst du es noch mal probieren?«

»Ja«, ruft sie euphorisch und schnappt sich erneut Bogen und Pfeil. »Dieses Mal aber allein.«

Nahezu enttäuscht trete ich zur Seite und beobachte einige Augenblicke später, wie sie wieder und wieder versucht, mit dem Pfeil die Zielscheibe zu treffen. Das ganze Schauspiel geht noch ein paar Minuten, dann gibt sie auf.

»Ich sag dir, im Schottland von früher hätte ich nicht überlebt und wäre verhungert«, lacht sie und wirft die Hände in die Höhe.

»Im Schottland von früher hättest du einen Highlandschotten an deiner Seite gehabt, der dich beschützt, für Essen gesorgt und dir jeden Wunsch von den Augen abgelesen hätte.«

Amüsiert blickt sie mich an. »Du meinst also, ich lebe in der falschen Zeit?«

»Das habe ich nicht gesagt. Der Highlandschotte von heute legt seinen Fokus nur vielleicht nicht unbedingt auf die Jagd mit Pfeil und Bogen.«

»Aber Jagen tut er schon noch gern, oder?«

»Wie meinst du das denn?« Erstaunt blicke ich sie an.

Statt einer Antwort zwinkert sie mir zu. »Wärst du mir sehr böse, wenn ich beim Tontaubenschießen aussetzen würde? Ich weiß, du hast mir die komplette *Back to the roots Experience* versprochen, aber ich glaube jetzt schon, morgen den Muskelkater meines Lebens zu haben. Jetzt mit diesen schlappen Armen eine Schrotflinte stemmen zu müssen, das packe ich nicht.«

»Kein Problem«, lache ich. »Mir scheint, Muskelkater ist inzwischen dein zweiter Vorname, oder?«

»Und wer hat Schuld daran?«

Wieder kommt ihre Reaktion innerhalb von Sekundenbruchteilen. Diese Frau ist wirklich nicht auf den Mund gefallen.

»Möchtest du trotzdem ein bisschen zuschauen?«, frage ich und deute auf die kleine Schießanlage, die neben dem Feld fürs Bogenschießen angelegt ist.

»Sehr gern«, nickt Danielle und gemeinsam gehen wir die wenigen Schritte rüber zu unserer neuen Schießanlage, die im letzten Jahr installiert wurde.

»Wer kann sich bitte schön bei dem Ausblick noch auf

irgendwelche Geschütze in der Luft konzentrieren?«, fragt Danielle und ich weiß, dass die Anlage einen perfekten Blick auf den Loch Finnegan und die Highlands bietet. Tatsächlich bin ich gerade froh, nicht selbst zur Schrotflinte greifen zu müssen, denn der Ausblick auf diese Frau neben mir ist nicht weniger atemberaubend und ich könnte nicht dafür garantieren, auf die falschen Dinge zu zielen.

»Wir haben eine neue Tonfalle«, erkläre ich ihr und versuche, mich von ihrem Anblick loszureißen. »Damit werden die Tonscheiben unterschiedlich hoch abgefeuert und sie ändert regelmäßig den Winkel, in dem sie die Scheiben abschießt.«

»Ich finde es toll, was ihr euren Gästen alles bietet. Da ist wirklich für jeden etwas dabei.«

»Das stimmt. Wenn man Interesse an diesen Dingen hat. Wenn man ein Unterhaltungsprogramm mit Partys braucht, ist das *The Finnegan* nicht der richtige Ort, um Urlaub zu machen.«

Danielle nickt und ich hoffe, dass sie durch all die kleinen Unternehmungen und Aktivitäten, die wir machen, wirklich dem Zauber dieses Ortes erliegt.

»Und es sind wirklich dreihundertfünfundsechzig Sorten?«

Fasziniert lässt Danielle ihren Blick über die vielen Flaschen gleiten, die in unserer hoteleigenen Bar aufgereiht stehen.

»Ja. Dreihundertfünfundsechzig Malts und einhundertzwanzig verschiedene Ginsorten. Wir haben von alten Klassikern bis hin zu Raritäten sehr viel hier und können, so wage ich ganz stolz zu behaupten, den Geschmack eines Jeden treffen.«

»Wie viele der Sorten hast du bereits probiert?«

Ich lache und kann mir schon denken, welche Antwort sie hören möchte. »Tatsächlich noch nicht alle. Ich trinke zwar gern einen guten Whisky, jedoch ist Liam derjenige in unserer Familie, der sich besser im Whiskygeschäft auskennt und sich da auch schon ziemlich durchprobiert hat.«

Amüsiert beobachte ich, wie sie an ihrem Gin nippt. Es scheint, als habe sie Gefallen an unserem hauseigenen Getränk gefunden.

»Hast du auch Geschwister?«

Danielle schluckt, setzt ihr Glas ab und antwortet dann leise: »Eine Schwester. Ava.«

»Versteht ihr euch gut?«

»Tatsächlich ja«, lächelt sie und ich frage mich, ob ihre Schwester wohl auch so feine Gesichtszüge wie sie hat.

»Wie bist du eigentlich zum Bloggen gekommen? Du scheinst das mit einer großen Leidenschaft zu tun, denn ich sehe dich hier ständig mit der Kamera, wie du Fotos machst oder mit deinem Handy alles filmst. Ich bin wirklich gespannt auf deinen Abschlussbericht. Hast du beruflich etwas mit Reisen zu tun gehabt?«

»Nicht wirklich«, antwortet Danielle und greift in die Schale Erdnüsse, die vor uns auf dem Bartresen stehen.

»Sondern? Was hast du vorher gemacht?«

Für eine Frau, die sonst nicht auf den Mund gefallen ist, ist sie wirklich unfassbar schweigsam, wenn es um ihr eigenes Leben geht.

»Ich habe im Museum gearbeitet. Im British Museum in London. Warst du da schon mal?«

»Tatsächlich nicht«, antworte ich wahrheitsgemäß. »Ich bin kein Typ für Museen.«

»Das war ich auch nie, aber irgendwie hat mich dieses größte kulturgeschichtliche Museum der Welt einfach in seinen Bann gezogen.«

»Und was hast du da gemacht? Führungen?«

»Nein.« Danielle schüttelt mit dem Kopf. »Ich habe als Assistenz des Künstlerischen Direktors gearbeitet. Da hat man ganz unterschiedliche Aufgaben. Terminverwaltung, Koordination von Sitzungen, Planungen von Veranstaltungen, redaktionelle Arbeiten. Je nach Projekt ist man viel unterwegs und so hat das mit dem Reisen angefangen.«

Danielle schwenkt das Glas Gin in ihrer Hand und wirkt für einen Moment nahezu in sich gekehrt. Dann setzt sie an und leert das Glas in einem Zug.

»Vorsicht«, lache ich. »Sonst bist du gleich beschwipst und ich muss dich ins Bett bringen.«

Sie errötet leicht und signalisiert dem Barkeeper, dass sie nachgeschenkt haben möchte. »So schlimm wird es schon nicht sein«, höre ich sie sagen. »Und notfalls werde ich das auch noch überleben.«

»Was? Das Beschwipst-Sein oder das Ins-Bett-Bringen?«

Sie verzieht ihre Mundwinkel zu einem Grinsen und lehnt sich ein Stück in meine Richtung. »Ich könnte jetzt sagen *Find's raus*, aber ich bin mir nicht sicher, ob ich es so gut wie du mit einer Highlandschottin wie Kenzie aufnehmen kann. Du weißt ja, meine Künste mit Pfeil und Bogen sind nicht so berauschend.«

Ein bisschen perplex wegen dieser Antwort muss ich lachen.

»Warum mag deine Schwester mich eigentlich nicht?«

Danielles Frage kommt überraschend.

»Huh? Wie kommst du denn auf so was? Kenzie mag dich total und findet dich sehr sympathisch. Hast du einen anderen Eindruck?«

»Eigentlich nicht«, antwortet sie und ich kann beobachten, wie sie ihr Glas bereits wieder halb geleert hat. »Aber sie hat scheinbar ein Problem damit, dass wir zwei uns so gut verstehen.«

»Tun wir das?«, hake ich ein bisschen provozierend nach und lehne mich ebenfalls in ihre Richtung, sodass sich unsere Arme berühren.

»Nicht?«

»Aye«, nicke ich. »Kenzie hat per se kein Problem damit, dass wir uns so gut verstehen. Sie will nur nicht, dass ich es versaue.«

»Versaue? Mit mir?«

»Mit dem Hotel.«

»Das verstehe ich nicht. Was habe ich damit zu tun?«

Irritiert blickt Danielle mich an und zieht ihre Lippen in einen Schmollmund. Gott, kann sie bitte damit aufhören?

Ich räuspere mich, bevor ich antworte. »Sie hat Angst, dass du eine schlechte Berichterstattung über das Hotel schreiben könntest, weil ich mich nicht kontrolliert bekomme und mit dir spiele.«

»Ich dachte, du spielst nicht mit Frauen und bist ehrlich mit ihnen?« Danielle zieht eine Augenbraue hoch und mustert mich prüfend.

»Den Teil hast du dir gemerkt, oder?« Ich kann mir ein Grinsen nicht verkneifen.

»Natürlich. Aber Kenzies Sorge ist ganz unbegründet. Erstens kann ich Geschäftliches vom Privaten trennen und zweitens ...« Sie hält inne und ich bin gespannt, wie sie fortfahren wird. »Zweitens sorgst du eher dafür, dass meine Bewertung des *The Finnegan* in himmlische Sphären katapultiert wird und demnächst wahrscheinlich sämtliche Singlefrauen hier ihre ganz persönlichen Aktivitäten mit dir buchen wollen.«

20

AVA

Ich hätte nicht so viel trinken dürfen. Ich hätte auf Niall hören sollen.

Hätte, hätte, hätte.

Oh Mann, seit wann schwankt der Hotelflur so? Und wieso ist man hinterher immer schlauer?

Ich habe ja inzwischen Übung darin, die Schuld grundlegend bei mir zu suchen, auch wenn ich es am liebsten auf andere schieben würde. Aber tatsächlich war es meine Hand, die das Glas Gin zum Mund geführt hat. Und es war auch meine Hand, die dem Barkeeper wiederholt signalisiert hat, nachzuschenken. Trotz Nialls Warnung.

Früher, ja früher war ich noch im Training, denn während des Studiums habe ich das eine oder andere Mal einen über den Durst getrunken. Aber inzwischen bevorzuge ich einen gemütlichen Abend mit Tee und Decke auf der Couch und nicht einen Drink nach dem nächsten in irgendeiner Hotelbar.

Sosehr ich den übersteigerten Alkoholgenuss auf diese

bescheidene Situation mit Ryan schieben möchte, es lässt sich wohl nicht von der Hand weisen, dass es vielmehr mein schlechtes Gewissen gegenüber Niall ist, weil ich ihn anlüge, das heute zum Vorschein gekommen ist und mich etwas zu tief ins Glas hat blicken lassen. Dass er bereits mehrmals betont hat, dass er nicht mit Frauen spielt und ehrlich zu ihnen ist, macht die Sache nicht einfacher.

Vor allem nicht, wenn diese Faszination für den viel zu gut aussehenden Highlandschotten mein Hirn schachmatt setzt. Würde man meine Gehirnströme messen, sie wären nicht existent. Herrje, wie soll man sich da noch auf vernünftige Dinge, oder besser gesagt vernünftiges Handeln, konzentrieren?

Und dazu noch der leckere Gin. Ich hätte mich kontrollieren müssen, aber der Gin hat während unseres Gesprächs alles so viel leichter gemacht. Hat mich locker sein lassen. Unbefangen. Euphorisch.

»Geht es?«, höre ich Nialls Stimme neben mir und nehme wahr, dass er mich besorgt anschaut, während er unterstützend mit seinem Arm um meine Taille greift und mich hält. »Ich habe dir gesagt, dass du langsam machen sollst. Der Gin hat es in sich.«

»Das habe ich jetzt auch gemerkt«, knurre ich und lasse mich vielleicht ein bisschen zu sehr in seinem Arm hängen. Nialls Griff ist fest und ich weiß, dass er mich nicht fallen lassen wird. So schlimm ist es ja auch nicht. Ich strauchle nicht. Man kann es noch nicht mal als Torkeln bezeichnen. Vielleicht ein bisschen schwanken. Hin und her pendeln. Höchstens.

»Danke, dass du mich zu meinem Zimmer bringst«, sage ich und lehne meinen Kopf wie selbstverständlich, und als wäre es das Normalste der Welt, an seine Schulter.

»Selbstverständlich«, klingt seine warme, sonore Stimme dicht an meinem Ohr und bereitet mir eine Gänsehaut, die sich gewaschen hat.

»Gehört das auch zum Service, den du deinen Hotelgästen anbietest? Muss ich das auch mit in den Bericht aufnehmen?«

Niall schüttelt den Kopf. »Wenn, würde ich das eh nur für die weiblichen Hotelgäste machen und tatsächlich auch nur für einen bestimmten weiblichen Hotelgast.«

Seine Antwort gefällt mir. »Ja?«, rufe ich daher vielleicht ein bisschen zu laut und schaue ihn an. »Machst du das für mich?«

»Hättest du die Option bevorzugt, dass Curtis, der Barkeeper, dich hochbringt oder du allein hier hochschwanken musst?«

»Neeee«, antworte ich, streife mir reichlich unsexy eine Haarsträhne aus dem Gesicht und schüttle ebenfalls mit dem Kopf. »Außerdem schwanke ich nicht.«

»Natürlich nicht«, grinst Niall und ich spüre seinen Daumen, der über meine Seite streicht, die sofort verräterisch prickelt.

Als wir vor meiner Zimmertür ankommen, schaue ich verlegen nach unten.

»Ich kann ja schon viel«, höre ich seine Stimme direkt neben mir, »aber zaubern kann ich noch nicht.«

Irritiert blicke ich zu ihm und auch wenn ich ein bisschen beschwipst bin, glaube ich trotzdem, unserem Gespräch noch einigermaßen folgen zu können. Tatsächlich habe ich aber gerade nicht die geringste Idee, wovon er redet. »Zaubern?«, frage ich daher wenig geistreich.

»Auch wenn ich mir den Generalschlüssel besorgen könnte, habe ich das nicht getan. Du müsstest uns selbst die Tür öffnen, oder mir zumindest die Zimmerkarte geben, damit ich dich reinlassen kann.«

»Ach so«, grinse ich und drücke ihm im nächsten Augenblick die Karte in die Hand. »Auch wenn ich das sicherlich noch allein schaffen würde, darfst du das gern übernehmen.«

Niall lacht und während er seinen Arm nicht von meiner Taille löst, hält er die Zimmerkarte vor den Sensor und das leise Klicken kündigt an, dass die Tür nicht mehr verriegelt ist.

»Schaffst du den Rest allein?«, fragt er und schluckt heftig.

»Den Rest?«

»Ja. Reingehen. Ausziehen. Ins Bett legen. Schlafen. Oder brauchst du Hilfe?«

»Bei was genau?«

»Ach Danielle«, höre ich Niall sagen, als er an mir vorbeigreift und die Tür zu meinem Zimmer öffnet. »Du bist süß, wenn du betrunken bist.«

»Ich bin nicht betrunken.«

»Okay, okay. Angesäuselt.«

Auf einmal finde ich das Wort unfassbar lustig, wende mich Niall zu und lege ihm meine Hände auf die Brust. »Du bist sehr aufmerksam. Danke.«

Er nickt, dreht mich in Richtung meines Zimmers und schiebt mich wortlos durch die Tür.

Ehe ich weiß, was ich tue, wirble ich zu ihm herum, lehne mich an seine Brust, stelle mich auf meine Zehenspitzen und küsse ihn. Niall schreckt nicht zurück, öffnet sogar ganz leicht seine Lippen, mehr tut er aber nicht. Ich halte inne, denn auf einmal durchfährt mich ein Gefühl wie ein Blitzschlag und mir wird bewusst, wie groß meine Sehnsucht danach ist, ihn leidenschaftlich zu küssen und seine Hände auf mir zu spüren. Von dieser plötzlichen Erkenntnis überrascht, zucke ich zurück und starre ihn an.

»Entschuldige«, hauche ich, drehe mich wieder in Richtung meines Zimmers und laufe hinein. Für einen Augenblick verweilt Niall an der Tür, dann folgt er mir. Es sieht so aus, als wüsste er auch nicht so recht, was er tun soll, denn er schiebt seine Hände in seine Hosentaschen und starrt mich an.

»Ich schaffe den Rest allein«, sage ich und hoffe, ihm das unangenehme Gefühl nehmen zu können und ihn aus dieser wirklich blöden Situation zu retten, in die ich ihn gebracht habe.

»Ich möchte sehen, dass du heil im Bett liegst und mir nicht im Bad auf den Fliesen ausrutschst. Mach dich fertig und ich warte so lange hier im Zimmer. Einverstanden?«

Ich schnaube und weiß gar nicht so genau, woher dieses Geräusch auf einmal kommt und ob es ein Zeichen von Frustration ist. »Sicher doch.«

Als ich kurze Zeit später in meiner nicht ganz so sexy Pyjamahose und einem T-Shirt ins Zimmer zurückkomme, steht Niall am Fenster und blickt in die dunkle Nacht. Er dreht sich zu mir um und ein leichtes Lächeln huscht über sein Gesicht. Gleichzeitig ist irgendetwas in seinen Augen zu erkennen, was mich an Schmerz und Verzweiflung erinnert. Wie passt das denn zusammen?

»Ich hatte dich eher für eine Babydoll-Trägerin gehalten«, schmunzelt er.

»Dafür ist es noch zu kalt«, sage ich schulterzuckend, setze mich auf die Bettkante und starre im nächsten Moment auf meine nackten Füße, denn diese Situation ist reichlich befremdlich.

»Ich hoffe, du kannst gleich gut schlafen, Danielle«, höre ich ihn leise sagen und wenn ich es nicht besser wüsste, würde ich behaupten, er stöhnt mindestens genauso leise frustriert auf. Alles in mir schreit danach, ihn nicht gehen zu lassen. Und nach der Ladung kaltem Wasser im Gesicht habe ich auch das Gefühl, inzwischen wieder ziemlich nüchtern zu sein.

Niall durchquert das Zimmer und bleibt an der Tür stehen.

»Halt«, rufe ich zu meiner Überraschung und mindestens die gleiche Überraschung macht sich auf Nialls Gesicht breit. »Kannst du mir noch mit der Decke helfen?«

Kannst du mir noch mit der Decke helfen? Welch blöde, wenig geistreiche Frage. Als käme ich mit der Bettdecke nicht auch super allein klar. In Wahrheit will ich einfach nicht, dass er jetzt geht und mich allein lässt. Noch nicht.

Niall verharrt regungslos an der Tür, dann kommt er auf mich zu, hebt mich wortlos ein Stück hoch und zieht die Bettdecke unter mir hervor. Mein Gesicht ist nah an seinem und ich spüre seinen warmen Atem auf meiner Haut. Gott, seit wann können die Nähe, der Atem und der Duft eines Mannes so eine brennende Lust in mir hervorrufen? Ich atme schwer, versuche im sanften Licht der Nachttischlampe, sein Gesicht ganz in mir aufzunehmen. Tatsächlich habe ich das Gefühl, ihn einfach nur anzustarren. Schmachtend auf seine Lippen zu blicken und nichts anderes zu wollen, als sie wieder auf meinen zu spüren. Dann überkommt es mich erneut und ich presse meinen Mund auf seinen. Bringe ihn durch das sanfte Anstupsen meiner Zunge dazu, seinen Mund zu öffnen. Als sich unsere Zungen berühren, durchfährt mich ein Stromschlag und ich stöhne unter seinem Kuss.

Seine Reaktion ist anders als erwartet, denn sein ganzer

Körper wird starr und spannt sich an. Dann unterbricht er den Kuss.

»Scheiße, Danielle. Du bist unfassbar sexy, aber ich darf das hier nicht ausnutzen. Du bist nicht nüchtern.«

Ich ziehe einen Schmollmund und mein Starrsinn gewinnt die Überhand. »Du nutzt mich doch nicht aus. Ich habe dich zuerst geküsst, erinnerst du dich?«

»Du hast keine Ahnung, wie sehr ich mich zu dir legen und dir süße Freuden bereiten möchte, aber du hast getrunken. Und ich habe eine Devise. Ich nutze eine Frau in dieser Situation nicht aus.«

»Du und deine Devisen«, antworte ich frustriert und lasse mich nach hinten in die Kissen fallen.

»Du weißt nicht, wie schwer mir das hier gerade fällt.«

Sein Blick wandert über meinen Körper und obwohl ich nicht in sexy Lingerie vor ihm liege, sehe ich das Feuer, das in seinen Augen brennt. Ich setze mich wieder auf, strecke meine Hand nach ihm aus und ziehe ihn am Bund seiner Hose zu mir. Seine Hand legt sich auf meine Wange und diese intime Geste entfacht erneut ein Feuer in mir, das mir bisher in dieser Art fremd war. Ich rutsche zu ihm, ziehe ihn dicht an mich und schlinge meine Hände um seinen Hals. Dann streiche ich mit einer Hand über sein kurzes Haar und presse meine Lippen erneut hungrig auf seine.

Ich spüre, wie er mit sich ringt. Wie er seinem Körper einzureden versucht, nicht auf mich zu reagieren, doch sein Atem geht mindestens so schnell wie meiner und als ich mich noch näher an ihn presse, spüre ich ganz deutlich seine Erregung. Gott, dieser Hunger in mir ist kaum auszuhalten. Eine Erkenntnis, die mich gleichzeitig erschreckt und fasziniert.

Dann ist Niall plötzlich weg, löst sich von mir und tritt einen Schritt vom Bett zurück. Ich sehe ihm an, dass er einen inneren Kampf mit sich austrägt, denn er fährt sich mit der Hand über den Kopf und schüttelt ihn kaum merklich.

»Scheiße, Danielle«, flucht er und blickt auf mich runter. »Hör auf, mich so in deinen Bann zu ziehen und mich in Versuchung zu führen.«

Ich beiße mir auf die Unterlippe, in der Hoffnung, den erwünschten Effekt bei ihm zu erzielen.

»Lass das. Ich bekomme mich sonst nicht kontrolliert.«

»Soll ich mich dafür entschuldigen?«, frage ich unschuldig und bin von der Rauheit seiner Stimme unfassbar erregt.

»Sag mir, dass ich gehen soll.«

»Sieht es so aus, als ob ich wollte, dass du gehst?«

»Danielle, hör mit diesen Fragen auf. Schick mich weg.«

»Möchtest du gehen?«, ignoriere ich seine Bitte und schaue ihn aus begierigen Augen an.

»Ja«, flucht er nahezu und ist mit drei großen Schritten an der Tür. »Scheiße, ja. Ich gehe jetzt.«

Keine fünf Sekunden später fällt die Tür hinter ihm ins Schloss und ich lasse mich zurück ins Bett fallen. Für einen Moment überlege ich, peinlich berührt die Hände vors Gesicht zu schlagen, aber tatsächlich atme ich tief ein und aus und genieße das wohlige Gefühl der Erregung, das durch meinen Körper wandert. Es dauert einen Moment, in dem ich noch darüber nachdenke, wie gern ich jetzt seine Hände auf mir spüren würde. Die Berührung seiner Lippen. Dann übermannt mich die Müdigkeit und ich schlafe ein.

21

NIALL

Während ich den Weg vom Hotel zum Cottage von Jamie und Liam einschlage, ziehe ich mein Handy aus der Hosentasche und scrolle in meinem Telefonbuch hin und her. Chloe, Rachel, Moira, Stephanie ... Die weiblichen Namen, die mir auf dem hell erleuchteten Display entgegenscheinen, sind mannigfach und, wenn ich es ganz böse ausdrücke, absolut austauschbar. Ein Zustand, der mir bis vor wenigen Tagen nichts ausgemacht hat. Nahezu amüsiert denke ich an Iains Frage zurück, ob Danielle auch schon einen Namen von mir verpasst bekommen hat.

Ich scrolle durch die lange Liste an beinahe unbekannten Namen, die hin und wieder einen Beisatz eingespeichert bekommen haben. *Die, die grunzt, wenn sie lacht. Die, die zu viel Alkohol trinkt. Die, die eine Vorliebe für Dirty Talk hat.*

Es soll Männer geben, die auf ihre weiblichen Eroberungen stolz sind. Beim Anblick dieser eingespeicherten Attribute wird mir nahezu übel. Ich tippe auf ein paar Namen, dir mir gar nichts mehr sagen, drücke auf *Bearbeiten* und lösche die Einträge. Einen nach dem nächsten. Vielleicht sollte ich Chloe anrufen, um mich ein bisschen abzulenken, aber irgendwie fühlt sich das hier nicht mehr richtig an.

Als ich an der Tür des Cottages ankomme, klopfe ich an und keine dreißig Sekunden später öffnet Jamie mir die Tür.

»Was hast du jetzt wieder angestellt?«, fragt sie mich unverzüglich und geht einen Schritt zurück, damit ich eintreten kann.

»Gar nichts«, knurre ich, lege meine Jacke über den Stuhl neben der Tür und verdrehe gleichzeitig die Augen. »Wie kommst du darauf, dass ich etwas angestellt haben könnte?«

»Es ist noch gar nicht so lange her, da hast du blutig hier vor der Tür gestanden«, zwinkert sie mir zu, geht an mir vorbei und deutet mir an, dass ich mich zu ihr und Liam auf die Couch setzen soll.

Liam stellt den Fernseher leiser und blickt mich prüfend an. »Keine dicke Lippe heute?«

»Jetzt hört auf«, stöhne ich, da die zwei sich sichtlich zu amüsieren scheinen. »Ich habe nichts angestellt. Dieses Mal nicht.«

»Und warum bist du dann hier?«, fragt Liam mich und legt einen Arm um Jamie, die sich an ihn kuschelt.

»Darf man noch nicht mal mehr seinen Bruder und seine Schwägerin in spe besuchen?«

»Natürlich darfst du das«, lacht er, »aber wenn du um diese Uhrzeit hier auftauchst, ist meistens irgendwas.«

»Ich hasse es, wenn ihr recht habt.«

»Also?« Jamie ist aufgestanden, um mir ein Glas Wasser aus der Küche zu holen, das sie jetzt vor mich stellt. »Wie können wir helfen?«

»Ich glaube, mir ist nicht mehr zu helfen«, seufze ich theatralisch und verschränke die Hände hinter dem Kopf. »Ich bin gerade vor Danielle geflüchtet.«

»Wie, du bist geflüchtet?«, ruft Jamie überrascht.

»Sie hat mich geküsst.«

»Und sie küsst so schlecht, dass du sofort die Flucht antrittst, Bruderherz?« Liam schaut mich mindestens genauso irritiert an wie Jamie.

»Leider nicht.«

»Okay, ich verstehe nur noch Bahnhof«. Liam lehnt sich in die Kissen und schaut seine Verlobte an. »Verstehst du mehr?«

»Irgendwie nicht«, lacht Jamie und zieht eine Augenbraue hoch. »Raus mit der Sprache, was ist passiert.«

»Habe ich doch gesagt«, knurre ich. »Danielle hat mich geküsst.«

»Ich verstehe immer noch nicht, wo da das Problem ist. Sie ist ja nicht die erste Frau, die du in deinem Leben geküsst hast.«

»Wohl wahr.«

»Aiaiai«, gibt Jamie da plötzlich von sich und kassiert einen irritierten Blick meines Bruders.

»Was, aiaiai?«, sagen er und ich quasi im Duett.

»Du magst sie.«

»Jetzt wird's interessant«, grinst Liam und angelt sich sein Glas vom Tisch.

Statt zu antworten, fahre ich mir mit der Hand über meine kurzen Haare.

»Und du weißt nicht, was du tun sollst, weil sie in ein paar Tagen abreist und du Angst hast, dir die Finger zu verbrennen.«

Ich zucke ratlos mit den Achseln.

»Danielle ist nicht *sie*«, murmelt Liam leise.

»*Sie?*« Irritiert blickt Jamie zwischen ihm und mir hin und her.

»Egal«, winke ich schnell ab. »Außerdem war sie angetrunken. Das wollte ich nicht ausnutzen.«

Jamie scheint zu merken, dass ich die Sache gerade nicht aufklären will, und sie geht nicht weiter darauf ein. Stattdessen fragt sie: »Und wenn du einfach nicht nachdenkst und Dinge geschehen lässt?«

»Stehe ich dann nicht wie der totale Arsch da, weil ich weiß, dass sie wieder abreist?«

»Meinst du nicht, Danielle ist das auch bewusst? Auf den Kopf gefallen scheint sie mir definitiv nicht zu sein.« Jamie schaut mich eindringlich an.

»Wohl kaum. Aber ich habe auch keine Lust, da irgendwas zu investieren, mit dem ich später nicht umgehen kann.«

»Ich sehe das so«, sagt Liam ruhig und blickt zu mir. »Ihr seid beide erwachsen. Ihr wisst um die Umstände. Wenn ihr euch gefallt, dann ist das so. Nichts muss sofort eine unfassbare Tiefe bekommen. Ich dachte immer, du wärest Experte in dieser Sache. Ich sage nur Unverbindlichkeiten. Ich kann mir schon vorstellen, dass du Angst hast, dich zu sehr zu öffnen, aber vielleicht ist es auch ein Schritt in die richtige Richtung?«

»Die richtige Richtung?« Ich werfe meinem Bruder einen unwissenden Blick zu und versuche, schlau aus seinen Worten zu werden.

»Dass du endlich aufhörst, diese Mauer noch höher zu bauen.«

Leichter gesagt als getan.

»Bevor du das von irgendjemand anderem erfährst oder dein siebter Sinn wieder Alarm schlägt ... Danielle und ich haben uns gestern Abend geküsst.«

Ich stehe am nächsten Morgen in der Tür zu Kenzies kleiner Wohnung und habe die Hände tief in den Hosentaschen vergraben.

»Gestern Abend erst?«

Kenzies Reaktion ist so anders, als ich es erwartet habe, daher starre ich meine Schwester leicht irritiert an. »Ähm, ja?«

»Das wundert mich«, sagt sie schulterzuckend und steckt ihre Haare auf dem Kopf zusammen.

»Du hast mir doch gesagt, ich soll es nicht versauen«, merke ich an und bin tatsächlich ein bisschen überrascht über ihre Reaktion.

»Wann hast du bei Frauen jemals auf mich gehört?«, fragt sie lachend und drückt sich an mir vorbei.

»Immer?«

Ihr Blick schießt zu mir. »Natürlich.«

Ich grinse und zucke mit den Achseln. »Okay, vielleicht nicht immer. Aber, und das möchte ich zu meiner Verteidigung sagen, ich bin nicht schuld. Danielle hat mich geküsst.«

»Und das soll ich dir glauben, liebes Bruderherz«, lacht sie und wartet, bis ich ihr hinterher raus auf den Hof folge, um zum Hotel rüberzulaufen. Es ist noch früh am Morgen und ich bin bereits einige Zeit wach, denn tatsächlich habe ich nach dem Gespräch mit Jamie und Liam eine mehr oder weniger schlaflose Nacht hinter mir. Danielle gestern Abend allein im Hotelzimmer zurückzulassen, hat mich sämtliche Überwindung gekostet und zusätzlich zwanzig Minuten unter der kalten

Dusche bedeutet. Das habe ich Jamie und Liam natürlich nicht verraten, als ich bei ihnen geklopft habe.

»Es ist nicht gelogen«, antworte ich Kenzie und gemeinsam überqueren wir den kleinen Hof von unserem Wohntrakt zum Haupthaus.

»Du magst sie, oder?«

Ich zucke mit den Schultern. »Sie ist schon ziemlich cool. Anders als die anderen Frauen, die mir in letzter Zeit begegnet sind. Auch wenn ich nicht wirklich schlau aus ihr werde und mich so manches Mal frage, was in ihrem hübschen Köpfchen vorgeht.«

Kenzie sieht mich an und kann sich ein Grinsen nicht verkneifen. »Sie bietet dir die Stirn und himmelt dich nicht an wie all die anderen Frauen, die dich noch von früher kennen. Danielle hat ihr eigenes Leben und scheint zu wissen, was sie will.«

»So in der Art hat Jamie das auch gesagt.«

»Warum müssen sich meine Brüder auch immer Frauen aussuchen, die wieder abreisen? Mal im Ernst, ich gönne dir von Herzen eine neue Frau in deinem Leben, aber wir wissen beide, was du machst, wenn dir eine gescheite Frau zu nahe kommt. Wahrscheinlich reizt Danielle dich deswegen so. Eben weil sie in wenigen Tagen wieder abreisen wird und du weißt, dass sie nicht zur Gefahr werden kann.«

Ob das der wahre Grund ist, weiß ich nicht. Was ich aber weiß, ist, dass ich es nicht abwarten kann, Danielle gleich wiederzusehen. Ich hoffe, dass ihr die letzte große Aktivität, die ich für heute geplant habe, gefallen wird.

»Du bist nicht sauer, weil das gestern zwischen uns passiert ist?«

Bevor Kenzie in die Küche abbiegt, will ich mich noch einmal vergewissern, nicht bei meiner Schwester in Ungnade gefallen zu sein.

»Ich schätze Danielle sehr und wie ich sie kennenlernen durfte, hat sie einen sehr erwachsenen und professionellen Blick auf die Dinge. Sie nimmt ihren Job ernst und hat bereits jeden Tag auf ihren Social-Media-Kanälen von uns berichtet und Storys gepostet. Wir haben tatsächlich gestern Nachmittag schon einige E-Mails mit Fragen zu unseren Preisen und Aktionen erhalten. Jamies Idee hat sich also schon bezahlt gemacht. In jeder Hinsicht.«

»Was meinst du damit?« Erstaunt blicke ich meine Schwester an.

»Nun, du hast eine Aufgabe und das tut dir gut. Und damit meine ich nicht Danielle im Speziellen. Es ist toll, zu sehen, wie du die Angebote zusammenstellst, wie du dich hier einbringst und dich gebraucht fühlst. Es tut dir doch auch gut, oder?«

»Es ist immer ein gutes Gefühl, wenn man gebraucht wird«, gebe ich schulterzuckend zu und starre zum wiederholten Mal auf mein Handy, das ich in der Hand halte.

»Erwartest du eine Nachricht oder einen Anruf?«, fragt Kenzie neugierig und bindet sich an der Küchentür die Schürze um.

»Eigentlich nicht«, gebe ich schulterzuckend zu. »Na ja, ich hatte gehofft, Danielle würde sich melden.«

Kenzie lacht. »Niall, es ist noch früh und wahrscheinlich ist sie gerade auch ein wenig unsicher, nach der Nummer, die sie gestern Abend gebracht hat. Ich meine, wenn es stimmt, dass sie es war, die dich geküsst hat. Ist schon nicht so toll, wenn der Typ dann das Weite sucht.«

»Hör mir auf«, stöhne ich und stecke das Handy frustriert wieder in die Hosentasche. »Es war das einzig Richtige. Vielleicht habe ich ja Glück und sie erinnert sich nicht mehr daran?«

»Oh Bruderherz, glaub mir, sie wird sich daran erinnern. Denn dass sie dich mindestens genauso gut findet wie du sie, kann man sieben Meilen gegen den Wind riechen.«

»Hi«, sage ich knapp eine halbe Stunde später verlegen, als ich zu Danielle an den Frühstückstisch trete. »Darf ich mich zu dir setzen und einen Kaffee mit dir trinken?«

Ihr Blick schnellt zu mir hoch und selbst wenn sie unsicher ist, versteht sie es wunderbar, es zu überspielen. »Natürlich«, nickt sie und deutet auf den freien Platz ihr gegenüber.

»Hast du gut geschlafen?«, frage ich sie und stelle amüsiert fest, dass sie mich vielleicht eine Sekunde zu lange prüfend anblickt.

»Sehr gut«, antwortet sie und isst die letzten Bissen ihres Müslis, das vor ihr steht.

»Hast du Kopfschmerzen vom Gin gestern Abend?«

Sie schüttelt den Kopf. »Der Schlaf hat wohl geholfen. Ich bin keine fünf Minuten, nachdem du weg warst, eingeschlafen. Und du? Auch schnell in die Federn gefallen und gut geschlafen?«

»Ich musste noch kalt duschen«, rutscht es mir schneller raus, als ich denken kann. Mit großen Augen schaue ich sie an. Ihre Antwort erfolgt prompt. Sie fängt schallend an, zu lachen.

»Das geschieht dir recht«, nickt sie und zuckt mit ihrer

Augenbraue. »Ist ja nicht so, als hätte es nicht andere Mittel und Wege gegeben, die Sache zu klären.«

Tatsächlich bin ich überrascht über ihre Direktheit, fange mich jedoch wieder und überlege, wie ich ihr jetzt am besten meine Planung für den Tag mitteilen kann.

»Ähm, ich wollte dich nicht um zwei Nächte bitten.«

Amüsiert beobachte ich, wie Danielle die Augen weit aufreißt und wohl nicht im Geringsten mit einer Aussage wie dieser gerechnet hat. Wie auch, sie weiß ja nicht, was für heute auf dem Programm steht.

»Du hast also vor, heute die Nacht mit mir zu verbringen?«

Ungläubig schaut sie mich mit ihren großen, wunderschönen Augen an.

»So in der Art«, grinse ich und trinke den letzten Schluck Kaffee aus meiner Tasse. »Also eigentlich brauche ich den Abend und die Nacht. Zumindest die halbe. Und wenn du dann abbrechen willst, ist das halt so.«

»Okay, Niall«, stöhnt sie leicht frustriert und absolut ahnungslos. »Ich habe keine Ahnung, wovon du redest. Klär mich auf.«

»Ich hoffe, dass es dafür schon ein bisschen zu spät ist und du sehr gut weißt, worum es bei der schönsten Nebensache der Welt geht.«

»Du willst mir doch nicht weismachen, dass meine letzte Aktivität hier bei euch eine Nacht mit dir ist. Den Gästeservice hältst du nicht lange durch.«

Ich muss lachen und stelle erleichtert fest, dass Danielle den Spaß wohl auch versteht, den ich hier mache. »Da könntest du recht haben«, schmunzle ich. »Schließlich gebe ich immer alles und das Wohl meiner Gäste liegt mir sehr am Herzen.«

Danielle schüttelt lachend den Kopf. »Also«, sagt sie, lehnt sich ein Stückchen über den Tisch zu mir und schaut mich an. »Was hat *The dark skies over Finnegan* zu bedeuten?«

»Soll ich dir im Vorfeld alles erklären oder lässt du dich überraschen?«

Danielle sieht mich an und ich rechne bereits damit, dass sie eine Detailplanung vorgelegt bekommen möchte, jedoch lehnt sie sich dann auf ihrem Stuhl zurück und greift nach ihrer Kaffeetasse. »Überrasch mich.«

Nahezu perplex starre ich sie an. »Bist du dir sicher? Keine Nachfragen? Keine ausführliche Darlegung der einzelnen Programmpunkte? Keine minutiöse Planung?«

»Verarschen kann ich mich selbst«, knurrt sie gespielt ernst. In ihren Augen ist ein Funkeln zu erkennen, das mir mehr als nur gut gefällt. »Lediglich eine Sache wüsste ich gern.«

»Wusste ich doch, dass die Sache einen minimalen Haken hat. Aber nun gut, eine Frage sei dir erlaubt.«

Danielle zwinkert mir zu. »Du bist so gnädig. Also …«, beginnt sie und neugierig warte ich auf ihre Nachfrage. »Was muss ich anziehen?«

22

AVA

Ist es falsch, dass ich so gar kein schlechtes Gewissen habe, wenn ich an Ryan und gestern Abend denke? Ich sollte es haben. Sollte mir verdammt noch mal die Haare raufen, weil ich sämtlichen Anstand über Bord geworfen und Niall einfach geküsst habe. Obwohl ich in London einen Freund sitzen habe.

Einen Freund, der mich nach allen Regeln der Kunst an mindestens die zweite Stelle in seinem Leben gepackt hat und dem ich scheinbar völlig egal bin. Tatsächlich bestehen seine Nachrichten, die hin und wieder bei mir eintrudeln, lediglich aus Berichten, wie es in der Agentur läuft. Ich habe es inzwischen aufgegeben, ihm von meinen Erlebnissen hier zu erzählen, denn dass sie ihn nicht sonderlich interessieren, ist mehr als offensichtlich.

Keine Nachfrage. Kein Interesse. Der Mann, dem ich eigentlich wichtig sein sollte, scheint keinen Gedanken an mich zu verschwenden, und sich bei mir zu melden, ist förmlich eine Qual, die er anstandshalber in seinen Tagesablauf einbaut.

Verhält sich so ein Freund, der vorgibt, die Frau an seiner Seite zu lieben? Wie kann es da nicht passieren, dass ich mich zu einem Mann hingezogen fühle, dem meine Nähe zu gefallen scheint? Der mir hier in Schottland nicht mehr aus dem Kopf geht? Der meinen Verstand förmlich abgeschaltet hat?

Worauf habe ich mich hier bloß eingelassen? Und noch wichtiger: Wie komme ich hier wieder raus?

Einige Stunden später sitze ich neben Niall im hoteleigenen Campervan und fahre mit ihm hoch in die Highlands. Während ich eine Decke über dem Schoß liegen habe, blicke ich wiederholt in den hinteren Teil des Vans, wo eine große Luftmatratze sowie weitere Decken und Bettzeug liegen. Zu meinen Füßen steht Nialls Rucksack, in dem Wasserflaschen und Proviant verstaut sind.

»Wenn ich es nicht besser wüsste, könnte man glatt meinen, du willst mich entführen«, sage ich zu Niall, der konzentriert auf die Fahrbahn schaut und den Van sicher über die kurvigen Straßen hier oben in den Hügeln lenkt.

»Ja aber echt«, erwidert er und blickt kurz zu mir rüber. »Ich finde es übrigens ziemlich cool, dass du dich darauf eingelassen hast.«

»Hatte ich eine andere Wahl?«, lache ich und verziehe meinen Mund zu einem Grinsen.

»Man hat immer eine Wahl«, sagt Niall ernst. »Aber ohne Scherz. Ich finde es gut, dass du dich traust, auch mal andere die Planung übernehmen zu lassen.«

»Ich mache seit Tagen nichts anderes«, sage ich fast

beiläufig und blicke aus dem Fenster, kann aber in der Dunkelheit so gut wie nichts erkennen.

»Fällt dir das schwer?«

»Du meinst, mich komplett auf andere zu verlassen und die Zügel aus der Hand zu geben?«

»Ja«, nickt er und scheint auf meine Antwort gespannt.

»Tatsächlich ja. Irgendwie war das schon immer so. Sicherlich habe ich große Teile davon meinem Job zu verdanken. Da muss ich immer alles wissen, organisieren und durchstrukturieren.«

»Das mag ja sein«, sagt Niall schulterzuckend und betrachtet mich kurz von der Seite. »Aber ist das nicht auch eine Art Schutz?«

»Schutz?« Überrascht über Nialls Frage drehe ich mich zu ihm. »Wie meinst du das?«

»Na ja«, beginnt er, drosselt die Geschwindigkeit des Vans und biegt um eine Kurve, bevor er nach wenigen Metern auf einer großen Fläche in der Nähe eines Felsvorsprungs zum Stehen kommt. »Wenn man alles so durchplant, hat das immer den Anschein, als hätte man Angst, die Kontrolle zu verlieren. Machtlos zu sein.«

Ich blicke runter auf meine Hände, die in meinem Schoß liegen, und bin überrascht, dass Niall diese Sache so deutlich anspricht. Ich brauche einen Moment, bevor ich antworte. »Ich kann nicht gut mit Situationen, die ich nicht kontrollieren beziehungsweise beeinflussen kann. Was mir wohl fehlt, ist die richtige Balance zwischen Kontrolle und Loslassen. Vielleicht liegt das auch daran, dass ich einen Großteil meines Lebens allein manage und weiß, dass ich mich auf mich verlassen kann.«

»Mmh«, sagt Niall neben mir und ich habe das Gefühl, als würde er überlegen, wie er darauf antworten kann.

»Na los. Raus damit. Ich zerbreche schon nicht«, sage ich und hoffe, ihn damit hinter dem Ofen hervorzulocken.

»Ich finde«, beginnt er nahezu vorsichtig, »ständig die Kontrolle über Dinge haben zu wollen, hat auch seinen Preis. Man verliert die Spontaneität und meiner Meinung nach auch ein Stück weit Lebendigkeit. Klar ist es toll, wenn man zielorientiert ist und fokussiert einen Plan verfolgen kann, aber so bleibt dann doch wenig Raum für das, was das Leben auch ausmacht.«

»Und das wäre?«

»Sich treiben zu lassen. Zu genießen. Einfach mal nur zu sein. Ohne Dinge zu müssen. Bedeutet diese Kontrolle für dich nicht auch Stress und Anspannung?«

»Ja, das kann schon mal vorkommen«, muss ich leider zugeben. »Ich muss aufpassen, dass ich mir nicht sofort Sorgen mache, wenn etwas nicht so kontrollierbar ist. Ich mag das Gefühl nicht, etwas vielleicht nicht schaffen zu können. Zu scheitern oder zu versagen.«

»Das kann ich verstehen«, sagt Niall leise und stellt den Motor des Vans aus. »Aber, auch mal loszulassen, bedeutet ja nicht automatisch, ziellos durch die Welt zu gehen. Wie fühlst du dich denn zum Beispiel gerade? Bist du angespannt?«

»Aufgeregt, würde ich es eher nennen. Aber im positiven Sinne. Entspannt vielleicht nicht, aber tatsächlich überwiegt im Moment die Neugierde, was du mit mir vorhast.«

Nialls Mund verzieht sich zu einem Grinsen, während er mich genau zu beobachten scheint. »Na, dann will ich dich nicht länger auf die Folter spannen. Du fragst dich sicherlich eh schon, warum da die Luftmatratze liegt.«

Ich zucke mit den Schultern. »Vielleicht.«

»Vielleicht, sagt sie«, lacht er und knufft mich in die Seite. »Keine Angst, ich will nicht das nachholen, was ich gestern versäumt habe. Ich habe dich wegen einer anderen Sache hergebracht.«

Fast finde ich es ein bisschen schade, dass er nicht darüber nachdenkt, beim gestrigen Abend anzusetzen, aber für den Moment nehme ich die Sache erst mal so hin. »Ich bin gespannt«, antworte ich daher ausschließlich und lege meinen Kopf ein bisschen schief.

»Nun«, beginnt er und ich ertappe mich dabei, wie ich zum wiederholten Mal auf seine unfassbar sinnlich geschwungenen Lippen starre und mir für einen kleinen Augenblick den gestrigen Abend herbeisehne. »Finnegan gehört zu einer der Gegenden, die man auch als Dark Sky Discovery Sites bezeichnet. Hast du diesen Begriff schon einmal gehört?«

»Nein«, muss ich ehrlich zugeben.

»Es gibt hier keine, oder maximal eine sehr geringe, Lichtverschmutzung.«

»Lichtverschmutzung? Was ist das denn?«

Niall blickt mich amüsiert an. »War klar, dass du das als Großstadtkind nicht kennst.«

Ich verdrehe die Augen. »Statt dich über mich lustig zu machen, kannst du es mir auch einfach erklären.«

»Natürlich«, nickt er und fährt fort. »Vielleicht ist dir schon mal aufgefallen, dass man in London oder anderen Großstädten in der Nacht meist nicht viele Himmelskörper am Firmament sieht. Das hat mit der Lichtverschmutzung zu tun. Sie ist der Grund dafür, dass man die Sterne förmlich verliert. Lichtverschmutzung ist Licht, das von Straßenlaternen, Reklametafeln oder anderen künstlichen Lichtquellen in den Nachthimmel strahlt. Generell kann man sagen, dass, je größer die Bevölkerungsdichte ist, desto weniger hat man die Chance, Sterne am Himmel zu sehen.«

»Und hier oben in den Highlands sieht man die Sterne. Das ist mir vorgestern Abend schon aufgefallen, als wir draußen waren.«

»Aye«, stimmt Niall mir zu und öffnet die Wagentür. »Lass uns aussteigen, ich möchte es dir zeigen.«

Ich ziehe den Reißverschluss meiner Jacke bis oben hin zu, klettere ebenfalls aus dem Van und lege mir die Decke um die Schultern. Dann gehe ich zu Niall, der sich an die Motorhaube gelehnt hat. Augenblicke später zeigt er mit seinem Finger nach oben und ich folge seinem Wink mit meinem Blick.

Binnen Sekunden verschlägt es mir die Sprache. Es glitzert und leuchtet am Himmel und ich habe das Gefühl, Hunderte, Tausende, gar Millionen von Sternen funkeln um die Wette.

»Oh mein Gott, ist das schön.«

»Wir haben hier in Schottland einen der dunkelsten Nachthimmel in ganz Europa. Mein Vater hat damals immer gesagt, dass unsere Nacht vergleichbar mit einer Dunkelkammer ist. So finster kann es sein. Du bist tatsächlich zur richtigen Jahreszeit hier. Vom Herbst bis zum Frühjahr, wenn das Wetter wie heute mitspielt, kann schon ein kleines Fernglas dabei helfen, Einzelheiten des Lichtjahre entfernten Orion-Nebels zu finden. Oder manchmal auch einen Blick auf Teile der Andromeda-Galaxie werfen zu können. Das ist die Zwillingsschwester der Milchstraße.«

Fasziniert blicke ich zu Niall. »Neulich hast du noch behauptet, eine Rotwildkuh in deinem früheren Leben gewesen zu sein. Ist etwa auch noch ein Astronom an dir verloren gegangen?«

Er lacht. »Tatsächlich habe ich schon einige dieser Sternschau-Ausflüge mitgemacht. Und mein Dad und ich sind früher, als ich noch klein war, häufig nachts in der Natur gewesen und haben Sterne beobachtet. Davon ist ein bisschen hängen geblieben.«

»Sieht man hier auch Sternschnuppen und die Polarlichter?«

»Auch das kann funktionieren«, nickt er und legt mir die Decke wieder um die Schulter, die ein Stück runtergerutscht ist.

»Ich weiß, ich habe es schon einmal gesagt, aber du wohnst wirklich an einem wunderschönen Fleckchen Erde. Wahnsinn.«

»Danke«, sagt er lediglich und reicht mir im nächsten Moment ein kleines Fernglas, damit ich diesen großartigen Anblick des Nachthimmels noch genauer betrachten kann.

Fast sieht es so aus, als hätte sich eine mit Sternen gesprenkelte Decke über uns gelegt. Es fühlt sich an, als wären wir zwei ganz allein auf der Welt und um uns herum wäre die weite Nacht, die sich wie ein schützender Kokon um uns gelegt hat und uns vor der Außenwelt trennt. Uns unsere eigene kleine Welt gibt. Mit unseren eigenen Regeln und unserem eigenen Gefühl füreinander.

~

»Dürfen wir hier mit dem Van eigentlich stehen oder sogar übernachten?«, frage ich Niall eine Weile später, als wir im hinteren Teil des Wagens bei offener Tür Platz genommen haben und in den Himmel schauen. Niall hat eine warme Decke über uns ausgebreitet und uns Tee aus einer Thermoskanne eingeschenkt, die in seinem Rucksack gesteckt hat.

»Dürfen wir. Tatsächlich ist das Wildcampen in Schottland erlaubt«, antwortet er, schraubt den Deckel der Kanne wieder zu und stellt sie zur Seite.

»Und man kann überall stehen?«

»Überall nicht«, erklärt er. »Es gibt schon ein paar Regeln, die man einhalten muss, aber prinzipiell ist hier vieles möglich. Es gilt so etwas wie ein Gastrecht.«

»Gastrecht?«, hake ich nach, denn den Begriff habe ich so in der Art noch nie gehört.

»Nicht in allen Ländern ist Wildcampen erlaubt. In Schottland aber schon. Und der Grund dafür ist eine alte und den Schotten bis heute verdammt wichtige Highland-Tradition. Eben das Gastrecht. Früher, als es hier oben in den Highlands noch Clans gab, verpflichteten sich die Menschen dazu, Reisende anderer Clans für einen bestimmten Zeitraum bei sich aufzunehmen, ihnen Gastfreundschaft entgegenzubringen und Unterschlupf zu gewähren. Selbst dem schlimmsten Feind.«

»Nicht nur wohnst du in einem wunderschönen Land, sondern auch noch in einem Land mit einer tollen Tradition«, gebe ich neidlos zu.

»Ihr in England habt doch auch eure Traditionen«, grinst Niall und nippt vorsichtig an seinem heißen Tee.

»Stimmt, wir haben die Königin bei uns in London wohnen

und selbst die teilen wir mit euch«, lache ich und tue es ihm gleich.

»Tatsächlich ist es sogar so«, fährt er fort und ich sehe ihm an, wie stolz er auf sein Land ist, »dass dieses Gastrecht in Schottland inzwischen Gesetz ist. Bei uns heißt das Land Reform Act. Dieses Gesetz erlaubt jedem zu jeder Zeit den Zugang zu den meisten Land- und Wasserflächen des Landes. Es gibt Ausnahmen, aber generell ist es erlaubt, auf freien und unkultivierten Flächen zu campen.«

»Was sind das denn für Ausnahmen?«, frage ich fasziniert und wundere mich ein bisschen über mich selbst, dass ich auf einmal so angetan vom Wildcampen bin. Wahrscheinlich liegt es aber auch einfach daran, dass ich Nialls Gegenwart sehr genieße und er wunderbar erzählen kann.

»Interessiert dich das wirklich oder fragst du nur des Fragens willen?«, zwinkert er mir zu.

»Ich höre dir einfach gern zu«, antworte ich wahrheitsgemäß. »Und tatsächlich lerne ich auch gern Dinge dazu. Also? Bekomme ich eine Antwort?«

Er grinst mich an, scheint in meinem Gesicht etwas zu suchen und fährt dann fort. »Es ist nicht erlaubt, auf Feldern für Nutzpflanzen oder Nutztiere zu campen. Außerdem sollte man genügend Abstand zu historischen Gebäuden haben. Ganz wichtig ist auch, dass man die Hirsch- und Moorhuhnjagd nicht stört. Wenn man sich nicht sicher ist, ob man seinen Campervan irgendwo abstellen darf, sollte man sich immer die Erlaubnis des Landbesitzers einholen. Aber keine Angst, hier dürfen wir problemlos stehen.«

»Ich habe keine Angst«, sage ich schulterzuckend und schaue in die dunkle Nacht. »Notfalls würde ich dich vorschieben und du müsstest die Sache klären. Da bin ich schmerzlos.«

Niall lacht und seine warme Stimme durchbricht die Stille der Nacht. »Gilt das auch für den Fall, dass ich dich vor Bären, Rotwild und anderen Tieren beschützen muss?«

Ich schlucke, versuche aber, mich nicht aus dem Konzept bringen zu lassen. »Wären hier Bären, hättest du mich nicht hergebracht. Vor Spinnen und anderem Kleinzeug habe ich keine Angst. Und was das Rotwild betrifft … Ich denke, mit deiner Familie kannst du die Sache ausdiskutieren. So als Platzhirsch.«

Ich kann gar nicht so schnell gucken, wie Niall seinen Arm um mich legt und mich zu sich zieht. Womit ich definitiv nicht gerechnet habe, ist die Kitzelattacke, der ich mich ausgesetzt sehe.

»Das ist unfair«, rufe ich hilflos und versuche, aus Nialls Griff zu entkommen, ohne aus dem Van zu fallen.

»Ich platzhirsche dir gleich«, lacht er und lässt nicht locker. »Außerdem, liebe Danielle, sehe ich hier keinen Kontrahenten. Du bist mir also in der Brunftzeit ausgeliefert.«

»Gnade«, flehe ich gespielt und merke, dass ich mir ein Lachen nicht mehr verkneifen kann. »Du bist also in der Brunftzeit? Ist dafür nicht die völlig falsche Jahreszeit?«

Sein Griff lockert sich minimal und ich nutze die Chance, um mich wieder aufrecht neben ihn zu setzen.

»Ich kann ja nichts dafür, dass du außerhalb der Paarungszeit hier bist.«

Überrascht blicke ich ihn an. »Wie meinst du das denn jetzt?«

»So, wie ich es sage«, sagt er leise und schaut mich mit

einem Blick an, der mir die Röte ins Gesicht treibt. Wie gut, dass Niall das in der Dunkelheit nicht so genau sehen kann.

Ein Lächeln legt sich um seine Lippen und irgendwie bekomme ich das Gefühl, als wüsste er ganz genau, wie unruhig seine Nähe mich macht. Unruhig ist wahrscheinlich leicht untertrieben. Mein Herz rast.

Auch wenn es im Van dunkel ist, gibt uns das kleine Licht, das Niall im vorderen Teil des Wagens angeknipst hat, genug Helligkeit, sodass ich sein Gesicht erkennen kann. Ich stelle wiederholt fest, wie schön er ist. Wie schön vor allem seine vollen Lippen sind, die gerade viel zu dicht an meinem Mund sind. Seine Nähe lässt mich aufseufzen und im nächsten Augenblick presst Niall seinen Mund auf meinen und es fühlt sich an, als hätte alles so kommen müssen.

Kann man eigentlich in einem Kuss versinken? Sich verlieren? Und wieso habe ich das Gefühl, es geht uns beiden so? Niall küsst mich mit einem Hunger, als ob er nicht genug von mir bekommen könnte und als ob er den gestrigen Abend wiedergutmachen wolle. Er zieht mich auf seinen Schoß und während seine starken Arme sich um mich legen und er mich dicht an sich zieht, läuft eine Erregung durch meinen Körper, die mich schier schachmatt setzt.

Seine Hände öffnen den Reißverschluss meiner Jacke und dann streicht er sanft über meinen Rücken. Obwohl er noch nicht einmal meine Haut berührt, bildet sich innerhalb von Sekunden eine verräterische Gänsehaut.

Dieser erste, wirkliche Kuss, den wir beide ganz intensiv erleben, dauert lange. Nialls Atem geht unregelmäßig und auch mein Atem zeigt verräterisch, mit welcher Leidenschaft ich diesen Moment erlebe. Ihn zu schmecken, ihn so dicht an mir zu spüren, ist unerträglich und magisch zugleich.

Plötzlich löst Niall sich von mir und schaut auf mich herab. »So wollte ich dich gestern Abend bereits küssen«, sagt er begierig und ich sehe das Verlangen in seinen Augen.

»Gut, dass du es nur aufgeschoben und nicht aufgehoben hast«, kontere ich lächelnd.

»Wie könnte ich?«, fragt er und legt seine Stirn gegen meine. »Ich will das eigentlich schon seit unserer ersten Begegnung am Flughafen machen.«

»Ach echt?«, flüstere ich.

»Oh ja. Auch wenn es da vielleicht noch eher ein Versuch gewesen wäre, dass du endlich die Klappe hältst«, grinst er und legt seine linke Hand an meine Wange. »Wobei mir der Grund jetzt hier natürlich viel besser gefällt.«

»Und welchen Grund gibt es jetzt, mich zu küssen?«

»Wenn du nicht aufpasst, immer noch den, dich zum Schweigen zu bringen«, raunt er und fährt mir mit seinem Daumen über die Unterlippe. Sofort ziehe ich scharf die Luft ein.

»Hätte ich gewusst, dass deine Küsse so wahnsinnig schmecken, hätte ich damit auch schon am Flughafen angefangen«, kontere ich und öffne meine Lippen ein kleines Stück. Sofort sehe ich, dass sein Blick sich nicht von meinem Mund lösen kann.

»Meine Küsse schmecken also wahnsinnig?«

»Ist es dir lieber, wenn ich dich als wahnsinnig bezeichne?«

»Danielle«, stöhnt Niall und greift in mein Haar. »Du *machst* mich wahnsinnig. Küss mich«, fleht er nahezu und nähert sich mit seinen Lippen meinem Mund. Dann legt sich seine Hand in meinen Nacken. Sein Blick ist sanft, leidenschaftlich und gleichzeitig so begierig, dass meine Seele bebt.

»Ich verliere noch die Kontrolle«, stöhnt er angestrengt und krallt sich an mir fest.

»Dann verlierst du sie eben«, erwidere ich und stöhne in seinen Mund, als seine Zunge über meine Lippe streicht und er im nächsten Moment sanft auf meine Unterlippe beißt. Mir wird heiß und mein ganzer Körper beginnt, heftig zu kribbeln. Ich lege meine Hand an sein Gesicht und meine Finger streicheln über seinen Bart. Dann beuge ich mich vor und lasse meine Lippen federleicht über seine streifen. Sein leises Stöhnen ist Anfeuerung genug für mich. Ich lege meine Hände auf seine Brust und stütze mich an seinem trainierten Oberkörper ab. Auch er hat die Jacke geöffnet und obwohl uns die kalte Nacht umgibt, scheint die Hitze, die von unseren Körpern ausgeht, Feuer genug zu sein. Das zarte Geräusch, als unsere Lippen aufeinandertreffen und sich wieder voneinander lösen, lässt mich unwillkürlich lächeln. Ich spüre seinen schweren Atem und weiß, dass ihn diese Situation genauso berauscht wie mich.

»Lass mich die Tür schließen«, haucht er zwischen zwei Küssen und löst sich von mir. »Ich will nicht, dass du frierst.«

»Glaubst du, ich könnte hier auch nur für eine Sekunde frieren?«, lache ich und greife nach seiner Hand, die gerade die Tür des Campervans verschlossen hat.

»Du schmeckst wunderbar«, haucht er mir zu und als er mich wieder sanft küsst, öffne ich den Mund und erlaube uns, den Kuss zu vertiefen.

»Wie gern würde ich dich berühren«, sagt Niall leise, als würde mein Körper nicht bereits in diesem Augenblick nach ihm schreien. Sein Daumen zeichnet die Kontur meines Gesichts nach und dann lässt er seine Hand über meinen Hals gleiten. Er streift mir die Jacke von den Schultern. Es ist warm geworden im Van und trotzdem erzittere ich unter der Berührung seiner Hand, die über meine Schulter gleitet und meinen Arm entlangstreicht. Niall zieht mich zu sich und im nächsten Moment bedecken feine Küsse mein Gesicht. Seine Lippen gleiten meinen Hals hinab und seine Hände legen sich auf meine Taille. Dann lasse ich zu, dass er mich unter lauter kleinen Küssen sanft auf den Rücken zwingt.

Niall lässt seine Hand über meinen Oberschenkel gleiten und streichelt mich durch den Stoff meiner Jeans. Diese sanfte Berührung reicht aus, dass sich heftiges Verlangen in mir ausbreitet. Ich schaue in seine tiefblauen Augen, die vor Erregung funkeln. Es ist, als wüssten wir beide, was im Kopf des anderen vorgeht. Als sich seine Hand weiter vorwagt und er den Reißverschluss meiner Jeans öffnet, beginnt mein Herz, wie wild zu klopfen. Wie gut, dass hier in der Wildnis der Highlands nicht mit vielen Menschen zu rechnen ist, denn es sieht so aus, als hätte ich gleich unter dem Sternenhimmel in einem Campervan Sex mit dem heißesten Typen, der mir in meinem Leben je begegnet ist.

Vorsichtig streift Niall mit dem Finger über den Stoff meines Höschens und ich kann nicht anders, als meine Schenkel leicht zu öffnen. Sofort sehe ich, dass Niall mich anlächelt. Himmel, wie kann eine Berührung, so zart wie die einer Feder, solch ein Feuerwerk in mir auslösen? Dann entfernen sich seine Finger erneut von der Stelle, die gefühlt in Flammen steht, und wandern hoch über meine Taille, gleiten über meine Rippen und sanft schiebt er seine Hand unter meinen Pullover. Als seine Finger meinen BH streifen, atme ich tief ein, mir durchaus bewusst, dass meine Brustwarzen sich sofort verräterisch aufrichten.

»Wie weich deine Haut ist«, murmelt Niall leise an meinem Ohr und der Klang seiner Stimme bereitet meinem Körper sekundenschnell die nächste Gänsehaut. Während ich versuche, mein flatterndes Herz und meine Atmung zu kontrollieren, drückt er durch meinen BH meine Brustwarzen zusammen.

»Du entscheidest, wie weit wir gehen«, höre ich ihn dicht an meinem Ohr flüstern, doch mein Körper reagiert in einer Heftigkeit, die meinen Verstand schachmatt setzt.

Ich presse mich an seinen Körper und spüre seine Erregung. Vorsichtig lasse ich meine Hand unter seinen Pullover gleiten und ein sinnliches Stöhnen dringt tief aus seiner Kehle und setzt sich in meinem Mund fort, als er seine Lippen wieder auf meine presst. Dann löst er sich und schaut mich an. Dieser Augenkontakt ist der Wahnsinn. Seine Pupillen sind vor Erregung riesig groß und ich bin mir sicher, auch mir sieht man die Leidenschaft an, die durch meine Adern fließt. Es ist, als ob sich unsere Blicke einander einverleiben.

Ich schiebe seinen Pullover weiter hoch und als hätte Niall nur darauf gewartet, streift er ihn sich mit einem Ruck ab. Fasziniert lasse ich meinen Blick über seinen Oberkörper wandern. Selbst im Halbdunkeln lässt sich das Spiel seiner Muskeln nicht verbergen. Ich streiche ihm sanft über die nackte Haut und seine Atmung verrät mir, dass ihm diese Berührung gefällt. Meine Finger streifen über seine harten Bauchmuskeln und gleiten am Rand seiner Jeans entlang. Niall schließt die Augen und scheint für einen Augenblick zu genießen. Noch immer ist er über mich gebeugt und drückt sich mit seinen Armen ab, um mich nicht mit seinem Gewicht zu erdrücken. Dann lässt er seinen Kopf sinken und lehnt ihn an meinen. Seine Augen sind weiterhin geschlossen, während meine Finger zärtlich über seine Haut fahren.

»Ich habe so oft daran denken müssen, wie es wohl ist, dich zu berühren«, hauche ich ihm entgegen und mein Körper reagiert intuitiv. Fast unbewusst spreize ich meine Beine ein wenig mehr und streichle über die Wölbung in seiner Jeans. »Wie es wohl ist, wenn dich meine Berührungen erregen.«

Leise stöhnt er auf und seine Erektion scheint noch einmal zu wachsen. Langsam lässt er sich ein Stück auf meinen Körper gleiten und fährt erneut mit einer Hand meine Schenkel hinauf und an den Innenseiten wieder hinunter. Sofort reagiert mein verräterischer Körper und drängt sich ihm entgegen.

»Ich konnte auch an nichts anders denken als daran, wie es wohl sein würde, dich zu berühren. Dir nah zu sein.«

Ich schaue zu ihm hoch und sehe seinen lustverhangenen Blick. Dann fährt er mit belegter Stimme fort: »Ich möchte dich zu nichts drängen.«

Leise muss ich lachen, denn seine Vorsicht ist nahezu süß.

»Was lachst du denn jetzt?«, knurrt er über mir und schaut mich ungläubig an.

»Wenn ich es dir sage, bekommst du dich nicht mehr ein«, antworte ich schmunzelnd.

»Versuch es«, ist alles, was er sagt, und er schaut mich erwartungsvoll an.

»Also«, beginne ich und lasse meine Hand noch einmal über seine nackte Haut streifen, »es ist ja ganz süß, dass du mich zu nichts drängen möchtest, aber ich …«

Ich halte die Luft an, denn das Funkeln in seinen Augen lässt mich beinahe die Selbstbeherrschung verlieren.

»Aber du was?«

»Ich habe vorsichtshalber Kondome eingepackt.«

Dass es die Packung ist, die Danielle in meinen Kulturbeutel gesteckt hat, verrate ich ihm nicht.

Wenn Niall sich bis jetzt über mir halten konnte, ist es damit nun vorbei, denn lachend lässt er sich neben mich gleiten. »Nicht dein Ernst.«

Amüsiert zucke ich mit den Schultern, mir durchaus bewusst, in welch komischer Situation wir uns gerade befinden.

»Danielle, du bist wirklich die unglaublichste Frau, die mir jemals begegnet ist. Ich sage nur durchgeplant und organisiert.«

»Hallo?«, frage ich gespielt entrüstet. »Wäre ich nicht vorbereitet, müssten wir hier gleich stoppen«, lache ich und finde die Situation, in der wir uns befinden, befremdlich und gleichzeitig einfach nur witzig.

»Dann wäre das eben so gewesen und auch kein Beinbruch«, sagt er leise neben mir und streicht mir sanft mit dem Finger über meinen Bauch.

Ich schlucke. »Wäre es das gewesen? Also nicht schlimm, wenn hier nichts laufen würde?«

»Danielle«, sagt Niall ernst und sucht mit seiner Hand die meine. »Ich bin mit dir hier rausgefahren, weil ich dir die Sterne zeigen wollte. Na klar habe ich gehofft, dass wir uns näherkommen. Aber ich denke doch nicht daran, dass ich dich unbedingt flachlegen muss. Ich bin keine fünfzehn mehr. Mir reicht es schon, in deiner Nähe zu sein.«

»Das reicht dir also?«, frage ich und ziehe provozierend eine

Augenbraue hoch. »Du meinst, wir könnten noch eine Runde rausgehen und Sterne begucken?«

Lachend schüttelt Niall den Kopf. »Wenn du das möchtest, tun wir das, aber ich glaube, uns steht nach etwas anderem.«

»Wie recht du doch hast«, hauche ich leise und ziehe ihn auf mich. Vorsichtig senkt sich sein Mund wieder auf meinen und als seine Zungenspitze über meine Lippen streicht, schmelze ich dahin. Seine Hand schiebt sich wieder unter meinen Pullover und innerhalb weniger Augenblicke streift er mir sowohl den Pullover als auch den BH ab. Ich sehe das Glühen in seinen Augen, als er meinen Körper in Augenschein nimmt und mit seinen Fingern eine sanfte Linie von meinen Lippen über meine Brust, über meinen Bauch bis runter zu meiner Jeans zieht.

»Du bist wunderschön«, haucht er mir leise zu und selbst wenn er mich nicht gerade berühren würde, würden seine Worte allein für eine Gänsehaut sorgen.

»Göttlich?«, grinse ich und zwinkere ihm zu.

»Dass du aber auch in den seltsamsten Momenten versuchst, lustig zu sein«, stöhnt er und lässt im nächsten Moment vorsichtig seine Hand in meinen Slip gleiten. Sofort verschlägt es mir die Sprache und ich kralle mich mit den Händen in die Decke, die unter mir liegt.

»Das ist unfair«, winsele ich.

»Was ist unfair?«, merkt er an und fährt mit seinem Finger sanft über meine empfindliche Haut. Nahezu zufrieden lacht er, als er seinen Blick über meinen Körper gleiten lässt.

Ich kann nicht antworten, denn seine Finger fühlen sich warm und fest an und mindestens genauso fest nehme ich die Erektion wahr, die sich durch den Stoff seiner Hose abzeichnet.

Niall schiebt seine linke Hand in meine, während er mit den Fingern der rechten Hand vorsichtig beginnt, meine erregte Mitte zu erkunden. Wie kann es sein, dass er sofort den Punkt trifft, der mich besonders elektrisiert? Mein ganzer Körper steht in Flammen und ich will nichts mehr, als mir die Hose ebenfalls abzustreifen, um Niall noch intensiver zu spüren.

Als er bemerkt, was ich vorhabe, zieht er seine Hand aus meinem Slip und hilft mir, die Hose auszuziehen. Dann macht er das Gleiche mit seiner Jeans. Ich kann es mir nicht nehmen lassen, dabei seinen muskulösen Körper zu bestaunen, der am Oberkörper von einigen Tattoos gezeichnet ist. Fasziniert betrachte ich seinen voll gestochenen Arm und das Tattoo, das weite Teile seiner Brust bedeckt. Nialls Tattoos sind ausschließlich in Schwarz gestochen, was mir unsagbar gut gefällt. Obwohl es einzelne Motive sind, die sich über seinen Arm und seine Brust ausbreiten, passen sie ineinander und wirken trotz ihrer eigentlichen Massivheit sehr ästhetisch.

Niall schmunzelt und fährt erneut über den dünnen Stoff meines Slips. »Gefällt dir, was du siehst?«, raunt er mir zu und die Erregung, die in seiner Stimme liegt, schickt kleine Beben durch meinen Körper.

»Sehr«, hauche ich und ziehe ihn wieder zu mir. Seine mächtige Erregung kann auch er nicht mehr verheimlichen. Er grinst und ich frage mich, wie er seine Selbstbeherrschung nur so wahren kann.

Dann zieht er meinen Slip geschickt zur Seite und es ist um mich geschehen. Ich lasse mich nach hinten sinken, beiße mir auf die Lippen und schließe die Augen. Als ich seine warme Zunge spüre, die sich an meinem Bein entlangschlängelt und ihren Weg zu meinem Zentrum der Lust sucht, verliere ich mich nahezu in dem berauschenden Rhythmus, den er vorgibt. Dann trifft er meine Mitte und umfährt sie zärtlich mit seiner Zunge. Ich presse mich gegen ihn, lasse mein Becken in seinem Rhythmus kreisen und merke, wie sich meine Erregung mit jedem Schlag seiner Zunge mehr und mehr steigert.

Als Niall mein Innerstes mit seinem Finger öffnet, glaube ich, zu zergehen, und spüre, wie ich kurz davor bin, von einem Orgasmus überrollt zu werden. Er lässt seine Zunge über meine Mitte gleiten und der sanfte Druck seiner Zungenspitze treibt mich an den Rand einer Explosion. Selbst wenn ich wollte, ich kann das Zucken meines Körpers nicht mehr kontrollieren und spüre, wie ich mich verkrampfe. Wie sich meine Hände erst erneut in die Decke krallen, bevor ich sie im nächsten Moment auf Nialls Kopf lege und ihn in dieser Position festhalte, die mir so viel Lust schenkt. Er lässt es zu und das Lachen, das heiße Wellen auf meine Mitte ausströmt, schenkt mir weitere Sekunden auf dieser Welle der Erregung, die mich mit sich fortträgt.

Als mein Körper sich nach einer gefühlten Ewigkeit wieder beruhigt, spüre ich, wie Niall immer noch sanfte Küsse auf meiner empfindlichen Haut verteilt. Dann legt er sich vorsichtig neben mich und zieht mich an sich.

»Schlaf mit mir«, flüstere ich und sehe, wie Niall überrascht zu mir blickt.

»Genieß doch für einen Moment und entspanne«, sagt er leise, während er mir einen vorsichtigen Kuss auf die Stirn gibt. Seine harte Erektion drückt unmissverständlich gegen mein Bein und es ist ihm hoch anzurechnen, dass er auf meine Befriedigung aus ist, aber ich habe noch nicht genug.

Vorsichtig rutscht er ein Stück von mir ab, vielleicht, um mir nicht das Gefühl zu geben, dass er nicht zu kurz kommen darf, aber seine Bescheidenheit lasse ich nicht zu. Ich drücke mich an ihn und schiebe mein Bein zwischen seine. So eng aneinander trennt uns nur der Stoff seiner Boxershorts und der meines Slips, den ich immer noch trage. Meine nackte Haut liegt an seiner und die Wärme, die von ihm ausgeht, ist berauschend.

»Danielle, wenn du nicht stillliegst, kann ich für nichts garantieren«, raunt er dicht an meinem Ohr und ich kann mir ein Lachen nicht verkneifen.

»Wie meinst du? So?« Ich reibe mich an ihm, was ihn aufstöhnen lässt.

»Ich will nicht, dass du denkst, ich wäre nur auf das Eine aus«, sagt er leise und streichelt mir mit seinen Fingern über den Rücken, während ich dicht an seine Brust gekuschelt liege.

»Das denke ich nicht«, sage ich, um ihn zu beruhigen. »Ich kann es auch gern noch einmal sagen, wenn du es willst. Schlaf mit mir.«

»Ich mag eine Frau, die weiß, was sie will«, grinst er und zieht mich noch näher an sich. Unwillkürlich kann ich nicht anders und spüre, wie die Begierde neu in mir aufflammt. Ich will ihn. Will diesen Mann, der so unfassbar atemberaubend neben mir liegt, dessen Haut ich an meiner spüre und dessen Berührungen mich schier wahnsinnig machen. Ich stelle mir vor, wie seine Hände erneut feurig über meinen Körper gleiten, wie er sich über mich legt, meine Beine spreizt und hungrig in mich eindringt.

»Sag mir, woran du denkst«, höre ich ihn sagen.

Als ich zu ihm aufschaue, weiß ich, dass meine Augen voller

Begierde sind. Voller Leidenschaft. Sein Atem verändert sich und ich sehe, dass er es auch spürt.

»Dein Blick sagt genug«, raunt er mir zu und fiebrig sucht sein Mund den meinen. Er küsst meinen Hals, meine Schulter, küsst sich runter zu meiner Brust.

»Ich will dich«, hauche ich und seine Antwort kommt rasch.

»Gib mir das Kondom, ich will dich endlich spüren.«

Mit pochendem Herzen drehe ich mich zu meiner Tasche um und als er sich Augenblicke später von seiner Boxershorts trennt und sich das Kondom überstreift, verschlägt es mir für einen kurzen Moment den Atem. Er ist wunderschön. Groß. Ästhetisch. Alles an ihm scheint perfekt.

Als er sich langsam in mich schiebt, stöhne ich vor Erregung und purer Lust laut auf. Es scheint, als wäre er für mich gemacht. Vorsichtig beginnt er, sich auf und in mir zu bewegen, und es dauert nur einen kurzen Augenblick, bis wir unseren gemeinsamen Rhythmus gefunden haben. Bis sein schneller Atem und mein rasendes Herz ihren eigenen Takt finden und zu einer wunderbaren Melodie verschmelzen.

Niall ist bedacht darauf, mich mit seinem Gewicht nicht zu erdrücken, und als ich meine Beine um ihn schlinge und ihn so noch näher an mich ziehe, stöhnt er auf.

Er ist vorsichtig, aber seine Stöße sind intensiv. Treiben uns voran und mich auf die Klippe zu, von der ich vor wenigen Minuten schon einmal gesprungen bin. Er variiert sein Tempo, zieht sich wieder und wieder ein Stück aus mir heraus, nur um im nächsten Moment wieder zuzustoßen. Mit jedem Stoß steigt meine Erregung, schneller, als es mir lieb ist, sprinte ich förmlich auf meinen nächsten Orgasmus zu. Es ist zu spät, sich jetzt wieder zurückzunehmen, denn Nialls Stöhnen wird ebenfalls intensiver und ehe ich es mich versehe und es auch nur in Ansätzen kontrollieren kann, peitscht mein Orgasmus über mich und ich verliere mich unter Niall. Zucke. Lasse mich fallen. Sinke tiefer und tiefer in den Abgrund der gigantischen Erlösung. Nialls Körper wird im selben Moment von einem heftigen Beben erfasst. Ich spüre, wie er sich anspannt und sich nach drei weiteren, tiefen Stößen fallen lässt und kommt. Sein Gesicht drückt gegen meine Schulter, während sein Körper Befriedigung findet und sich sein Atem langsam beruhigt. Vorsichtig rollt er von mir herunter.

»Alles okay?«, fragt er leise, während er mir eine Haarsträhne aus der Stirn streicht.

»Alles okay«, lächle ich und rutsche wieder enger zu ihm.

»Wir sollten versuchen, ein bisschen zu schlafen. Oder soll ich dich zurück ins Hotel fahren?«

»Ich möchte die Nacht mit dir hier unter den Sternen bleiben«, hauche ich und bin froh, dass Niall die Decke über uns ausbreitet, denn nachdem sich mein Körper von der glühenden Lust befreit hat, beginne ich, zu frösteln.

Niall nimmt meine Hand und dreht mich so, dass ich mit dem Rücken an seiner Brust liege. »Träum was Schönes«, brummt er leise an meinem Haar und zieht die Decke dicht über uns.

Noch immer ist mein Körper wie elektrisiert und ich kann nicht glauben, dass das hier eben wirklich geschehen ist. Dass Niall und ich uns so nah gewesen sind und dieser unfassbar heiße Typ jetzt neben mir liegt und seine Arme um mich schließt. Ich lächle, und das Letzte, was ich spüre, bevor ich einschlafe, sind seine warmen, muskulösen Beine, die meine umschlingen.

23

NIALL

Noch nie wollte ich eine Frau so sehr wie sie. Noch nie zuvor habe ich gehofft, dass sich eine Frau in meinen Armen so fallen lassen kann, wie Danielle es letzte Nacht getan hat. Dass meine Begierde und ihre Lust so im Einklang miteinander sind.

Die letzte Nacht mit ihr war der Wahnsinn. Ich schaue auf ihren Körper, der dick in die Decke gehüllt in meinen Armen liegt. Ihr Gesicht sieht aus wie gemalt. Ihr Atem ist ruhig und sie schläft tief. Zu wissen, dass sie immer noch nackt neben mir schlummert, lässt mich sofort wieder hart werden. Unruhig bewege ich mich neben ihr, trotzdem darauf bedacht, sie nicht zu wecken.

Wie immer bin ich früh wach und es ist noch fast dunkel draußen. Vorsichtig nutze ich die Gunst der Stunde und gebe ihr einen zarten Kuss auf die Schläfe. Sie schläft so friedlich. Ihre offenen blonden Haare umrahmen ihr Gesicht beinahe wie ein Schleier. Ihre Lippen sind leicht geöffnet. Wie schön sie ist.

Wie gern würde ich sie jetzt noch näher an mich ziehen, meine Arme fest um sie legen und sie nie wieder loslassen. Ich versuche, den Gedanken zu vertreiben, dass heute schon Sonntag ist und sie morgen bereits abreisen wird. Die Woche mit ihr ist viel zu schnell vergangen und wenn ich könnte, ich würde versuchen, sie hierzubehalten. Zumindest noch eine Weile. Noch einmal ihre Lippen auf meinen spüren. Noch einmal neben ihr einschlafen und aufwachen.

Wer hätte gedacht, dass mich dieser störrische Wirbelwind, der am Flughafen in mich gelaufen ist und der sich erst gewunden hat, als hinge sein Leben davon ab, so in seinen Bann zieht. Ich darf mich nicht verlieren. Muss realistisch bleiben. Morgen ist sie fort. Vielleicht sehen wir uns nie wieder.

Danielle bewegt sich sanft neben mir, dreht sich und schmiegt sich, immer noch schlafend, an meine Brust. Behutsam lege ich ihr die Decke um die Schultern, die ein Stück runtergerutscht ist. Ziehe sie ein wenig an mich, um ihr etwas von meiner Wärme abzugeben.

»Warum bist du denn schon wach?«, höre ich sie leise an meiner Brust sagen und ihr Atem kitzelt auf meiner Haut. »Habe ich geschnarcht?«

»Nein«, sage ich mindestens genauso leise und streichle ihr wie selbstverständlich über den Rücken. »Ich kann selten lange ausschlafen. Und frühes Aufwachen hat ja auch seine Vorteile. So konnte ich dich ein wenig im Schlaf beobachten.«

Knurrend schiebt Danielle sich die Hände vors Gesicht und ich muss lachen. »Unfair«, murmelt sie und versteckt ihr hübsches Gesicht in der Decke. »Ich bin bestimmt total zerzaust.«

»Ein bisschen«, grinse ich und streiche ihr eine Haarsträhne aus dem Gesicht. »Aber ob das von unserer Leidenschaft letzte Nacht kommt oder weil du im Schlaf so hin und her gewühlt hast, weiß ich nicht.«

Zu meiner Belustigung muss ich feststellen, dass sie leicht errötet.

»Wie spät ist?«, fragt sie und hat die Augen immer noch geschlossen.

»Kurz vor sieben«, antworte ich.

Ruckartig setzt sie sich auf, hält sich die Decke schützend vor und schaut mich an. »Heute ist mein letzter Tag hier.«

Ich versuche, aus dem Ausdruck in ihren Augen schlau zu werden. Ich will mir nicht einreden, dass darin so etwas wie Traurigkeit zu sehen ist, aber es würde auch nichts bringen, mich zu belügen. Daher nicke ich nur vorsichtig und warte ab, was sie als Nächstes sagen wird.

»Hast du für heute noch etwas geplant? Nein, oder? Ich kann mich zumindest an nichts mehr auf meiner To-do-Liste erinnern.«

Ich schüttle den Kopf. »Nein. Wir haben alle wichtigen Programmpunkte erledigt und ich hoffe, du hast einen guten Einblick bekommen, was das *The Finnegan* alles zu bieten hat.«

Sie zieht eine Augenbraue hoch und schaut an mir hinab. »Das klingt jetzt aber furchtbar geschäftlich. So untypisch für dich.«

Leicht verlegen fahre ich mir mit meiner Hand über den Bart. »Na ja, also, ich meine …«, beginne ich, muss aber sofort innehalten, denn ihr prüfender Blick macht mich unsicher. »Ich hatte das nicht auf mich bezogen. Also, dass wir nun alles erledigt haben und ich dir gezeigt habe, was ich zu bieten habe.«

Danielles Antwort ist ein schallendes Lachen und ich schüttle den Kopf.

»Herrje, Danielle. Du bringst mich noch um den Verstand. Wer soll bei dem Anblick einer so bezaubernden nackten Frau neben sich noch klar denken können?«

»Charmeur«, sagt sie leise und lässt sich wieder neben mich gleiten. »Aber wirklich … heute ist mein letzter Tag. Morgen muss ich fahren.«

Sie schluckt und auch mir fehlen für einen Moment die Worte. »Ich weiß«, sage ich schließlich und ziehe sie an meine Brust.

Ich kann mich nicht daran erinnern, jemals auf den Mund gefallen zu sein, aber gerade fehlen mir die Worte. Wenn ich könnte, würde ich diesen Moment gern einfrieren. Nur sie und ich. Hier in diesem Campervan. Einmal für immer, bitte.

»Woran denkst du?«, fragt sie mich plötzlich und als ich die Augen öffne, sehe ich, dass sie mich beobachtet.

Einen Augenblick schweige ich, dann antworte ich: »Was du heute unternehmen magst.«

So eine kleine Notlüge hat ja noch nie geschadet, rede ich mir zerknirscht ein.

Danielle scheint zu überlegen, denn auch sie verstummt für einen Moment. Dann setzt sie sich auf. »Ich hätte Lust auf eine Abschiedswanderung. Vielleicht nicht mehr bis hoch auf meinen Freund, den Herrn Munro, aber noch einmal ein bisschen die Aussicht genießen. Das wäre schön. Natürlich nur, wenn du Zeit hast. Ich will nicht über deinen Tag bestimmen. Du hast sicherlich andere Dinge geplant. Sonst gehe ich einfach so noch ein bisschen spazieren.«

Sie greift neben sich und beginnt, sich langsam anzuziehen.

Ich versuche, mir meine Enttäuschung, dass sie unser Nachtlager verlassen will, nicht anmerken zu lassen, setze mich ebenfalls auf und tue es ihr gleich.

»Das können wir gern machen. Ich habe nichts vor. Schließlich ist ja auch Sonntag.«

Sie schaut mich an, streift sich den Pullover über den Kopf und lächelt. »Fein.«

»Wollen wir trotzdem versuchen, vorher noch Frühstück abzubekommen? Vielleicht haben wir Glück und Kenzie macht uns Pancakes?«

»Pancakes klingen wunderbar«, erwidert Danielle, öffnet die Tür zum Van und lässt die kalte Morgenluft herein.

»Ganz schön kalt«, rufe ich, während ich noch dabei bin, mir meine Hose anzuziehen, und grinse sie an.

»Oh, entschuldige«, lacht sie und irgendwie glaube ich, dass sie das mit Absicht gemacht hat.

24

AVA

»Wollen wir uns in einer halben Stunde in der Küche treffen?«, fragt Niall, als wir am Hotel ankommen und aus dem Van aussteigen.

»Gern«, nicke ich. »Dann kann ich duschen und mir frische Sachen anziehen. Es soll ja niemand denken, ich hätte dieselben Sachen an wie gestern Abend.«

»Du meinst, dass du hoffst, niemand errät, dass du letzte Nacht Sex hattest?«, lacht er und treibt mir natürlich sofort wieder die Röte ins Gesicht.

Und ob ich letzte Nacht Sex hatte. Höllisch guten Sex. Viel zu guten, wenn ich ehrlich bin. Wie soll ich den jemals wieder vergessen? Wer konnte denn ahnen, dass es bei uns beiden sofort so harmoniert? Gehofft habe ich es natürlich, aber dass ein One-Night-Stand so hervorragend klappt, scheint mir eher die Ausnahme. Nicht, dass ich da sonderlich viel Erfahrung hätte. Die zwei One-Night-Stands, die ich aus meiner Studienzeit vorweisen kann, fallen mehr in die Kategorie *Okay, hätten wir das also auch mal erlebt.* Nichts, was einem im Gedächtnis bleiben muss. Diese Sache hier, die wird mir nachhängen. Gewaltig. Und vor allem wird sie entscheidend dafür sein, wie und ob es mit Ryan weitergeht. Ob ich das überhaupt noch will.

»Du sagst ja gar nichts«, schmunzelt Niall, tritt neben mich und verringert so stark den Abstand zwischen uns, dass ich seinen männlichen Duft sofort wieder in der Nase habe. Weiß dieser Mann eigentlich, wie sexy er ist? Dann legt er seine Hand unter mein Kinn und neigt meinen Kopf ein Stück zu sich hoch. »Oder hast du etwa vergessen, was letzte Nacht passiert ist?«

Unfassbar eloquent schüttle ich den Kopf und schlucke. »Nein«, hauche ich viel zu offensichtlich und hoffe, dass meine Wangen inzwischen nicht die Farbe von roten Leuchtbojen angenommen haben.

»Gut«, raunt Niall mir zu und funkelt mich mit seinen tiefblauen Augen an. »Ich nämlich auch nicht. Ich werde mich immer daran erinnern.«

Dann senken sich seine Lippen für einen Moment auf meine und sofort entflammt wieder dieses Feuer in mir, das letzte Nacht lichterloh gebrannt hat. Ich lehne mich in den Kuss, lege meine Hände auf seine Brust und ertappe mich dabei, wie ich leise aufstöhnen will. Aber ich kann mich beherrschen, unterbreche den Kuss und blicke ihn an. »Eine schöne Erinnerung an Schottland, die ich mitnehmen werde.«

Er schaut mich an, verharrt für einen Augenblick und nickt dann. »Aye.«

Fast bin ich gewillt, ihn zu fragen, ob er mehr nicht zu sagen hat, aber ich besinne mich eines Besseren und vielleicht ist es gut, wenn wir diese Sache zwischen uns auf diese Weise abschließen. Schließlich sind wir erwachsen.

Dass Erwachsene manchmal Sachen tun, die gar nicht so schlau sind, verdränge ich.

Als ich etwas später zur verabredeten Zeit in der Küche ankomme, ist von Niall noch nichts zu sehen. Nur Kenzie steht an der Arbeitsplatte und hat einen Block vor sich liegen.

Irgendwie ist es komisch, auf sie zu treffen, wo ich immer noch nicht weiß, ob sie mich leiden kann oder nicht.

»Hi«, sage ich vorsichtig und schaue zu ihr. »Ist es schon zu spät für *Guten Morgen*?«

Kenzie blickt zu mir und lächelt mich zu meiner Überraschung offen an. »Ach Quatsch. Es ist zwar nicht mehr in aller Herrgottsfrühe, aber ich denke, um kurz vor neun darf man noch *Guten Morgen* sagen. Möchtest du einen Kaffee? Ich bin mir sicher, nach der Nacht kannst du den vertragen.«

Ich reiße meine Augen auf und starre sie an. Weiß sie, was letzte Nacht zwischen mir und Niall passiert ist?

»Kaffee geht immer«, sage ich. »Aber so schlimm war die Nacht gar nicht. Ich habe gut geschlafen.«

Lieber Gott, bitte lass sie nicht stutzig werden und nachfragen.

»Dann ist ja alles gut«, lacht Kenzie, geht zur Kaffeemaschine und gießt mir eine große Tasse Kaffee ein. »Ich kann im Campervan nicht schlafen. Ich habe immer Panik, dass plötzlich irgendwas am Wagen vorbeihuscht oder direkt am Fenster steht.«

»Ja, es war schon ein bisschen gruselig, so inmitten der Dunkelheit, aber ich habe mir einfach gedacht, dass Niall das schon regeln wird. Notfalls hätte ich ihn in die Nacht gejagt und mich im Wagen verbarrikadiert. Groß und stark genug ist er ja, um in der Wildnis klarzukommen.«

Kenzie lacht und schenkt sich selbst auch eine Tasse Kaffee ein. »Wie hat dir die Woche bei uns gefallen? Was hast du für einen Eindruck vom Hotel?«

Ich lehne mich an die Arbeitsplatte und nippe am noch heißen Kaffee. »Ich habe mich unfassbar wohl bei euch gefühlt. Wirklich. Davon abgesehen, dass dein Bruder wirklich ein sehr ansprechendes Programm für mich zusammengestellt hat, damit ich sämtliche Aktivitätenmöglichkeiten kennenlerne, lohnt es sich allein wegen deiner Kochkünste, hier einen Aufenthalt zu buchen. Wirklich, Kenzie, du bist eine kleine Zauberin in der Küche. Fast bin ich froh, dass es für mich nach Hause geht, denn sonst bräuchte ich meine Klamotten wohl ein oder zwei Kleidergrößen größer, wenn ich noch öfter von deinen Kochkünsten profitieren könnte.«

»Danke«, sagt sie und man sieht ihr an, dass sie sich sichtlich geschmeichelt fühlt.

»Ich werde auf jeden Fall ausführlich davon berichten und werde mir definitiv euren Gin besorgen. So lecker. Wirklich. Er wird mich immer an meinen Aufenthalt hier zurückerinnern.«

»Vielleicht kommst du ja auch mal zurück zu uns? Das würde mich freuen«, sagt Kenzie zu meiner Überraschung und ich starre sie mit großen Augen an.

»Ja? Das mag jetzt vielleicht komisch klingen, aber ich hatte den Eindruck, als wäre dir mein Aufenthalt hier nicht so recht.«

»Was?«, ruft sie laut. »Wie kommst du denn darauf?«

»Na, wegen Niall?«

»Verstehe«, nickt sie und verschränkt die Arme vor der

Brust. »Ich hatte nur ein bisschen Angst, dass er es versaut und sich dir gegenüber so unpassend verhält, dass du sauer auf ihn bist und schlecht über das Hotel berichtest. Es tut mir leid, wenn du den falschen Eindruck von mir bekommen hast. Das Hotel ist einfach mein Baby und liegt mir wahnsinnig am Herzen. Mein Bruder natürlich auch, aber manchmal kann er ein großer Idiot sein, dem man hin und wieder auf die Füße treten und zurück in die richtigen Bahnen lenken muss.«

»Großer Idiot? Warum?«, frage ich lachend und bin froh, dass mich mein Gefühl, was Kenzies Einstellung zu mir betrifft, getrogen hat.

»Nun, er kann schönen Frauen schlecht widerstehen. Und wenn die dann auch noch so wie du sind, wird es besonders gefährlich.«

»Wie ich?« Irritiert blicke ich sie an. »Wie bin ich denn?«

»Nicht auf den Mund gefallen«, lacht sie und geht wieder zu dem Block, der auf der Arbeitsfläche neben uns liegt.

»Du meinst also, ich habe eine große Klappe?«

»Nein«. Kenzie schüttelt den Kopf. »Aber mein Gefühl sagt mir, dass du und mein Bruder auf einer Wellenlinie liegt und ihr euch gegenseitig reizt und anstachelt.«

»Reizt und anstachelt?«

»Danielle«, lacht sie und dreht sich zu mir. »Ihr seid erwachsen. Was ihr tut oder lasst, und das meinetwegen auch in einem Campervan, geht mich nichts an, solange keiner dadurch verletzt wird.«

»Und auch das Hotel keinen Schaden nimmt«, ergänze ich, mir ziemlich sicher, dass Kenzie sehr wohl ahnt, was letzte Nacht zwischen Niall und mir passiert ist.

Sie schaut mich eindringlich an und nickt dann.

»Wer hat einen Schaden?«, tönt es plötzlich von der Tür und Niall steht auf einmal in der Küche. Wie auch ich hat er sich umgezogen und ist frisch geduscht. Er trägt eine schwarze Jeans, ein weißes T-Shirt und ein Karohemd. Ich wusste bis zu diesem Moment gar nicht, wie sexy Karohemden sein können. Aber wahrscheinlich könnte Niall sich auch Latzhosen anziehen und ich würde einen neuen Fetisch entwickeln.

»Danielle und ich sind uns einig, dass du einen hast, aber das tut gerade nichts zur Sache.« Kenzie zuckt mit den Schultern und zwinkert ihm zu. »Lass mich raten, ihr wollt Frühstück?«

»Du kannst hellsehen«, flötet Niall, geht auf seine Schwester zu und zieht sie in eine feste Umarmung.

»Uuuh, wenn du so anhänglich bist, willst du meist Pancakes. Habe ich recht?«

Er zuckt mit den Schultern. »Du kennst mich zu gut. Aber wir brauchen eine kleine Stärkung. Danielle will nämlich noch einmal wandern gehen.«

»Ach echt?«, fragt Kenzie überrascht und schaut zu mir. »Ich hatte dich nicht für eine Wanderin gehalten.«

»Ich mich auch nicht«, gebe ich unumwunden zu. »In London ist aber die Luft nicht so gut wie hier und der Ausblick auch nicht.« Ich schaue zu Niall und hoffe, dass er meine kleine Anspielung nicht mitbekommt. »Bevor ich morgen Abend wieder in dem Großstadtmief stehe, wäre noch ein bisschen Frischluft der Highlands wirklich schön.«

»Die Woche ist wie im Flug vergangen, oder? Wann geht dein Flieger morgen?«

Kenzie schaut mich an und auch Niall lässt mich nicht aus den Augen.

»Mein Flieger geht erst um kurz nach sechs Uhr abends. Ich kann also morgen früh packen. Ich müsste hier kurz nach Mittag los.«

»Ich fahre dich natürlich«, höre ich Niall sagen, aber er schaut mich nicht an. Stattdessen blickt er auf den Block, auf den Kenzie hin und wieder etwas zu kritzeln scheint. »Was machst du da, Schwesterherz?«, fragt er und sieht sie interessiert an.

»Ach, das sind nur ein paar Menüüberlegungen«, sagt sie nahezu beiläufig und zuckt mit den Schultern. Ihr scheint die Situation unangenehm zu sein.

»Nur ein paar Menüüberlegungen? Kenzie, ich kenne dich schon lange und nie zeichnest du das so minutiös auf. Was geht in deinem Kopf vor?«

Er stellt sich hinter sie und blickt ihr über die Schulter.

»Ach, nichts Wichtiges.«

»Kenzie?«, fragt er erneut und lässt sich nicht abwimmeln. »Das sind doch nicht etwa endlich erste Ideen für ein Kochbuch?«

Kenzie errötet, nimmt den Block von der Arbeitsplatte und lässt ihn im Schrank neben der Anrichte verschwinden. »Nur ein bisschen Brainstorming«, versucht sie, es abzutun, und es ist ihr anzusehen, dass ihr die Sache unangenehm ist.

Scheinbar hat Kenzie die Rechnung ohne ihren Bruder gemacht. Er zieht sie in seine starken Arme und drückt sie fest an sich. »Egal, was es ist. Mach weiter. Ich glaube an dich.«

Aus dem Augenwinkel kann ich sehen, dass Kenzie sich ein paar Tränen aus den Augen wischt und die Nase hochzieht. Dann winkt sie ab. »Wollt ihr jetzt Pancakes oder nicht?«

Niall lässt sie los, nicht aber bevor er ihr nicht einen Kuss auf die Stirn gesetzt hat. Mir wird warm ums Herz, denn nicht nur ist es schön, zu beobachten, wie besonders die Verbindung zwischen den Geschwistern ist, sondern auch, dass Niall in der Lage ist, Emotionen zu zeigen und so herzlich zu sein. Rugbyspieler sind harte Kerle, aber dieser hier hat wohl einen verdammt weichen Kern.

25

NIALL

Mein gesunder Menschenverstand sagt mir, dass ich ihr jetzt *Gute Nacht* sagen und mich von ihr verabschieden sollte. Leider Gottes hat mein Gehirn bereits vor einer ganzen Weile ausgesetzt und Danielle hat meine Gedanken eingenommen. Völlig.

Während ich neben ihr über den schwach erleuchteten Hotelflur laufe und sie in Richtung ihres Zimmers bringe, schweigen wir und niemand weiß wohl so recht, wie er diesen Abend beenden soll.

Unsere letzte gemeinsame Wanderung war schön, und auch wenn wir dann doch in der Nähe des Hotels geblieben sind und keine größere Bergwanderung auf uns genommen haben, war alles perfekt. Das Wetter, die Stimmung, unsere Gespräche. Danielle ist nicht nur wahnsinnig hübsch und aufregend, sie ist auch ein Mensch, den man gern in seiner Nähe hat. Leider ist es mit dieser Nähe nun vorbei und ich sollte mich langsam an den Gedanken gewöhnen, dass sie morgen wieder weg ist. Selbst die schönsten Dinge gehen irgendwann zu Ende. Jetzt ist verdammt noch mal nicht die Zeit, sich Gefühle zu leisten. Auch wenn mir letzte Nacht noch so stark im Gedächtnis ist und ich nichts lieber täte, als sie wieder auf diese Weise zu berühren, halten wir seit unserer Ankunft heute Morgen am Hotel und unserem letzten Kuss Abstand.

»Hast du schon gepackt?«, frage ich sie, als wir an ihrer Tür ankommen und sie sich in den Türrahmen lehnt. Obwohl sie heute beim Frühstück gesagt hat, dass sie es morgen früh tun will, brauche ich irgendetwas, um dieses Gespräch in Gang zu halten. Auch wenn es eine völlig dämliche Frage ist.

»Den Großteil«, sagt sie und streicht sich eine blonde Haarsträhne aus dem Gesicht. »Irgendwie ging es dann doch schneller als gedacht. Für eine Woche hat man ja auch nicht unsagbar viel dabei.«

»Stimmt«, nicke ich und stecke meine Hände in meine Hosentaschen, da ich absolut keine Ahnung habe, wohin damit.

»Danke übrigens, dass du mich zum Flughafen bringst«, sagt sie beinahe zögerlich und schaut mich an.

»Das mache ich gern. Also ... na ja ... was heißt gern. Es ist doch selbstverständlich, sagen wir so.«

»Wie meinst du das denn jetzt?«, fragt sie überrascht und ist von meinem Gestottere sichtlich irritiert.

»Na ja«, beginne ich, zu erklären. »Ich habe dich abgeholt, also bringe ich dich auch wieder hin. Und außerdem möchte ich nicht, dass du beschwerlich mit dem Bus nach Inverness fahren musst. Du hast quasi deinen persönlichen Hotelshuttle. Den bieten wir sowieso regulär für Leute an, die nicht mit dem eigenen Fahrzeug anreisen. Nur fährt normalerweise nicht einer der Inhaber persönlich«, grinse ich verlegen und zucke mit den Schultern.

»Dann habe ich ja Glück, dass ich einen ganz guten Draht zu diesem einen Inhaber habe«, sagt sie und ein Lächeln streift über ihr bezauberndes Gesicht.

Wir blicken uns eine gefühlte Ewigkeit an und mein Herz klopft wie wild in meiner Brust. Ach, was sage ich, es hämmert. Und wenn ich nicht gleich irgendetwas tue, wird es aus meiner Brust herausspringen.

Ich ziehe meine Hand aus der Hosentasche, gehe einen Schritt auf Danielle zu, greife in ihren Nacken und ziehe sie an mich heran. »Sag, dass ich das sein lassen soll und wir nicht wiederholen sollen, was gestern passiert ist.«

Ich atme schwer und hoffe, dass sie sich nicht im nächsten Moment aus meinem Griff winden wird.

Statt einer Antwort schaut sie mich abwartend an und beißt sich auf die Unterlippe. Dann atmet sie ein und es folgt ein nahezu provozierendes *Oder?*, das mich innehalten lässt. Ich lege meine andere Hand auf ihre Hüfte, als ich fortfahre: »Ich will nicht, dass du das Gefühl bekommst, ich würde das hier ausnutzen.«

»Ausnutzen? Wieso?«

Diese verdammten Fragen.

»Weil du morgen wieder weg bist. Es soll sich nicht wie ein One-Night-Stand anfühlen. Das Gefühl will ich dir nicht geben. Also, dass es hier nur um Sex geht.«

Sie zieht eine Augenbraue hoch. »Ich weiß ja nicht, ob du mitgezählt hast, aber wenn wir das hier geschehen lassen, sind wir über die One-Night-Stand-Nummer hinweg. Und«, sie legt eine Hand auf meine Brust, »wir sind alt genug, Niall. Wir wissen, was das hier ist. Ich weiß nicht, wie es dir geht, aber ich fühle mich gerade extrem zu dir hingezogen und ich kann mir das jetzt schönreden, so lange ich möchte. Ich weiß, dass ich letzte Nacht noch einmal erleben will.«

Ihre Offenheit lässt mich schlucken und gleichzeitig spüre ich den Drang, sie in meine Arme zu nehmen und nicht mehr loszulassen.

Dann ist sie es, die die Initiative ergreift und die Tür öffnet. Ohne ein weiteres Wort zu sagen, greift sie nach meiner Hand und zieht mich hinter sich her in ihr Hotelzimmer. Hinter mir fällt die Tür ins Schloss und für einen Moment lehne ich mich an und beobachte Danielle, wie sie fast unschlüssig im Raum steht. Verlässt sie jetzt doch der Mut?

Sie nimmt meine Hand und führt mich zum Bett. Für einen Augenblick fühlt es sich an, als würden sich zwei unsichere Menschen gegenüberstehen, die zwar erwachsen sind, aber mit dieser Situation und ihren Gefühlen füreinander nicht umgehen können. Zumindest wünsche ich mir, dass auch Danielle das empfindet, was sie in mir auslöst. Ich mag ihre Art. Wie sie redet. Wie sie lacht. Wie sie sich gibt und gar nicht bemerkt, wie langsam ihre Unsicherheit zu verschwinden scheint und sie mehr und mehr bei sich ankommt.

Nach einer fast unerträglichen Ewigkeit zieht sie mich in ihre Arme und sofort spüre ich ihre weichen Formen. Wir könnten unterschiedlicher nicht sein. Mein harter, durchtrainierter Körper scheint ihre sinnliche Weiblichkeit zu ummanteln. Ich liebe es, so viel größer als sie zu sein, denn für einen Moment kann ich meinen Kopf auf ihren legen. Ich rieche ihr Haar. Rieche ihren verführerischen Duft. Ich streiche über ihre Wange und hauche ihr einen Kuss auf die Stirn. Ich weiß nicht, wie sie es macht, aber während ich mir sonst nehme, was ich will, und stets der dominantere Part im Schlafzimmer bin, habe ich das Gefühl, in ihren Armen sanft wie Butter zu sein. Jeder Widerstand ist zwecklos.

Dann schaut sie zu mir auf und ich sehe, dass sie dasselbe wie ich will. Als sich unsere Lippen treffen, küssen wir uns leidenschaftlich. Lodernd. Fordernd und gleichzeitig so sanft, dass die Zeit stillzustehen scheint. Ach, wenn sie es nur könnte.

Heißes Verlangen durchzuckt mich und als wir unseren Kuss unterbrechen, ringen wir beide nach Atem.

Es dauert nicht lange und wir stehen nur noch leicht bekleidet voreinander. Bewundernd lasse ich meinen Blick an Danielle entlangschweifen. Sie trägt einen schwarzen Spitzen-BH mit einem passenden Höschen und ist die Verführung pur. Mir stockt der Atem, als ich sanft mit meinen Fingern über ihre Schulter gleite.

Ich ziehe sie an den Hüften zu mir heran, greife in ihr langes Haar und ziehe ihren Kopf zurück. Erst streifen sich unsere Lippen nur, doch als sie erneut ihren Mund öffnet, ist es mit meiner Zurückhaltung vorbei und ich küsse sie leidenschaftlich. Ich bin hart und trotzdem nehme ich mir die Zeit, mir jeden Millimeter ihres schönen Körpers einzuprägen. Ich küsse sie von ihren Lippen runter über ihre Kehle, über ihre Schulter und ihr Schlüsselbein zu ihren Brüsten. Sie schmeckt aufregend. Danielle biegt sich mir entgegen und stöhnt leise auf, als ich mit meinen Lippen vorsichtig an dem Stoff zupfe, der ihre Brustwarzen verhüllt. Sinnlich lässt Danielle ihre Hüften an mir kreisen und während meine Hand über ihren Bauch gleitet, scheint sie ihre aufreizenden Kreise zu intensivieren. Die Woge der Lust, die mich im nächsten Moment erfasst, lässt mich beinahe explodieren. Jede ihrer Bewegungen schickt heiße Stromschläge durch meinen Körper. Die Reibung ihrer Hüfte an mir ist Zeichen voller Begierde und tiefer Sehnsucht nach mehr.

Immer wieder finden sich unsere Münder für einen innigen Kuss. Das hier ist kein langsames Herantasten. Das hier ist absolute Lust auf mehr, gepaart mit nahezu unstillbarer Sehnsucht und dem Wunsch, jeden Augenblick so intensiv zu genießen wie nur möglich. Ihre Zunge erobert meinen Mund und als sie ihre Finger über meine nackte Haut gleiten lässt, sie über meine Brust und meinen Rücken fährt, ist es mir nahezu unmöglich, die Leidenschaft zu bändigen, die von mir Besitz ergreift. Ich lasse meine Hände über ihren Hintern gleiten, umfange ihn und knete ihn heftig. Dann hebe ich sie ruckartig hoch und gemeinsam fallen wir nahezu aufs Bett.

Als sie wenige Augenblicke später nackt vor mir liegt, schlägt mein Herz in einem rasenden Rhythmus. Immer wieder küssen wir uns. Ich lasse meine Lippen über ihr Kinn, ihren Hals und ihren sensiblen Nacken wandern. Dann beiße ich vorsichtig zu und höre, wie sie aufseufzt. Völlig atemlos drehe ich sie zu mir, ziehe sie hoch, bis sie auf meinen Schenkeln sitzt. Meine Hände liegen auf ihrer Hüfte und ich weiß, dass sie meine Erregung spürt. Ganz nah an ihrer empfindlichsten Stelle.

Ihre Haut glänzt und kleine Schweißperlen zieren ihren wunderschönen Körper. Ihr Anblick macht mich wahnsinnig. Ihr leises Stöhnen atemlos. Als sie langsam beginnt, sich auf mir zu bewegen, setzt mein Verstand aus und ich muss mich zusammenreißen, um nicht sofort zu explodieren. Vorsichtig gleite ich über die sanften Kurven ihrer Hüften, streiche ihre

Schenkel hinab. Dann fahren meine Finger hoch zu ihren Brüsten und umfassen sie. Sie lässt den Kopf nach hinten fallen und atmet schwer.

»Ich will dich«, haucht sie und ihre Offenheit verschlägt mir wie schon so oft die Sprache. Sie wartet meine Antwort nicht ab, sondern bewegt weiterhin ihre Hüften und reibt sich an mir. Dabei spüre ich, wie ihr Atem sich langsam beschleunigt und sie sich voller Wonne mehr und mehr hingibt. Mein Blick fährt über ihren Körper, der so dicht vor mir ist und mich schier um den Verstand bringt. Kann ein Mensch sich vor Verlangen verzehren? Vorsichtig lasse ich meine Hand zwischen ihre Beine gleiten und als meine Finger ihre empfindlichste Stelle berühren, stöhnt sie heftig auf.

»Ich will dich auch«, knurre ich förmlich und beginne, ihren Venushügel zu streicheln. Immer wieder fährt mein Finger tiefer und berührt ihre erregte Mitte. Ihr Körper bewegt sich mir entgegen und ich spüre, wie sehr diese Liebkosung sie anmacht. Immer wieder keucht sie auf und schließlich schlingt sie ihre Arme um meinen Hals und küsst mich mit einer Leidenschaft, die mich beinahe umwirft. Unsere Zungen beginnen ein inniges Spiel und während sich ihr Körper weiter auf mir bewegt, lasse ich meinen Finger wieder und wieder in sie gleiten.

Ich greife neben mich und streife mir hastig das Kondom über, das Danielle auf dem Nachttisch abgelegt hat. Dann ziehe ich sie sofort wieder in unsere innige Position und als sie sich auf mich sinken lässt und meinen Schwanz in sich aufnimmt, muss ich alle Kraft daransetzen, nicht sofort zu kommen. Sie schiebt mir ihr Becken entgegen und ich spüre, dass ihr Körper nach mehr verlangt. Unsere Blicke treffen sich und als ich ohne

Vorwarnung tief in sie stoße, klammert sie sich an meinen Schultern fest. Sie stöhnt vor Lust auf und wirft ihren Kopf in den Nacken. Ich lasse meinen Blick über ihre Brüste wandern, die vor mir auf und ab wippen. Ihre blonden Haare fallen über Danielles Schultern und als ich mit meinem Daumen über ihre Brüste streiche, stellen sich ihre Brustwarzen sekundenschnell auf. Sie bewegt ihr Becken auf mir und als sich unsere Blicke treffen, sieht sie mich aus großen Augen an und lächelt betörend. Ich schlinge meine Arme um ihren Körper, ziehe sie an mich. Ich spüre ihre nackten Brüste, die gegen meine nackte Brust drücken. Wie perfekt unsere Körper ineinanderpassen. Langsam bewege ich mich in ihr und es ist ihre wohlige Wärme, die mich umschließt. Ich könnte diesen Moment ewig auskosten, sie lange und intensiv lieben, doch ich spüre, wie meine Lust mich zu überwältigen droht.

»Verdammt«, brumme ich, als ich wieder und wieder in sie gleite und irgendwann glaube, zu explorieren.

Dann tut sie etwas, mit dem ich nicht gerechnet habe. Sie rutscht von mir und während sie mich lasziv anlächelt, beißt sie sich auf die Unterlippe.

»Na warte«, stöhne ich erregt und als sie mir ihren Rücken zudreht und mir ihre Rückseite präsentiert, glaube ich für einen Moment, den Verstand zu verlieren. Plötzlich kniet sie vor mir und während ich mit der Hand über ihren schlanken Rücken streife, stößt sie kleine Seufzer aus. Genau wie ich ist sie am Rand ihres Höhepunkts. Sie hat sich auf ihren Unterarmen abgestützt und scheint jede meiner sanften Berührungen zu genießen. Mein Blick fährt über ihren wunderschönen Körper. Ich versuche, mir jeden Millimeter genau einzuprägen. Will diesen Anblick dieser wunderschönen, sinnlichen Frau vor mir nie wieder vergessen. Ich sehe die zarten Kurven ihrer Hüften, die Rundung ihres Pos. Als sie den Kopf zu mir dreht, sind ihre Wangen gerötet, die Lippen geschwollen und ihre Augen strahlen noch immer eine Lust aus, wie ich sie noch nie in den Augen einer Frau gesehen habe.

In diesem Moment begreife ich, dass sie mir vertraut. Wie sehr sie das hier auch wollen muss, wo sie doch genauso wie ich weiß, dass es in ein paar Stunden vorbei sein muss. Sie ist hier. Und ich darf bei ihr sein.

Sie dreht sich zu mir und lächelt mich an. Verdammt, diese Gefühle überwältigen mich. Wie schön wäre es, wenn sie einfach bliebe. Noch für ein paar Tage. Länger. Ob sie überhaupt eine Ahnung hat, wie sehr ich sie will? Wie sehr sie seit Tagen ständig in meinen Gedanken ist?

Als sie halb flehend, halb befehlend ein leises »Bitte« haucht, ist es um meine Beherrschung geschehen. Ich ziehe sie zu mir, umfasse ihre Hüften und dringe von hinten in sie ein. Fast erlösend klingt der leise Schrei, den sie von sich gibt. Ihre Lust treibt mich an und ich kann nicht anders, als die Intensität meiner Stöße zu beschleunigen. Ich höre sie keuchen, ahne, dass sie dem Höhepunkt immer näher kommt.

»Mach weiter, bitte mach weiter«, stöhnt sie und Sekunden später spüre ich, wie ihre Muskeln zucken und ihr Stöhnen rauer klingt. Ich dringe noch ein letztes Mal in sie ein, genieße die köstliche Reibung, den schnellen Rhythmus, der in meinem Blut pocht, und verliere im nächsten Moment die Kontrolle über meinen Körper. Ich atme schwer, bewege mich in ihr und hoffe, dass sie ahnt, was mir ihre Lust bedeutet.

Mein Orgasmus überrollt mich und während ich mich den nahezu primitiven Empfindungen hingebe, verliere ich die

Verbindung zur Realität und habe das Gefühl, nichts und niemand hätte mich auf diesen Moment der Ekstase vorbereiten können. Ich verliere mich in ihr, klammere mich an ihre Hüften und gebe mich dem Rausch hin, der mich übermannt.

»Komm für mich«, raune ich ihr zu und binnen Sekunden scheint es, als würde sich ihr Körper fest um meinen Schwanz klammern. Ihre leisen Schreie, die sie nicht zu kontrollieren scheint, geben mir Befriedigung. Mein Schaft pulsiert in ihr und ihr Beben lässt mich erschaudern.

Als ich mich aus ihr herausziehe, erzittert sie. Ich spüre, wie sie sich auf einen überwältigenden Höhepunkt zubewegt und sich ihm hingibt. Ihr Körper protestiert, als ich mich zurückziehe, doch ich gleite ein weiteres Mal in sie hinein, langsam und tief. Dabei beobachte ich jede ihrer Regungen, spüre die Hitze, die von zwischen ihren Beinen ausgeht.

Danielle drängt sich mir entgegen, damit ich noch tiefer in sie dringen kann. Ihr Orgasmus reißt mich beinahe ein weiteres Mal mit über die Klippe. Sie reitet auf einer Woge der Lust und ich stoße in sie, bis die Welle sie einholt und über ihr zusammenschlägt. Zitternd sinkt sie vor mir aufs Laken, als sie völlig erschöpft die Kraft zu verlieren scheint. Ich ziehe mich immer noch atemlos aus ihr zurück, fahre mit meiner Hand zärtlich über ihren Rücken, hauche sanfte Küsse auf ihre Wirbelsäule und ziehe sie mit mir auf die Matratze. Dann lege ich meine Arme um sie und halte sie fest. Halte sie so lange, bis sich unser beider Atem langsam beruhigt. Unsere erregten, verschwitzten Körper liegen aneinander und ich könnte mir in diesem Augenblick nichts Schöneres vorstellen.

26

AVA

Machen wir uns nichts vor – jeder Urlaub endet irgendwann mit einem Abschied am Flughafen und einer Rückkehr nach Hause. Was bleibt, sind Erinnerungen.

Ich weiß, dass ich realistisch sein muss. Dass das mit Niall einer Urlaubsromanze gleichkommt. Jeder von uns hat sein eigenes Leben. Und tatsächlich habe ich eins, von dem er überhaupt keine Ahnung hat, weil ich ihm eine gottverdammte Lüge aufgetischt habe, die ich ach so gut aufrechterhalten habe. Schlimm genug, dass ich Ryan dabei komplett aus meinem Hirn verbannt habe. Ich weiß, dass einige Dinge in London nicht so weitergehen können und ich mich trennen muss. Ich mich trennen werde. Aber die Art und Weise, wie ich hier in Schottland gehandelt habe, ist trotzdem nicht okay und weder Ryan noch Niall gegenüber fair. Aber hätte ich Niall widerstehen müssen? Hätte ich ihm überhaupt widerstehen können? Mir diese Momente der Leidenschaft und des Glücks verbieten sollen? Ich habe sie verdient. Habe sie allein deswegen verdient, weil Ryan mir ganz klarmacht, an welcher Stelle ich in seinem Leben komme.

Gott, wie sehr ich Niall vermissen werde und wie gern ich diesen Moment des Abschieds hinauszögern würde. Aber ich muss zurück. Zurück in mein altes Leben und Danielle ihr eigenes wiedergeben.

»Manchmal ist es am besten, wenn man sich zu Hause verabschiedet und allein zum Flughafen fährt«, sage ich zaghaft und zucke mit den Schultern, während ich neben Niall sitze, der den Wagen am Flughafen in Inverness auf den Parkplatz am Abflugterminal lenkt. Der Abschied von Kenzie, Liam, Jamie, Iain und dem wunderbaren Hotel ist mir nicht leichtgefallen. Wer hätte geglaubt, dass mir Stadtkind ein entlegenes Fleckchen Erde in den schottischen Highlands so ans Herz wachsen kann. Dass mir Paris auf einmal völlig gleichgültig geworden ist und ich einen Munro plötzlich der Champs-Élysées vorziehen würde.

»Ich dachte, du wolltest, dass ich dich zum Flughafen fahre?« Verstört schaut Niall mich an und ich fühle, dass mein Satz ihm mehr zusetzt, als ich gedacht habe.

»Ich bin nicht gut mit Abschieden«, sage ich leise.

Bisher haben wir es vermieden, über meinen Abschied zu sprechen. Also so wirklich. Auf einmal ist der Moment da, obwohl er sich gestern Nacht noch so weit entfernt angefühlt hat. Gestern Nacht, als ich in seinen Armen lag. Ihn so nah an mir spüren durfte. An mir und in mir. Als seine innigen Küsse mich in einen Rausch der Leidenschaft versetzt haben. Als ich mich fallen gelassen habe und er mit mir gefallen ist. Als wir eins waren und alles sich so anfühlte, als solle es so sein.

Niall streckt seine Hand aus und verschränkt seine Finger mit meinen. »Abschied nehmen ist nie schön«, antwortet er leise und Stille breitet sich im Wagen aus.

Für einen Augenblick kann ich nichts erwidern, weil ich merke, wie sich meine Kehle langsam zuschnürt.

Nicht weinen, Ava. Du wusstest, dass der Abschied kommt. Lass Dinge das sein, was sie sind. Wunderbare Erinnerungen. Erinnerungen an einen unvergesslichen Aufenthalt in einem wunderschönen Familienhotel in den schottischen Highlands. Erinnerungen an eine Begegnung mit einem sagenhaften Schotten, der mir mein Herz gestohlen hat. Jeden Tag in dieser Woche ein bisschen mehr. Mit seiner Rauheit. Seiner Wärme. Seiner Abenteuerlust. Seinem Herzen.

»Meldest du dich, wenn du in London angekommen bist?«, fragt Niall mich und drückt meine Hand, nachdem er den Motor ausgestellt hat.

»Das mache ich«, antworte ich, lächle ihn an und schaue dann auf unsere verschränkten Finger. »Danke für diese unvergessliche Woche.«

Sein Daumen streift über meinen Handrücken. »Ich danke dir, Danielle.« Er zieht meine Hand an seine Lippen und küsst sie. »Es waren wunderbare Tage, die ich nicht missen möchte. Ich danke dir jetzt schon dafür, was du für das Hotel getan hast.«

Mir bleibt nichts anderes, als leise zu seufzen.

Er löst seine Hand aus meiner, schnallt sich ab und steigt aus dem Wagen. Schwer atme ich ein und wieder aus. Als er ums Auto rumläuft und mir die Tür öffnet, steige ich wie mechanisch aus und ziehe meine warme Jacke an. Er legt mir den Schal um den Hals und lächelt mich an. Dann zieht er mich in seine Arme und küsst mich. Seine Lippen sind sanft und ich versuche, mir jede Millisekunde dieses Moments einzuverleiben. In meinen Gedanken zu speichern.

»Bereit?«, fragt er, als er mein Gepäck ausgeladen hat und wir gemeinsam Richtung Abflughalle laufen. Seine Hand liegt in meiner und alle paar Schritte spüre ich, wie er sie sanft drückt oder mich mit seinem Daumen streichelt.

Nein, ich bin nicht bereit, aber was bleibt mir übrig?

»Hey«, sagt er dann, »lächeln nicht vergessen. Sonst sieht es für die Menschen um uns herum so aus, als wäre meine Gegenwart für dich eine Qual.«

Ich verdrehe die Augen und muss unwillkürlich grinsen, obwohl mir eigentlich mehr nach weinen zumute ist. »Hast du eine Ahnung.«

»Ey«, lacht er und ich bin ihm so dankbar, dass er versucht, ein bisschen Leichtigkeit in diesen Moment zu bringen.

Abrupt bleibe ich stehen und schaue ihn an. »Niall?«

»Ja?« Verwundert blickt er zu mir. »Was ist los?«

Ich atme tief durch, schließe für einen Moment die Augen, und als ich sie wieder öffne, sage ich mit klarer Stimme: »Ich möchte das letzte Stück allein gehen. Ich möchte mich hier von dir verabschieden und nicht am Gate.«

So ganz kann ich nicht glauben, dass mein Mund diese Worte ausspricht.

Ich blicke ihn an und irgendwie sieht es aus, als würde in seinen Augen Unglaube stehen. Er atmet tief ein, schließt für einen kurzen Moment ebenfalls seine Augen und als er sie öffnet, höre ich sein festes *Okay*. Statt etwas einzuwenden, stellt er das Gepäck neben mir ab und legt seine Hand auf meine Wange.

»Ich habe das eben ernst gemeint, Danielle. Ich fand unsere gemeinsame Zeit wunderbar. Ich werde dich vermissen.«

Seine Stimme ist rau und alles in mir hofft, dass er mich fragt, ob ich bleiben möchte. Aber er tut es nicht.

»Ich dich auch«, ist alles, was ich daher in der Lage bin, zu flüstern. Dann küsst er meine Lippen und Wangen, bevor er zärtlich mein Gesicht in beide Hände nimmt. Als würde er spüren, wie schwer dieser Moment für mich ist.

»Mach die Augen zu«, sagt er leise, bevor er meine Augenlider küsst. »Lass sie zu, bis ich weg bin. Dann ist es nicht so schwer.«

Ich schlucke, aber gehorche. Das Letzte, was ich spüre, sind seine Lippen auf meinen geschlossenen Lidern, als er sie ein letztes Mal küsst und mir verspricht, dass wir uns irgendwann wiedersehen.

27

NIALL

Ich werfe meine Jacke in den Wagen und knalle den Kofferraumdeckel zu. Frustriert stöhne ich auf und laufe zweimal am Wagen auf und ab. Wütend versetze ich einem Reifen einen Tritt.

Ich bin so doof. Warum habe ich sie nicht gefragt, ob sie bleibt? Warum habe ich sie aus dem Auto aussteigen lassen?

Mach die Augen zu. Lass sie zu, bis ich weg bin. Dann ist es nicht so schwer. Was für ein Schwachsinn.

Und ob es schwer ist. Und ob mein Herz in tausend Teile zersprungen ist, als ich sie am Abflug habe stehen lassen.

Wie wunderbar ich doch darin bin, mich selbst zu belügen. So wunderbar, dass ich mir selbst weismachen wollte, dass das hier nur eine lockere Begegnung mit einer Frau ist, mit der man ein paar heiße Stunden verbringt, bevor jeder wieder seinen eigenen Weg geht. Hat ja toll geklappt. Ganz toll.

Eigentlich war mir schon nach den ersten Momenten klar, dass Danielle mir gefährlich werden könnte. Dass ihre Art genau das ist, was mich reizt. Mich herausfordert. Mir zum Verderben wird.

Sie passt in mein Leben. Ist irgendwie das fehlende Puzzleteil, nach dem ich so lange gesucht habe. Ob ich es wahrhaben will oder nicht, sie vervollständigt mich auf eine Weise, die ich nicht für möglich gehalten habe. Schon gar nicht in so kurzer Zeit. Tja, und jetzt habe ich es versaut. Habe sie einfach gehen lassen, ohne auch nur ein bisschen zu kämpfen. Was bin ich bloß für ein Loser. Auf dem Spielfeld hätte ich kurzen Prozess mit Männern wie mir gemacht. Keinen Arsch in der Hose? Dann leide!

Das Schlimmste ist, dass ich sie in dem Glauben habe abreisen lassen, sie wäre für mich auch nur eine Unverbindlichkeit. Ich bedanke mich auch noch dafür, was sie für unser Hotel getan hat. Ganz großes Kino, Niall.

Ich öffne die Fahrertür meines Wagens, ziehe mich auf den Sitz und reiße wütend die Tür hinter mir zu. Dann schlage ich mit der flachen Hand mehrmals hintereinander aufs Lenkrad und für einen Augenblick bin ich geneigt, mir meinen Ärger aus der Seele zu brüllen, besinne mich aber noch einmal, da ich weiß, dass ich hier auf dem Parkplatz vielleicht doch nicht allein bin. All der Frust, der sich in den letzten Stunden aufgestaut hat, will auf einmal heraus. Hätte mir jemand vor einer Woche erzählt, dass ein Mensch mein Leben innerhalb so weniger Tage so beeinflussen kann, ich hätte ihn ausgelacht. Noch dazu, wenn er mir erzählt hätte, dass es einer Frau gelingt.

Ich fahre erschrocken zusammen, als sich plötzlich die Beifahrertür öffnet. Mein Blick schießt wütend zur Tür und ich frage mich, wer es wagt, sie einfach so aufzureißen.

Ich kann meinen Augen nicht trauen, als ich Danielle

sehe, die mich mit unsicherem Blick anschaut, ihr Gepäck neben sich auf dem Boden und die Handtasche über der Schulter.

»Hi«, sagt sie vorsichtig. Sie scheint durch meinen wütenden Blick sichtlich erschrocken und irritiert. »Sag mir, dass ich gerade nicht den größten Fehler meines Lebens mache und du mich auslachst, weil ich, statt meinen Hintern in den Flieger zu bewegen, um heimzufliegen, jetzt hier stehe und dich frage, ob ich noch ein paar Tage bleiben darf.«

Für einen Moment starre ich sie ungläubig an und kann überhaupt nichts sagen. Dann reiße ich die Fahrertür auf, springe förmlich aus dem Wagen und renne um ihn herum auf sie zu. Als ich vor ihr stehe, stoppe ich und schaue sie an. »Sag mir, dass du wirklich hier stehst und mein Verstand mich gerade nicht komplett verarscht.«

Statt etwas zu sagen, zuckt sie mit den Schultern, scheint abzuwarten und lächelt dann vorsichtig. »Überraschung?«

»Und was für eine«, antworte ich atemlos und schlinge meine Arme um sie. Drücke sie fest an mich. »Du bist zurück.«

»Ich war ja nie richtig weg«, sagt sie lachend an meiner Brust und schiebt ihre Arme ebenfalls um mich. »Ich habe nur gedacht, ich könnte vielleicht noch ein paar Tage mehr Urlaub vertragen.«

»Eine wunderbare Idee«, erwidere ich und lege meine Hand an ihre Wange. »Ich kann nicht glauben, dass du das wirklich getan hast.«

»Was genau?«

»Einfach all deine Pläne über Bord zu werfen und dich kopfüber ins Ungewisse zu stürzen. Ich weiß, wie groß das für dich ist. Ich meine, du bist eher Team Durchgeplant als Team

Spontan. Und immerhin hätte ich schon weggefahren sein können.«

Danielle lächelt mich an. »Ja, dann hätte ich wohl oder über irgendwie selbst nach Finnegan finden müssen.«

Glücklich schüttle ich amüsiert den Kopf. »Du bist einfach der Wahnsinn.«

Sie stellt sich auf die Zehenspitzen und zieht sich ein Stückchen zu mir hoch. Dann berühren ihre weichen Lippen sanft meinen Mund. »Na, ein bisschen wahnsinnig bin ich vielleicht. Das kann schon sein.«

Ich schlinge meine Arme wieder um sie und als sich unsere Münder ein erneutes Mal treffen, schlägt mein Herz auf einmal schneller. Und leichter.

Da ist sie wieder. Die Hoffnung. Die Hoffnung, dass das hier mehr sein darf als nur Glück für einen kurzen Moment.

Ich löse unseren Kuss, lege meine Hände erneut an ihr Gesicht und schaue sie an. Verliere mich in ihren Augen. Ich küsse ihre Stirn und ziehe sie wieder fest an mich, nahezu ängstlich, dass sie es sich doch wieder anders überlegen und nach London verschwinden könnte.

Sie würde nicht bleiben, wenn sie nicht genauso empfinden würde wie ich. Ich beschließe, jede Vorsicht über Bord zu werfen. Wenn sie das Risiko eingeht, tue ich es verdammt noch mal auch. Dann lasse ich diese Mauer um mein geschundenes Herz einstürzen. Das Herz, das ich seit diesem einen Tag vor Jahren so unfassbar beschütze.

Wenn nur die geringste Chance besteht, dass das hier mehr werden könnte, dass aus diesen zwei Nächten eine Einheit werden kann, gehe ich das Risiko ein.

28

AVA

»Du hättest mir vorher verraten können, dass wir hier hinfahren, dann hätte ich versucht, irgendetwas anderes zum Anziehen aufzutreiben.«

Beinahe entsetzt sitze ich neben Niall im Wagen, als wir einige Tage später vor dem *White Swan* vorfahren und sofort vom Valez-Service in Empfang genommen werden. Niall springt aus dem Wagen, läuft zu meiner Seite und hilft mir wie selbstverständlich beim Aussteigen. Er trägt einen schicken schwarzen Anzug und sieht atemberaubend verführerisch aus. Während andere Frauen eine Schwäche für Männer in Uniform haben, setzt bei mir der Verstand aus, wenn ich einen Mann im Anzug erblicke. Wenn er darin auch noch so eine gute Figur wie mein perfekter Schotte macht, ist es um mich geschehen.

»Ich muss doch sehr bitten«, lächelt Niall und reicht mir seine Hand. »Du siehst bezaubernd aus und ich wüsste nicht, was du hättest besser machen können.«

Ich trage meine langen Haare zu einem Pferdeschwanz

gebunden und seitlich gescheitelt. Viel Auswahl hat mein Koffer nicht hergegeben, sodass ich mich für das schickste Outfit entschieden habe, das ich mit nach Schottland gebracht habe. Ich trage einen dunkelgrünen Bleistiftrock aus Leder mit einer passenden grünen Bluse. Meine dicke Winterjacke habe ich gegen einen cremefarbenen Kaschmirmantel getauscht. Meine Füße stecken wieder in den High Heels, die ich neben Niall wunderbar tragen kann, da er mich damit immer noch ein Stückchen überragt und ich nicht größer als er bin. Die Abendluft ist frisch, aber trotzdem nicht ganz so kühl wie in den letzten Tagen.

Niall reicht seine Schlüssel dem Parkservice und fasziniert beobachte ich, wie der Fahrer in den Wagen steigt und für uns das Parken übernimmt.

»Das habe ich noch nie gemacht«, gebe ich unumwunden zu.

»Was? Valez-Service? Wirkt total dekadent, oder? Ich hoffe immer, dass die Jungs anständig parken können und ich danach keine Schramme am Wagen habe. Aber bisher habe ich immer Glück gehabt. Wollen wir?«

Niall reicht mir den Arm und ich hake mich unter. Sofort legt sich seine Hand auf meine. Während wir unter den mit zarten Lichterketten geschmückten Bäumen in Richtung des Eingangs laufen, betrachte ich fasziniert, wie edel das *White Swan* von außen aussieht.

»Sag mal, wie ist es dir denn gelungen, hier so schnell einen Platz für uns zu bekommen? Das Restaurant muss doch über Wochen ausgebucht sein.«

Niall lächelt und zwinkert mir zu. »Manchmal ist es gut, eine Schwester zu haben, die Köchin ist und somit aus der

Branche. Ihre ehemalige Kollegin aus der Ausbildung arbeitet inzwischen hier und da habe ich ein bisschen meine Connections spielen lassen. Ich hoffe, das war okay?«

»Mehr als das. Ich habe noch nie in einem mit einem Michelin-Stern ausgezeichneten Restaurant gegessen.«

»Das *White Swan* ist tatsächlich sogar mit drei Sternen ausgezeichnet. Die absolute Seltenheit, aber auch definitiv mehr als verdient. Ich habe bereits zweimal hier gespeist und ich glaube, du wirst gleich nicht mehr aus dem Staunen herauskommen. Zumindest hoffe ich das.«

»Ganz bestimmt«, nicke ich und betrete Augenblicke später mit Niall das Restaurant.

Sofort werden wir freundlich in Empfang genommen und über eine illuminierte Onyxtreppe in einen Raum mit moderner, entspannter Atmosphäre geleitet, in dem sich das eigentliche Restaurant befindet. Sofort fällt das exklusive Ambiente ins Auge. Das Interieur besticht mit edlen Materialien und feine Stoffe setzen wohltuende Farbakzente. Große Panoramafenster erlauben faszinierende Ausblicke nach draußen. Die Lichtinstallation innerhalb des Restaurants ist nicht zu aufdringlich und verleiht den einzelnen Bereichen eine wunderbare Stimmung und einen Hauch von Luxus und Extravaganz. Tatsächlich komme ich jetzt bereits aus dem Staunen nicht mehr heraus.

Obwohl das Restaurant ausgebucht ist und alle Tische besetzt zu sein scheinen, wirkt es nicht aufdringlich voll, sondern der weiträumige Raum ermöglicht ein Gefühl von Intimität. Wir nehmen an unserem Tisch Platz und Augenblicke später werden uns die Weinkarte und die Menükarte gereicht.

»Seit ich hier in Schottland bin, komme ich aus dem Essen

einfach nicht mehr heraus«, lache ich und lasse meinen Blick über die Weinkarte gleiten. Schließlich fällt meine Wahl auf einen Chardonnay.

»Eine wunderbare Wahl«, stimmt mir der Sommelier zu, der an unserem Tisch steht. »Sie werden die zarte Fruchtnote von Sternfrucht, Zitrone, Banane und Litschi in der Nase lieben. Am Gaumen überzeugt er durch moderates und herrlich eingebundenes Holz. Ich hoffe, Sie können die Aromen von Honig, Marille, Pfirsich und Brioche rausschmecken. Eine wunderbare leichte Säure, die trotzdem weich und elegant wirkt. Ich darf Ihnen dazu unsere erstklassigen Fischgerichte empfehlen.«

Nialls Wahl fällt auf einen Weißburgunder und somit scheinen wir beide die Entscheidung für das Fischmenü getroffen zu haben.

»Weißt du eigentlich, was heute für ein Tag ist?«, fragt Niall, während er mich beobachtet, wie ich an meinem Wein nippe.

»Mmh«, grüble ich. »Donnerstag? Ich verkomme tatsächlich schon in den Tagen, seit ich hier bin«, lache ich und zucke entschuldigend mit meinen Schultern.

»Donnerstag ist richtig«, grinst Niall, scheint aber mit meiner Antwort noch nicht zufrieden zu sein. »Und weiter?«

»Wie, und weiter?« In meinem Kopf zähle ich die Tage, seit ich in Finnegan bin. »Heute ist der elfte Tag, an dem ich hier bin und dir auf die Nerven falle.«

Wieder lacht Niall und schüttelt amüsiert den Kopf. »Schau dich einmal um, Danielle«, sagt er dann und deutet in Richtung der Tische um uns herum.

Ich lasse meinen Blick durch den Raum schweifen. Die Tische zieren feine Vasen, in denen rote Rosen stehen, im Bereich über der Bar hängen zahlreiche rote Luftballons an der

Decke. Überhaupt scheint die Farbe Rot zu überwiegen. Dann fällt es mir wie Schuppen von den Augen. »Valentinstag! Heute ist Valentinstag!«, rufe ich entzückt aus und schlage mir im nächsten Moment die Hände vor den Mund, weil ich Angst habe, in meiner Euphorie ein bisschen zu laut gewesen zu sein.

»Aye«, sagt der unfassbar gut aussehende Mann an meinem Tisch und streckt seine Hand nach meiner aus. »Happy Valentine's Day«.

»Hach«, entfährt es mir und tatsächlich muss ich ein bisschen gegen Tränen anblinzeln, die mir in die Augen treten. »Steckt in dir vielleicht ein kleiner Romantiker?«, versuche ich schnell, über meinen emotionalen Ausbruch hinwegzugehen.

Niall schmunzelt. »Na ja, wenn man bedenkt, dass ich mit dir allein auf dem See gepaddelt bin, allein durch die Berge gewandert bin und mit dir in einem Van unter dem Sternenhimmel geschlafen habe, scheint die Einladung zu einem leckeren Essen nicht sooo überraschend zu kommen, oder?«

»Es ist ganz wunderbar«, gebe ich verträumt zu und drücke seine Hand, die immer noch verschlungen mit meiner auf dem Tisch liegt. »Happy Valentine's Day. Auch wenn ich nichts für dich habe.«

»Du bist mein größtes Geschenk«, sagt er leise und zwinkert mir zu.

Ich erröte und hoffe, der Kellner, der in diesem Moment mit unserem ersten Gang kommt, hat nichts mitbekommen.

»So gern du auch isst, beim Dessert schmilzt du immer völlig dahin, oder?«, fragt Niall mich einige Zeit später, als ich genüsslich in die Mandarinen-Champagner-Mousse steche, die vor mir steht.

»Was soll ich sagen«, flüstere ich zu meiner Verteidigung, »ich genieße halt gern.«

»Oh, glaub mir, das habe ich schon mitbekommen«, zwinkert er mir zu und scheint selbst dem Zauber dieses göttlichen Desserts zu erliegen.

Sofort werde ich wieder rot und trete ihn sanft unter dem Tisch. »Nicht witzig.«

»Magst du gleich direkt nach Hause oder sollen wir unten in der großen Bar noch einen Drink nehmen?«, fragt Niall mich, als wir uns wenig später ein Stückchen Käsekuchen teilen.

»Ein Drink klingt wunderbar«, lächle ich. »So spät ist es ja auch noch nicht.«

»Stimmt«, nickt Niall. »Die Barkarte hier ist übrigens auch wahnsinnig überzeugend, wobei ich mich für etwas Nicht-Alkoholisches entscheiden werde, denn sonst kann ich später nicht mehr fahren.«

»Ich kann auch fahren?«, biete ich an, doch Niall winkt ab.

»So weit kommt es noch. Ich habe dich ausgeführt, also fungiere ich auch als dein Chauffeur. Keine Widerrede. Mir macht das überhaupt nichts aus.«

»Dann lass uns runtergehen«, schlage ich vor und lege meine Serviette neben den kleinen Kuchenteller vor mir. »Wenn du vorgehen magst? Ich verschwinde ganz kurz auf die Toilette.«

»So soll es sein«, nickt Niall und gemeinsam stehen wir auf und gehen Hand in Hand die illuminierte Treppe hinab. Während er sich in Richtung der Bar begibt, schlage ich den Weg zu den Toiletten ein.

Als ich kurze Zeit später wieder auf den schmalen, atmosphärisch beleuchteten Gang trete, von dem die Türen zu den Toiletten abgehen, bin ich nicht allein. Neben einem der Spiegel lehnt ein Mann, der in meine Richtung blickt. Wie in vielen Restaurants ist auch hier der Gang zu den Toiletten mit etwas dezenterem Licht beleuchtet, jedoch kommt mir irgendetwas an dem Mann bekannt vor. Ich lasse meinen Blick an ihm auf und ab gleiten, denn dass er auf mich gewartet hat, ist mehr als offensichtlich.

»Wusste ich doch, dass ich das Gesicht kenne«, höre ich seine tiefe Stimme mir entgegenklingen und als ich den Abstand zwischen ihm und mir verringere, stelle ich fest, dass mein Gegenüber niemand Geringeres ist als der Mann, der im Flugzeug von London nach Inverness neben mir gesessen hat und mit dem ich mich bei der Ankunft unterhalten habe. Wie auch am Flughafen steckt er in einem hervorragend sitzenden Anzug.

»Sie!«, rufe ich erfreut aus. »Welch Überraschung, Sie hier anzutreffen. Wie geht es Ihnen?«

»Das finde ich aber auch«, nickt er, kommt auf mich zu und reicht mir die Hand. »Welch wunderbare Überraschung. Mir geht es hervorragend. Ihnen hoffentlich auch. Ich nehme an, Sie haben immer noch keine Angst vor uns Schotten entwickelt?«

Ich lache, ergreife seine Hand, die er mir entgegenstreckt, und mustere ihn für einen kurzen Moment. Sein markantes Gesicht samt Sommersprossen und Bart ist wie vor ein paar Tagen am Flughafen immer noch sehr ansprechend. »Sie hatten mich ja gewarnt, dass ich einigen Dickköpfen begegnen könnte«, antworte ich amüsiert. »Außerdem hatten Sie recht. Das hier ist eine tolle Gegend.«

»Wie ich sehe, erinnern Sie sich noch an meine Worte. Das gefällt mir. Ich heiße übrigens Adam. Darf ich Sie auf einen Drink einladen?«

»Vielen Dank für die Einladung, Adam«, antworte ich und ziehe meine Hand zurück, die er immer noch in seiner hält, »aber ich bin mit einem Freund hier und werde erwartet.«

»Ich verstehe«, nickt er. »Dann lassen Sie mich Sie wenigstens zu Ihrem Platz zurückgeleiten. Das ist das Mindeste, was Sie mir zusprechen können, wenn Sie mir schon eine Abfuhr erteilen.«

»Abfuhr, ich muss doch sehr bitten«, erwidere ich freundlich und nicke ihm zu. »Aber sehr gern. Ich habe mich wirklich sehr gefreut, Sie wiederzusehen. Und noch dazu in einer etwas ungewöhnlichen Location.«

Amüsiert lasse ich den Blick über den Toilettenflur gleiten, der Gott sei Dank niveauvoller aussieht als der Großteil der Flure, die ich von Partys und Lokalitäten aus London kenne.

»Das kann ich nur zurückgeben«, erwidert mein Gegenüber und legt für einen kurzen Moment seine Hand in meinen Rücken, als er mich zurück in Richtung der Bar führt, wo Niall schon auf mich wartet. »Sie sagten, Sie seien mit einem Freund hier? Vielleicht kennt man sich sogar? Die Gegend hier ist ja nicht so groß und Ashmoore und Finnegan liegen nicht weit voneinander entfernt. Dort verweilen Sie doch momentan, oder?«

»Dass Sie sich das gemerkt haben«, rufe ich aus. »Aber es kann sehr gut sein, dass Sie sich kennen. Sie müssen auch ungefähr im selben Alter sein. Was halten Sie davon, wir finden es raus?«

»Nichts lieber als das«, nickt der attraktive Schotte neben mir und gemeinsam betreten wir die Bar des *White Swan*, in der reges Treiben herrscht.

Ich schaue mich um und entdecke Niall wenige Sekunden später an einem Stehtisch an der Fensterfront. Sein Blick ist nach draußen gerichtet und er scheint mich noch nicht entdeckt zu haben. Als sich sein Kopf in meine Richtung dreht und er mich sieht, breitet sich ein wunderschönes Lächeln auf seinem Gesicht aus. Sofort wird mir warm ums Herz, denn ich kann immer noch nicht glauben, dass dieser Schotte wirklich in mein Leben getreten ist. Mit klopfendem Herzen lächle ich zurück.

Plötzlich scheint irgendetwas zu passieren, denn Nialls Gesichtsausdruck ändert sich und binnen Sekunden sehe ich, dass sich sein ganzer Körper verkrampft und sein Blick erstarrt. Nein, er erstarrt nicht nur, er wird zu Eis. Ein ungutes Gefühl erschleicht mich und breitet sich in meiner Bauchregion aus. Ich versuche, die Distanz zwischen uns schnell zu verringern, um herauszufinden, was mit ihm los ist.

»Hey«, sage ich vorsichtig, als ich vor ihm stehe, und strecke meine Hand nach ihm aus. »Alles in Ordnung?«

Niall ergreift zwar meine Hand, beachtet mich aber kaum. Sein Blick ist auf die Person gerichtet, die dicht hinter mir steht und mit mir zusammen die Bar betreten hat.

»Niall«, höre ich meine Flughafenbekanntschaft plötzlich sagen und eine Hand streckt sich an meinem Körper vorbei in Nialls Richtung. Niall ergreift sie nicht, sondern zieht mich mit einem kräftigen Schwung zu sich und positioniert sich leicht vor mir. Für einen Moment weiß ich überhaupt nicht, wie mir geschieht. Irgendetwas läuft hier gewaltig schief und ich habe überhaupt keine Ahnung, was hier gerade passiert.

»Ich glaube, ich bringe dir deine Freundin zurück«, lacht Adam und lässt sich von Nialls schroffer Art scheinbar nicht im Geringsten irritieren. »Lange nicht gesehen.«

»Nicht lange genug«, raunt Niall eiskalt und ich spüre, welch Härte in seinen Worten liegt und wie er sich noch größer und breiter zu machen scheint, als er eh schon ist.

Adam lässt sich eine mögliche Irritation nicht anmerken, misst er doch in etwa dieselbe Größe und Breite wie Niall.

»Niall«, versuche ich, die Atmosphäre etwas zu lockern. »Darf ich dir Adam vorstellen? Wir haben uns auf dem Flug nach Inverness kennengelernt und durch Zufall eben wiedergetroffen. Wie klein die Welt doch ist.«

»Nicht nötig«, knurrt er und irritiert blicke ich ihn an. »Tatsächlich kennt man sich. Nicht wahr, Adam?«

»Aye«, ist das Einzige, was dieser von sich gibt. Dann legt er seinen Kopf schief und scheint zu überlegen, was er sagen soll.

Obwohl nur Sekunden vergehen und wir inmitten einer belebten Bar stehen, ist die Luft auf diesen zwei Quadratmetern, auf denen wir uns befinden, zum Bersten gespannt. Ich bemerke, dass ich langsam unruhig werde.

»Mensch, Niall, ich finde, es ist Zeit, dass wir das Kriegsbeil begraben. Es ist doch so viel Zeit vergangen.«

Wenn die Luft eben noch zum Bersten gespannt war, droht sie innerhalb der nächsten Sekunden in einem ohrenbetäubenden Lärm zu zerspringen, denn Niall verringert den Abstand zwischen ihm und Adam und fast scheint es, als stünden sie plötzlich dicht an dicht voreinander. »Nur über meine Leiche«, knurrt er und ich sehe, dass alles an ihm angespannt ist.

Ich halte die Luft an und nehme wahr, wie Niall meine Hand loslässt und sich scheinbar kampfbereit macht. Was auch immer hier gerade geschieht, es muss sofort aufhören.

»Wenn Sie etwas zu klären haben, muss ich Sie bitten, das vor der Tür auszufechten. Hier in der Bar gestatten wir keine Auseinandersetzungen«, höre ich plötzlich die Stimme eines der Kellner neben uns und atme erleichtert auf, als Niall den Abstand zu Adam wieder vergrößert. Sofort greife ich nach seiner Hand und halte sie fest.

»Wir wollten eh gerade gehen«, rufe ich schnell dazwischen und ernte einen überraschten Blick von Niall, der für einen kurzen Moment irritiert zu sein scheint, dann aber nickt.

Ohne ein weiteres Wort in Richtung Adam zu verlieren, zieht er mich mit sich und gemeinsam verlassen wir die Bar. Es fällt kein Ton zwischen uns, als Niall sich um unsere Mäntel bemüht, und erst als wir nach draußen in den kühlen Abend treten, scheinen sich seine Gesichtszüge etwas zu lockern. Vorsichtig blicke ich zu ihm hoch.

Wir stehen nebeneinander vor der Tür des Restaurants, während wir auf seinen Wagen warten. So fancy Valet-Parking vielleicht sein kann, wenn man möglichst zügig wegmöchte, kann einem die Wartezeit schon ein bisschen zu lang vorkommen.

Noch immer sehe ich, wie angespannt Niall ist und dass es in seinem Kopf arbeitet. Da ich nicht genau weiß, was ich machen soll, trete ich dicht neben ihn und lasse meine Hand in seine gleiten. Nialls Kopf dreht sich in meine Richtung und er lächelt zu mir herab. Dann drückt er meine Hand.

»Die frische Luft tut gut, oder?«, sagt er leise und lässt seinen Blick wieder in den dunklen Nachthimmel gleiten.

So ganz kann ich immer noch nicht glauben, was hier eben passiert ist. Tatsächlich habe ich überhaupt keine Ahnung, was hier gerade passiert ist, aber mein Gefühl sagt mir, dass ich es bald erfahren werde.

29

NIALL

Glasgow, vor vier Jahren

Meine Krücke fällt krachend zu Boden, als ich die Tür aufschließe, sie aufdrücke und gleichzeitig die Einkaufstüten in der mehr oder weniger freien Hand jongliere.

Scheiße. So eine Kleinigkeit, wie sich zu bücken, erweist sich als Mammutaufgabe, wenn man körperlich eingeschränkt ist wie ich. Noch dazu, wenn man nicht gewillt ist, die Einkäufe abzustellen.

Ich hoffe, ich habe Kendra nicht geweckt. Eigentlich hätte sie mich heute zur Physiotherapie fahren sollen, aber da es ihr nicht gut zu gehen scheint, habe ich wohl oder übel auf das Taxi ausweichen müssen. Nicht gerade die geilste Sache, wenn man bedenkt, dass ich es hasse, wenn man mir helfen muss. Die

Achillessehne ist zwar inzwischen auf dem Weg der Besserung, aber noch immer kann ich nicht ganz auf die Krücken verzichten, trage so einen blöden orthopädischen Schuh und bin in meiner Bewegung eingeschränkt. Ich will einfach zu schnell zu viel und sollte dringend auf den Rat meines Physiotherapeuten hören, mich noch zu schonen, um der vollständigen Genesung nicht noch länger im Weg zu stehen.

Es erklärt sich von selbst, dass die kleine Einkaufstour eben alles andere als einfach war. Trotzdem hoffe ich, Kendra freut sich ein wenig darüber, wenn ich ihr eine Suppe koche. Tatsächlich habe ich sogar meinen Physiotermin zwei Stunden nach vorn gezogen, um am Abend wieder daheim zu sein und mich um sie zu kümmern. Mit Kenzies Instruktionen sollte es mir wohl auch gelingen, diese Hühnersuppe zu kochen, die scheinbar perfekt gegen eine Erkältung helfen soll. Zumindest, wenn ich meiner Schwester Glauben schenken darf.

Ein Held in der Küche bin ich wahrlich nicht, aber Kendra hat in den letzten Wochen nicht ein Mal Stress gemacht, wenn ich lieber auf der Couch abgehangen habe, als mit ihr auszugehen, und vielleicht freut sie sich über ein bisschen Pflege, wenn sie schon in letzter Zeit eher diejenige war, die hinter meinem Hintern aufräumen musste, weil ich mich einfach nicht ausreichend bewegen konnte.

Ich liebe diese Frau. Aus tiefstem Herzen. Und tatsächlich bin ich stolz, dass sie nicht so ist wie all die anderen Tussis, die sich innerhalb kürzester Zeit als Sportgroupies disqualifizieren und von Bett zu Bett hüpfen.

Dass die Anziehungskraft eines erfolgreichen Profisportlers magnetisch sein kann, erleben meine Teamkollegen und ich bei jedem Spiel. Wenn man nicht aufpasst, können sie einen

Sportler zugrunde richten oder ihn so um den Verstand bringen, dass er seinen Fokus auf das Wichtigste verliert – den Sport. Sind wir aber mal ehrlich, verstehen kann man es, dass man der einen oder anderen hübschen Frau erliegt. Wir sind jung, wir verdienen gutes Geld, und wer kann schon Nein sagen, wenn sich die hübschesten Frauen um dich bemühen und mit dir Sex wollen?

Ich bin froh, Kendra außerhalb des Rubgyzirkus kennengelernt zu haben, denn in den zwei Jahren, in denen wir jetzt zusammen sind, hat sich mehr als einmal gezeigt, dass sie anders ist als die anderen Frauen, die reihenweise aus den Gemächern meiner Teamkollegen hüpfen. Selbst Kenzie hat uns ihren Segen gegeben, und das will schon etwas heißen.

Ich stelle die Tüten auf der Arbeitsfläche ab und beginne, die Einkäufe auszupacken. Wenige Minuten später stehe ich am Herd, habe den großen Kochtopf aus dem Schrank geholt und auf die Herdplatte gestellt. Kendra scheint zu schlafen, und wenn sie das noch knapp ein Stündchen tut, kann ich sie mit der leckeren Hühnersuppe wecken.

Meine Teamkollegen würden sich wahrscheinlich königlich amüsieren, wenn sie mich hier am Herd sehen würden, aber was tut man nicht alles für seine Freundin.

Auch wenn der Gedanke daran schön ist, ihr die Suppe ans Bett zu bringen, bezweifle ich, dass ich das samt Krücken bewerkstelligen könnte. Vor allem deswegen, weil ich dafür die Treppe in die obere Etage bezwingen müsste, was jeden Abend eh schon eine Leistung ist. Ich glaube nicht, dass ich das mit einem Tablett in der Hand hinbekomme, aber hey, der Gedanke zählt.

Ich spüle die Hähnchenbrüste ab, lege sie zusammen mit

einem Liter Wasser, dem klein geschnittenen Suppengemüse und einigen Kräutern in den Topf. Kenzie hat gesagt, dass das Ganze knapp vierzig Minuten köcheln muss, bevor es weitergeht. Zeit genug also dafür, mich noch eine Weile auf die Couch zu hauen und das Bein hochzulegen.

Ich habe schon lange damit aufgehört, meine Verletzung zu unterschätzen, aber tatsächlich merkt man erst an normalen Dingen wie Einkaufen, Treppensteigen und einer Taxifahrt, dass man nicht so belastbar ist wie im Normalfall.

Ich humple Richtung Couch und überlege tatsächlich, ob ich mich nicht einfach der Länge nach darauf fallen lassen soll, als ich auf einmal Geräusche aus dem Badezimmer oben höre. Kendra scheint auf zu sein und sich entschieden zu haben, eine warme Dusche zu nehmen, denn ich vernehme das Geräusch von laufendem Wasser. Wie schön, dass es ihr besser zu gehen scheint und sie aus dem Bett aufgestanden ist. Ich kann es nicht leiden, wenn es den Menschen in meinem Umfeld nicht gut geht.

Ein Stöhnen lässt mich aufhorchen und ich schaue in Richtung Treppe. Was war das? Ich bewege mich zum Treppenansatz und lausche erneut. Da, schon wieder. Ganz deutlich ist Kendras Stöhnen zu vernehmen.

Für einen Moment überlege ich panisch, ob ihr etwas passiert ist, als ich eine tiefe Stimme höre, die definitiv nicht von einer Frau stammen kann. Alles an mir verkrampft sich und noch bevor ich begreife, was ich tue, ziehe ich mich die Treppe hoch und ignoriere meinen Fuß, den ich eigentlich noch nicht in der Form belasten sollte. Wie so oft verfluche ich diesen orthopädischen Schuh, der sich wie ein Klotz an meinem Bein anfühlt.

Ich balle meine Hände zu Fäusten, als ich oben im Flur ankomme, denn auch wenn ich es nicht wahrhaben will, Kendra ist nicht allein. Ich höre ihr leises Lachen und ganz deutlich den Klang einer Männerstimme.

Mit jedem Schritt, den ich weiter auf die Badezimmertür zumache, werde ich wütender, denn die fremde Stimme, die in dieser Wohnung in diesem Moment nichts zu suchen hat, gehört jemandem, den ich nur allzu gut kenne.

Ich wappne mich für den Anblick, der sich mir in den nächsten Sekunden bieten wird, aber wirklich vorbereiten kann einen wohl nichts und niemand auf das, was sich mir bietet, als ich die Badezimmertür mit einem Schwung aufstoße.

Kendra steht nackt vor dem Badezimmerspiegel, während hinter ihr der Mann steht, den ich hier in Glasgow zu meinen besten Freunden gezählt habe. Adam.

Die Köpfe der beiden schnellen in meine Richtung und während Kendra aufschreit, nach einem Handtuch greift und es sich panisch umwickelt, gibt Adam nur ein einziges Wort von sich: »Fuck.«

»Stell das Wasser ab«, sage ich kühl und blicke zwischen den beiden hin und her. »Stell das gottverdammte Wasser ab, das ihr hier auf meine Kosten verbraucht.«

»Ich wusste nicht, dass du schon zu Hause bist«, scheint Kendra sich mit einem kläglichen Versuch verteidigen zu wollen, aber ich hebe nur abwehrend die Hand und signalisiere ihr, dass sie den Mund halten soll.

Adam wickelt sich ebenfalls ein Handtuch um, stellt das Wasser ab und positioniert sich im nächsten Moment leicht schützend vor der Frau, die ich noch vor wenigen Augenblicken umsorgen wollte.

»Niall, Alter, es ist nicht das, wonach es aussieht«, sagt er und ich kann über seine dumme Aussage nur lachen. Verächtlich pruste ich und lasse meinen Blick an ihm auf und ab wandern. Wäre ich nicht durch meine Verletzung so eingeschränkt, ich wäre schon längst auf ihn losgegangen und hätte ihn meine Faust spüren lassen.

»Es ist verdammt das, wonach es aussieht«, knurre ich kühl und baue mich in meiner vollen Größe in der Badezimmertür auf und versperre ihnen somit den Weg nach draußen. »Du verschwindest jetzt hier, bevor ich dir deine Visage poliere. Sieh zu, dass du Land gewinnst, und lass dich hier nie wieder blicken.«

Es scheint, als ließe Adam sich das nicht zweimal sagen, denn mit einem kurzen Blick auf Kendra schiebt er sich wortlos an mir vorbei, als ich einen Schritt zurücktrete, rennt ins Schlafzimmer, scheint in seine Klamotten zu springen und läuft wenige Augenblicke später die Treppe runter. Mit einem Knall fällt die Haustür ins Schloss und Kendra und ich sind allein.

»Niall, ich kann es dir erklären«, versucht sie es erneut und ich frage mich wirklich, wie naiv ich sein konnte. Wahrscheinlich hat sie all die Zeit, in der sie verständnisvoll akzeptiert hat, dass ich nicht mit ihr ausgehen wollte, schon fremdgevögelt.

»Was gibt es da zu erklären?«, fahre ich sie an und schnaube voller Verachtung. »Was für einen tollen Kerl du dir doch ausgesucht hast, um alles zu zerstören, was wir hatten. Rennt innerhalb von Minuten zur Tür raus und lässt dich in der Situation allein. Ich hoffe, er fickt besser als ich und es hat sich wenigstens gelohnt.«

»Alles zu zerstören, was wir hatten?«

Ihre Stimme klingt schrill und war sie im letzten Moment

noch nahezu panisch, wirkt sie jetzt eher wütend. Lächerlich, wenn man bedenkt, wer hier allen Grund dazu hätte, wütend zu sein.

»Gott, hör dir doch mal zu. Du hast in den letzten Wochen nichts auf die Kette bekommen, außer dich vom Bett auf die Couch zu bemühen und wieder zurück. Glaubst du etwa, das ist sexy?«

»Ich wusste nicht, dass es meine Aufgabe war, sexy zu sein, während ich versuche, wieder fit zu werden und wieder spielen zu können.«

»Rugby! Immer dreht es sich nur um Rugby. Schon mal auf die Idee gekommen, dass es mich auch noch gibt und ich keine Lust habe, mein Leben dauerhaft einzuschränken? Vor allem …«

Sie stockt und ich sehe ihr an, dass etwas in ihr brodelt.

»Vor allem was?«, frage ich kühl und starre sie an.

»Vor allem, wenn es eh nicht danach aussieht, als würdest du noch mal richtig fit werden. Was kannst du dann schon vorweisen außer einer verpassten Karriere? Was willst du mir dann noch bieten?«

Ich reiße die Augen auf und kann einfach nicht glauben, was ich da höre. »Entschuldige?«

»Du hast mich schon verstanden. Was bist du denn, wenn du kein Rugby hast? Nichts! Sieht man ja. Du lässt dich gehen und bietest mir nichts. Da verbringe ich meine Zeit lieber mit jemandem wie Adam. Der macht wenigstens Karriere! Du bist schrecklich langweilig geworden.«

Erneut balle ich meine Hände zu Fäusten und muss tief durchatmen, um nicht laut loszubrüllen. »Ja, er spielt auf meiner Position und macht Karriere, weil es mich zerfetzt hat. Und jetzt stiehlt er mir auch noch meine Frau.«

Während ich sie wortlos anblicke, schmeißt sie frustriert die Arme in die Luft und stiefelt an mir vorbei ins Schlafzimmer. Voller Ekel lasse ich den Blick über die zerwühlten Laken streifen und schwöre mir, dass mich keine zehn Pferde mehr in diesem Bett schlafen lassen.

Kendra geht zum Schrank, zieht hastig ein paar Klamotten hervor und wirft sie achtlos in ihre Weekenderbag, die sie aufs Bett gestellt hat. »Ich fahre für ein paar Tage zu meiner Schwester«, kommentiert sie das Ganze nahezu unterkühlt und ich zucke lediglich mit den Schultern. »Mehr hast du nicht zu sagen?«, fährt sie mich an und wieder ist da dieses Funkeln in ihren Augen zu sehen, mit dem sie versucht, mich aus der Reserve zu locken.

»Es gibt nichts mehr zu sagen«, antworte ich tonlos und drehe mich zurück zur Zimmertür. »Du hast bis übermorgen Zeit, deine Klamotten abzuholen und mir die Schlüssel dazulassen. Ich ziehe solange ins Hotel. Danach will ich dich nicht wiedersehen.«

Beim Rausgehen höre ich Kendras Schnauben, aber wie betäubt humple ich die Treppe runter, gehe zum Herd und stelle die Suppe aus, die immer noch vor sich hin köchelt.

Kendra hat mich betrogen. Sie hat meine Situation schamlos ausgenutzt und ist mit einem meiner besten Freunde ins Bett gesprungen. Sie begnügt sich mit ihrem neuen Lover, während ich so doof bin und mich um sie sorge. Sogar hier stehe und eine dämliche Hühnersuppe vorbereite, weil Fräuleinchen behauptet hat, sie sei krank. Pah, dass ich nicht lache. Krank! Es ist mehr als offensichtlich, dass sie nicht damit gerechnet hat, dass ich früher nach Hause kommen könnte. Sie betrügt mich, und noch dazu in unserer eigenen Wohnung. Sie hat noch nicht einmal den Anstand besessen und ihren Arsch dafür vor die Tür bewegt. Ich setze alles daran, um wieder fit zu werden, und sie spielt Playboyhäschen. Adam und sie müssen sich hinter meinem Rücken kaputtgelacht haben, wie ich versucht habe, mich nicht komplett von dieser scheiß Verletzung brechen zu lassen.

Wenn deine Achillessehne reißt, ist das ein Schmerz, der dir ins Mark geht. Der wie ein Peitschenknall durch deinen Körper schießt und dich in die Knie zwingt. Körperlich und mental. Der Schmerz ist brutal und du denkst, nichts könnte schlimmer sein. Man fragt sich als Profisportler echt, was man dem Leben getan hat, dass es einem so böse mitspielt. Leider ist es nichts gegen den Schmerz, der dich erfasst, wenn du feststellen musst, dass du ersetzt wirst.

Auf die heftigste Art und Weise. Und das von Menschen, bei denen du das Gefühl hattest, sie würden hinter dir stehen. Leider war ich wohl zu dumm und habe geglaubt, unsere Beziehung wäre stark genug, meine Verletzung zu überstehen. Verdammt, ich war wirklich so dämlich, zu glauben, das mit Kendra und mir wäre etwas Großes.

Auf der Bank zu sitzen, während deine Teamkollegen die Spiele ihres Lebens spielen, ist hart. Der Typ zu sein, dessen Karriere förmlich den Bach runtergeht, ist kaum erträglich. Kendra wusste genau, dass Rugby alles für mich ist, und ich habe geglaubt, sie sei eine Frau, die mich wegen meiner selbst lieben würde und nicht nur wegen meiner Karriere. Mag sein, dass ich Fehler gemacht habe und mich besser um sie kümmern hätte müssen, statt wochenlang nur auf der Couch zu hocken und mich in meinem eigenen Elend zu suhlen. Aber einer Frau zu vertrauen, wenn man seinen absoluten Tiefpunkt erreicht hat, das ist wohl doch der dümmste Fehler, den ich habe machen können. Was ist schon eine gerissene Achillessehne, wenn eine Frau es schafft, dir innerhalb von Sekunden dein Leben unter den Füßen wegzuziehen und dir das Herz rauszureißen. Jahre zerstört in nur wenigen Sekunden.

Nie wieder wird mir das passieren. Nie wieder wird eine Frau es schaffen, dass ich mich nichtig und klein fühle. *Nie wieder*, sage ich laut zu mir und setze den ersten Stein der Mauer, die ab sofort um mein Herz errichtet sein wird.

30

AVA

»Danke, dass du mir die Geschichte anvertraut hast«, sage ich leise, während ich neben Niall im Auto sitze und wir auf dem Weg zurück nach Finnegan sind. »Es tut mir leid, dass ich dich in diese dumme Situation mit Adam gebracht habe. Das war wirklich nicht meine Absicht.«

»Zuallererst muss es dir nicht leidtun, Danielle«, antwortet er ruhig und schaut kurz zu mir herüber. »Du konntest doch überhaupt nicht wissen, wer er ist, und deine Begegnung mit ihm in Inverness war ja durchaus angenehm. Von daher kann ich verstehen, dass du positiv überrascht warst, ihn in Ashmoore wiederzusehen. Mach dir also bitte keine Gedanken.«

Ich nicke und bin sehr froh darüber, dass Niall in der Lage ist, diese Dinge zu trennen.

»Ich glaube, ich muss mich vielmehr bei dir entschuldigen«, sagt er einen Moment später und überrascht frage ich: »Wieso?«

»Na, weil du mit ansehen musstest, wie ich fast die Kontrolle verloren habe und mich benommen habe wie ein Kerl aus der Steinzeit. Ihn mit dir zu sehen, da konnte ich einfach nur rotsehen.«

»Du hast sie ja nicht verloren«, versuche ich, ihn zu besänftigen, und lege meine Hand auf seinen Oberschenkel. »Und tatsächlich war es sogar ein bisschen sexy, zu sehen, dass du mich beschützen kannst.«

Nialls Blick ist weiterhin konzentriert auf die Fahrbahn gerichtet, aber ich sehe ein leichtes Grinsen, das sich auf seinem Gesicht abzeichnet.

»Sexy also. Soso.«

»Ich finde schon«, bestätige ich meine Aussage und streichle ihm sanft mit dem Finger über die Stelle, an der eben noch meine Hand gelegen hat. »Aber noch mal: Danke, dass du mir deine Geschichte mit Kendra anvertraut hast. Es ist nicht selbstverständlich, dass du dich mir so öffnest. Danke, dass du mir so vertraust.«

»Es war eine beschissene Zeit in meinem Leben. Die Verletzung, die Trennung, der Verrat meiner Freunde. Ich bin in ein megatiefes Loch gefallen und bin froh, dass Kenzie und meine Familie für mich da waren, um mich wieder aufzupäppeln.«

»Das glaube ich. So etwas würde wohl keiner einfach so wegstecken«, stimme ich ihm zu.

»Kendra ist der Grund dafür, dass ich mich nie wieder binden wollte. Geschweige denn verlieben«, erklärt Niall mir im nächsten Moment. »Glaube mir, diese Mauer, die ich um mein Herz herum gebaut habe, hat vieles einfacher gemacht. Ich war noch nie jemand, der andere belogen hat. Lügen sind mir zuwider, deshalb spiele ich immer mit offenen Karten, wenn ich Frauen kennenlerne.«

Ich schlucke und zögere, zu antworten.

Niall kommt mir zuvor und greift nach meiner Hand. »Ich habe dir am Anfang sofort gesagt, wie ich das mit Bindungen zu Frauen sehe. Nur konnte ich da noch nicht ahnen, dass du mein Konzept so völlig durchschüttelst.«

»Dass ich bitte was?« Überrascht über Nialls Wortwahl blicke ich ihn an.

»Nun, du hast mein ach so perfide durchdachtes Gerüst ganz schön ins Wanken gebracht. Ich glaube, es ist mehr als offensichtlich, dass ich meine Einstellung ein ganz kleines bisschen überdacht habe.«

Er schmunzelt und ich spüre, dass mir warm ums Herz wird. »Es könnte sein, dass ich das ein ganz kleines bisschen gut finde«, sage ich lächelnd und drücke seine Hand.

Für eine Weile schweigen wir und während Nialls Blick konzentriert auf die Fahrbahn gerichtet ist, schaue ich aus dem Fenster. Viel ist aufgrund der Dunkelheit nicht zu erkennen, aber tatsächlich stelle ich zum wiederholten Male fest, wie sehr ich diese Ruhe und meine Zeit mit Niall genieße.

»Ist sie auch der Grund, warum dir das Hotel so wichtig ist? Dass du es zu etwas bringen möchtest?«, frage ich dann und merke Niall an, dass er durch meine Frage überrascht ist. Es dauert einen Moment, bis er antwortet, aber dann spricht er mit fester Stimme.

»Ein bisschen. Mir hat ihre Aussage damals verdammt zugesetzt. Gerade wenn man dann auch noch einen Bruder wie Liam hat, der seinen eigenen Weg geht und so stark ist. Der auf einmal einen Job in Edinburgh mit großer Verantwortung ausführt. Irgendwie will man sich immer mit seinem großen Bruder messen. Als dann unsere Eltern gestorben sind, habe ich versucht, so gut es geht für Kenzie da zu sein, da ihr Tod Liam ziemlich aus der Bahn geworfen hat. Als er wieder nach Finnegan zurückgekehrt ist und wir drei gemeinsam entschieden haben, unsere ganze Kraft auf das Familienhotel zu legen und das Erbe unserer Eltern zu ehren, war es zunächst nicht einfach für mich. Liam hat eine Karriere als erfolgreicher General Manager vorzuweisen. Kenzie meistert die Küche wie keine andere. Und dann war ich auf einmal da. Der Typ, der sein ganzes Leben nur den Sport hatte und nur Rugby richtig konnte. Zumindest bis zu seiner Verletzung. Da habe ich mich schon ein wenig ohne Aufgabe gefühlt. Ich meine, klar, sportlich macht mir keiner so schnell etwas vor, aber ich habe lange mit mir gekämpft, wie ich mich im Hotel vernünftig einbringen kann und ob mein Dasein hier überhaupt hilfreich und von Wert ist.«

Nialls Worte lassen mich zusammenzucken. »Deine Präsenz im Hotel ist allgegenwärtig. Ich glaube, du weißt gar nicht, wie sehr du ein Teil des Ganzen bist. Und ich meine, allein die Tatsache, dass du dich so wunderbar einsetzt, diese Aktivitäten für die Gäste managst, immer hilfst, wo Hilfe gebraucht wird, das ist schon etwas sehr Ehrenwertes. Tu mir also bitte den Gefallen und zweifle nie wieder an deinem Wert. Zumindest solltest du wissen, dass du für mich wirklich wertvoll geworden bist.«

In diesem Moment bin ich dankbar, dass es draußen dunkel ist, denn so kann Niall nicht sehen, wie ich neben ihm erröte.

»Sag mal«, fragt er mich Augenblicke später, »wie geht es für dich eigentlich weiter?«

»Ähm, wie meinst du das?«, frage ich ihn und merke, wie ich unruhig werde.

»Na ja, eigentlich habe ich zwei Fragen an dich. Darf ich sie stellen?«

»Natürlich«, antworte ich und hoffe, dass es harmlose Fragen sind. So was wie *Was ist deine Lieblingsfarbe?* und *Magst du lieber Rotwein oder Weißwein?* Tatsächlich aber fragt Niall das, was er früher oder später fragen musste.

»Wo führt dich deine nächste Reise hin? Und, vielleicht ein bisschen egoistischer gedacht, kannst du eigentlich von überall arbeiten?«

Ich schlucke und spüre, wie mir abwechselnd heiß und kalt wird. Mist. Ich schäme mich dafür, dass ich es immer noch nicht geschafft habe, Niall die Wahrheit zu sagen. Und wenn ich ehrlich bin, habe ich große Angst davor, denn mit jeder Stunde, die vergeht, wird es schwerer und noch weniger nachvollziehbar sein.

»Hey, keine Angst«, lacht er neben mir und drückt meine Hand. »Ich wollte nicht gleich Schnappatmung bei dir auslösen und dich zwingen, deine Zelte in London abzubrechen. Ich wollte nur meine Option ausloten, ob wir uns regelmäßiger sehen können, wenn dein Urlaub vorbei ist. Ich weiß ja, dass du viel unterwegs sein wirst.«

»Erst mal geht es nach London zurück«, antworte ich wahrheitsgemäß. »Aber ich hoffe natürlich auch, dass wir uns regelmäßig sehen können.«

Auch das war keine Lüge, rede ich mir ein und könnte mich für meine Feigheit ohrfeigen.

»Bist du okay?«, fragt Niall und hat scheinbar mitbekommen, dass ich ein bisschen in Gedanken versunken bin.

»Bin ich«, lüge ich auf Kommando. »Ich mag nur an so einem schönen Abend wie heute nicht an meine Abreise denken. Ein paar Tage habe ich ja noch«, rette ich mich aus der Affäre und hoffe, dass Niall für heute mit dem Thema aufhört. Bevor ich nach London zurückreise, werde ich ihm die Wahrheit sagen. Ich schwöre. Bei allem, was mir lieb und heilig ist. Dass ich dann wahrscheinlich alles verlieren werde, was mir in den letzten Tagen so wertvoll geworden ist, verdränge ich und hoffe inständig, dass er mir diese Lüge verzeihen kann. Wenn nicht sofort, dann zumindest irgendwann.

31

NIALL

Wenn dich die Dämonen deiner Vergangenheit einholen, will man irgendwie gewappnet sein. Dann will man bereit dafür sein, sich ihnen im Kampf zu stellen, und will ihnen mutig und vorbereitet ins Gesicht blicken.

Es sagt sich so leicht, dass die Vergangenheit hinter uns liegt und wir sie nicht ändern können. Dass wir sie annehmen müssen. Und trotzdem sind es wohl die schmerzhaften Erlebnisse und Erfahrungen, die sich immer wieder still und heimlich in unser Gedächtnis schleichen. Manchmal sogar ohne Ankündigung.

Wie lange wir uns verweigern, die Vergangenheit loszulassen und den Schmerz mit in die Gegenwart zu nehmen, ist wohl bei jedem anders. Unfassbar lange habe ich Zeit damit vergeudet, in der Vergangenheit zu leben, sie nicht ruhen zu lassen. Ich habe meine negativen Erfahrungen mit Kendra und Adam auf die Gegenwart übertragen und es so anderen

Menschen und mir selbst schwer gemacht. Aber inzwischen ist etwas passiert, das ich noch vor wenigen Tagen nicht für möglich gehalten hätte. Auf einmal ist da dieser Mensch, der mir zeigt, dass es sich lohnt, offen für Neues zu sein, und dass es falsch ist, sich im Elend der Vergangenheit zu suhlen. Solange wir das tun, machen wir es anderen unmöglich, in unser Leben zu treten.

Ich kann mir noch so lange vormachen, dass oberflächliche Bindungen und Begegnungen mit sich stetig abwechselnden Frauen mir genügen, aber tatsächlich spüre ich, dass Stillstand mich im Leben nicht weiterbringt. Leben bedeutet nun mal Veränderung. Und dass diese nun unbedingt in Form einer unfassbar attraktiven Engländerin in mein Leben getreten ist, hat wohl mit Schicksal zu tun. Vor allem weil es auf eine Weise passiert ist, die ich nie für möglich gehalten hätte. Danielle hat mich mit ihrem Dickkopf, ihrer gleichzeitigen Schwäche und ihrer Warmherzigkeit wieder dafür geöffnet, dass ich einem Menschen vertrauen möchte. Herrje, sie hat sogar all ihre Pläne über Bord geworfen und hat ihren Flug verstreichen lassen. Nicht wissend, ob ich nicht schon längst hätte weg sein oder nicht sonderlich von der Idee hätte überzeugt sein können. Sie hat es einfach gewagt. Hat ihre eigenen Ängste überwunden und sich der Ungewissheit gestellt.

Wenn sie es kann, kann ich es auch.

Während wir die letzten Meilen nach Finnegan hinter uns bringen, schaue ich immer wieder zu Danielle hinüber. Regelmäßig erwidert sie meinen Blick, und das Lächeln, das sich dann auf ihrem Gesicht abzeichnet, erwärmt mein Herz. Auch wenn der Abend in Ashmoore ein nicht ganz so schönes Ende genommen hat, weiß ich, dass uns die Sache stärker macht, denn ich habe ihr eine Sache anvertraut, die für mein Leben von zentraler Bedeutung ist. Solche Dinge führen zusammen.

»Wo bist du mit deinen Gedanken?«, fragt sie mich, als wir in die lange Einfahrt einbiegen, die zum Hotel führt.

»Ach, ich habe überlegt, ob wir heute zu dir gehen oder zu mir«, lache ich und kassiere dafür einen Blick von Danielle, der Bände spricht.

»Wie selbstverständlich du davon ausgehst, dass ich mein Bett mit dir teilen möchte«, grinst sie und zwinkert mir zu. »Aber okay, ich will mal nicht so sein.«

Amüsiert schüttle ich den Kopf, fahre am Hotel vorbei und parke auf dem Hof neben meiner Wohnung. »Gib zu, du kannst gar nicht mehr ohne mich«, sage ich, steige aus und umrunde zügig das Auto, um Danielle beim Aussteigen zu helfen.

»Können vielleicht, aber wollen ist so eine Sache«, schmunzelt sie und zieht mich zu sich.

»Willst du etwa hier gleich loslegen?«, rufe ich amüsiert aus und lasse es mir nicht nehmen, meine Arme um ihre schlanke Taille zu legen.

»Hier ist es mir ein bisschen zu kalt«, gluckst sie in meinen Armen, zieht mich aber doch für einen kurzen Kuss zu sich runter. Es fühlt sich so gut an, ihre warmen Lippen auf meinen zu spüren.

»Meinst du, wir kriegen noch eine heiße Schokolade bei Kenzie?«, fragt sie dann und klimpert mit den Augen, was mich erneut zum Lachen bringt. »Mir ist nämlich ein bisschen frisch und das könnte beim Aufwärmen bestimmt helfen.«

»Ganz bestimmt«, antworte ich. »Notfalls mache ich dir selbst eine. Wobei mir sicherlich auch noch ein oder zwei andere Dinge einfallen würden, wie dir schnell wieder wärmer wird.«

»Whisky?«, grinst Danielle und zwinkert mir zu. »Whisky wäre natürlich auch eine super Option.«

»Bevor wir reingehen, möchte ich dir noch etwas sagen.«

Ich schaue in ihr zartes Gesicht und streiche ihr liebevoll eine Haarsträhne nach hinten. Ich sehe, wie sie eine Augenbraue hebt und mich neugierig anschaut.

»Danke, dass ich wegen dir wieder an das Gute im Menschen glauben kann. Dass du mir das Gefühl gibst, nicht ständig auf der Hut sein zu müssen. Dass du es mit mir aufnimmst und mir zeigst, dass es Ehrlichkeit noch gibt und wahre Emotionen zwischen Mann und Frau eine Chance verdient haben. Dass Gefühle für eine Frau viel schöner sind als Unverbindlichkeiten. Dass eine Einheit so viel mehr wert ist als das Leben als einsamer Wolf.«

Danielle scheint von so viel emotionaler Ehrlichkeit aus meinem Mund überrumpelt zu sein, denn sie schaut mich aus fragenden Augen an und scheint nach Worten zu suchen, die sie nicht findet. Um sie aus der vielleicht etwas unangenehmen Situation zu retten und ihr einen Moment zu geben, um darauf reagieren zu können, fasse ich sie lachend an der Hand und gemeinsam überqueren wir den Hof in Richtung Hotel. Dort angekommen, ist Kenzie nirgendwo in der Küche zu entdecken und so ziehe ich Danielle weiter mit mir Richtung Lobby. Gut möglich, dass Kenzie sich gerade dort aufhält.

Bedingt durch den Valentinstag ist das *The Finnegan* gut besucht und so dauert es einen Augenblick, bis ich Kenzie in der Lobby ausmachen kann. Sie sitzt in einem der großen Sessel, die in der Lobby stehen, und unterhält sich mit Iain, der neben ihr Platz genommen hat. Die beiden scheinen in ein Gespräch vertieft. Tatsächlich sieht sie mich erst, als ich nach ihr rufe und die Halle mit Danielle an der Hand durchquere.

»Niall«, ruft sie, als sie mich sieht, steht auf und ein Lächeln zeichnet sich auf ihrem Gesicht ab, das in dem Moment erlischt, als sie zu Danielle blickt.

»Danielle, Schatz, was ist mit dir los? Du bist ja kreidebleich.«

Erschrocken blicke ich neben mich und schaue auf Danielle, die plötzlich neben mir versteift und abrupt stehen bleibt.

»Setz dich. Iain holt dir schnell ein Glas Wasser«, ruft Kenzie und besorgt führe ich Danielle zu einem der frei gewordenen Sessel.

»Was ist los? Geht es dir nicht gut?«

Nahezu verzweifelt knie ich vor ihr und will ihr die Jacke ausziehen, damit sie etwas mehr Luft bekommt, aber Danielle hebt nur die Hand und winkt ab. Als Iain mit dem Wasser zurückkommt und es ihr reichen will, nimmt sie es zwar an, stellt es aber sofort auf den Tisch vor ihr.

»Danielle, was hast du? Ist dir schwindelig?« Immer noch völlig hilflos versuche ich, etwas aus ihr rauszubekommen.

»Ich bin nicht Danielle«, sagt sie dann nach einer gefühlten Ewigkeit und ihre Antwort bringt noch mehr Irritation in das eh schon völlige Durcheinander.

»Natürlich bist du Danielle«, rufe ich. »Himmel, sollen wir einen Arzt rufen?«

»Nein«, sagt sie schnell und ich nehme wahr, wie ihr Gesicht angestrengt ist und inzwischen sämtliche Farbe verloren hat. »Nicht nötig. Mein richtiger Name ist Ava und ich bin nicht die, die ihr glaubt, dass ich bin.«

»Wie, du bist nicht die, die wir glauben, dass du bist?« Völlig überfordert blicke ich sie an.

Statt einer Antwort nickt Danielle zunächst nur und so langsam merke ich, wie sich Unverständnis in meine Unruhe mischt. Sie sitzt vor mir, lässt die Schulter hängen und ich sehe, dass sich Tränen in ihren hübschen Augen sammeln, die jedes Funkeln verloren haben.

Es dauert eine gefühlte Ewigkeit, bis sie antwortet, und die Antwort fällt nicht so aus, wie ich es erhofft habe.

»Ich habe mich als meine Schwester Danielle ausgegeben und in ihrem Namen den Auftrag als Reisebloggerin angenommen.« Sie schluckt, bevor sie weiterspricht. »Ich hätte es euch direkt sagen müssen.«

Ich glaube, mich verhört zu haben. »Das heißt, du hast uns angelogen?«

»Ja«, sagt sie leise und ich sehe eine Träne, die ihr über die Wange rollt.

Ich spüre, wie mir heiß und kalt zugleich wird. Ich kann nicht glauben, was ich hier höre. Wut breitet sich in mir aus, ob ich es will oder nicht.

»Gibt es«, knurre ich und wende mich in Alarmbereitschaft an die Frau vor mir, »noch etwas, das du sagen möchtest? Ava?«

Sie zuckt zusammen, als ich ihren Namen langsam betont ausspreche und sie anstarre. Ich weiß, wie kalt und hart mein Blick sein kann, daher wundert es mich nicht, dass sie zusammenzuckt.

»Ich habe dich etwas gefragt. Gibt es noch etwas, was du sagen möchtest?«

Sie schließt die Augen und das ist für mich das Zeichen dafür, mich für das zu wappnen, was als Nächstes kommen wird. Das Zeichen dafür, dass ihre nächsten Worte mich schachmatt setzen werden.

»Ich … ich …«, beginnt sie stotternd. »Ich habe einen Freund in London. Ryan.«

Blitzschnell drücke ich mich hoch und merke, wie mir sämtliche Luft aus der Lunge gezogen wird. »Wie bitte?«, donnere ich und es ist mir völlig egal, dass wir nicht allein in der Hotellobby sind.

»Ich wollte es dir die ganze Zeit sagen«, murmelt sie und zuckt erneut, als ich neben ihr lauter, als mir vielleicht bewusst ist, sage: »Ich habe dich nicht verstanden.«

»Ich wollte dir die ganze Zeit die Wahrheit sagen«, schluchzt sie nun. »Ich wusste nicht wie. Und dann sagst du eben diese Worte, dass ich dir gezeigt hätte, dass es Ehrlichkeit noch gibt und ich dir so ein gutes Gefühl geben würde. Ich wollte dir wirklich die Wahrheit sagen, Niall.«

»Du meinst, dass du nicht Danielle heißt, sondern Ava, und einen Freund hast und dass das alles hier eine gottverdammte Lüge gewesen ist? Dass du nicht als Reisebloggerin arbeitest?«

Inzwischen habe ich meine Stimme nur noch in Ansätzen unter Kontrolle und spüre, wie Kenzie mir beruhigend eine Hand auf den Arm legt.

»Mein Name war eine Lüge und vielleicht die Geschichte, die ich dir aufgetischt habe, warum ich hier bin. Aber bitte glaube mir, dass meine Gefühle für dich keine Lüge gewesen sind. Dass sie es auch jetzt nicht sind, wenn ich dir sage, dass du mir unfassbar viel bedeutest.«

»Glauben? Gefühle? Willst du mich verarschen? Ich lege hier einen Seelenstriptease nach dem nächsten hin, erzähle dir die privatesten aller privaten Dinge, und dir fällt nichts Besseres ein, als mich tagelang zu belügen? Mir etwas vorzuspielen? Du wusstest von Anfang an, wie wichtig mir Ehrlichkeit ist und dass ich Lügen verabscheue. Und all das hast du ignoriert und schön weitergemacht? Auf Kosten anderer? Ich hoffe, es hat sich wenigstens gelohnt!«

Inzwischen habe ich meine Hände in meine Anzugtaschen gesteckt, damit niemand sieht, dass ich sie zu Fäusten balle. Ich muss sämtliche Energie daransetzen, nicht komplett auszurasten und Dinge in meinem Umfeld kurz und klein zu schlagen. Das wäre unter normalen Umständen schon nicht angebracht, aber hier in der Lobby des Hotels einfach fehl am Platz.

Kenzie spürt meinen drohenden Kontrollverlust und schreitet ein, ohne dass ich noch etwas erwidern kann. Sie stellt sich vor mich, verschränkt ihre Arme vor der Brust und wendet sich an Ava. Auf einmal wirkt meine sonst so besänftigende Schwester in Alarmbereitschaft und bereit für den Angriff.

»Ich denke, es ist Zeit, dass du deine Koffer packst, Ava«, sagt sie in einem ruhigen Ton, der aber ganz klar werden lässt, dass sie keine Diskussion zulassen wird. »Dein Aufenthalt hier ist nicht länger erwünscht. Es steht dir frei, bis morgen früh zu bleiben, damit du nicht in der Nacht abreisen musst, aber länger bist du hier nicht willkommen. Solltest du heute Nacht noch abreisen wollen, wird dir jemand beim Gepäck behilflich sein und Iain wird dich zum Flughafen fahren.«

Sie blickt neben sich und Iain nickt wortlos.

Bei Kenzies klaren Worten muss selbst ich einsehen, dass jede Gegenrede vergeblich wäre, und für einen kurzen Augenblick schaue ich auf die Frau, die meine Mauern zu Fall gebracht hat und der ich dies leichtsinnigerweise gestattet habe.

Sie schluckt und als sie nickt und nichts weiter sagt, ertappe ich mich bei der Frage, warum sie nicht für uns kämpft. Doch dann wird mir wieder klar, was sie getan hat, und mein Herz erkaltet. Ich funkle sie für einen letzten Moment an, drehe mich dann auf dem Absatz um, renne aus der Lobby und raus auf den Hof.

In dem Moment, in dem die Tür hinter mir ins Schloss fällt und die kalte Luft dieser Februarnacht mich knallhart erwischt, kann ich nicht anders, als lauthals zu schreien. Voller Wut schlage ich gegen den Türrahmen, der Gott sei Dank so massiv ist, dass er unter meiner Kraft und meinem Schlag nicht nachgibt. Ich blicke um mich, hoffe kurz, dass sie hinter mir hergelaufen kommt, weiß aber, dass dies nicht geschehen wird. Alles in mir zieht sich zusammen und der Schmerz, der mich mit einer Wucht erwischt, die ich nicht habe kommen sehen, ist so heftig, dass ich am ganzen Leib zittere. Hitze und Kälte wechseln sich ab, mein Blut rauscht durch meine Adern und ich habe das Gefühl, nicht mehr zu können.

So fühlt es sich also an, wenn ein Herz bricht.

32

AVA

Ich stehe unter der Dusche und leise Tränen laufen wie ein niemals enden wollender Strom über meine heißen Wangen. Nicht einmal das kalte Wasser ist in der Lage, mich aus meiner Schockstarre zu befreien. Meinen Körper und meinen Verstand wieder in Einklang zu bringen.

Ich habe mich verloren. Habe mich verloren in einer Lüge, die ich nie wollte und die ich viel zu weit habe kommen lassen. Bis zu dem Punkt, an dem es kein Zurück mehr gab. Und wofür? Ich hatte so viele Chancen, Niall die Wahrheit zu sagen. Und ich bin mir sicher, er hätte es verstanden. Vielleicht nicht sofort. Und wahrscheinlich wäre er auch nicht begeistert gewesen. Aber er hätte sich nicht belogen und betrogen gefühlt.

Ich hasse mich selbst.

Ich lehne mich mit dem Rücken an die kalte Duschwand und lasse mich hinuntergleiten. Meine heißen Tränen vermischen sich mit dem Wasser, das in einem kalten Strahl auf mich herabprasselt. Ich zittere, aber ich habe es nicht verdient, eine warme Dusche zu genießen. Ich habe es vermasselt. Habe einen Fehler gemacht, den ich wahrscheinlich nie wieder gutmachen kann.

Die Erinnerung an das Entsetzen und die Wut in Nialls Augen, als er regungslos meine Worte aufgenommen hat und völlig verloren in der Hotellobby stand, schiebt sich in meinen Gedanken wieder und wieder nach vorn. Wenn das Wasser doch auch diesen Schmerz, der sich in meinem Herzen und in meiner Seele ausbreitet, einfach fortspülen könnte. Einfach den Abfluss runterjagen könnte. Doch die Erlösung wird mir nicht gewährt und ich habe sie auch nicht verdient.

Die Fahrt nach Inverness mit anschließendem Flug nach London war kräftezehrend, und ich bin froh, dass Iain, der mich gefahren hat, gemeinsam mit mir geschwiegen hat. Seine Umarmung am Ende tat so gut und doch weiß ich, dass auch er genauso viel Unverständnis für meine Lüge hat wie all die anderen Menschen, die ich vor den Kopf gestoßen habe.

Zurück in London, habe ich Ryan angerufen und Dinge beendet. Als er meine Stimme am Telefon gehört hat, hat er einfach gefragt: »Es ist vorbei, oder?«

Ich habe nur *Ja* gesagt.

Es ist schon fast erschreckend, dass wir nach dieser Zeit einfach und mühelos unsere getrennten Wege gehen können. Wir leben nicht zusammen und bis auf ein paar Klamotten, die bei dem jeweils anderen liegen, haben wir nichts, was aufgeteilt werden müsste. Es ist, als ob man morgens aufwacht und das Leben geht weiter. So als wäre nichts gewesen. So als wäre dieser andere Mensch nie Teil von einem gewesen.

Ich hatte gehofft, die letzten Tage meines Urlaubs in Finnegan zu verbringen. Stattdessen werde ich mich jetzt in meiner kleinen Wohnung einschließen, mich selbst bemitleiden und Niall jede Sekunde ein bisschen mehr vermissen.

Als ich irgendwo in der Entfernung ein leises Pochen höre, stelle ich das Wasser ab und lausche. Jetzt ist das Pochen deutlicher zu hören und als ich ein Handtuch um mich wickle und auf den Flur raus gehe, stelle ich fest, dass jemand vor meiner Wohnungstür steht und klopft. Ich atme tief durch und versuche, möglichst lautlos zu sein, denn ich will niemanden sehen.

»Ava, mach die Tür auf. Ich weiß, dass du da bist.«

Die Stimme meiner Schwester dringt durch die Tür und da ich sie sehr gut kenne, weiß ich, dass sie sich nicht abwimmeln lassen wird. Niedergeschlagen gehe ich zur Tür, drehe den Schlüssel um und öffne ihr.

»Du siehst scheiße aus«, ist das Erste, was sie zu mir sagt, bevor sie mich in eine feste Umarmung zieht.

»Danke«, schluchze ich und ziehe schnell die Tür hinter uns zu, denn dass meine Nachbarn mich in diesem Aufzug sehen, fehlt mir jetzt auch noch.

»Wann hast du das letzte Mal etwas gegessen?«, fragt Danielle mich und blickt an mir vorbei ins Wohnzimmer, in dem immer noch mein unausgepackter Koffer liegt.

»Weiß nicht«, murmle ich. »Gestern vielleicht?«

»Gestern?«, wiederholt sie und schaut mich mit großen Augen an. »Okay, du ziehst dir was an und ich bestelle uns was. Keine Widerrede. Hier wird jetzt nicht weiter gejammert und sich im eigenen Elend gesuhlt.«

»Du hast gut reden«, schniefe ich. »Du hast ja nicht gerade den größten Fehler deines Lebens gemacht.«

»Das stimmt wohl«, sagt sie schulterzuckend und ich frage mich, warum meine Schwester immer so brutal ehrlich sein muss. »Aber ich kann mich auch nicht daran erinnern, wann du dich einmal so hast hängen lassen, ohne zu versuchen, Dinge wieder in Ordnung zu bringen.«

»Manche Dinge lassen sich einfach nicht mehr in Ordnung bringen«, seufze ich verzweifelt und blinzle die Tränen weg, die sich wie so oft in den letzten Stunden in meinen Augen sammeln.

»Schwachsinn«, tut sie meine Negativität ab. »Wir haben einfach noch nicht den perfekten Plan gefunden.«

»Wir? Plan?«

»Ja«, nickt sie. »Wir. Wir müssen ja überlegen, wie du deinen scharfen Schotten zurückbekommst.«

»Du vergisst, dass der scharfe Schotte mich nicht zurückwill.«

»Hast du ihn gefragt?«

Danielle schiebt mich ins Schlafzimmer, öffnet den Kleiderschrank und zieht eine Jeans, ein Top und eine Strickjacke hervor.

»Er ist weggerannt. Schon vergessen? Ich konnte ihn nicht mehr fragen.«

Sie zuckt mit den Schultern. »Hast du ihn angerufen?«

»Nein.«

»Warum nicht?«

»Weil er eh nicht abgenommen hätte.«

»Hast du es versucht?«

Frustriert verdrehe ich die Augen und starre meine Zwillingsschwester an. »Es ist nicht so einfach, wie du dir das vorstellst.«

»Einfach ist auch langweilig«, sagt sie und ich frage mich, ob es ein Fehler war, sie in die Wohnung zu lassen.

»Pass auf, Schwesterherz. Natürlich kann ich mich hier hinsetzen, mit dir kiloweise Eis essen, weinen und mich gemeinsam mit dir im Elend suhlen. Aber das bringt keinem was. Wir könnten alternativ überlegen, ob es einen Weg gibt, wie du die Dinge, die passiert sind, wiedergutmachen kannst. Außerdem«, fährt sie fort und hält plötzlich für einen Moment inne, »bin ich an der ganzen Misere nicht ganz unschuldig.«

Ich ziehe eine Augenbraue hoch und schaue sie an, während ich mich in die Klamotten werfe, die Danielle mir aus dem Schrank geholt hat. Dann zucke ich mit den Schultern. »Du hattest vielleicht die Idee, aber ich hatte jederzeit die Chance, die Sache vor Ort richtigzustellen. Ich muss einfach einsehen, dass ich es verbockt habe. Im ganz großen Stil.«

Während Danielle die Nummer des Pizzaservice wählt, hole ich mein Handy hervor und öffne die Fotos, die ich in Finnegan gemacht habe. Neben den für Danielle gedachten Pressebildern für die Blogartikel gibt es auch zahlreiche andere, die mich mit Niall zeigen, während wir im Wildpark stehen. Eins ist dabei, das mich bei meinen kläglichen Versuchen zeigt, die Tonscheiben zu treffen, und als ich das letzte Bild antippe, wird mir schwer ums Herz, denn es wurde an unserem letzten gemeinsamen Abend in Ashmoore aufgenommen, als wir gerade gemeinsam den Käsekuchen genießen.

Wie schnell sich ein Leben doch innerhalb von Augenblicken ändern kann.

Als Danielle und ich ein bisschen später in meinem gemütlichen Wohnzimmer sitzen und in unsere Pizza beißen, geht es mir schon ein bisschen besser, denn tatsächlich hilft Ablenkung. Auch wenn ich gedacht hätte, dass ich allein sein möchte, hält sie mich davon ab, dass meine Gedanken zu dunkel werden und ich unentwegt weine.

»Soll ich dir was verraten?«, sage ich zu ihr und ziehe ein Stück Pizzabrot aus der Tüte, die auf dem Tisch liegt. »Ich habe eigentlich kein Recht darauf, dass es mir so beschissen geht. Schließlich bin ich schuld an allem.«

»Ich finde, du gehst gerade verdammt hart mit dir ins Gericht«, antwortet sie ruhig. »Ja, du hast ihn belogen. Aber es ist ja nicht so, als wäre das alles böswillige Absicht gewesen und als hättest du das zu deinem eigenen Wohl gemacht. Letztendlich wusstest du die ganze Zeit, dass die Bombe irgendwann platzen wird. Wahrscheinlich hast du nur in deinen kühnsten Träumen nicht damit gerechnet, dass es so ablaufen wird.«

»Nein«. Ich schüttle den Kopf.

»Und die Trennung von Ryan? Wie geht es dir damit?«

»Gut. Es war längst überfällig.«

Danielle nickt mir zu. »Mir schien es immer so, als hättest du nie so genau gewusst, was du mit ihm oder von ihm willst. Ja, du warst in einer Beziehung mit ihm, aber irgendwie hast du dich immer untergeordnet. Oder wusstest selbst nicht so recht, ob das Ganze etwas mit Substanz ist, und daher hast du es einfach weiterlaufen lassen.«

»Ich denke, damit könntest du recht haben«, stimme ich meiner Schwester zu. »Ich habe Ryan gemocht. Irgendwann war es Gewohnheit. Schlimm, so etwas zu sagen, aber so ist es nun mal. Vielleicht war ich zu irgendeinem Zeitpunkt auch einmal in ihn verknallt, aber tatsächlich weiß ich erst seit Niall, was es bedeutet, sich wirklich zu verlieben.«

Als ich seinen Namen ausspreche, muss ich innehalten, denn eine heftige Woge von Gefühlen ergreift mich, aber dann muss ich unwillkürlich lächeln. »Ich habe noch nie einen Mann kennengelernt, der gleichzeitig so stark ist, beschützend und leidenschaftlich, und sich dann so verletzlich zeigt.«

»Niall klingt wirklich nach einem tollen Mann.«

Ich nicke und für einen Moment schweigen wir und essen ruhig unsere Pizza.

»Meinst du, eben weil er so ein toller Mann ist, dass er dir verzeihen könnte? Eben weil er auch so viel für dich empfindet?«

»Das weiß ich nicht«, muss ich leise zugeben. »Ich weiß, dass er auch etwas für mich empfunden hat, aber ich weiß nicht, ob er nicht alles in dem Moment abgeworfen hat, als die Lüge ans Licht kam.«

»Ich befürchte, mit einem einfachen *Es tut mir leid* ist es da nicht getan. Ich denke, was nur fair und richtig wäre, ist, dass du dir selbst genau darüber bewusst wirst, was du möchtest. Ihr wohnt weit genug voneinander entfernt, dass ihr euch nicht dummerweise über den Weg laufen könnt. Von der Seite bist du sicher. Aber wenn du dem Ganzen eine Chance geben willst, müssen wir uns etwas einfallen lassen. Und vor allem musst du überlegen, ob so eine Beziehung auf Entfernung das ist, was du willst.«

Ich nicke und weiß, dass Danielle recht hat. Vor allem weiß ich, wo und bei wem ich ansetzen müsste, um noch einmal an Niall heranzukommen. Und das wird wohl die schwerste Aufgabe von allen sein.

33

NIALL

»Wie hast du das ausgehalten, eine Frau zu lieben, die auf einmal weg ist? Die in dein Leben getreten ist, so eine unfassbare Bedeutung bekommen hat und dir dann förmlich den Boden unter den Füßen wegreißt?«

Ich sitze mit Liam in der Hotelbar. Es ist nach Mitternacht und keiner der Gäste ist mehr unten. Die Angestellten sind bereits nach Hause gegangen und genießen ihren Feierabend. Nur Iain und das Nachtpersonal sind da. Kenzie hat sich in ihre Wohnung zurückgezogen, da sie bereits früh in der Küche gebraucht wird. Bis auf die paar Lichter, die in der Bar noch an sind, ist es dunkel, still und friedlich.

Liam und ich sitzen nebeneinander in den großen Ledersesseln und jeder von uns hält ein Glas Whisky in der Hand. Er blickt mich an und ich sehe, dass er sich für seine Antwort auf meine Frage einen Moment Zeit lässt. Ruhig schwenkt er das

Glas in seiner Hand und scheint sich auf die richtigen Worte zu besinnen.

Ich bin meinem Bruder unfassbar dankbar dafür, dass er es sich scheinbar zur Aufgabe gemacht hat, mich so gut es geht abzulenken und nicht in ein Loch fallen zu lassen. Seit Danielle … fuck, Ava … vor zwei Tagen abgereist ist, weiß ich nichts mehr mit mir anzufangen. Früher habe ich mich volllaufen lassen, bin in irgendwelche Bars gefahren und habe sinnlos Frauen abgeschleppt, aber dem kann ich nichts mehr abgewinnen. Ich habe selbst keine Lust darauf, mich mit irgendwem zu messen, oder besser noch, zu prügeln. Ich bin einfach ausgeknockt. Fertig. Leer.

»Es ist etwas, auf das man nicht vorbereitet ist«, sagt Liam nach einer Weile. »Ich habe damals gedacht, ich als wahrer Kerl könne mich nicht durch solche Dinge wie die Gefühle zu einer Frau umhauen lassen. Und als Jamie damals zurück nach London gefahren und einfach aus meinem Leben verschwunden ist, hatte ich das Gefühl, als hätte es mir die Luft zum Atmen geraubt. Auf einmal ergab nichts mehr einen Sinn. Ich habe wirklich geglaubt, ich hätte sie verloren. Auf einmal war da diese Leere, wie ich sie noch nie in meinem Leben gespürt hatte.«

»Als wenn ein Puzzleteil fehlt. Als wenn man auf einmal nicht mehr ganz ist.«

Er nickt und stimmt mir wortlos zu.

»Ich verstehe es nicht. Wie konnte sie das tun? Wie konnte sie mich so belügen und mir nicht sagen, dass es einen anderen Mann in ihrem Leben gibt? Sie hatte so viele Chancen, mit der Wahrheit rauszurücken. Sie hat es einfach nicht getan. Dass sie sich als ihre Zwillingsschwester ausgegeben hat, klingt ja beinahe schon nichtig dagegen. Warum tut das ein Mensch?«

»Das weiß ich nicht. Diese Frage wird nur Ava selbst beantworten können. Aber sie macht auf mich nicht den Eindruck, als wäre sie so gefühlskalt, dass sie über Leichen geht. Ich will sie nicht in Schutz nehmen, aber vielleicht gibt es eine Erklärung für alles.«

»Ich habe das Gefühl, diese ganze Zeit mit ihr hier ist eine gottverdammte Lüge gewesen. Ich habe überhaupt keine Ahnung, wer sie überhaupt ist. Und ob sie die ganze Zeit eine Rolle gespielt hat. Habe ich mich so in ihr getäuscht? Ich habe echt gedacht, nach der Sache mit Kendra könne mich nichts mehr aus der Bahn werfen. Es ist doch einfach scheiße. Sie kommt daher und auf einmal zerfällt mein ganzes Mauerwerk, das ich mir mühsam um mein Herz errichtet habe, zu Schutt und Asche. Ich bin so ein Idiot.«

»Das bist du nicht«, sagt Liam ruhig und schaut mich musternd an. »Es ist gut, dass du dir wieder Gefühle gestattet hast. Ich weiß, dass du nach Kendra versucht hast, alles aus deinem Herzen zu verbannen, was auch nur ansatzweise mit der Liebe zu einer Frau hätte zu tun haben können. Dass du für dich ein Leben allein wolltest. Mit oberflächlichen Begegnungen ohne Tiefe. Einfach, um dich zu schützen. Um nie wieder enttäuscht zu werden. Das ist verständlich. Aber es ist gut, dass Ava dir gezeigt hat, dass du auch wieder empfinden kannst und nicht erkaltet bist. Diese Gefühlskälte hätte dich auf lange Sicht kaputtgemacht. Und das bist nicht du, Niall. Du bist so ein empathischer, herzensguter Mensch.«

»Und was habe ich davon?« Frustriert stöhne ich auf und leere mein Glas in einem Zug, bevor ich mir noch einmal nachschenke. Der Whisky brennt mir auf der Zunge und ich spüre, wie er mir den Rachen hinunterläuft. »Es tut verdammt noch mal weh und ich hasse diesen Schmerz.«

Statt mich zu bemitleiden, lehnt Liam sich in seinem Sessel nach vorn, stellt das Glas auf den Tisch zwischen uns und stützt seine Ellenbogen auf die Oberschenkel. »Was willst du unternehmen?«

»Unternehmen? Gar nichts!« Ungläubig starre ich ihn an. »Ich mache mich doch nicht zum Affen.«

»Mmh«, murmelt er. »Auf Kenzies Hilfe kannst du wohl auch nicht zählen. Die hatte ich ja wenigstens noch.«

Ich verziehe den Mund und sehe meine Schwester genau vor mir, wie sie sich vor Ava aufgebaut hat und ihr ganz deutlich klargemacht hat, dass es Zeit wäre, abzureisen. Meine Schwester ist eine Löwin.

»Ich brauche ihre Hilfe nicht. Ava ist zurück in London, mit ihrem Typen. Irgendwie wird es schon weitergehen. Ist es immer. Ich lasse mir mein Leben nicht von einer Frau versauen.«

»Wichtig ist, dass du es dir nicht selbst versaust«, sagt mein Bruder ruhig und lehnt sich wieder in seinem Sessel zurück.

Ich ziehe eine Augenbraue hoch und blicke ihn musternd an. »Wie meinst du das jetzt?«

Wieder dauert es einen Moment, bis er antwortet. Als er es tut, ist seine Stimme klar und fest.

»Ich weiß, dass du verletzt bist. Dass du gerade das Gefühl hast, dass Ava dich auf eine Weise betrogen hat, die nicht wiedergutzumachen ist. Das ist nachvollziehbar und in diesem Augenblick auch verständlich. Aber ich glaube, zu sehen, wie wichtig sie dir geworden ist. Auch wenn es nur wenige Tage waren, die ihr miteinander verbracht habt, glaube ich, dass sie deine Seelenpartnerin ist.«

»Seelenpartnerin? Was ist das denn auf einmal für ein esoterischer Humbug?«, frage ich konsterniert.

Liam lacht leise. »Als ich Jamie getroffen habe, wusste ich vom ersten Moment an, dass uns etwas Besonderes verbindet. Dass es etwas ist, was uns zusammengeführt hat und auch wollte, dass wir unser Leben miteinander bestreiten. Du kennst mich. Ich glaube sonst nicht an so Zeugs, aber dieses Gefühl, das ich bei Jamie seit dem ersten Moment hatte, ist etwas ganz Spezielles. Etwas, das ich gar nicht wirklich in Worte fassen kann. Ich denke, du musst in dich hineinhorchen, ob Ava ebenso dieses Gefühl in dir weckt. Ich glaube, gesehen zu haben, dass es so ist. Und wenn es so ist, lohnt es sich, dafür zu kämpfen.«

Seelenpartnerin. Welch eigenartiger Begriff das ist. Und wahrscheinlich auch viel zu mächtig für meine Verhältnisse. Jedoch kann ich nicht abstreiten, dass auch ich dieses Gefühl bei Ava gespürt habe, das Liam scheinbar bei Jamie spürt. Von dem Moment, als sie in mich gelaufen ist, war es um mich geschehen, und sosehr ich mich auch dagegen gewehrt habe, es war mir nicht möglich, ihrem Charme nicht zu erliegen. Leider habe ich jetzt den Salat und frage mich, wie ich meinem blöden Herzen erklären kann, dass es aufhören muss, so zu schmerzen.

»Worüber denkst du nach?«, fragt Liam mich und gießt sich ebenfalls noch ein Glas Whisky ein.

»Ob ich mir vielleicht für ein paar Tage eine Auszeit nehme. Hier erinnert mich alles an Ava. Ich komme hier nicht runter und habe das Gefühl, nicht atmen zu können. Ich glaube, ich muss raus, um für mich klarzubekommen, was ich will.«

»An was hast du gedacht?«, fragt er mich. »Eine der alten Hütten auf dem Ben Connery?«

»Du kannst scheinbar hellsehen«, grinse ich und nicke. Mein Bruder kennt mich wirklich gut. »Ich habe schon lange keiner Bothy einen Besuch abgestattet.«

»Ruhe zum Nachdenken hast du da auf jeden Fall«, lacht Liam und tatsächlich hat er recht. Als Übernachtungsgast in einer der kleinen abgelegenen Hütten, die sich vereinzelt in den schottischen Highlands finden, sollte man wissen, worauf man sich einlässt. Es gibt keinen Strom, kein fließendes Wasser und nur wenige haben den Komfort von Plumpsklos. Es macht mir nichts aus, mir einen Schlafsack, ein paar Essensvorräte, ein bisschen Holz oder Kohle für mich mitzubringen. Ich brauche keinen Luxus, und wenn es darum geht, zwei oder drei Tage in den Highlands abzuschalten, um wieder Balance zu finden, braucht es eh nicht mehr als das Notwendigste.

Wenn ich Glück habe, habe ich die Hütte komplett für mich allein und muss sie nicht mit ein paar Munro-Baggers teilen, denn dann kann es schnell zu eng werden. Es gibt hier in dieser Region nicht mehr allzu viele dieser Hütten, die während der sogenannten Highland Clearances entstanden sind, einem recht dunklen Kapitel von Schottlands langer Geschichte. Damals vertrieben die Gutsherren und Landbesitzer die ab dem 18. Jahrhundert ansässige gälische Bevölkerung im Hochland, um die Schafzucht flächendeckend einzuführen. Heute kann man in den leer stehenden Hütten oft kostenfrei übernachten, wobei einige für Touristen auch wiederhergerichtet wurden und pro Nacht etwas Geld kosten.

»Meinst du, Kenzie lässt mich wortlos ziehen? Wir wissen

beide, wie gut sie es leiden kann, wenn einer von uns sich eine Auszeit nimmt und abhaut.«

Liam verzieht spöttisch seinen Mund, denn bevor Jamie in sein Leben getreten ist, hat er regelmäßig das Weite gesucht und vor allem um den Jahrestag des Tods unserer Eltern wussten wir oft nicht, wo er sich rumtreibt. Seit Jamie da ist, ist er ruhiger geworden und hat gelernt, zu äußern, wenn ihn etwas belastet und die Dämonen der Vergangenheit mal wieder anklopfen.

Mir hat der Sport gereicht, um mich auszupowern und wieder einen klaren Kopf zu bekommen, aber vielleicht sind ein paar Tage Abstand und frische Luft hoch oben auf dem Ben Connery gar nicht schlecht, um wieder zu Verstand zu kommen. Vielleicht finde ich dann eine Antwort darauf, wie ich die Sache mit Ava abhaken kann, und vielleicht gelingt es mir sogar, zu akzeptieren, dass die gemeinsame Zeit mit ihr zu schön gewesen ist, um wahr zu sein.

»Ich glaube, sie lässt dich lieber für zwei Tage weggehen und weiß in etwa, wo du steckst, als dein elendiges Daherschlurfen noch länger zu ertragen.«

»Elendiges Daherschlurfen?« Entsetzt blicke ich meinen Bruder an, der inzwischen aufgestanden ist und den Whisky zurück an die Bar gestellt hat.

»Man merkt dir an, dass dir die Sache extrem zusetzt. Du bist nicht du selbst. Und wir hoffen, dass es bald besser ist und sich die Dinge fügen.«

Ich zucke die Schultern. »Vielleicht verrät mir dann auch einer von euch, wie ich das hinkriegen soll, dass sich alles wieder so fügt, wie es richtig ist. Aktuell ist hier nämlich alles ein großer Haufen Mist.«

34

AVA

»Und? Hat alles geklappt?«

Danielles Stimme ist über den Lautsprecher zu hören, während ich mich anschnalle und das Handy in der dafür vorgesehenen Halterung befestige.

»Ja«, rufe ich aufgeregt, stecke den Schlüssel in die Zündung und starte den Motor.

»Schwesterherz, du wirst noch zum richtigen Reise-Pro«, lacht meine Zwillingsschwester und ich verdrehe die Augen, während ich die Spiegel für mich einstelle.

»So würde ich das nun wirklich nicht bezeichnen.«

»Komm, Ava«, höre ich sie sagen, während im Hintergrund das Geräusch ihres Ungetüms von Kaffeemaschine zu vernehmen ist. »Du bist schon wieder allein geflogen und sitzt mit deinem Hintern in einem Mietwagen, den du dir eigenständig am Flughafen besorgt hast.«

»Das ist ja kein Hexenwerk«, grummle ich und gebe die Adresse des *The Finnegan* im Navi ein.

»Das vielleicht nicht, aber noch vor Kurzem hättest du mir einen Vogel gezeigt, wenn ich dir vorausgesagt hätte, dass du dich allein auf eine Reise ins Ungewisse machst, bei der du nicht weißt, was auf dich zukommt und wie es ausgehen wird.«

»Hör auf«, erwidere ich und merke, wie die Panik versucht, ihren Weg an die Oberfläche zu finden. »Ich bin schon nervös genug. Und wahrscheinlich haben mir der Flug und die Mietwagenaktion so gar nichts ausgemacht, weil die eigentliche Mammutaufgabe noch vor mir liegt. Sag mir bitte, dass ich alles richtig mache und nicht den größten Fehler meines Lebens begehe.«

Für einen kurzen Moment ist es still am anderen Ende und ich frage mich schon, ob irgendetwas mit der Verbindung nicht stimmt. Dann aber antwortet Danielle in ruhigem Ton: »Ava, niemand kann dir sagen, ob Niall wie von der Tarantel gestochen auf dich zurennt, dich in seine Arme reißt und leidenschaftlich küsst, oder ob er dir sagt, dass er diesen Kontakt nicht mehr möchte. Du weißt, dass du das dann akzeptieren musst. Ich glaube allerdings fest daran, dass es genau das Richtige ist, was du gerade tust. Du stehst für deine Liebe ein und lässt nichts unversucht. Das ist, was zählt. So wirst du dir am Ende nicht vorwerfen können, du hättest nicht alles getan, um eure Liebe zu retten.«

»Ich hoffe nur, dass ich nicht mit einem gebrochenen Herzen zurück nach London komme«, murmle ich, während ich das Auto vom Parkplatz des Mietwagenservices lenke. Ich bin aufgeregt und ich habe das Gefühl, dass mein Herz jetzt schon viel zu schnell klopft. Wie soll es dann bloß sein, wenn ich am *The Finnegan* ankomme und auf die Menschen treffe, die ich so vor den Kopf gestoßen habe?

»Wenn dein Besuch dort erfolglos bleibt, bekommen wir das auch wieder hin. Denk dran, nach jedem Sturm geht irgendwann die Sonne wieder auf.«

»Von welchem schlauen Kalenderblatt hast du den Spruch denn geklaut?«, muss ich jetzt doch schmunzeln und sehe ein, dass Danielle recht hat. Es wird weitergehen. Irgendwie geht es immer weiter.

»Von demselben, auf dem auch stand, dass es eine Schande ist, dass ich ganze drei Tage gebraucht habe, dich zu überreden, dass du in den Flieger steigen sollst.«

Ich lache, denn tatsächlich musste Danielle so manche Überzeugungstaktik einsetzen, um mich umzustimmen. Wenn es nach mir gegangen wäre, läge ich jetzt immer noch in meinem Bett, hätte wahrscheinlich inzwischen Unmengen von Takeaway-Verpackungen um mich herumgestapelt und könnte das Programm von Netflix in- und auswendig.

»Ava, ich drücke dir fest die Daumen. Melde dich, wenn du mich brauchst. Und jetzt atme durch, konzentrier dich auf die Fahrt, und denk daran, alles wird gut.«

»Alles wird gut«, murmle ich und lege auf, nachdem ich mich von Danielle verabschiedet habe.

Es ist nicht ganz eine Woche vergangen, seitdem ich aus Finnegan abgereist bin, und trotzdem fühlt es sich wie eine halbe Ewigkeit an. Ich vermisse Niall. Schrecklich. Ich vermisse es, mit ihm zu lachen, mit ihm zu diskutieren, Dinge zu erleben und ihn in meiner Nähe zu spüren. Dieser störrische Schotte hat mein Herz gestohlen, und auch wenn er es mir vor ein paar Tagen vor die Füße geworfen hat, hoffe ich, dass er es wieder zurücknimmt. Er muss es einfach tun.

Ich schalte das Radio ein und während leise Klänge eines

Songs von Harry Styles an mein Ohr dringen, konzentriere ich mich auf die Fahrbahn. Ich kann in etwa erahnen, wie Jamie sich gefühlt haben muss, als sie das erste Mal nach Finnegan gefahren ist, denn für Stadtkinder wie uns hat Schottland definitiv eins zu bieten: Natur. Die Landschaft Schottlands ist atemberaubend schön und auf meinem Weg von Inverness in Richtung Nordwesten sehe ich mich einer Weite und Einsamkeit gegenüber, die mich schier sprachlos macht und gleichzeitig auf eine Weise erfüllt, wie ich es vor ein paar Tagen noch nicht für möglich gehalten hätte. Ich fahre an grünen Wiesen vorbei, auf denen die ersten Hochlandrinder grasen. Hin und wieder werden die Felder von Waldlandschaften abgelöst, bevor sich dann wieder nahezu karge Granitgeröllplateaus vor meinen Augen auftun. Desto weiter ich in die Highlands fahre, desto majestätischer scheint der Anblick von Hochmooren und gigantischen Bergschluchten.

Ich muss an meinen ersten Ausflug mit Niall denken, als er mich meinen ersten Munro hochgeschickt hat. Ich denke an unsere Kanutour auf dem Loch Finnegan und an unsere Spaziergänge in den Wäldern, die das Hotel der Familie umrahmen.

Schneller als mir lieb ist, passiere ich eine Weile später das Ortsschild von Finnegan. Jetzt ist es nicht mehr weit bis zum Hotel. Ich habe keine Ahnung, ob man mich sofort wieder wegschicken wird, aber vorsichtshalber habe ich die Telefonnummer einer kleinen Pension im Ort im Handy abgespeichert und der Weg zurück zum Flughafen ist notfalls auch zu bewerkstelligen.

Ich setze den Blinker und biege in die Zufahrt zum Hotel. Mein Herz, das mir schon am Flughafen förmlich aus der Brust gesprungen ist, hat sich wohl überlegt, einen neuen Schlagrekord aufzustellen. Meine Hände sind eiskalt und mehr als einmal habe ich mich dabei ertappt, wie ich nervös auf meine Unterlippe beiße. Das Hotel taucht vor meinen Augen auf und wie beim ersten Mal verzaubert mich sein Anblick und ich spüre, dass ich gerade an keinem anderen Ort sein möchte als genau hier.

Ich fahre den Wagen auf den kleinen Parkplatz vor dem Hotel, stelle den Motor ab, ziehe das Handy aus der Haltung und werfe es in meine Handtasche. Dann blicke ich in den Innenspiegel, streiche mir die Haare aus dem Gesicht und atme ein letztes Mal tief durch, bevor ich die Autotür öffne und aussteige. Der Kies unter meinen Schuhen knirscht und die frische Luft des Tages begrüßt mich. Es ist beinahe Mittag und Kenzie wird sicherlich damit beschäftigt sein, das Essen für die Hotelgäste vorzubereiten.

»Ava?«

Es ist Liams Stimme, die mich zusammenzucken lässt. Nicht nur, weil ich nicht mit ihm gerechnet habe, sondern weil ich auch das erste Mal meinen wirklichen Namen aus seinem Mund höre. Sofort schnellt mein Blick in die Richtung, aus der die Stimme gekommen ist, und ich sehe, wie er gerade aus dem Hotel tritt, sein Handy noch am Ohr. Er hebt kurz seine Hand und scheint sich zügig von der anderen Person zu verabschieden, denn innerhalb von wenigen Momenten legt er auf, steckt sein Handy in die Hosentasche und kommt auf mich zu.

»Hi«, sage ich vorsichtig und schaue zu ihm auf, denn genau wie sein Bruder Niall überragt er mich um ein gutes Stück.

»Du bist hier«, antwortet er, bevor er mich in eine kurze Umarmung zieht.

»Ja«, erwidere ich leise und ertappe mich dabei, wie ich immer noch die Luft anhalte, weil ich nicht weiß, was jetzt auf mich zukommt.

»Das ist eine Überraschung«, nickt er und als sich ein Lächeln auf seinem Gesicht abzeichnet, tut sich ein kleines Gefühl von Erleichterung in mir auf. »Weiß Niall, dass du kommst?«

Ich schüttle heftig den Kopf, bevor ich antworte: »Nein. Ich … ich wusste nicht, ob er mich noch einmal sehen will. Aber ich musste einfach kommen und mit ihm reden.«

»Ich verstehe«, nickt Liam. »Bist du die ganze Strecke mit dem Auto gefahren?« Er schaut hinter mich und nimmt den Wagen, mit dem ich angekommen bin, in Augenschein.

»Nein. Ich bin bis Inverness geflogen und habe mir dort ein Auto genommen. Ist Kenzie da?«

Überrascht blickt Liam mich an, scheint für einen Moment nicht einordnen zu können, warum ich mich ausgerechnet nach seiner Schwester erkundige, doch dann nickt er. »Aye. In der Küche. Du tust dir also sofort die schwerste Aufgabe an?«

Ich verziehe meinen Mund zu einem gequälten Grinsen und zucke mit den Schultern. »Habe ich eine Wahl?«

»Wohl kaum«, lacht er und sein warmes Lachen hilft mir ein bisschen, meine aufsteigende Panik in den Griff zu bekommen. Seine Hand legt sich auf meinen Arm und er blickt mich an. »Bist du okay, Ava?«

Wieder zucke ich mit den Schultern. »Es geht. Ich bin traurig. Und ich weiß, dass ich einen riesigen Fehler gemacht habe. Ich hoffe, ihr könnt mir verzeihen, wenn ich es erkläre. Wenn es überhaupt eine anständige Erklärung gibt.«

»Das Wichtigste ist, dass du es versuchst.«

Ich nicke und unterdrücke ein Schniefen. »Wieso bist du so nett zu mir?«

Liam zwinkert mir zu. »Weil ich weiß, was es bedeutet, wenn man Fehler macht. Und weil ich auch weiß, was es heißt, wenn Menschen bereit sind, jemandem eine zweite Chance zu geben. Kenzie und Niall haben das damals auch für mich gemacht. Und warum solltest du so eine zweite Chance nicht auch verdient haben?«

»Aber ich bin nicht Familie«, sage ich leise.

»Aber du bist jemand, den mindestens ein Mitglied dieser Familie unfassbar gernhat. Das reicht.«

Wenn es mir eben noch gelungen ist, mein Schniefen zu unterdrücken, läuft mir nun eine dicke Träne die Wange herunter und ich lasse die Schultern hängen.

»Ach Ava, nicht schon vorher aufgeben. Du musst gegen Kenzie in den Kampf, da heißt es stark sein.«

Ich verdrehe die Augen und muss dann doch grinsen. »Na, du bist mir ja eine Aufmunterung.«

»Du schaffst das. Ich muss dich nur leider allein in die Höhle der Löwin schicken. Jamie braucht mich. Ich habe sie eben bereits am Telefon abgewürgt. Ist das okay?«

»Aber natürlich! Ich habe mich gefreut, dass du mich so warm empfangen hast. Das macht es zumindest etwas einfacher und ich habe auch keine Möglichkeit mehr, auf dem Absatz umzudrehen und einfach wieder ins Auto zu steigen.«

»Definitiv nicht«, grinst Liam. »Ich bin mir sicher, wir sehen uns später noch. Daumen sind gedrückt. Und Ava?«

»Ja?« Erwartungsvoll blicke ich ihn an.

»Er vermisst dich auch.«

35

AVA

Bevor er verschwindet, lotst Liam mich durch den Seiteneingang ins Hotel, sodass ich mich wenige Augenblicke später vor der Tür zur Hotelküche wiederfinde. Aus dem Innern dringen nicht nur das Klappern von Töpfen und ein buntes Stimmenwirrwarr, sondern auch der wunderbare Duft von frisch gebackenem Kuchen. Kenzie und ihr Team scheinen wieder in ihrem Element zu sein.

Als die Tür aufgeht und mir einer der Köche entgegenkommt, nutze ich die Gelegenheit und husche hinein. Kenzie, die gerade damit beschäftigt ist, Crumble über eine Apple-Pie-Füllung zu geben, schaut auf und binnen Sekunden verändert sich der Ausdruck auf ihrem Gesicht. Wo eben noch ein Lächeln war, das davon zeugte, mit welcher Leidenschaft sie ihrer Arbeit nachgeht, scheint sich ihre Miene versteinert zu haben. Sie wirkt sichtlich überrascht, mich hier vorzufinden.

Kenzie wischt ihre Hände an dem Tuch ab, das neben der Kuchenform liegt, und wendet sich dann mir zu. »Hast du dich verlaufen? Ich dachte, ich hätte mich neulich sehr klar ausgedrückt, dass du hier nicht weiter erwünscht bist.«

Die anderen Köche und Hilfen in der Küche blicken überrascht von ihrer Arbeit auf, denn sind sie so einen kühlen Ton von ihrer Chefin wohl nicht gewohnt. Dann machen sie sich stumm wieder an ihre Arbeit und tun zumindest so, als würden sie dem Ganzen keine weitere Aufmerksamkeit schenken.

»Wer hat dich reingelassen?«

Kenzie geht einen Schritt auf mich zu, lehnt sich an die Arbeitsplatte und verschränkt ihre Arme vor der Brust.

»Liam«, antworte ich und hoffe, meine Stimme versagt mir nicht in dem Moment, wenn es darauf ankommt.

Ihre Augen weiten sich und überrascht blickt sie mich an. »Ich verstehe. Ich habe keine Zeit, mich jetzt mit dir zu beschäftigen. Das Essen muss vorbereitet werden.«

Gut, dass ich in meinem Kopf dieses Szenario bereits mehrmals durchgespielt habe, daher werfen mich ihre kalte Begrüßung und die Abfuhr nicht völlig aus der Bahn. So schnell werde ich mich nicht abwimmeln lassen.

Ich atme tief durch, strecke den Rücken durch und schaue Kenzie direkt ins Gesicht. »Dann arbeite ruhig weiter und hör mir dabei zu. Wir Frauen können uns ja Gott sei Dank auf mehr als nur eine Sache konzentrieren.«

Mir wird sofort klar, dass Kenzie nicht mit meiner Reaktion gerechnet hat, denn ihr Kopf zuckt ein Stückchen zurück und ihr Blick haftet auf mir.

»Ich weiß«, fahre ich fort, »dass du wie eine Löwin für deinen Bruder kämpfst, und das ist dir wirklich hoch anzurechnen. Auch wenn du es nicht glaubst, bin ich sehr glücklich darüber, zu wissen, dass er solch eine starke Frau hinter sich hat.«

Kenzie sagt kein Wort und beobachtet mich mit Argusaugen.

»Mindestens eine genauso starke Löwin werde ich jetzt aber auch sein, wenn es um die Liebe zu dem Mann geht, ohne den ich nicht mehr sein will. Ja, ich habe Fehler gemacht. Ich hätte ihm sofort die Wahrheit sagen sollen, aber am Anfang war es nur ein Job für mich und ich habe gedacht, ich bin nur eine Woche hier und reise wieder ab.«

Für einen Augenblick überlege ich, ob es mich nervös machen sollte, dass Kenzie so gar nichts erwidert, aber ich entscheide mich dafür, weiterzumachen, solange sie mich lässt.

»Ja, ich habe mich als meine Zwillingsschwester ausgegeben und habe so getan, als wäre ich die erfolgreiche Reisebloggerin, die Niall zu euch ins Hotel eingeladen hat. Tatsächlich ist es die Idee meiner Schwester gewesen, was absolut nichts an der Sache entschuldigt, aber sie hat das für mich getan, weil mein damaliger Freund Ryan mich auf unserem geplanten Urlaub hängen gelassen hat und lieber arbeiten wollte, als Zeit mit mir in Paris zu verbringen. Sie war der Ansicht, dass mir die Zeit allein in Schottland guttun würde und dass ich dabei erkennen würde, dass ich ihn nicht brauche und er sowieso nicht in mein Leben passt.«

Aus dem Augenwinkel kann ich erkennen, dass Kenzie ihrer Mannschaft ein kleines Signal gibt, sodass alle nacheinander die Küche verlassen und wir Augenblicke später allein sind. Wie gut, dass ich nicht inmitten des Service reingeplatzt bin, sonst wäre diese Sache schier unmöglich gewesen.

»In meiner Zeit hier bei euch habe ich Ryan mehr und mehr

verdrängt. Und an jedem Tag, den ich mit Niall verbracht habe, ist mir mehr und mehr klar geworden, dass ich mich von ihm trennen werde, wenn ich zurück in London bin. Nichts von dem, was ich sage, entschuldigt mein Verhalten, aber Niall wäre nicht auf die Art bloßgestellt worden.«

Noch immer sagt Kenzie kein Wort und so langsam bin ich mir nicht mehr sicher, ob ich mich nicht um Kopf und Kragen rede.

»Ich liebe deinen Bruder. Und ich bin hier, um ihm dies persönlich zu sagen. Ich weiß, dass ich ihn unfassbar verletzt habe, und das werde ich mir wohl nie verzeihen, aber er soll wissen, dass meine Gefühle für ihn echt waren. Dass sie echt sind.«

Als ich fertig bin, halte ich die Luft an und bin gespannt, wie Kenzie reagiert. Sie blickt mich musternd an, bevor sie nickt. »Aye. Du kommst zu spät, oder besser gesagt zur falschen Zeit. Er ist verreist.«

Ich schlucke und für einen Moment schwindet all der Mut, den ich eben noch besessen habe. Was heißt das, zu spät? Wo ist er denn?

Mein Ausdruck muss Bände sprechen, denn Kenzie fährt ohne eine Frage von mir fort: »Er hat sich eine Auszeit genommen, um nachzudenken und sich darüber klarzuwerden, wie er weitermachen will. Er ist auf den Ben Connery gewandert und hat sich in einer Bothy zurückgezogen.«

Da ich keine Ahnung habe, von was Kenzie redet, reiße ich fragend die Augen auf. »Bothy? Was ist das? Wann kommt er denn zurück?«

»Das weiß ich nicht«, antwortet sie knapp, bevor sie sich wieder in Richtung ihrer Backform dreht.

»Es tut mir leid, Kenzie, dass ich auch dich belogen habe. Ich wünschte, ich könnte alles rückgängig machen.«

Sie hält in ihrer Bewegung inne und es dauert einen Moment, bis sie sich wieder zu mir dreht. Dann schaut sie mich mit ihren sonst so warmherzigen Augen an und für eine Millisekunde bilde ich mir ein, wieder etwas Freundlichkeit in ihnen zu entdecken. Ich halte aufgeregt die Luft an.

»Alles?«

»Natürlich«, rufe ich ohne Umschweife. »Mir tut alles so furchtbar leid.«

»Wenn du alles meinst, dann auch, dass du mich in deinem Artikel über unser Hotel die Zauberin der schottischen Cuisine genannt hast? Das hat mir nämlich tatsächlich einen Anruf von Channel 4, dem TV-Sender, beschert. Die wollen dem *The Finnegan* einen Besuch abstatten und mich interviewen.«

»Kenzie! Das ist ja fantastisch«, rufe ich begeistert aus und wünschte, ich könnte sie in den Arm nehmen, weiß aber, dass das in dieser Situation völlig unangebracht ist. Stattdessen entscheide ich mich für ein: »Das freut mich wirklich für dich. Du hast das mehr als verdient.«

»Danke«, erwidert sie und ich sehe, dass sie leicht errötet. Dann ist es still und ich weiß nicht so recht, ob es für den Moment nicht besser wäre, die Dinge so stehen zu lassen und ein bisschen Abstand zwischen uns zu bringen, als Kenzie zu meiner Überraschung sagt: »Willst du auf ihn warten?«

Überrascht blicke ich sie an und weiß für einen Moment nicht, was ich sagen soll. »Ich dachte, du wüsstest nicht, wann er zurückkommt?«

Kenzie grinst und zuckt mit den Schultern. »Das weiß ich auch nicht, aber so eine Bothy ist nicht gerade luxuriös. Da hält es niemand länger als drei bis vier Tage aus. Wenn du aber natürlich etwas anderes vorhast, dann ist das so.«

»Ich bleibe natürlich gern«, sage ich schnell und merke, wie mir Tränen in die Augen steigen. »Danke.«

Kenzie kommt auf mich zu und tätschelt mir ein bisschen unbeholfen den Arm, aber diese Geste fühlt sich nahezu paradiesisch an, wenn man bedenkt, dass ich vor knapp einer halben Stunde noch damit gerechnet habe, dass sie mir den Kopf abreißt.

»Dein altes Zimmer ist noch frei.«

Ich ziehe wenig ladylike die Nase hoch. »Heißt das, du verzeihst mir?«

Kenzie blickt mich ernst an und scheint sich ihre Antwort durch den Kopf gehen zu lassen. Schließlich sagt sie: »Das weiß ich noch nicht, aber ich denke, es ist eine Sache zwischen Niall und dir. Ich werde meinen Bruder bis aufs Blut verteidigen, wenn es sein muss. Das hast du am eigenen Leib gespürt. Wenn er dir vergibt, tue ich das auch. Ich kann zwar nicht wirklich akzeptieren, dass du uns eine Lüge aufgetischt hast, aber ich beginne, zu verstehen, warum du es getan hast.«

Sie nimmt mich nicht in den Arm und auch ihr Lächeln ist zaghaft, aber als sie mir einige Zeit später die Schlüsselkarte zu meinem ehemaligen Zimmer gibt, wirken ihre Augen sanfter und meine Hoffnung kehrt zurück. Zwei der Quinns hätte ich also gefühlt auf meiner Seite, jetzt liegt es nur noch an einem einzigen.

36

NIALL

Ich lasse den Blick über die lang gezogenen Hügelketten unter mir schweifen und atme die frische Bergluft ein. Mein Blick bleibt auf dem grünen Tal haften, das fast nahtlos mit dem anliegenden Kirkbey Moor verbunden ist. Auch wenn der Ben Connery nicht zu den höchsten und forderndsten Munros in Schottland gehört, kann er durch seine atemberaubende Flora und Fauna jederzeit punkten. Für Wanderneulinge ist der hohe Parkplatz auf fast fünfhundert Metern Höhe ein regelmäßiger Anlaufpunkt, doch tatsächlich bin ich in meinem Leben bisher immer die komplette Strecke gewandert. Die fantastische Aussicht, die man nicht nur während des Aufstiegs hat, ist Belohnung genug für die Strapazen, die man auf sich nimmt.

Die letzten zwei Tage haben mir gutgetan. Wer hätte geglaubt, dass es nicht mehr braucht als ein paar einsame Stunden und nichts als die Natur um sich herum, um wieder klarere Gedanken fassen zu können. Ich weiß, dass die Sache mit Ava mich noch eine ganze Weile beschäftigen wird, aber wenn ich eins in den letzten Stunden verstanden habe, dann, dass man aus der Vergangenheit lernen muss und verstehen muss, wie wichtig es ist, loszulassen. Zwar sagt sich das so leicht, aber ich muss aufhören, mich immer in der Opferrolle zu sehen, und mein Leben wieder selbst in die Hand nehmen. Jahrelang habe ich mir die Schuld gegeben, dass Kendra mich betrogen hat. Habe immer wieder nach Gründen gesucht, die ihren Schritt entschuldigt haben. Habe nach zahlreichen Erklärungen gesucht, warum es die beste Entscheidung ist, sich nicht zu binden und einfach mein Leben zu leben.

Irgendwie ist die Vergangenheit doch unsere größte Lehrerin. Wir lernen aus ihr, dass wir Fehler nicht noch mal wiederholen und in Situationen, die uns jetzt in unserem Leben begegnen, anders reagieren. Daher weiß ich auch, dass ich bei Ava nichts falsch gemacht habe. Kurz war ich davor, wie damals bei Kendra alles zu entschuldigen und, viel schlimmer noch, mich wieder in meinen alten Denkmustern zu verlieren, dass diese Sache nun mal passiert ist und mir dieses scheiß Gefühl nicht noch einmal begegnen wird, solange ich nicht den Fehler mache, wieder eine Frau in mein Leben zu lassen, und bei oberflächlichen Bindungen bleibe. Dass mein Leben durch diese oberflächliche Lebensweise ziellos geworden ist, habe ich übersehen. Und durch meine fehlenden Ziele ist eine Leere in mir entstanden, die ich mit vergangenen Erinnerungen gefüllt habe.

Ava ist es gelungen, diese Leere zu füllen. Sie hat meine gewohnten Muster aufgebrochen. Dass sie mir dabei mein Herz gebrochen hat, ist ein ganz anderes Thema. Trotzdem hat mir die Sache mit ihr eins gezeigt: Ich will nicht mehr rastlos leben. Ich will eine Aufgabe. Ich will einen Menschen, für den es sich lohnt, die Vergangenheit hinter sich zu lassen. Diese neue Erkenntnis bedeutet wohl Veränderung, aber ich kann erst in ein neues Abenteuer aufbrechen, wenn ich den Mut aufbringe, meine alten Gewohnheiten zu verlassen.

Ich darf Ava nicht verteufeln. Auch wenn sie mir auf eine Weise wehgetan hat, die eigentlich nicht zu entschuldigen ist, muss ich erkennen, dass die Erfahrung mit ihr für etwas gut war. Sie hat mir gezeigt, wer ich sein kann. Wer ich sein will. Dass ich das ohne sie sein muss, werde ich irgendwann akzeptieren.

Wenn ich nur verstehen könnte, warum sie diesen anderen Mann an ihrer Seite will und nicht mich. Vielleicht, wenn es anders wäre, wäre ich bereit, zu kämpfen, aber Windmühlenkämpfe kann man nur verlieren und noch mehr Schmerz will ich einfach nicht erfahren.

Der Abstieg geht zügig voran und bald schon sehe ich in einiger Entfernung unser Hotel am Ufer des Loch Finnegan. Da ich niemandem sagen konnte, wie lange ich wegbleibe, erwarte ich kein Empfangskomitee. Bestimmt ist Kenzie aber schon ganz gespannt darauf, wie es mir geht, und wahrscheinlich haben alle ein bisschen Angst davor, dass ich wieder in alte Muster verfalle, so wie zu der Zeit, bevor Ava in mein Leben getreten ist und alles durcheinandergebracht hat.

Als ich am Hotel ankomme, stehen Iain und Liam auf dem Hof und sind in ein Gespräch vertieft. Sie heben ihre Köpfe, als sie mich erblicken, und sofort grinst Iain mich an und Liam kommt auf mich zu. Er zieht mich in eine herzliche Umarmung, die etwas länger als gewöhnlich dauert.

»Na? Hast du Kraft getankt?«

»Aye«, nicke ich. »Tat gut die Zeit auf dem Berg. Nur freue ich mich auf eine richtige Dusche, das kannst du mir glauben. Je älter man wird, desto mehr weiß man den Luxus von fließend heißem Wasser dann doch zu schätzen.«

»Ich kann mir für meine alten Knochen auch etwas Besseres vorstellen, als auf den Pritschen da oben zu pennen. Aber wenn dir die Auszeit gutgetan hat, kannst du ja jetzt wieder volle Kraft voraus in den Kampf ziehen.«

»Volle Kraft voraus in den Kampf ziehen?« Irritiert blicke ich meinen Bruder an und wundere mich über seine Worte.

»Ach, das habe ich nur so gesagt«, winkt er ab und klopft mir freundschaftlich auf die Schulter. »Vielleicht weil Kenzie schon ganz gespannt ist, ob du mit neuen Erkenntnissen zurück bist oder ob sie dich noch mal zum Nachdenken auf den Berg jagen muss.«

»Und dich interessiert das natürlich so überhaupt nicht«, grinse ich ihn an und weiche dem kleinen Hieb aus, den Liam in meine Richtung absetzt.

»Natürlich tut es das, aber ich bin mir sicher, du wirst es mir von allein in deinem eigenen Tempo erzählen, ohne dass ich dir sprichwörtlich das Messer auf die Brust setzen muss, so wie unsere liebe Schwester das wahrscheinlich gleich in der Küche machen wird.«

Ich lache und muss Liam unumwunden zustimmen. Neugierig ist Kenzie schon immer gewesen und so geduldig sie mit ihren Auszubildenden auch sein kann, bei Liam und mir ist der Geduldsfaden unfassbar kurz.

»Na, dann will ich sie mal erlösen und schauen, was sie gerade so anstellt«, sage ich und wende mich dem Eingang zu.

»Geh vorher duschen«, erwidert Liam. »Wer weiß, für was du gleich eingespannt wirst oder was vor dir liegt und dich erwartet. Vielleicht sind das deine letzten ruhigen Minuten.«

Irgendwie ist mein Bruder heute arg kryptisch in seinen Aussagen, aber ich zucke mit den Schultern und entschließe mich, mich wirklich erst in meine Wohnung zu begeben, die Sachen auszupacken und mich frisch zu machen. Kenzie läuft ja nicht weg und mit Fragen kann sie mich auch löchern, wenn ich geduscht und sauber bin.

»Niall, da bist du ja wieder«, begrüßt Kenzie mich herzlich, als ich einige Zeit später frisch geduscht und in sauberen Sachen zu ihr in die Küche gehe. Als würde sie nicht gerade von oben bis unten wie ein Paket Mehl höchstpersönlich aussehen, zieht sie mich in eine feste Umarmung und drückt mich an sich.

»Und ich war gerade wieder sauber«, stöhne ich und klopfe mir das weiße Pulver von meiner Jeans und dem dunkelblauen Pullover. »Was gibt es zu essen?«

Lachend schüttelt Kenzie den Kopf und verdreht die Augen. »War klar, dass du sofort nach etwas Essbarem suchst.«

Ohne einen weiteren Kommentar schiebt sie mir einen Teller mit frischem Apple Crumble herüber.

»Na hör mal! Ich war gefühlt eine halbe Ewigkeit allein auf dem Berg in einer einsamen Hütte mit nur ein bisschen Proviant. Erbarm dich mal.« Gespielt tadelnd blicke ich sie an und steche mit der Gabel in die süße Köstlichkeit.

»Es hat dich keiner da rauf gezwungen«, grinst sie und zwinkert mir freudestrahlend zu. »Außerdem habe ich dir ein Carepaket gepackt, das eine halbe Familie für vier Tage hätte satt machen können. Was kann ich dafür, dass du immer so einen Bärenhunger hast und Unmengen verdrücken kannst?«

»Das liegt nur daran, dass du immer so hervorragend kochst. Hast du denn außer dem leckeren Crumble noch etwas Umfangreicheres für meinen Magen?«

Sie zieht eine Augenbraue hoch, scheint mich ausgiebig zu mustern und nickt dann. »Natürlich. Wie klingt frisch gemachte Lasagne für dich?«

»Wie das für mich klingt? Hallo? Du weißt, dass deine leckere Lasagne zu meinen Leibgerichten gehört. Was hast du ausgefressen?«

»Wie, was habe ich ausgefressen?« Beinahe unschuldig blickt sie mich an und geht zum Ofen, aus dem sie eine wunderbar riechende Auflaufform zieht.

Kenzie füllt mir eine mehr als gut gemeinte Portion auf einen Teller und verteilt einen Hauch von frisch geriebenem Parmesan darüber. Ich beobachte sie aus dem Augenwinkel und werde das Gefühl nicht los, dass hier irgendetwas nicht stimmt. Frisch gemachte Lasagne, Liam mit seinen kryptischen Anspielungen, und wenn ich es nicht besser wüsste, würde ich behaupten, Iains Grinsen vorhin war auch breiter als gewöhnlich. Ich traue dem Braten nicht, daher verschränke ich die Hände vor der Brust und blicke auf meine Schwester herunter, die völlig unbeeindruckt zu sein scheint und mir den Teller hinschiebt.

»Kenzie?«

»Was?«, ruft sie sichtlich genervt aus und wendet sich ab.

»Du warst noch nie eine sonderlich gute Lügnerin. Was verheimlichst du mir?«

Kenzies Schweigen führt dazu, dass ich, statt mich genüsslich auf die Lasagne zu stürzen, lieber innehalte und sie genau beobachte. Ich weiß, dass meine Schwester das auf den Tod nicht ausstehen kann, und so kommt es, dass sie innerhalb der nächsten Sekunden mit der Wahrheit herausplatzt: »Ava ist hier.«

Ich schlucke, denn ich habe mit vielem gerechnet, aber nicht damit. In Bruchteilen von Sekunden lege ich die Gabel beiseite und merke, wie mir heiß und kalt zugleich wird.

»Wie meinst du das, Ava ist hier?«

»Ja, hier hier. Im Hotel.«

Beinahe vorsichtig dreht sie sich wieder in meine Richtung und beobachtet mich.

»Und du warst der Meinung, mir das jetzt erst zu sagen?«

»Ich hatte gehofft, ich schaffe es bis nach der Lasagne«, antwortet sie zerknirscht und zuckt mit den Schultern. »Hat nicht ganz geklappt.«

»Aber so was von nicht. Und du hast das einfach so zugelassen?«

»Was genau?«

Frustriert stöhne ich auf und fahre mir mit der Hand über den Kopf. »Na, dass sie hier auftaucht.«

»Also erstens konnte ich nicht ahnen, dass sie auf einmal hier in Finnegan auftaucht, und zweitens habe ich sie vorher schon ein bisschen in die Mangel genommen.«

»Und mit vorher meinst du was?«

»Na, bevor ich ihr ihr altes Zimmer gegeben habe.«

Ich reiße die Augen auf und starre Kenzie an. »Du hast was?«

»Du hast mich schon verstanden«, antwortet sie und bindet sich die Schürze ab. »Ich habe ihr angeboten, hier auf dich zu warten.«

»Ohne mich vorher zu fragen?«

»Wie hätte ich das tun sollen? Eine Brieftaube auf den Berg schicken?«

»Nicht witzig«, stöhne ich und versuche, irgendwie zu realisieren, dass Ava ganz in meiner Nähe ist.

Warum ist sie zurück?

»Warum ist sie hier?«, frage ich daher und hoffe, von Kenzie eine Antwort zu bekommen.

»Was denkst du? Sie will ihre Fehler wiedergutmachen.«

»Eine Lüge kann man nicht wiedergutmachen«, sage ich und merke sofort, dass es eher meine Panik ist, die aus mir spricht, als mein Verstand.

Niall, reiß dich zusammen. Denk an das, was dir in den letzten Tagen ständig durch den Kopf gegangen ist, und zu welchem Entschluss du gekommen bist.

»Wie geht es dir damit?«, fragt Kenzie vorsichtig, kommt zu mir und legt mir eine Hand auf den Arm. Für einen Moment weiß ich nicht, was ich antworten soll, und schaue ins Leere.

»Ich weiß es nicht. Auf der einen Seite freue ich mich, dass sie hier ist. Auf der anderen Seite habe ich eine scheiß Angst vor dem, was hier gleich passieren kann.«

»Das kann ich sehr gut verstehen«, nickt sie. »Aber vielleicht versuchst du wirklich erst einmal, positiv zu denken und offen in das Gespräch zu gehen, auch wenn ich weiß, dass das nicht einfach ist. Denk immer daran, dass sie diejenige ist, die sich auf den Weg zu uns hier hoch gemacht hat, ohne zu wissen, ob wir sie nicht gleich wieder wegschicken. Und glaube mir, ich habe es ihr nicht einfach gemacht.«

»Sie hat mit dir geredet?« Überrascht blicke ich Kenzie an.

»Sie hat sich entschuldigt und versucht, mir alles zu erklären. Mir schien, als wäre es ihr ein Anliegen gewesen, bei mir anzufangen. Das rechne ich ihr wirklich hoch an.«

»Seit wann ist sie hier?«

»Seit kurz vor Mittag«, gibt Kenzie zurück und ich blicke auf die Uhr. Also schon einige Stunden.

Unruhig schiebe ich den Teller Lasagne weg. Irgendwie ist mir der Appetit vergangen.

»Selbst Lasagne geht nicht mehr?« Kenzie schaut mich besorgt an.

Ich schüttle den Kopf. »Ich bin scheiße nervös«, gebe ich unumwunden zu. »Was soll ich denn jetzt tun?«

»Wie wäre es damit, zu ihr zu gehen? Zu verlieren hast du doch eh nichts mehr.«

Ich verdrehe die Augen. »Na bravo. Welch Aufmunterung.«

»Na, ist doch so«, sagt sie und es soll wohl motivierend klingen. »Warum willst du noch mehr Zeit verstreichen lassen, wenn es doch sein könnte, dass ihr wieder zusammenfindet? Das musst du mir erklären.«

»Du hast ja recht«, gebe ich zähneknirschend zu, stehe auf und streife nervös mit den Händen über meine Hose.

»Du siehst gut aus«, spricht Kenzie mir zu und scheint Gedanken lesen zu können. »Außerdem hat Ava dich auch schon in ganz anderer Aufmachung gesehen«, fügt sie an und zwinkert mir zu, sodass ich rot werde.

»Und du meinst, ich soll jetzt einfach zu ihr gehen? Anklopfen und dann schauen, was passiert?«

»So in etwa hatte ich mir das gedacht. Oder hältst du es für besser, erst auf dem Zimmer anzurufen und sie in die Lobby zu bestellen?«

Ich schüttle den Kopf. »Nein. Wenn, gehe ich persönlich hin.«

»Na siehst du. Dann auf. Ach, und eins sollte ich dir vielleicht noch sagen.« Sie hält inne und schaut mich an.

»Was?«, frage ich und bin bereits auf dem Weg zur Tür.

»Sie hat das Herz einer Löwin.«

37

NIALL

Als ich das letzte Mal diesen Hotelflur entlanggegangen bin, war es mit Ava an meiner Seite vor unserer letzten gemeinsamen Nacht, bevor sich alles schlagartig verändert hat. Ich erinnere mich noch gut an ihr Lachen, als sie sich an mich geschmiegt hat und es nicht abwarten konnte, bis ich die Tür aufgeschlossen hatte. Wie sie in meine Arme fiel und mich mit so einer Leidenschaft küsste, wie ich in meinem Leben vorher noch nie von einer Frau geküsst worden bin. Wie wunderbar sanft ihr seidiges Haar über ihre Schultern fiel und ich nichts lieber getan habe, als es ihr aus dem Gesicht zu streichen, bevor ich sie nah an mich gezogen habe.

Wie leicht sich vor ein paar Tagen noch alles angefühlt hat. Wie einfach und genau richtig. So als hätte alles so kommen müssen und Ava und ich wären füreinander gemacht. Nur habe ich zu dem Zeitpunkt noch gedacht, Ava hieße Danielle und ich müsste mich nicht für eine der größten Lügen wappnen, die mir je begegnet ist und die mir den Boden unter den Füßen weggerissen hat.

Vor Nervosität schlägt mein Herz mir nahezu zum Hals heraus und als ich vor Avas Zimmertür ankomme, spiele ich tatsächlich kurz mit dem Gedanken, einfach auf dem Absatz kehrtzumachen und wortlos wieder abzuhauen. Die Frage ist nur, ob das die beste Lösung für das Ganze wäre.

Ich atme zweimal tief durch, schließe für einen Moment die Augen und nehme all meine Kraft zusammen. Dann klopfe ich an Avas Zimmertür. Ich halte die Luft an und lausche. Aus dem Inneren ist nichts zu hören. Ob sie wohl schläft oder im Bad ist? Ich klopfe ein zweites Mal an. Wieder ist nichts zu hören. Wo kann sie nur sein?

Ich ziehe die Hotelkarte aus meiner Tasche und drehe sie mehrmals in der Hand, bevor ich sie vor den Schließmechanismus halte. Keine Ahnung, wieso, aber ich muss diese Tür öffnen. Wenn sie schläft, will ich sie wecken und nicht noch länger auf eine Aussprache warten. Das würde mein Herz nicht mitmachen. Und letztendlich habe ich auch nicht sonderlich Lust darauf, mich vor die Zimmertür zu setzen und abzuwarten, bis sie aufwacht.

Ehe ich es mich versehe, habe ich die Zimmertür geöffnet und schiebe sie vorsichtig und behutsam auf. Mein Blick fällt sofort auf Avas Koffer, der geöffnet neben dem Fenster steht und im Vergleich zum letzten Mal nicht ausgepackt ist. Das Bett ist unberührt und auch im Bad ist keine Spur von Ava zu entdecken. Herrje, wo kann diese Frau sein? Für einen Augenblick überlege ich, sie anzurufen, entschließe mich aber dagegen. Stattdessen ziehe ich die Tür hinter mir ins Schloss und laufe runter zur Rezeption. Kenzie steht neben Iain hinter dem

Empfang und als sie mich sehen, heben sie beide ihren Kopf und blicken in meine Richtung. Auf Kenzies Gesicht ist eine Mischung aus Überraschung und Irritation zu sehen. Ich zucke mit den Schultern, als ich mich den beiden nähere.

»Was ist passiert?«, will sie sofort wissen. »Du wirst mir nicht sagen, dass ihr euch sofort in die Haare bekommen habt und fertig miteinander seid.«

Ich schüttle den Kopf. »Sie war nicht auf ihrem Zimmer.«

»Wie, sie war nicht auf ihrem Zimmer? Wo soll sie denn sonst sein?« Kenzie blickt mich irritiert an.

»Wenn ich das wüsste, stünde ich hier nicht wie blöd. Ich drehe mal eine Runde ums Hotel. Vielleicht ist sie im Garten oder geht unten am See spazieren.«

Kenzie nickt und schaut mich aufmunternd an. »Weit kann sie ja nicht sein. Vielleicht muss sie sich auch ein bisschen ablenken.«

»Vielleicht«, murmle ich und werde das Gefühl nicht los, dass irgendetwas nicht in Ordnung ist.

Ich schüttle die Gedanken ab und gehe die paar Schritte, bis ich vor dem Hotel stehe. Der nahende Frühling meint es wirklich gut mit uns, denn zwar ist es noch nicht sonderlich warm, aber wir hatten in den letzten Tagen deutlich mehr Sonnenstunden als noch vor einer Woche. So sieht die Welt gleich viel angenehmer aus.

Ich wende mich in Richtung Garten und muss wenig später erkennen, dass Ava hier nicht ist. Selbst bei den Stallungen schaue ich nach, aber weit und breit ist keine Spur von ihr zu entdecken. Auch am See ist sie nicht zu finden.

Jamie lädt gerade ein paar Einkäufe am Cottage aus und schüttelt mit dem Kopf, als ich sie frage, ob sie Ava gesehen hat.

»Tut mir leid, Niall. Ich bin schon eine Weile hier zugange, aber bis auf Liam, der drüben bei den anderen Cottages nach dem Rechten schaut, habe ich eine halbe Ewigkeit niemanden gesehen. Warst du im Garten?«

»Aye«, nicke ich und verliere so langsam die Geduld.

»Vielleicht seid ihr ja aneinander vorbeigelaufen und sie ist bereits wieder im Hotel. Schau doch noch einmal nach. Und notfalls rufst du sie an.«

Ich nicke und auf dem Weg zurück zum Hotel erinnere ich mich daran, dass Kenzie erwähnt hat, dass Ava mit einem Leihwagen vom Flughafen aus Inverness hierhergefahren ist. Am Parkplatz angekommen, schaue ich mich um, kann aber kein Auto entdecken, das nach Leihwagen aussieht, und auch der Blick auf die Kennzeichen hilft mir nicht weiter. So langsam werde ich nicht nur ungeduldig, sondern auch nervös. Ich gehe zurück ins Hotel.

»Und?« Neugierig blickt Kenzie mir entgegen.

»Nichts. Wie vom Erdboden verschwunden. Sag mal, kann es sein, dass sie irgendwo hingefahren ist?«

»Wo soll sie denn hingefahren sein? Shoppen in Finnegan? Ich glaube, so ein Highlight ist unser Örtchen jetzt auch nicht.«

»Was weiß ich!« Frustriert zucke ich mit den Schultern. »Ich kann kein Auto auf dem Parkplatz ausmachen, das ihr gehören könnte. Iain, du bist sicher, dass du Ava auch nicht gesehen hast?«

Iain kommt zu uns herüber. »Das letzte Mal, das ich mit ihr gesprochen habe, war, als sie hier unten in der Lobby war. Das war …« Er bricht ab und scheint in sich zu gehen.

»Das war was?«, frage ich ungeduldig.

»Das war, als sie sich erkundigt hat, was eine Bothy ist.«

Ich reiße die Augen auf. »Woher weiß sie denn von einer Bothy?« Ich blicke zwischen ihm und Kenzie hin und her.

»Das habe ich ihr wohl erklärt«, sagt diese und wirkt leicht zerknirscht.

»Und warum wollte sie das von dir wissen?«, frage ich Iain und merke, dass die Anspannung in mir wächst und der Knoten in meiner Magengegend definitiv kein gutes Zeichen ist.

Iain fährt sich mit einer Hand durch die Haare. »Sie hat sich von mir auf der Karte zeigen lassen, wo die Bothys hier bei uns in der Region liegen.«

Ich reiße die Augen erschrocken auf, denn innerhalb von Sekunden wird mir klar, was hier los ist. Wo Ava ist.

»Warum hast du sie nicht davon abgehalten, loszufahren?«, fahre ich Iain an und habe in der nächsten Sekunde bereits mein Handy in der Hand und wähle ihre Nummer. Wie zu erwarten geht niemand ran und die Mailbox springt nach einigem Klingeln an.

»Ich konnte doch nicht ahnen, dass sie sich auf den Weg machen könnte«, versucht Iain, sich zu verteidigen, und ich sehe ihm an, dass er sich gerade die größten Vorwürfe macht.

»Glaubst du wirklich, dass sie losgefahren ist, um zu den Bothys zu kommen?« Kenzie wendet sich zu mir und auch ihr sehe ich an, dass sie zunehmend besorgt ist.

»Natürlich. Du kennst doch Ava und ihren Sturkopf.«

Nervös blicke ich auf meine Uhr, denn inzwischen ist es schon später Nachmittag und dementsprechend nicht mehr sonderlich lange hell.

»Ich hoffe, sie war wenigstens so intelligent und ist mit dem Wagen so weit hochgefahren, wie es nur ging.« Ich greife nach einem Exemplar der Wanderkarten, die wir an der Rezeption liegen haben, und falte sie auseinander. »Drei Bothys. Drei verdammte Bothys. Warum haben wir hier nicht nur eine?«

»Du wirst sie finden, Niall«, versucht Kenzie, mich zu beruhigen, und ist im nächsten Moment schon auf dem Weg in Richtung Küche. »Ich packe dir ein paar Sachen zu essen und Wasser zusammen«, höre ich sie noch rufen, bevor ich mich selbst in Bewegung setze, um Decken, einen Verbandskasten, eine Taschenlampe und ein paar warme Klamotten zusammenzusuchen. Ich muss sie einfach schnell finden. Bitte lass ihr nichts passiert sein.

»Ich versuche weiter, sie auf dem Handy zu erreichen«, sagt Iain und auch ihm ist anzumerken, dass die Sache ernst ist. Ava ist keine erfahrene Wanderin und sich allein auf den Berg zu machen, ist selbst einem ortskundigen, trainierten Wanderer nicht zu empfehlen. Noch dazu wird es dunkel und kalt, und damit ist in den Bergen nicht zu spaßen.

Nervös checke ich zum wiederholten Mal die Anzeige auf meinem Handydisplay, ob Ava nicht doch eine Nachricht geschickt hat und ich sie einfach überhört habe.

Nichts. Hätte diese Frau mich nicht schon einmal durch die Hölle geschickt, spätestens jetzt wäre es so weit.

Ich fahre auf den Schotterparkplatz, auf dem Ava und ich meinen Wagen abgestellt haben, als wir auf den Ben Connery gewandert sind. Hier stehen zwar zwei Autos, aber einen kann ich sehr schnell als die runtergekommene Karre vom alten Sean ausmachen und vor dem anderen Wagen stehen zwei Wanderer, die allem Anschein nach gerade von ihrer Wanderung zurückkommen. Ich fahre neben sie, lasse das Fenster herunter und lehne mich ein Stück heraus. »Hi«, rufe ich ihnen zu. »Ihr habt nicht zufällig auf eurer Wanderung eine Frau gesehen, die allein unterwegs war?«

Die beiden Wanderer schütteln nahezu simultan ihre Köpfe und ich bedanke mich für die Auskunft, die mir leider Gottes überhaupt nicht weiterhilft. Ich lasse meinen Blick gen Himmel wandern. Zwar ist es trocken, aber der Nachmittag schreitet voran und wenn ich mich nicht beeile, ist es schneller dunkel, als ich bis drei zählen kann.

Ich lenke den Wagen in Richtung des Berges und nach einer Weile erreiche ich den Parkplatz, auf dem tatsächlich ein Auto parkt. Ich halte daneben, stelle den Motor ab und springe aus dem Wagen. Mag für andere unsere Autokennzeichnung nicht immer nachvollziehbar sein, verrät der Blick auf das Nummernschild, dass dieser Wagen in Inverness zugelassen wurde. Sofort mischt sich ein Fünkchen Hoffnung in meine Anspannung. Sollte es wirklich sein, dass sie hier hochgefahren ist, um mich zu suchen? Diese Frau ist verrückt. Nein, sie ist wahnsinnig, denn scheinbar hat sie sämtliche Ängste über Bord geworfen, um mich zu sehen. Ich sollte mich vielleicht geehrt fühlen, aber tatsächlich wächst in mir sekündlich das Verlangen, sie übers Knie zu legen und ihr gewaltig den Hintern zu versohlen.

Ich hole meinen großen Rucksack aus dem Kofferraum und bin Kenzie wirklich dankbar, dass sie so schnell ein paar Dinge eingepackt hat. Wenn ich Ava nämlich erst spät finde, werden wir gar keine andere Chance haben, als in der Bothy zu übernachten, denn der Weg durchs Gelände zurück zum Parkplatz ist im Dunkeln zu gefährlich.

Wenn ich sie finde.

Mir bleibt nichts anderes übrig, als mir einen Schlachtplan zu überlegen. Ich ziehe die Wanderkarte aus der Tasche und schaue mir an, wie die Bothys verteilt eingezeichnet sind. Natürlich würde ich den Weg dorthin von allein finden, aber ich versuche, die Karte mit Avas Augen zu betrachten.

Tatsächlich liegt die nächste Hütte keine fünfhundert Meter vom Parkplatz entfernt und man kann sie bereits von hier sehen. So schön es auch wäre, Ava dort anzutreffen, glaube ich nicht, dass sie diese angesteuert hat. Genauso wie ich wird sie versuchen, sich in mich hineinzuversetzen.

Scheiße. Auch wenn es mir anders lieber wäre, bin ich mir ziemlich sicher, dass Ava sich für die Bothy entschieden hat, die am weitesten vom Parkplatz entfernt und somit auch am weitesten von der Zivilisation abgelegen scheint. Nämlich die Bothy, in der ich die letzten Tage verbracht habe. Und das bedeutet auch einen Fußmarsch von nicht ganz zwei Stunden. Zwar ist der Weg dorthin nicht so anspruchsvoll wie zu einigen anderen Bothys, die in Schottland verteilt liegen, aber ganz einfach ist die Hütte auch nicht zu finden, liegt sie doch in einem geschützten Tal. Der Weg dorthin führt an Kiefernwäldern vorbei und die eine oder andere Wildgans oder auch Rotwild kann einem begegnen.

Unwillkürlich muss ich lachen, denn ich kann mir sehr gut vorstellen, dass Ava bei der Begegnung mit einer Rotwildkuh einen bösen Fluch in meine Richtung schicken würde. Ich bete, dass Ava die Hütte erreicht hat und so schlau ist, zu erkennen, dass es zu spät dafür ist, abends noch zurückzuwandern.

Inzwischen bin ich losgelaufen und mit jedem Schritt, den ich mich der Hütte nähere, hoffe ich, dass Ava da sein wird. Auch ich muss mir darüber im Klaren sein, dass es zu gefährlich sein wird, im Dunkeln zurückzulaufen. Die Entscheidung für diese Hütte muss einfach die richtige sein. Ich werde es mir nie verzeihen, wenn Ava etwas zustößt, weil ich die falsche Entscheidung getroffen habe. Sie darf verdammt noch mal nicht verletzt und allein irgendwo in den Hügeln inmitten der Wildnis liegen.

Der Kampf, den ich mit mir in meinen Gedanken ausfechte, wird nicht leichter, als die Dämmerung einsetzt. Mein Herz schlägt wie wild, ich gehe viel zu schnell und muss zwischendurch aufpassen, nicht selbst im Gelände auszurutschen und mich zu verletzen. Noch ein kleiner Anstieg und einmal über den Hügel, dann müsste die einsame Schutzhütte in meinem Blickfeld erscheinen. Unterhalb des Ben-Connery-Massivs und an einem See gelegen, gehört die Hütte zu einem wunderbaren Ziel. Sie verfügt über zwei kleine abgetrennte Räume und bietet für zwei Besucher zur gleichen Zeit Platz. Es gibt sogar eine kleine Sitzgruppe drinnen und draußen einen Ofen. Ich habe bei meinem letzten Aufenthalt etwas Holz hinterlassen und vielleicht schafft Ava es, sich Feuer zu machen. Gebetsmühlenartig sage ich mir vor, dass sie dann wenigstens nicht frieren muss, wenn sie schon allein in der ihr unbekannten Wildnis ist.

Dann taucht vor meinen Augen die kleine Hütte auf und für einen Moment atme ich tief durch. Ava ist mir auf dem Weg hierhin nicht begegnet. Auch jetzt lasse ich zum wiederholten Mal meinen Blick über die Gegend streifen. Immer in der Hoffnung, sie irgendwo zu entdecken. Als ich zurück zur Hütte blicke, glaube ich, einen Schatten im Inneren zu sehen. Brennt dort etwa eine Kerze?

Hastig lege ich das letzte Stück zurück und als ich vor der Tür der kleinen Bothy stehe, will ich sie am liebsten aufreißen, aber sollte wirklich jemand da sein, egal ob Ava oder ein anderer Wanderer, will ich nicht Grund für einen möglichen Herzinfarkt sein.

Meine Hände zittern, als ich vorsichtig anklopfe. *Bitte lass sie da sein. Bitte lass sie da sein.*

Im Inneren der Hütte ist das Geräusch eines Stuhls zu hören, der zurückgeschoben wird. Es dauert eine gefühlte Ewigkeit, bis sich die Tür langsam einen Spalt öffnet. Es bricht mir fast das Herz, als ich Avas tränenüberströmtes Gesicht vor mir sehe.

»Bist du verletzt?«, frage ich panisch und als sie mit dem Kopf schüttelt, kann ich nicht anders, als die Tür aufzustoßen und sie in meine Arme zu reißen. Ihr zarter Körper zittert und als ich meine Arme um sie schließe, lässt sie sich nahezu fallen. Ich hebe sie hoch und halte sie. Halte sie so fest, dass sie spürt, dass sie nicht fallen wird. Dass ich sie beschütze und nun da bin.

Es dauert eine Weile, bis ihr Schluchzen verebbt. Dann streiche ich ihr vorsichtig die Haare aus dem Gesicht und blicke in ihre von Tränen gezeichneten Augen.

»Du hast mir eine Höllenangst eingejagt. Bist du denn des Wahnsinns, hier allein hochzuwandern? Dir hätte weiß Gott was passiert sein können.«

Wieder sammeln sich Tränen in Avas sanften Augen und ich muss schlucken.

»Bist du wirklich nicht verletzt? Warum weinst du?«, frage ich vorsichtig.

»Es tut mir so leid«, schluchzt sie und lässt ihren Kopf sinken. »Ich konnte dich nirgendwo finden. Ich bin zur ersten Bothy gelaufen, die nah beim Parkplatz liegt, und habe so gehofft, dass du da bist. Aber als ich dort war, war mir klar, dass du die am weitesten entfernte Hütte wählen würdest. Und ich habe gedacht, ich schaffe das. Na ja, habe ich ja auch. Ich bin ja hier angekommen. Aber dann habe ich gemerkt, dass es dunkel wird. Und dann habe ich mir solche Vorwürfe gemacht, weil ich wusste, dass Kenzie und Liam sich sorgen würden. Und da du nicht hier warst, musstest du zurück sein, und das hätte bedeutet, dass du dich auf die Suche nach mir machst. Ich hatte so Angst um dich, dass dir was passiert, weil du mich Idiotin suchen gehst.«

»Du hattest Angst? Frag mich mal. Ich hatte eine riesige Panik, dass dir was passiert sein könnte.«

Wieder schluchzt Ava und wieder drücke ich sie an mich, versuche, ihr ein bisschen meiner Wärme abzugeben.

»Ich hätte es doch nicht anders verdient.«

»Wie bitte?« Ich reiße die Augen auf und kann nicht glauben, was ich da höre.

»Ich habe euch alle so verletzt. Ich habe alles kaputtgemacht.«

»Wie kannst du so etwas sagen? Dass du es verdient hättest? Du hast doch nicht verdient, dich zu verletzen.«

Immer noch ungläubig über das, was ich gerade aus ihrem Mund gehört habe, blicke ich sie an.

»Warum bist du hier, Niall?«, fragt sie leise und senkt ihren Blick.

Ich schlucke, lege meine Hand unter ihr Kinn und schiebe es ein Stückchen hoch. »Hör mir zu, Ava. Ich hätte es mir nie verziehen, wenn dir etwas passiert wäre. Natürlich bin ich sofort los, um dich zu finden und dich heimzuholen. Das werde ich immer tun.«

Jetzt ist sie es, die mich mit großen Augen anschaut. »Das wirst du immer tun? Weil du so bist, wie du bist, und ein großes Herz hast?«

Ich lehne meine Stirn gegen ihre. »Weil ich dich liebe«, hauche ich ihr entgegen und merke in dem Moment, wie all die Last und die Sorgen der letzten Stunden von mir abfallen. »Weil ich dich verdammt noch mal liebe, du kleine Seelenpartnerin.«

38

AVA

Er ist da. Er ist einfach da und hat mich gefunden. Er ist für mich losgewandert, um mich zu suchen und heil zurückzubringen. *Heim*, hat er gesagt.

Niall hält mich fest und erst jetzt fällt mir auf, dass er die Tür hinter uns geschlossen hat, damit die Kälte nicht weiter in die Hütte dringt.

»Danke, dass du da bist«, hauche ich leise, lege meine Hand auf seinen Brustkorb und schaue ihn an. Wie habe ich diese Augen vermisst, sein markantes Gesicht, seine sinnlich geschwungenen Lippen. Ach, was sage ich. Wie habe ich diesen einen Menschen vermisst, bei dem sich alles anfühlt, als wäre es so leicht und genau richtig.

Statt zu antworten, blickt Niall mich an und für einen Augenblick huscht ein dunkler Schatten über sein Gesicht, der mir nicht entgeht.

»Sag es«, flüstere ich und schließe für einen Moment die

Augen, weil ich nicht weiß, ob ich wirklich bereit dafür bin, die Dinge zu hören, die er mir an den Kopf werfen wird.

»Du hast mir sehr wehgetan«, sagt er leise, geht einen Schritt zurück und streift seinen Rucksack ab, den er noch immer auf dem Rücken trägt. Dann packt er nacheinander eine Flasche Wasser, ein paar Sandwiches und zwei warme Decken aus, von denen er mir eine sofort umlegt, als ich mich an den kleinen Tisch setze, der in der Hütte steht.

»Ich weiß«, antworte ich mindestens genauso leise. »Du hast allen Grund, mich zu hassen.«

Bei dem letzten Wort schießt Nialls Blick in meine Richtung und dann schüttelt er den Kopf. »Ich könnte dich niemals hassen. Ich wünschte nur, ich könnte verstehen, warum du es getan hast.«

»Ich weiß«, antworte ich erneut und komme mir unfassbar dumm vor, weil ich gerade nicht die richtigen Worte finde, obwohl ich sie mir tagelang zurechtgelegt habe. Diese Situation hier überfordert mich. Ich bin müde, ich bin erleichtert, glücklich und gleichzeitig so verzweifelt, diesem Menschen, der mir zu Hilfe geeilt ist, so wehgetan zu haben.

»Ich möchte, dass du es zurücknimmst«, sage ich schließlich, als Niall sich neben mich gesetzt hat und sich auch etwas zu trinken eingegossen hat.

»Was?«, fragt er mich überrascht.

»Das, was du eben gesagt hast.«

Irritiert scheint er eine Antwort in meinem Gesicht zu suchen. Dann lege ich meine Hand auf seine.

»Ich möchte, dass du zurücknimmst, dass du mich liebst. Ich habe diese Worte nicht verdient. Noch nicht.«

Völlig verdattert und scheinbar ungläubig blickt Niall mich an. Bevor er etwas antworten kann, fahre ich fort und sage ihm all die Dinge, die ich ihm von Anfang hätte sagen sollen. Erkläre ihm, warum ich unter falschem Namen nach Finnegan gekommen bin. Erzähle ihm von Ryan und davon, dass ich mich getrennt habe. Sage ihm, warum es mir von Tag zu Tag schwerer gefallen ist, ihm die Wahrheit zu sagen. Dann komme ich zum Ende, schaue ihn an und sage mit fester Stimme: »Du kannst dir nicht vorstellen, wie glücklich es mich macht, deine Worte zu hören. Aber ich möchte mir deine Liebe verdienen. Und bisher habe ich nichts getan, was mich deine Liebe verdienen lässt. Ich habe dich belogen. Ich habe dich in Gefahr gebracht. Das bin nicht ich.«

Lautstark atmet Niall aus, bevor er sich zu mir dreht und meine Hände in seine nimmt. »Stopp, Ava.« Für einen Moment hält er inne. Dann sagt er leise: »Wenn du das wirklich glaubst, haben wir ein Problem.«

»Ein Problem?«

»Ja«, nickt er kaum merklich. »Wenn du glaubst, die Liebe nicht zu verdienen, kannst du sie auch nur schwer annehmen. Und auch wenn du mich sehr verletzt hast, möchte ich dir jetzt etwas sagen. Darf ich?«

Unfähig, etwas zu antworten, schweige ich.

»Tief in unserem Herzen sehnen wir uns wohl alle nach diesem einen Menschen, der uns bedingungslos liebt. Jahrelang habe ich mein Herz verschlossen. Habe schwere Ketten und Schlösser um es herumgelegt, nur um es jeder Frau unmöglich zu machen, den Schlüssel zu meinem Herzen zu finden. Manchmal bauen wir diese Festung um uns herum auf, weil wir uns selbst nicht für wertvoll halten. Denken, dass wir die Liebe eines anderen Menschen nicht verdient hätten. Aber das stimmt nicht. Ich habe mir lange Zeit Vorwürfe gemacht, schuld für viele Dinge in meiner Vergangenheit zu sein. Irgendwann redet man sich ein, dass man ohne Liebe und Partner eh besser dran ist. Leider habe ich nicht damit gerechnet, dass es dir innerhalb weniger Tage gelingt, nicht nur den Schlüssel zu den einzelnen Schlössern zu finden, die um mein Herz herum lagen, sondern auch den Schlüssel zu meinem Herzen zu entdecken. Mach jetzt bitte nicht das Gleiche und reiß mir nicht den Schlüssel aus der Hand. Nimm meine Liebe an. Schau nicht zurück, schau nach vorn. Mit mir. Dir muss nämlich eins klar sein.«

Während Niall zu mir spricht, spüre ich, wie sich Tränen in meinen Augen sammeln.

»Du weißt, dass man dich liebt, wenn du sein kannst, wie du bist. Wenn du keine Angst davor haben musst, dass dein Gegenüber etwas an dir auszusetzen haben könnte. Und trotz der Fehler, die du gemacht hast, bist du perfekt für mich. Du bist die, die ich will. Die, mit der ich sein will. Die, bei der ich ich sein darf. Du bist mein fehlendes Puzzleteil, du vervollständigst mich.«

Mit großen Augen schaue ich Niall an und als ich sie schließe, spüre ich, wie er seine Stirn gegen meine legt. Seine Worte berühren mich auf eine Art, wie ich es nie für möglich gehalten hätte, und ich merke, wie die Faust, die die vergangenen Tage mein Herz fest umschlossen hielt, sich langsam öffnet und es mir erlaubt, meine Gefühle, meine Sehnsüchte und meine Liebe für diesen Menschen hier vor mir wieder freizulassen.

»Ich liebe dich auch«, hauche ich leise und als seine Lippen sich auf meine senken, weiß ich, dass diese Reise, die ich nach Schottland angetreten habe und vor der ich vor noch gar nicht so langer Zeit so unfassbare Angst hatte, mein bisher größtes Abenteuer wird, auf dem ich nicht allein sein werde.

39

NIALL

»Du versprichst mir, dass du dich meldest, wenn du gelandet bist?«

Ich stelle den Koffer neben Ava auf den Boden und habe das Gefühl eines Déjà-vus.

»Das mache ich«, nicke ich und sie schiebt ihre zarte Hand in meine.

Ich blicke sie an und kann nicht glauben, dass wir jetzt wieder hier stehen. Dass sich dieser Abschied aber so anders anfühlt als der letzte. Dass ich weiß, dass wir uns schon bald wiedersehen.

»Ich kann immer noch nicht glauben, dass du einfach mit mir nach London geflogen bist«, lacht sie und Tränen glitzern in ihren Augen.

»Na, ich musste doch schauen, dass du dieses Mal wirklich in den Flieger steigst«, grinse ich und wische ihr eine Träne weg, die sich den Weg über ihre Wange sucht. »Nicht weinen, Liebes. Wir sehen uns ganz bald wieder.«

»Ich weiß«, schnieft sie und schaut dabei so niedlich aus, dass ich lachen muss.

»Lass das.«

»Was mache ich denn?« Überrascht blickt sie mich an.

»Mir ein schlechtes Gewissen, dass ich abreise.«

»Gut, dann funktioniert es«, zwinkert sie mir zu.

»Weißt du noch unseren Trick?«, frage ich und streiche ihr mit meinem Daumen über den Handrücken.

»Unseren Trick? Wir haben einen Trick?«

»Aye«, nicke ich und lächle.

Fragend blickt sie mich an und ich kann mich nicht an ihr sattsehen, an diesem Menschen, den ich in mein Herz gelassen habe, was die beste Entscheidung meines Lebens war.

»Mach die Augen zu«, sage ich leise und sehe, wie Ava leicht zusammenzuckt. »Lass sie zu, bis ich weg bin. Dann ist es nicht so schwer.«

Sie seufzt, nickt dann aber und schließt ihre Augen.

Ich lege meine Hand an ihre Wange und drücke meine Lippen sanft auf ihre geschlossenen Lider. »Ich liebe dich, Ava. Bis in zwei Wochen«, sage ich leise, bevor ich mich von ihr löse und ein letztes Mal vor dem Einsteigen meine Bordkarte vorzeige. Ich drehe mich nicht um, spüre aber ihren Blick in meinem Rücken. Es war so klar, dass sie ihre Augen nicht geschlossen lassen wird.

Lächelnd blicke ich auf mein Handy, das in dem Moment piept, als ich aus ihrem Blickfeld verschwinde.

Ich muss dich leider korrigieren. Schwer ist es trotzdem. Ich komme in einer Woche. Zwei sind mir zu lang. Ich liebe dich

nämlich auch. Ach, und erinnerst du dich noch an dein Angebot von neulich? Wenn ich nachts Angst oder Lust in meinem Hotelbett bekomme, rufe ich dich definitiv an. Deine Nummer habe ich ja inzwischen. Dann kannst du mein Stöhnen wenigstens auch hören.

Unwillkürlich muss ich lachen und würde am liebsten zu ihr zurücklaufen und sie in die Arme schließen.

Ava und ich sind uns einig, nichts zu überstürzen. Bereits in einer Woche wird sie wieder bei mir sein. Die letzten Tage mit ihr in London waren unvergesslich und sosehr mich die Stadt auch fasziniert, gehöre ich in die Highlands. Und weil ich weiß, dass Ava an meine Seite gehört, wird sie hoffentlich *Ja* sagen, wenn ich sie irgendwann frage, ob sie für immer bei mir bleibt.

DANKSAGUNG

Es ist nicht ganz ein Jahr her, seit ich meinen ersten Roman »Don't let me drown« veröffentlicht habe. Wenn mir jemand im März 2020 gesagt hätte, dass ich Anfang 2021 bereits meinen vierten Roman herausbringe, ich hätte es nicht für möglich gehalten.

Schreiben ist meine Therapie. Die beste. Tatsächlich ist die Widmung dieses Buches auch ein bisschen an mich selbst gerichtet. Ich bin eine Schissbuxe. So richtig. Wer mich kennt, weiß das. Nur in meinem Leben als Autorin wachse ich über mich hinaus und bin mutig, an manchen Tagen nahezu furchtlos. Ich hoffe, liebe Leserin und lieber Leser, dass es auch in deinem Leben etwas gibt, wo du über dich selbst hinauswächst und mutig bist.

Danke an KaBiSa. Ihr kennt jede meiner Macken. Danke, dass ihr mich immer unterstützt und regelmäßig auch in den Hintern tretet. Glaubt mir, das darf sonst keiner!

Danke an meine liebe Lektorin Martina König. Deine Worte und Kommentare sind ein großer Beitrag dazu, dass ich von

Buch zu Buch noch mutiger werde. Was würde ich ohne dich machen?

Danke an Danni und Dania – dafür, dass wir die Schwächen des anderen annehmen und immer ein offenes Ohr füreinander haben.

Ein ganz großes DANKE geht an mein Bloggerteam. Danke für eure Unterstützung, eure Worte und dafür, dass ihr jedes Buch bisher mit offenen Armen empfangen habt.

#mcqueenbloggercrew <3

Danke an die #writingowls. Ohne unseren alltäglichen Schreibwahnsinn hätte ich den NaNoWriMo2020 wohl nicht heile überstanden. Schön, dass es euch gibt!

Love, Ella
(Februar 2021)

BÜCHER VON ELLA MCQUEEN

Highland Love Affairs 1: The dreams we had

Highland Love Affairs 2: The nights we shared

Highland Love Affairs 3: The promises we made

AUSZUG AUS »DON'T LET ME DROWN«

KAPITEL 1

»Haaaapppyyy Biiiiirthday«, schallt es mir von allen Seiten entgegen, als ich die Tür zur Redaktion öffne. Unwillkürlich muss ich lachen und werde ein bisschen rot, denn so viel Aufmerksamkeit habe ich nicht sonderlich gern auf mir liegen. Ein Hoch auf gut deckendes Make-up, denke ich und stelle schnell meine Tasche auf dem nächstbesten Schreibtisch ab, um beide Hände frei zu haben für die Umarmungen und Glückwünsche, die auch schon auf mich einprasseln.

»Süße, schon wieder wirst du neunundzwanzig! Wie machst du das bloß?«

Meine beste Freundin Leah zieht mich an sich und drückt mich so fest, dass mir ein kleines bisschen die Luft wegbleibt. »Vorsicht, du jünger Hüpfer«, stöhne ich und schiebe sie lachend ein wenig von mir, »ich habe seit ein paar Tagen Rücken. Das kommt davon, wenn man stundenlang am Schreibtisch sitzt, Sachen für deine Artikel recherchiert und alles Korrektur liest!«

»Ach duuu, jetzt tu nicht so, du alte Frau. Wir trinken später einen Sekt und dann vergisst du deinen Schmerz von allein«, lacht sie und drückt mich noch einmal herzlich an sich.

Leah sieht mit ihren neunundzwanzig Jahren wie immer umwerfend aus. Schlank, braun gebrannt, mit ellenlangen Beinen, die in mörderischen High Heels stecken und perfekt zu dem Outfit passen, das sie heute trägt. Als wäre es ihr auf den Leib geschneidert, kombiniert sie gekonnt einen seidigen Faltenrock in Olivgrün mit einem eng anliegenden schwarzen Rollkragenpullover aus Kaschmir. Ihre langen blonden Haare fallen ihr in sanften Wellen über die Schultern. Gepaart mit den blauen Augen, die gefühlt immerzu strahlen, ist das eine Kombination, die die Männerherzen höherschlagen lässt. Leah verdankt ihr typisch skandinavisches Aussehen ihrer Mutter, die recht erfolgreich in Schweden als Model arbeitete, bevor sie Leahs Vater heiratete und nach England zog. Manche Menschen haben einfach Glück mit ihren Genen.

»Victoria Beckham?«, frage ich anerkennend und sie nickt.

»Ist aus der neusten Kollektion. Toll, oder?«

Leah dreht sich euphorisch einmal um sich selbst und streift dabei über den teuren Stoff.

»Absolut«, muss ich neidlos zugeben. Der feminine Stil passt perfekt zu ihr und schmeichelt ihrer weiblichen Silhouette. Als Herausgeberin von *Elements* hat sie definitiv den richtigen Riecher für das perfekte Styling, die neusten Fashiontrends und die passenden Accessoires.

Ich bin da ganz anders. Mit meinen vierunddreißig – ach ja, ab heute fünfunddreißig – Jahren bin ich mehr Pummelfee als Elfe und auch wenn mein Wunsch fast täglich darin besteht, in wunderbaren High Heels und Designerklamotten auf die Straße zu treten, holen die Realität und meine dreißig Pfund zu viel auf den Hüften mich schnell wieder auf den Boden der Tatsachen zurück. Gut, ganz Modemuffel bin ich auch nicht, aber sind wir mal ehrlich: In Zeiten von Bodypositivity und Co. ist es langsam angebracht, dass sich mehr Designer auf den Weg machen, tolle Mode für Frauen auf den Markt zu bringen, die ein bisschen mehr auf die Waage bringen. Gut, die ersten Schritte sind gemacht, aber was ist so schwer daran, bei einigen Outfits einfach etwas mehr Stoff zu benutzen und so etwas für die größeren Mädels unter uns zu schneidern? Ich kann mir nicht vorstellen, dass alle Designer davon ausgehen, dass kurvigere Frauen mit Blümchenprints oder Batikmustern über die Straße laufen möchten. Rubens hat es auch geschafft, uns zu feiern, also dürfen die Designer von heute das bitte schön noch mehr tun.

Es ist mir ein Rätsel, wie Leah und ich beste Freundinnen werden konnten, so unterschiedlich wir in vielen Dingen doch zu sein scheinen, von der Optik mal ganz abgesehen. Doch seit wir während meines Einstellungsgesprächs unsere gemeinsame Vorliebe für Donauwellen entdeckten und feststellten, dass David Beckham am schönsten ist, wenn er ganz still ist, halten wir zusammen wie Pech und Schwefel.

Ich muss natürlich nicht betonen, dass man Leah keine der Donauwellen ansieht, während ich mit meinen Kurven und Wellen so manchem Donauschiffer den Schweiß auf die Stirn treiben würde.

Ein bisschen komisch ist es schon, mit der Chefin befreundet zu sein, aber manchmal passen Dinge einfach wie

Arsch auf Eimer. Leahs Vater ist in London ein hohes Tier im Verlagswesen und nach ihrem Studium in Oxford wollte sie es ihm zeigen und hat *Elements* gegründet. Heute, nach etwas mehr als vier Jahren, gehört das Magazin unter die Top Ten der angesagtesten Publikationen des Landes und macht sich langsam, aber sicher einen Namen in der Branche. Sicherlich auch deswegen, weil Leah genau weiß, was sie will, mit den Titelstorys den Zahn der Zeit trifft und einfach ein Händchen für die It-Themen hat, die die jungen, stylishen Leute von heute begeistern. Dass sie außerdem in den angesagtesten Clubs von London verkehrt und bei der High Society ein und aus geht, schadet sicherlich auch nicht. Respekt muss man vor ihr definitiv haben, dass sie das in ihren jungen Jahren schon so meistert.

»Louisa, altes Haus. Bezaubernd siehst du heute aus! Keinen Tag über fünfunddreißig!«

Echt jetzt? Ich atme tief durch, setze mein strahlendstes Lächeln auf und drehe mich zu Dylan um, seines Zeichens Art Director bei *Elements*. Lässig lehnt er am Schreibtisch gegenüber von mir und hat die Arme locker in den Taschen seiner grauen Anzughose stecken. Mit seinen Anfang dreißig sieht er wie immer hervorragend in seinem sicherlich unfassbar teuren Designeranzug aus. Die Haare adrett zurückgestylt, umarmt er mich im nächsten Augenblick und schaut mich demonstrativ von oben bis unten an.

»Mensch, geht ihr später noch feiern? Ich bin ja gar nicht eingeladen!«

Dylan mag zwar durchaus geschickt sein, wenn es um die Führung seines Ressorts geht, seine social skills lassen jedoch zu wünschen übrig. Ihn zu meinem Geburtstag einladen? Hat der sie noch alle? Natürlich liegt mir nichts ferner, als einen Schönling wie ihn zu meinem Geburtstag einzuladen, und nach dem Blick zu urteilen, den er mir gerade geschenkt hat, kann er sich auch Besseres vorstellen, als mit mir in seiner Nähe gesehen zu werden. Wenn es nach Dylan geht, sind alle Frauen jenseits von Modelmaßen unscheinbar und unbedeutend. Die Mädels, die sich bei ihm die Klinke in die Hand geben, sind entweder Laufstegmodels, irgendwelche It-Girls der Londoner Partyszene oder Möchtegern-Influencer. Oder wie sie sich heute bezeichnen – Content Creator.

Ich räuspere mich, lächle mehr oder weniger gequält und danke Leah gedanklich auf Knien, als sie sich strahlend bei Dylan unterhakt, ihn mit ihren Rehaugen anklimpert und ihm ins Ohr säuselt: »Ach Dylan, du würdest doch dann die ganze Aufmerksamkeit auf dich ziehen. Das tut man keinem Geburtstagskind an. Jemand wie du muss einfach im Mittelpunkt des Geschehens stehen. Wie unfair wäre das Louisa gegenüber!«

Dylan strahlt Leah selbstverliebt an und tätschelt lachend ihren Arm. »Wie recht du doch hast. So, und nun, meine Lieben, ran ans Werk. Louisa wird nicht jünger und mit zunehmendem Alter wird das auch immer etwas schwieriger mit der Arbeit.«

Ich merke, wie ich meine Hände zu Fäusten balle und meine Fingernägel sich in meine Haut drücken, während Leah Dylan langsam wegzieht, sich dann noch mal zu mir umdreht und hinter seinem Rücken die Augen verdreht.

Kann ihm mal einer sagen, dass er hier nicht der Chef ist? Was für ein Schnösel.

Ich greife nach meiner Tasche, winke in die Runde und gehe in mein Büro, das etwas abseits der Büros meiner Kollegen am Ende des Ganges liegt. So viel Aufmerksamkeit für einen Morgen reicht mir wirklich und außerdem ist mein Schreibtisch so voll, dass ich Angst habe, meine Deadlines nicht zu schaffen.

Als die Tür hinter mir ins Schloss fällt, streife ich meine Schuhe von den Füßen und stöhne erleichtert auf. Obwohl der Weg vom Auto in die Redaktion nur wenige Schritte beträgt, scheinen meine Füße Halleluja zu rufen, als ich barfuß zu meinem Schreibtisch gehe. Mir kann niemand weismachen, dass Ballenpolster die perfekte Lösung sind. Meine Füße sind trotz der Dinger im Arsch und weit von einer Erleichterung entfernt. Die funktionieren nur, wenn man leicht wie eine Feder ist.

Ich sollte es eigentlich besser wissen und mich nicht immer wieder in diese Mörderhacken werfen, aber wer schön sein will, muss bekanntlich leiden. Ich kann mir auch nicht vorstellen, dass Meghan Markles Trick, High Heels eine Nummer größer zu tragen, wirklich hilft. Bei meinem Glück würde ich aus den Schuhen rutschen und der Länge nach jemandem vor die Füße segeln. Am besten Dylan! Gott bewahre!

Ich schalte meinen Rechner an und lasse mich wenig motiviert in meinen Schreibtischstuhl sinken. Ein Blick neben mich verrät nichts Gutes. Gibt es irgendwelche gemeinen Wesen, die nachts den Berg Papier neben mir höher stapeln? Aktuell türmen sich auf meinem Schreibtisch so viele Unterlagen und Anfragen, dass ich nichts lieber täte, als alles zusammen in Ablage P zu verfrachten. Ich liebe meinen Beruf als Lektorin und Recherche-Redakteurin, doch obwohl mir die Arbeit immer viel Freude bereitet, kann ich mir aktuell durchaus interessantere Dinge vorstellen. Manchmal frage ich mich, ob ich wieder wie früher bei der Studentenzeitung ein paar Artikel schreiben sollte, aber dann bin ich doch froh, hier in meinem Büro Ruhe zu haben und nicht ständig für die heißesten Storys unter Leute zu müssen. Ich bin und bleibe einfach ein Introvert. Zumindest rede ich mir das gern ein. Und dass man trotzdem einen Mann für sich gewinnen kann, erlebe ich gerade quasi am eigenen Leib.

Ich greife nach meinem Kaffee und fische mein Handy aus der Tasche, das beim Eintreten in mein Büro gesummt hat. Ein Blick aufs Display lässt mich augenblicklich lächeln und ein kleiner Schauer läuft mir über den Rücken.

Hey Sexy! Toll siehst du heute aus.

Tja, hat sich das Reinzwängen in die hohen Schuhe und das Kleid wohl gelohnt. Wie herrlich durchschaubar Männer doch sind.

Ich lehne mich in meinem Schreibtischstuhl zurück und merke, wie meine Finger langsam über das Display meines Handys streicheln. Ich muss lächeln, denn wirklich glauben kann ich immer noch nicht, dass dieser Mann auf mich steht. Schon der Gedanke an ihn und seine Berührungen elektrisiert mich und ich beginne, unruhig auf meinem Stuhl hin und her zu rutschen.

Louisa, konzentrier dich und fang endlich an, zu arbeiten! So wird das sonst nie was und du willst sicherlich nicht an deinem Geburtstag bis spät in die Nacht in deinem Büro sitzen und arbeiten.

Ich greife neben mich und nehme einen Schwung Papier in

Angriff. Leahs neuer Artikel mit dem Titel *Die Magie des kleinen Schwarzen* soll in der nächsten Ausgabe erscheinen und während ich genüsslich an meinem Kaffee nippe, stelle ich mich auf lange Sätze mit lauter Kommafehlern ein. Sosehr ich Leah und ihren Schreibstil auch liebe – Kommasetzung beherrscht sie nicht. Trotz Studiums in Oxford. Aber dafür hat sie ja mich. Im Büro bin ich der Schrecken aller, die Aushänge planen, was meist damit endet, dass ich zwecks Kontrolle vieles unter die Nase gehalten bekomme, bevor es letztendlich an einer Wand oder auch im Magazin landet.

Während ich Leahs Artikel lese, fange ich an, zu grübeln. Ist es wirklich so, dass Männer auf das kleine Schwarze stehen und jede Frau so ein Kleid im Schrank haben sollte? Wie ist das für Frauen, die mehr auf die Waage bringen? Frauen wie mich? Gibt es da auch so etwas wie das große Schwarze? Und hat es die gleiche Wirkung auf Männer?

In Gedanken gehe ich meinen Kleiderschrank durch. Ich bewundere die Plus-Size-Blogger, die sich todesmutig in knallenge, knallbunte und quer gestreifte Outfits werfen. Und denen steht das dann auch noch. Jeglicher Versuch meinerseits, Farbe in meinen Kleiderschrank zu bringen, ist bis jetzt kläglich gescheitert. Blau, Grau und allenfalls Weiß darf es bei Oberteilen sein. Die Anzahl bunter Klamotten in meinem Kleiderschrank kann ich jedoch an einer Hand abzählen.

Schwarz streckt so schön und macht schlank, höre ich meine Oma sagen. Zumindest *er*streckt es sich über meinen ganzen Kleiderschrank. Ich besitze vielleicht kein kleines Schwarzes, dafür aber sieben schwarze Strickjacken. Zählt das auch?

Ein Klopfen lässt mich aus meinen Gedanken hochfahren. Noch bevor ich *Herein* rufen kann, öffnet sich die Tür und mein

Herz setzt für eine Sekunde aus. Nate streckt seinen Kopf in mein Büro und grinst mich an.

»Darf ich reinkommen oder störe ich?«

Sein Blick wandert von meinen High Heels, die ich lieblos vor meinen Schreibtisch gekickt habe, zu meinen nackten Füßen. Ich sehe, wie seine Augen sich verdunkeln und er sich auf die Lippen beißt. Das tut er immer, wenn ihn irgendwas erregt, und nicht anders scheint es ihm gerade zu ergehen.

Nate macht zwei Schritte in mein Büro und lässt die Tür hinter sich ins Schloss fallen. Er bleibt davor stehen und schaut mich an. »Warum hast du die Schuhe ausgezogen?«, fragt er.

Sein Blick ist durchdringend und ich merke, wie ich die Luft anhalte und mich nervös in meinem Stuhl aufrichte. Gott, dieser Mann ist heiß. Mit seinen fast zwei Metern, den immer etwas verwuschelten blonden Haaren und seiner sportlichen Figur erinnert er mich an den typischen Surfertyp. Wie passend, dass Nate als Sportredakteur bei *Elements* arbeitet.

»Steh auf und zieh deine Schuhe wieder an«, fordert er mich im nächsten Moment auf. Seine blauen Augen verfolgen mich, wie ich mich langsam aus meinem Stuhl erhebe, auf ihn zugehe, ihm meine Hand reiche, um etwas Halt zu haben, und dann wieder in meine Schuhe schlüpfe.

Ich weiß, dass Nate ein Faible für schöne Schuhe hat, daher achte ich morgens häufiger darauf, für welche ich mich für die Arbeit entscheide. Nicht selten zum Leidwesen meiner Füße. Auch die schwarzen Peeptoes mit dem nicht gerade flachen Plateauabsatz gewinnen definitiv keinen Wettbewerb zum Thema *bequeme Schuhe*.

»Langsam!« Nates Finger schließen sich fester um meine Hand und ich spüre seinen Daumen, der in kreisenden Bewegungen über meine Finger fährt. »So ist es gut. Schon viel besser.«

Nates Berührungen lassen meine Brustwarzen hart werden und ich danke meiner Intuition dafür, heute Morgen einen BH gewählt zu haben, der verhindert, dass sie sich unter dem Kleid abzeichnen. Noch immer bin ich mir nicht sicher, was das hier eigentlich ist.

Seit drei Jahren sind Nate und ich Kollegen, zusammen haben wir in der Redaktion angefangen. Während seine lockere Art mir oft geholfen hat, in Teammeetings entspannter zu sein, hat meine Strukturiertheit ihm in so mancher Situation den Hintern gerettet. Jahre, in denen ich immer wieder schmunzelnd beobachten musste, wie zig Frauen, die ihm begegneten, seinem Charme erlagen, ihn anhimmelten und an seinen Lippen hingen. Zig Frauen ... nur ich nicht. Nicht ein einziges Mal in all der Zeit habe ich in ihm mehr gesehen als einen Kollegen und guten Kumpel. Nicht ein einziges Mal – bis vor knapp zehn Monaten diese WhatsApp-Nachricht kam. *Lust, bequem auf deiner Couch einen Rotwein zu trinken?* Damit fing alles an. Zuerst dachte ich mir nichts dabei, denn Nate war zu allen Kollegen so nett und schließlich war er seit fast fünf Jahren mit Ally liiert. Mit der Zeit bekam ich fast täglich nette Nachrichten von ihm, während und nach der Arbeit. Sie gehören inzwischen zu meinem Arbeitstag wie mein täglicher Kaffee und auch wenn wir nicht in derselben Abteilung arbeiten, kommt Nate morgens kurz im Büro vorbei, um Hallo zu sagen.

Erst als ich eines Tages, als ich auf meinem Weg in den Urlaub war, eine WhatsApp-Nachricht bekam und Nate mir schrieb, dass ich aufpassen solle, mich nicht auf andere Kerle einzulassen, wurde ich stutzig und schrieb ihm eigentlich mehr scherzhaft, ob ihm das etwas ausmachen würde. Mit seinem *Ja* änderte sich einiges. Als ich aus meinem Urlaub zurück war, kam Nate eines Morgens in mein Büro, schloss die Tür hinter sich, trat auf mich zu und küsste mich. *Seit einer halben Ewigkeit will ich das tun und denke immer wieder an dich*, sagte er, nachdem er seine Lippen wieder von meinen gelöst hatte.

Meine Affäre mit Nate geht schon fast sieben Monate. Wir hüten diese Sache zwischen uns wie einen Schatz. Nicht einmal Leah habe ich von uns erzählt, obwohl wir sonst über jede Kleinigkeit miteinander sprechen und uns ausgiebig von unseren Dates und Männerbekanntschaften erzählen. Nicht, dass ich besonders viele davon habe. Aber Leahs sind dafür umso lustiger. Nicht auszudenken, wenn sie die Sache zwischen Nate und mir mitbekommen würde. Leah mag zwar sonst alles sehr leichtnehmen, was die Männerwelt angeht, aber sie hat zwei Devisen, die sie standhaft vertritt und nie brechen würde: *Never fuck the company* und *Never fuck a man who's in a relationship or married.*

Nate und ich sprechen nicht über seine Beziehung, denn jedes Mal, wenn Ally zur Sprache kommt, versteift er sich und ich sehe ihm an, wie er mit sich kämpft. Ich mag es nicht, wenn seine Gedanken abschweifen und es so scheint, als würde er am liebsten einer Situation entfliehen wollen. Daher tue ich alles, um ihn abzulenken. Wenn wir allein sind, ist alles so vertraut, fühlt sich nicht falsch an und tut mir gut. Nate gibt mir das Gefühl, sexy und unwiderstehlich zu sein. Jedes Mal wird er unruhig, wenn ich in seiner Nähe bin, und regelmäßig zieht er mich während der Arbeit in irgendeinen Raum, um mir für ein paar Augenblicke ungestört seine Erregung zu zeigen, mich zu küssen und mich zu berühren.

Nie im Leben hätte ich gedacht, dass ich mal in einer Affäre stecke, bin ich doch sonst immer die Geradlinige, Zuverlässige, die, die scheinbar für alle greifbar und ohne Geheimnisse ist. Aber wie sagt man so schön? Stille Wasser sind tief. Zugegeben, eine Affäre ist nicht unbedingt mein Ziel gewesen, aber die Dinge mit Nate laufen so schön, dass es sicher nur noch eine Frage der Zeit ist, bis sich alles in den richtigen Bahnen bewegt.

»Hey, Baby, ich wollte dir doch einen Tipp zu deinem Geburtstagsgeschenk geben.«

Nate lächelt mich an, verstärkt aber gleichzeitig den Griff um meine Hand und holt mich aus meinen Gedanken. Ich hätte nie gedacht, dass es mir so gefallen würde, wenn er mich *Baby* nennt. Immer wenn er es tut, erlaube ich mir, mich sanft und zerbrechlich zu fühlen, gebe mir die Erlaubnis, nicht immer stark sein zu müssen.

»Du machst mich verrückt, Louisa.«

Nate legt seine Hand in meinen Nacken und schon senken sich seine Lippen zu mir herab und scheinen die Kontrolle über meinen Mund erlangen zu wollen. Nates Küsse sind stürmisch und ich spüre seine Zunge, wie sie über meine Lippen fährt und Einlass fordert. Ich öffne meine Lippen und schon schießt seine Zunge in meinen Mund, während seine freie Hand ohne Zögern über den Ausschnitt meines Kleides runter zu meiner Brust fährt. Intuitiv schmiege ich meinen Körper näher an seinen und genieße den festen Griff seiner Hände, die über meinen Rücken zu meinem Po gleiten. Während er fester zupackt, fahre ich mit meinem Fuß an seinem Bein entlang und genieße es, wie sein Atem schneller wird und ich die Beule in seiner Hose deutlich wahrnehme.

»Deine Brüste und dein Arsch fühlen sich so geil an, Louisa«, stöhnt Nate und reibt sich an mir.

»Na, language!«, sage ich gespielt vorwurfsvoll und drücke ihn etwas von mir weg. Ich habe generell nichts gegen ein bisschen dirty talk, aber manchmal übertreibt Nate es damit ein wenig.

»Du machst mich halt tierisch an, Baby«, erwidert er, drängt sich wieder an mich und schon spüre ich seine Zunge, wie sie sich langsam über meinen Hals hoch zu meinem Ohrläppchen vorarbeitet. Innerhalb von Sekunden bekomme ich eine Gänsehaut. Nate ist einfach ein wenig wilder in seinen Gefühlsregungen und sein Verstand setzt aus, wenn er mich berührt. Da gehen ab und an bei der Wortwahl die Pferde mit ihm durch.

Obwohl ich jeden Moment mit ihm genieße, wird mir wieder einmal bewusst, dass wir mitten in meinem Büro stehen und jeden Moment gestört werden könnten. Ich möchte mir gar nicht ausmalen, was für Konsequenzen das nach sich ziehen würde. Über Nate würde man sagen, dass es nur eine Frage der Zeit war, bis er seine Partnerin betrügt, aber ich würde als das verzweifelte dicke Ding abgestempelt werden, das sich voller Hoffnung an einen Mann ranmacht, der scheinbar unglücklich oder nicht ausgelastet in seiner Beziehung ist und mehr als offensichtlich einige Ligen über ihm spielt. Ally ist bei allen Kollegen beliebt, denn wenn sie in der Agentur ist, was durchaus öfter vorkommt, da sie nur ein paar Straßen weiter in einer Boutique arbeitet, ist sie nett zu jedem, hört sich die Probleme jedes Einzelnen an und gehört zu den Menschen, die sich auch noch so kleine Kleinigkeiten über andere merken können. Dass sie sich Tage später nach einem erkundigt und wirkliches Interesse an ihrem Gegenüber hat, tut sein Übriges. Von den selbst gebackenen Muffins und Kuchen, die Nate regelmäßig in die Redaktion mitbringt, will ich gar nicht erst anfangen. Ally ist eine Superfrau.

Die Chance, dass die Kollegen Nates und meine Gefühle füreinander für voll nehmen würden, liegt also quasi bei null. Eher im deutlichen Minusbereich. Tendenz minus unendlich. Ich glaube, dass man Nate mit jeder Kollegin ein Verhältnis zutrauen würde, aber mit mir? Louisa ist doch zu vernünftig, die macht so was nicht. Jemand wie Nate steht doch nicht auf jemanden wie Louisa. Wie verzweifelt muss sie sein, dass sie sich Chancen bei ihm ausmalt? Ich höre das Gerede schon jetzt.

»Was ist denn nun mit dem Tipp zu meinem Geburtstagsgeschenk?« Ich versuche, meine Gedanken zu verdrängen, lege meine Hände auf Nates Brust und hindere ihn so daran, seine Hand in meinem Ausschnitt verschwinden zu lassen. Bilde ich es mir ein oder war das gerade ein frustriertes Stöhnen, das ihm entfahren ist?

»Baby, du bist ja ungeduldig«, sagt er tadelnd und versucht erneut, mich zu küssen.

»Nein, nicht ungeduldig. Nur schrecklich neugierig. Du weißt doch, wie ich bei Geschenken bin. Gehen wir heute Abend irgendwo schön essen? Hast du etwa einen Tisch im *Dinner* für uns reserviert?«

Das Restaurant von Heston Blumenthal steht schon seit langer Zeit auf meiner Wunschliste und da Nate und ich neulich über kulinarische Highlights der Stadt gesprochen haben und ich den Namen des Restaurants beiläufig habe fallen lassen, könnte es durchaus sein, dass er mir heute einen Wunsch erfüllen möchte.

»Ach Louisa, ich wäre heute Abend viel lieber mit dir allein. Lass es uns doch auf deiner Couch gemütlich machen und die Zeit zusammen genießen.«

Unwillkürlich versteife ich mich.

»Was ist los?«, fragt Nate, der meine Körperbewegung bemerkt hat. »Hast du keine Lust darauf, von mir verwöhnt zu werden?« Wieder versucht er, seine Hand in Richtung meines Ausschnitts zu schieben.

»Das ist es nicht«, erwidere ich leise und halte seine Hand erneut fest.

»Was ist es dann?«

»Möchtest du nichts mit mir unternehmen?«, frage ich vorsichtig und traue mich nicht, ihm in die Augen zu sehen.

»Fängst du etwa schon wieder damit an? Es ist verdammt noch mal nicht so einfach, mit dir in der Öffentlichkeit zu sein.« Nate vergrößert sichtlich genervt den Abstand zwischen uns.

Mir ist nicht entgangen, dass er meine Frage nicht wirklich beantwortet hat, aber ich habe keine Lust, mich an meinem Geburtstag mit ihm zu streiten. Also ziehe ich ihn erneut zu mir und lasse dabei mein Knie gegen seine Mitte gleiten. »Verrätst du es mir nun?«, frage ich und weiß, dass ich damit der Konfrontation aus dem Weg gehe.

Nate lacht und ich sehe das Blitzen in seinen Augen. »Na, dann will ich dir mal einen Tipp geben, was dich an deinem Geburtstag als Geschenk erwartet.«

Er greift nach meiner Hand und als wäre nichts gewesen, öffnet er die Knöpfe seiner Hose ein Stück und schiebt meine

Hand ohne zu zögern in seine Jeans. Mit großen Augen schaue ich ihn an und ziehe scharf die Luft ein.

»Nate! Du kannst doch nicht ... Wir können doch nicht hier ...«

Der Gedanke, dass Nate und ich im Büro übereinander herfallen könnten, macht mich unheimlich an. Zumindest glaube ich das. Vielleicht ist es aber auch leichtes Entsetzen darüber, dass er beinahe grenzüberschreitend ist. Die Mischung aus Lust und Verstörtheit irritiert mich. Wieso werde ich immer unvernünftig, wenn ich in seiner Nähe bin? Erst letzte Woche sind wir nach einem Meeting zu mir nach Hause gefahren und schon auf dem Weg dahin hat Nate seine Hand immer wieder auf mein Knie gelegt und ließ seine Finger über mein Bein hoch unter meinen Rock gleiten. Das wäre ja nicht so wild gewesen, wenn ich mich dabei nicht aufs Fahren hätte konzentrieren müssen.

»Fass mich an, Baby!«, stöhnt Nate an meinem Hals und reibt sich immer schneller an meiner Hand. Gott, dieser Mann macht mich noch wahnsinnig. Wie gern würde ich mich jetzt sofort von ihm auf meinem Schreibtisch nehmen lassen und verbotene Dinge mit ihm tun.

»Süße, hol die Sektgläser raus, jetzt stoßen wir erst mal an!«

Leahs Stimme tönt über den Flur und augenblicklich ziehe ich meine Hand aus Nates Hose.

»Mist, schnell«, knurrt er und ich sehe einen Anflug von Panik in seinen Augen. Gut, es wäre suboptimal, wenn Leah uns erwischen würde, das gebe ich zu, aber der Ausdruck in Nates Augen irritiert mich und versetzt mir einen kleinen Stich. Wäre es ihm so unangenehm, mit mir gesehen zu werden? Was war das gerade?

Ich weiß, ich sollte nicht immer wieder in das gleiche Gedankenkarussell verfallen, aber erneut wandern meine Gedanken zu dem Abend vor ein paar Wochen, als Nate und ich im Norden Londons in einem Restaurant waren und plötzlich Freunde von ihm auftauchten. Wir waren extra etwas aus der Stadt rausgefahren, um Ruhe füreinander zu haben, umso überraschter war vor allem Nate, als auf einmal Menschen an unserem Tisch standen, die er kennt. Nicht nur war der Abstand zwischen uns plötzlich beachtlich, was ich aufgrund der Tatsache, dass er noch in einer Beziehung ist, hätte verstehen können. Aber als das Thema auf irgendein anstehendes Sportevent fiel und Nate betonte, wie cool es wäre, eine Freundin zu haben, die sämtliche Sportaktionen mitmacht, drehte sich mir unwillkürlich der Magen um. Als ich Nate später an dem Abend fragte, ob es ihm peinlich sei, mit einer rundlicheren Frau in der Öffentlichkeit gesehen zu werden oder gar mit jemandem wie mir eine Beziehung zu führen, tat er meine Sorgen nahezu barsch ab und machte mir im nächsten Moment mit vielen heißen Küssen klar, dass er meinen Körper mehr als nur etwas anziehend findet. Meine Angst, Nate könnte zu den Männern gehören, die zwar ein Faible für kurvigere Frauen haben, aber in der Öffentlichkeit nie dazu stehen würden, verschwand. Zumindest für den Moment, denn auch jetzt sind meine Gedanken wieder an diesen dunklen Ort der Selbstzweifel gewandert, die ich sonst nie in dem Maße wegen meines Körpers hatte. Ich bin zwar runder und kurviger als andere Frauen, aber bisher bin ich immer davon ausgegangen, dass das alles noch in Maßen ist und durchaus auch anziehend für Männer.

Gerade noch rechtzeitig kann Nate seine Hose schließen und

ich mein Kleid glatt streichen, als auch schon die Tür aufgeht und Leah mit einer Flasche Sekt vor uns steht. Verdutzt guckt sie zwischen Nate und mir hin und her. »Was machst du denn hier? Ich habe dich gar nicht gesehen, als du in Louisas Büro gegangen bist.«

Für einen Moment habe ich Angst, dass Leah etwas gemerkt haben könnte, doch erleichtert atme ich auf, als sie Nate in die Seite knufft und mich theatralisch ansäuselt: »Oh nein, jetzt müssen wir auch noch den guten Tropfen mit Nate teilen!«

Ich lache und hole drei Kaffeetassen aus meinem Schrank. »Sorry, aber Sektgläser habe ich nun wirklich nicht hier.« Entschuldigend zucke ich mit den Schultern.

»Super, dann habe ich ja jetzt das perfekte Geschenk«, sagt Nate lachend und ich werfe ihm dankbar einen Blick zu. Er grinst mich an und hilft Leah dabei, die Sektflasche zu öffnen. Gleichmäßig verteilt sie das prickelnde Getränk auf unsere Tassen.

»Auf Louisa«, ruft Leah und hebt ihr Glas in die Höhe.

»Auf das Geburtstagskind«, stimmt Nate ihr zu und wir stoßen an.

»Du musst wissen, Nate«, platzt es im nächsten Moment aus Leah heraus, »wenn Louisa Sekt hatte, klappt's auch mit Französisch!«

Ich verschlucke mich an meinem Sekt und starre Leah an, während Nate abwechselnd zwischen ihr und mir hin und her blickt. »Wie?«, fragt er neugierig und richtet seine Aufmerksamkeit mit einem Funkeln in den Augen auf mich.

»Alte Geschichte aus der Schulzeit!«, antworte ich knurrend und schaue Leah böse an.

»Na, die musst du mir irgendwann mal in Ruhe erzählen«,

lacht Nate, leert seine Tasse mit einem Zug und stellt sie auf meinen Schreibtisch. »Hab noch einen schönen Geburtstag, Louisa, ich muss jetzt leider wieder an die Arbeit.«

Nate drückt mich und gibt mir einen Kuss auf die Wange. Sofort spüre ich die zuvor unterdrückte Erregung wieder in mir aufsteigen und das Blitzen in seinen Augen verrät mir, dass er es drauf angelegt hat.

»Leah, lass Louisa nicht so viel Sekt trinken, die wird sonst noch ganz hibbelig«, sagt er provozierend und schon ist er aus der Tür.

»Du bist wirklich unmöglich«, sage ich vorwurfsvoll und lasse mich in meinen Schreibtischstuhl sinken.

»Ach Quatsch, Liebes. Nate kennt dich seit Ewigkeiten, vor dem muss dir nun wirklich nichts peinlich sein. Ist ja nicht so, als hätten wir uns über Sexgeschichten von dir unterhalten«, lacht Leah. »Wobei, aktuell ist bei dir wohl eher tote Hose, was?«

Ich verdrehe die Augen und sehe Leah böse an. »Nicht witzig, meine Liebe! Ich kann nichts für diese Dürreperiode!«

»Doch«, antwortet Leah und knufft mir beherzt in die Seite, während sie die Kaffeetassen und die Sektflasche an sich nimmt und zur Tür geht. »Ich habe dir schon tausend Mal gesagt, dass du dir diese Dating-App aufs Handy laden sollst. Meine Cousine Chloe schwärmt ununterbrochen davon und sie sagt, sie käme absolut auf ihre Kosten. Du sollst ja nicht den Nächstbesten heiraten, aber ein bisschen Spaß hast auch du dir ab und zu verdient. Ich möchte nicht gemein klingen, aber die Sahara ist ein Feuchtbiotop gegen dich!«

Ich werfe ihr einen gespielt empörten Blick zu. Als Reaktion lacht Leah nur beherzt und ist im selben Moment schon mit einem Bein aus der Tür.

»Es kann nicht schaden, Louisa. Du willst doch nicht vertrocknen.«

Wenn sie nur wüsste …

ÜBER DIE AUTORIN

Ella McQueen schreibt moderne Liebesromane mit starken männlichen Hauptfiguren und Heldinnen, die über sich hinauswachsen. Sie wurde 1979 geboren und studierte Germanistik und Anglistik in Münster.

Neben ihrer Leidenschaft für Bücher, schlägt Ellas Herz für London, die Fotografie, das Meer, Milchkaffee und ihre Familie. Ihren Traum von einem Haus am Meer hat sie noch nicht aufgegeben und bis dahin ist sie auf Instagram aktiv und tauscht sich dort gerne mit ihren Lesern über ihre Bücher und die beste Location für den perfekten Kaffee aus.